T0033225

¿ARREPENTIDA? ¡JAMÁS!

¿ARREPENTIDA? ¡JAMÁS!

TABITHA WEBB

1.ª edición: septiembre 2021
2.ª edición: abril 2022

Editado por HarperCollins Ibérica, S.A.
Núñez de Balboa, 56
28001 Madrid

¿Arrepentida? ¡Jamás!
Título original: No Regrets

Publicado por HarperCollins Publishers Limited, UK
© Traductora Sonia Figueroa

Diseño de cubierta: HQ 2020

ISBN: 978-84-18976-00-1
Depósito legal: M-19463-2021

Dedicada a todas mis mujeres independientes favoritas. Mi madre, Morwenna; mis hermanas, Julie, Merryn e Imogen; y mis hijas, Betsey y Primrose.

1

Stella

—¡Mierda! ¡Mierda!

Stella masculló la palabrota en voz baja mientras luchaba por meter a Rory, su hijo de dos años, en el asiento plegable naranja chillón del carrito del supermercado. El niño había pasado una pierna por encima del manillar y tenía un regordete brazo atrapado por debajo; el otro brazo estaba pillado en el mango del freno, la otra pierna había quedado encajada en el mecanismo del asiento. Daba la impresión de que había una última extremidad adicional con la que ella no contaba, una con la que Rory aferraba una bolsa de monedas de chocolate que llevaban un buen rato deshechas y estaban goteando. Estaba luchando por desenmarañar las múltiples extremidades del niño cuando su bolso Celine micro color caramelo, uno de los beneficios extra de su antiguo trabajo, se le resbaló y esparció su contenido por el pegajoso e infestado de gérmenes suelo de vinilo. Volvió a soltar una palabrota, esa vez en voz más alta. No tenía un buen día; de hecho, estaba teniendo una mala semana. Desde el lunes como mínimo, su vida había sido un desastre. Desde la llamada de la compañía financiera de la tarjeta de crédito, la llamada que iba a devolver tan pronto como fuera humanamente posible… al día siguiente, quizás.

—¡Perdón!

Estaba cortando el paso, obstruyendo el acceso del resto de madres a los saludables productos frescos, fastidiándoles un horario que tenían coreografiado al milímetro. La una chasqueó la lengua, la otra tosió mientras pasaban por encima, por un lado o por en medio del desparramado contenido de su adorado Celine.

—¡Perdón! ¡Lo siento mucho!

Se había formado una fila de jóvenes madres vestidas en tonos pastel —mamás glamurosas, que entraban con grácil soltura para completar sin problema alguno la compra semanal— junto con su pálida prole chupa-apios. Los niños de boca limpia y mejillas sonrosadas permanecían sentados bien erguidos en sus respectivos asientos plegables, mordisqueando tan tranquilos *snacks* sin gluten ni lactosa mientras les conducían por los pasillos en rutas bien transitadas donde reinaba el orden. Las salidas de compras de Stella seguían un esquema menos preciso… como para demostrar que ese era el caso, Rory se puso a berrear. Sabedora por experiencia de que estaba a unos diez segundos de que el supermercado en pleno fuera testigo de su fracaso como madre, le entró el pánico y, a toda prisa, sacó como buenamente pudo a su hijo (que no paraba de moquear y cada vez estaba más pringado de chocolate) del asiento y lo puso en el fondo del carro; él dejó de gritar y se quedó allí sentado, boquiabierto e incrédulo al verse degradado, pero entonces empezó a temblarle la mandíbula. Consciente de que aquello era el comienzo de un nuevo berrinche, Stella le exprimió sobre el puño abierto una moneda de chocolate prácticamente líquida que el niño procedió a llevarse de inmediato a la boca. Haciendo caso omiso de la suciedad del suelo, agradecida de llevar puesta su cómoda sudadera de Pineapple Studios (era jueves, así que estaba convencida de que no se la había puesto más de tres días seguidos… Bueno, vale, tres y medio), empleó el antebrazo para juntar en un montoncito pintalabios, protectores labiales, cremas hidratantes, geles desinfectantes, toallitas húmedas usadas, tampones, juguetes mordisqueados, analgésicos y pelusas.

Miró a Rory con nerviosismo para comprobar cómo estaba, y vio que se había hartado de chuparse el chocolate de los dedos y se había subido al asiento. Una persona de hombros bronceados y sonrisa solícita estaba parada junto al carro.

—Permíteme —dijo la persona en cuestión antes de sacar un paquete de tamaño industrial de toallitas húmedas de su bolso (uno inca, fabricado a mano en Sudamérica).

Era la niñera de los Van Ness. Stella había coincidido con ella en alguna breve ocasión… a las puertas de la escuela, probablemente. Con toda la naturalidad del mundo y, lo más importante de todo, sin que Rory objetara lo más mínimo, empezando por la boca y siguiendo de dentro hacia fuera a lo largo de cada miembro, concluyendo en el mango del carro, la joven limpió todas las superficies achocolatadas.

—Ya está. ¿Quién es un niño listo? —Le alborotó el pelo y le pasó el puñado de toallitas sucias a Stella—. Ya está, ahora ya se le ve… ¿Cómo se dice…? ¿Feliz como una lombriz?

La peculiar expresión empleada, dicha además con aquel acento latino, hizo que Stella se echara a reír. No recordaba el nombre de aquella joven, pero sabía que tenía algo que ver con el chocolate.

—Gracias. Soy… Eh… Stella.

—Sí, ya lo sé.

Stella la miró en silencio, a la espera de que añadiera algo, pero la joven se limitó a mirarla a su vez. Era toda ojos (unos ojazos verdes), piel mediterránea y unos labios color rojo eléctrico que esbozaban una sonrisa traviesa.

—No me acuerdo de cómo te llamas.

—Sí, ya lo sé.

Sus labios se entreabrieron y revelaron una sonrisa que habría sido el sueño de cualquier higienista dental. A Stella le llegó el olor de una crema solar: manteca de karité y plátano con una pizca de vainilla.

—Soy Coco. Trabajo para los Van Ness.

—Sí. Claro. Ya lo sabía, sí. Me alegra volver a verte. Me encanta la blusa que llevas, ¿es de Tom Williamson?

—¿Esta? No sé, la he tomado prestada. Me encanta el color. —Tocó con un dedo uno de los finos tirantes amarillos.

Ah, aquel color. Aquel color amarillo, como el de un campo de girasoles, le evocaba tantos recuerdos felices a Stella… Era exactamente el mismo tono de los vestidos de dama de honor que Ana y ella se habían puesto para la boda de Dixie. Todavía tenía una foto de las tres: Dixie de un rosa vergonzante, como el de un vestido para el baile de fin de curso; y Ana y ella misma, sus sonrientes cómplices bañadas por un cálido sol. El matrimonio en sí había sido una catástrofe, por supuesto, pero había sido una de las bodas más desmadradas a las que había asistido; de hecho, todavía estaba en pie una prohibición de hablar sobre la mitad (como mínimo) de todo lo ocurrido durante la fiesta posterior. En aquel entonces debían de tener la edad de Coco más o menos; en aquella época Stella era tan joven y sexi como ella, estaba igual de segura de sí misma. Echaba de menos esa sensación, aunque la verdad es que no sabría decir si alguna vez había llegado a ser así de sexi.

—¿No tienes frío con eso puesto?

Coco se rio con despreocupación y se sacó una sudadera con capucha del bolso. Stella percibió un aroma a limón.

—Sí, un poco. Pero estamos en primavera. Es muy importante que te dé el sol en la piel, ¿no te parece? —Alzó un antebrazo y acarició la firme, satinada piel. Una piel bronceada de la que emergían pelitos rubios.

Stella se estremeció y reprimió el impulso de comparar el bronceado brazo de la niñera hispana de veintipocos años con la epidermis salpicada de marcas y dañada por el sol de una mujer de cuarenta años con dos hijos, una mujer que llevaba unos cuatro días sin ducharse ni cambiarse de ropa.

—Me alegra volver a verte, Coco. ¿Qué tal están los Van Ness? Hace semanas que no veo a Penelope.

—¡Oh, están de maravilla! La señora Penelope Van Ness está disfrutando de unos días de relajación en Goa.

—¡Qué bien! Bueno, qué suerte la suya. Salúdala de mi parte. Vamos, Rory. Intentemos terminar este espectáculo de terror antes de que se te caiga el halo.

Los ojos del niño siguieron a Coco mientras esta reía, la devoraba con la mirada como si estuviera bañada de chocolate. La joven se inclinó hacia delante y le besó, primero en la frente y después en los labios, y Stella tuvo que reprimir el impulso de apartarla de un empellón. ¡Los labios! ¡Eso ya era pasarse!, ¡puaj!

—Le gustas. Eso es muy inusual —comentó.

—Los críos me adoran, saben que les quiero incondicionalmente —lo dijo con suma seriedad.

Stella decidió que ya había tenido bastante. Hete allí otra *hippy new age* perdida en el fantasioso país de las hadas.

—Sí, seguro que es por eso. Un placer verte, Coco. Seguro que volveré a coincidir contigo.

Se dirigió hacia el pasillo de la fruta a toda prisa con su carro y su retoño, que se inclinó hacia un lado para intentar lanzarle una sonrisa de oreja a oreja a Coco.

—Eso espero, me encantaría —dijo la joven.

Al rodear la pirámide de patatas amontonadas, Rory la perdió de vista y se puso a berrear. Stella le exprimió otra moneda de chocolate en la zarpa y empezó a rodearle de alimentos que, Dios mediante, llegaría a comerse algún día: zanahorias, apio, pepinos, clementinas. Todo sano, vamos. Rory se sentó entre el arcoíris creciente de fruta y verdura, y se consiguió algo de chocolate que chupar en un *ticket* de compra que había encontrado en el fondo del carro.

Stella estaba pasando por delante de la sección de lácteos refrigerados cuando vio fugazmente la morena espalda desnuda de Coco en el pasillo de las galletas. La joven estaba llenándose la cesta de Hobnobs, digestivas de chocolate y glaseadas de jengibre. Además de la blusa amarilla de tirantes finos, y de la suave sudadera gris que olía a limón y que llevaba en ese momento echada sobre los hombros (seguro que algún instructor de surf veinteañero se la había dejado olvidada en su cama), llevaba también unos pantalones blancos de licra que, al estirarse cuando se agachó para agarrar una caja de Oreos, revelaron que no le hacían falta soporte ni protección adicionales. Stella lamentó haber optado por unos baratos pantalones rosa de Sweaty Betty (se suponía que eran de deporte, pero la verdad es que nunca habían echado a correr).

Se escabulló para evitar ser vista y verse obligada a soportar más conversación, pero no pudo resistir la tentación de asomarse desde detrás del expositor de patatas fritas Kettle para ver qué más había metido en la cesta. Tres paquetes de fideos instantáneos; una caja de salvado con pasas; un litro de helado de vainilla; otro litro de helado, pero de mango. Mantenía una postura ejemplar: el cuello curvado y erguido como una bailarina, los hombros rectos, brazos y espalda tonificados.

Tras verla doblarse por la cintura sin titubear lo más mínimo para alcanzar una hogaza de pan integral y cuatro latas de alubias rojas del estante de abajo del todo, Stella tomó una bolsa de patatas fritas de tamaño familiar del expositor que tenía justo al alcance de la mano. Al meterla en el carro, su mirada recayó en su propia vestimenta: en la parte frontal de la sudadera había manchas de té y de café, varias salpicaduras de aceite, y en ese momento notó un olorcillo a... ni a limón ni a manteca de karité, olía a pescado; ah, y llevaba puestas las botas de agua pintadas a mano de su suegra. A ver, para ser justos, eran las que había visto más cerca de la puerta y, teniendo en cuenta que había un cincuenta por ciento de probabilidades de que lloviera cada vez que iba al supermercado, le habían parecido la opción más sensata. Pero en ese momento, viendo a Coco con toda aquella saludable, adorable, juvenil vitalidad, sentía una vergüenza y un pesar demoledores: vergüenza por cómo iban en declive sus estándares, y pesar porque lo de doblarse por la cintura para tomar algo de un estante inferior era algo que ella no podría volver a hacer jamás; en vez de eso, se inclinó ligeramente y bajó la mano hacia uno que estaba más a su alcance para hacerse con unos cacahuetes tostados con miel.

—¿Steeeella? Pero ¿qué estás haciendo ahí abajo?

Era una de esas voces chillonas que se expanden y llenan hasta el último recoveco, era tal y como Stella imaginaba que sonaba la suya propia cuando su vida se volvía demasiado dura. Era una voz que la perseguía y la atormentaba. Agarró a toda prisa unas calabazas, linaza y semillas de chía, añadió también algunas legumbres variadas y lo metió todo en el carro alrededor de Rory en un intento desesperado de ocultar los paquetes de chocolatinas variadas, los caprichitos de chocolate de gran tamaño y el *pack* en oferta de patatas fritas Kettle. Sabía que allí debajo, en algún lugar, había fruta y verduras frescas.

Olivia Oysten-Taylor iba vestida de blanco, tal y como cabía esperar en ella. Pero no era un blanco normal, sino uno de esos que solo existen en el mundo de los anuncios. Ah, y había optado por un estilo deportivo.

—Hola, Olivia, qué alegría verte. Estás fantástica, pareces Billie Jean.

Se dieron dos besos al aire.

—¡Te he reconocido desde atrás de inmediato!

Stella se preguntó qué querría decir eso de «desde atrás», pero se limitó a decir:

—¿Te acuerdas de Rory?

Olivia se inclinó un poco hacia él.

—Oh, no sé por qué, pero estaba convencida de que se llamaba Tom. Tommy es un nombre precioso, de lo más británico.

—Tom es su hermano, está en el colegio.

—Pero ¡qué guapo eres!, ¡qué adorable! ¿Serás un hombre de éxito como tu padre cuando crezcas y te pongas grande? ¿Serás como ese encanto de Jack?

—Jake.

—Sí, ¡por supueeeesto! Jake. Un encanto de hombre.

—¿Qué tal está Rups? —Le encantaba decirlo. Rups. Era un nombre que solo le quedaría bien a un osito de peluche—. ¿Está bien? Rups.

—¡Está de maravilla! Vamos a comprar una casita en Vermont, un pequeño lugar de escapada para el otoño. Es que resulta de lo más difícil encontrar un lugar entretenido al que ir de vacaciones en otoño, ¿no te parece?

—Sí, tienes toda la razón.

Mientras hablaba era consciente de que Rory estaba empezando a soliviantarse otra vez. Estaba mordisqueando la envoltura de papel de aluminio de una de sus desaparecidas monedas, la mitad de las cuales estaban secándose entremedio de su flequillo (hablando del flequillo, Stella se dio cuenta en ese momento de que al niño le hacía falta con urgencia un buen corte).

El niño alargó una amistosa mano para intentar tocar el impecablemente maquillado rostro de Olivia, quien se echó hacia atrás como si las manchas de chocolate fueran tóxicas en vez del inofensivo residuo de un dulce de chocolate con leche.

Stella deseó haberse puesto las gafas de sol. Si la gente no la reconocía, dejaría de tener aquellos encuentros incómodos y perturbadores. Era uno de los mayores inconvenientes de vivir en Wandsworth: siempre corrías el riesgo de encontrarte con alguien conocido cuando ibas a alguna tienda, así que se suponía que siempre tenías que esforzarte por arreglarte un poco antes de salir de casa aunque eso supusiera luchar por enfundarte las mallas de Sweaty Betty que te compraste cinco años atrás (justo después de que naciera Tom), unas mallas que hasta esa semana no te habías puesto para salir a la calle ni una sola vez.

Rory estaba parloteando y limpiándose los dedos en la chaqueta con sumo regocijo. Pero eso no era algo que le preocupara, ya que había aprendido tiempo atrás a ponerles a sus hijos ropa oscura para disimular los problemas que tenían con el chocolate.

El niño chilló algo que ella interpretó como «moneda», pero que podría ser vete tú a saber qué. A lo mejor estaba dando un informe pormenorizado sobre sus defectos como madre.

—Shhh... Calla, cielo —susurró antes de darle una zanahoria que su hijo procedió a tirar al suelo.

—Qué testarudo es, ¿no? —comentó Olivia, que tenía un aspecto prístino. Pintalabios aplicado a la perfección; cejas delineadas con esmero. ¡Por el amor de Dios, si hasta llevaba puesta una falda de tenis de verdad!

—Ajá. ¿A dónde vas con esa pinta tan fabulosa?

—He encontrado el profesor de tenis más subliiiiime del mundo, ¡es un sueño! Jugó en el circuito en los noventa. Francés. Un talento inmenso. —Simuló un débil revés a dos manos—. ¿Tú juegas?

—¿Al tenis? No, ya no. Lo dejé cuando me torcí una rodilla esquiando en Klosters en el 97. Ahora ya no puedo practicar todos los deportes, tengo que priorizar.

Alzó la mano hacia el primer estante de arriba para agarrar algo beis que tenía pinta de ser orgánico... Ah, quinoa. Sonrió a Olivia como si tuviera perfectamente claro qué era aquello, y cuál era la mejor forma de prepararlo y servirlo.

—Tengo que irme ya, Olivia. A Tom le han pedido que haga la prueba en el club de ajedrez, y no quiero que llegue tarde a clase de cantonés.

—Ah, *sáisáugāan hái bindouh a.* —Al ver su cara de desconcierto, Olivia añadió sonriente—: ¡Ay, cielo, es cantonés! Significa «que tengas un día propicio». Siempre ayudo a Felix con los deberes.

—¡Ah, sí, claro! —Stella se echó a reír—. ¡Chao chao! —Vio que ponía cara de no entender nada, y optó por no pararse a explicarle que estaba haciendo un chiste racista.

—Tenéis que venir a casa para tomar unas Pimms y que los niños jueguen, en cuanto haga un poco más de calor.

—Sí, por supuesto, pero es posible que vuelva a trabajar en breve.

Va a ser muy difícil compaginarlo todo. —Fue la primera mentira que se le ocurrió.

—Ay, ¿qué era lo que hacías…? ¿Estabas en relaciones públicas?

—Era periodista. Moda y famosos.

—¿En seeeriooo? Periodista, de moda… ¡y también de famosos! —¿Se dirigió su mirada con desdén, por un breve instante, hacia la informal ropa deportiva llena de manchurrones de Stella?—. ¡Qué actual!, ¡qué maravilla! ¿*Vlogueabas*? ¿Qué es una *vloguera*? ¡Qué emocionante! En fin, tenéis que venir a casa sí o sí. Tenemos una niñera nueva y prepara unas magdalenas glaseadas realmente divinas, ¡Felix y Quentin y Sebastian y Honor las comerían a todas horas! Podríamos ver si tiene una receta de pastel de chocolate para el pequeño Ror-Ror. Hemos remodelado el jardín entero con un cenador y un estanque…

—Sí, muy bien. Tenemos que… —Stella le dijo adiós con la mano al marcharse, y se inclinó hacia delante para susurrarle a Rory al oído un improvisado final de la invitación de Olivia—: un estanque para el rebaño de búfalos de agua, una colonia de garcetas y otra de flamencos, y un cartel gigantesco donde pone «La maternidad no es un deporte de competición». Tienes razón, Olivia es una arpía. ¡No tenemos por qué volver a verla en la vida!

Alrededor del chocolateado crío se amontonaban capas de comida: pan y harina integrales; productos orgánicos certificados varios, desde semillas hasta legumbres; después había varias capas de dulces y aperitivos para picotear; y, al fondo de todo, fuera del alcance de la mano, compactadas y deformadas a esas alturas por el peso de todo lo que tenían encima, frutas y verduras variadas que habían sido golpeteadas por Rory en su mayoría y que no tardarían en quedar incomibles. Tenía que hacer algo respecto a la dieta, la verdad. Se inclinó un poco hacia delante para agarrar un tarro de Nutella y notó que algo se le aflojaba en la espalda… Un disco. ¡Dios, no, un disco no! ¡Y tenía que ser en ese preciso momento! Con un gemido y mucha cautela fue incorporándose, y no pudo evitar recordar la fluidez carente de esfuerzo de la maniobra con la que Coco había alcanzado el estante de abajo del todo: Tuladandasana-Nutella, bastón en equilibrio con Nutella. ¡Algún día sería capaz de alcanzar un bote de Nutella situado en un estante inferior sin correr el riesgo de sufrir un fallo total de la médula espinal! Más yoga, se prometió a sí misma. O tal vez Pilates. Decidió informarse un poco al respecto, no tenía sentido tomar decisiones precipitadas.

Se preguntó si debería comprar más semillas y legumbres (por cierto, tenía que buscar «legumbres» en el diccionario, a juzgar por cómo sonaba debía de ser un alimento de lo más completo). Revisó los estantes en busca de más productos de ese estilo y se sintió mejor de inmediato; podía comprar un surtido variado de alimentos «sanos» (productos naturales, lentejas, arroz salvaje, piñones, semillas de girasol...), y decidir más adelante lo que iba a hacer con ellos. Quedarían la mar de bien en el armario de la cocina, y la mera idea de pensar en comprarlos hacía que ya se sintiera más delgada. Que ella supiera, no existía ni un solo plan dietético en el mundo que no abogara por las semillas, a lo mejor podía tostarlas en su horno y guardarlas en un viejo tarro de mermelada para cuando le apeteciera picar algo... Sí, no había duda de que esa era una opción. Estaba convencida de haber visto a Victoria Beckham ir de acá para allá con unas semillas y la cosa parecía funcionarle bien, incluso con cuatro hijos de diseño y dos carreras boyantes.

Mientras circulaba apresuradamente por los pasillos, mantuvo un ojo alerta por si veía aparecer a Coco... y el otro lo mantuvo alerta por Olivia. Pensó para sus adentros que era una lástima que las amistades que tenía en ese momento fueran más como la segunda, en vez de interesantes como la primera. Tal vez Coco fuera un poco rara, la verdad, pero Olivia... Olivia era todo cuanto ella no quería ser, aquello en lo que quizás estaba convirtiéndose (y eso le aterraba), pero también la envidiaba. Gracias a Dios que todavía tenía amigas como Ana y Dixie para mantenerla cuerda. Compartir con ellas el caos de sus respectivas vidas la ayudaba a convencerse a sí misma de que no estaba perdiendo el juicio, o que al menos no era la única a la que estaba sucediéndole.

No volvió a ver a Coco, pero Olivia —de espaldas a ella, por suerte— estaba pagando una botella de agua en la caja para compras de hasta seis productos cuando vio, para su gran regocijo, que Rory se las había ingeniado en algún momento dado para limpiarse cuatro dedos pringados de chocolate en su falda de tenis. Las rayas verticales parecían mierda bajo las brillantes luces del supermercado, era como si se hubiera quedado sin papel y hubiera empleado la mano antes de limpiársela en su faldita de tenis azul y blanca. La cajera interrumpió su momento de felicidad.

—Lo siento, cielo, ¿podrías intentarlo otra vez?

—¿Qué?

—La tarjeta no funciona.

—¿En serio? ¡Qué raro!, no sé por qué... —Empezó a ponerse roja como un tomate, sintió el sudor que empezó a emergerle de los poros por encima del labio superior. Recordó avergonzada los mensajes de voz de Barclaycard a los que había hecho caso omiso—. Espere, lo siento, ¡tengo otra! —Intentó reírse con naturalidad—. Demasiadas fiestas, suele suceder, ¿verdad?

Sacó la tarjeta vinculada a su cuenta personal y rezó a todos los dioses de la economía familiar organizada, rogando haber dejado algo de dinero en dicha cuenta.

—Hecho.

Las gotas de sudor empezaron a secarse, y Stella encontró consuelo y distracción en el recuerdo de la falda manchada de Olivia.

—¡Bien hecho, Rory! Llegarás lejos.

Aún estaba alabando risueña a Rory cuando salió del supermercado y se encontró con un aguacero. La oscuridad opresiva de las nubes bajas, la cortina de agua que les rodeaba... La inundó una sensación de temor que le heló las venas, y se prometió a sí misma que iba a devolver las llamadas de Barclaycard. Sabía que, por una vez, lo más probable era que no tuviera la culpa de aquel problema de liquidez, ya que la tarjeta de Barclaycard se pagaba desde la cuenta de Jake... Se detuvo en seco ante una súbita oleada de preocupación por la posible relación del problema con Barclaycard con lo taciturno que había estado Jake últimamente, pero descartó la idea y procedió a meter la compra en el monovolumen mientras Rory sonreía de oreja a oreja y le mostraba con orgullo sus nuevos ojos, unos ojos de panda recién creados a base de chocolate.

—¡Qué payaso eres! —exclamó ella, riendo, mientras él protestaba chillando al ver que le separaban de su carro.

2

Ana

—¿Seguro que estás listo, Rex? —preguntó Ana en voz alta, al salir de la ducha del pequeño cuarto de baño que ambos compartían. Su cabello, largo y oscuro, caía chorreando por su espalda de piel color caramelo—. ¿Vamos a hacerlo?, ¿en serio? Quiero que de verdad sea la decisión correcta, para ambos, no quiero que te sientas… atrapado.

Se escurrió un poco el pelo, se envolvió en una toalla y se dirigió descalza a la pequeña cocina de estilo años setenta con revestimientos de madera. Rex estaba allí, tomándose un café.

—Aunque no tengo ni idea de dónde vamos a ponerlo —añadió ella mientras recorría con la mirada el pisito tipo estudio que compartían, que tenía el tamaño de un sello de correos—. Tengo que regar esa planta.

En la ventana de la cocina, una cinta de la que colgaban hijuelos a rebosar estaba deshidratándose milagrosamente. ¿No se suponía que eran como las cucarachas? Podían soportar un invierno nuclear, pero una primavera en Battersea era demasiado. Parte de la preparación de Ana para la edad adulta y una futura maternidad se basaba en una progresión: el objetivo consistía en, primero de todo, mantener viva una planta durante más de seis meses, pasar de nivel entonces a una mascota y, si ambas seguían vivitas y coleando doce meses después, un hijo. La planta todavía estaba viva; su gato, Boris, atigrado y medio asilvestrado, se había largado varios meses atrás. Rex insistía en que debían de haberlo atropellado, pero ella sabía que seguía vivo: le había visto en más de una ocasión escondiéndose detrás de los cubos de basura. Había fingido que no la conocía.

—Ya te lo he dicho otras veces, Ana, si es lo que quieres..., lo que necesitas, pues vamos allá. Yo estaré aquí a cada paso del camino.

—¿De verdad? —Le sonrió con timidez—. ¿Aunque se supone que es tan estresante como un divorcio o perder a tu padre o a tu madre?

—Mira, no quiero ser una de esas personas que se obsesionan tanto con la idea de tener un hijo que son incapaces de pensar o de hacer nada más allá de eso. Es algo que me aterra. Si estamos destinados a tenerlo, pues así será; de no ser así, podemos comprar un barco, navegar por el mundo, disfrutar de la vida.

—No te gustan los barcos, Rex. Ni siquiera te gusta el agua.

—Bueno, en realidad es el agua dulce la que no me gusta, me estropea las lentillas. —Sus ojos azules la miraron chispeantes mientras se reía—. Te amo, tan sencillo como eso. Y, si somos tú y yo por siempre jamás, seguiré siendo un hombre muy feliz. —Echó al fregadero lo que le quedaba del café y se dirigió hacia la puerta.

Justo cuando iba a pasar junto a ella, Ana dejó caer la toalla al suelo y preguntó:

—¿No estás olvidándote de algo?

Una suave corriente de aire la acarició, su piel desnuda se erizó y se le irguieron los pezones. Tenía la manía de que a lo mejor eran demasiado grandes, pero nadie se había quejado hasta el momento.

—¡Vaya! ¿¡Estás ovulando!? —Le cubrió un pecho con la mano—. El tamaño perfecto para que quepa en la mano. —Le atrapó el pezón entre los nudillos del índice y el corazón.

Ella bajó la mano hacia su entrepierna y le acarició el miembro.

—Lo que no cabe en la mano no se debe desperdiciar. —Se echó a reír cuando notó cómo se agrandaba y superaba el tamaño de su mano—. Esta es la mejor forma de empezar la jornada, ¿verdad? ¿Me estás diciendo que preferirías estar trabajando?

A Ana le preocupaba que las relaciones sexuales que mantenían no fueran lo bastante frecuentes. Siempre le preocupaba no estar teniendo sexo suficiente y, ahora que lo practicaban con un propósito concreto, que era algo que formaba parte de su plan de vida, de lo que tenía que hacer porque, en caso de no aprovechar el momento, cabía la posibilidad de que no pudiera llegar a vivir esa experiencia jamás, le aterraba la idea de que pudiera convertirse en una tarea rutinaria.

Un buen hombre era difícil de encontrar, y Rex estaba dentro de esa categoría. No quería tener que encontrar otro, se tardaba demasiado tiempo en adiestrarlos. Le condujo a la sala de estar, se tumbó de espaldas en el sofá, abrió las piernas lo suficiente para que pudiera ver el interior de su cuerpo y, acariciándose el clítoris con un dedo, le tentó juguetona:

—¿Seguro que tienes que irte a trabajar ahora mismo?, ¿en este preciso momento…?

—Dios, me pones tan…

Ella se deslizó un poco más hacia abajo en el sofá, de un dedo pasó a usar dos.

—Eres una picarona…

Ana le observó en silencio y sonrió con picardía cuando él, sin quitarse la ropa, se abrió la bragueta, sacó su erecto miembro y la penetró con una húmeda y fluida envestida. Sentir aquella dureza en su interior le hizo soltar un jadeo, y se sintió aliviada por un instante por el hecho de que siguiera deseándola tanto.

—Oh, Dios, qué mojada estás…

Sus largos y lentos movimientos (ni los más largos ni los más lentos que ella había experimentado, pero le bastaban en ambos aspectos) la hacían golpetear rítmicamente con la cabeza el respaldo del viejo y desgastado sofá Chesterfield. Le encantaba follar con él. Era cariñoso y tierno, distaba mucho de ser un animal salvaje, pero el sexo estaba bien. No es que fuera el mejor sexo del mundo, pero estaba bien; sí, lo suficientemente bien, mejor que en la mayoría de los casos. Y sospechaba que mejor, desde luego, que el que tenían la mayoría de amigas suyas que llevaban una feliz y estable vida hogareña. Pero no era el mejor, la verdad. El mejor había quedado atrás en el tiempo, muy atrás. Y Rex era la decisión adecuada, sí que lo era. No era una decisión tomada a la ligera. No había sido tomada sin un sólido análisis, sin extensos debates con las chicas. No era una decisión tomada sin una hoja de cálculo.

Rex la agarró del pelo mientras aceleraba el ritmo y la embestía con más fuerza, estaba cada vez más enardecido y ella se tocó para que pudieran correrse a la vez. Tal vez en esa ocasión apenas necesitara esa estimulación añadida; quizás, pensó para sus adentros, la decisión de utilizar el sexo para procrear pudiera mejorar el sexo en sí... sería sin duda un descubrimiento interesante, su hoja de cálculo no tenía ninguna columna para ese dato tan útil.

—¡Sí! —gimió él—, ¡ahora, cariño, vamos, por favor...! —Soltaron un grito de placer al unísono cuando se corrió, varias sacudidas lo recorrieron mientras yacía sobre ella y finalmente se echó a un lado para quitarse de encima.

Estaba jadeante, tenía el cabello húmedo y la camisa arrugada, y Ana lo miró y pensó que, para ser un hombre de cuarenta y cinco años, la verdad es que no estaba en mala forma; además, ese aspecto de «recién follado» parecía sentarle bien. Ya estaba bastante desaliñado de por sí, despeinado y con el rostro sin afeitar, así que daba la impresión de que aquel añadido no hacía sino complementar su *look*. De momento había logrado eludir la barriguita de la mediana edad, y ella no le había encontrado ninguna cana todavía.

—Bueno, ¿algo más que deba hacer antes de ir a trabajar? —le dijo él con una sonrisa picarona—. ¡Que sea el jefe no significa que pueda llegar con horas de retraso a diario! —Se levantó de un salto y, tras ponerse bien la ropa, se inclinó para besarla y le susurró al oído—: A ver, ángel dormilón, ¿no tendrías que mover ese culito respingón tuyo y poner rumbo al trabajo también?

—De hecho, esta mañana tengo hora en el ginecólogo.

—¿Otra vez?

—Quiero comprobar que todo esté bien, eso es todo. No es por nada en concreto, solo será una revisión. Estoy cerca de los cuarenta, tengo que asegurarme de que todas las cañerías funcionan bien.

—¿No hay nada que yo deba saber?

—No, para nada.

—Seguro que no hay ningún problema, ¿por qué habría de haberlo? —Se inclinó hacia delante y besó el oscuro triángulo de vello—. Un besito adicional de despedida, y para asegurarme de que no se me olvide pensar en ti durante todo el día...

—¡Eres un guarrete! ¡Eso, vete ya! —bromeó ella mientras le veía marcharse.

Se quedó allí, tumbada en medio del piso que compartían, desnuda aún, mientras el sol de principios de primavera se deslizaba por su piel. Rex era genial, eso era algo de lo que ella era plenamente consciente; era una mujer con suerte. Vale, tal vez no fuera una estrella del *rock*, ni tan siquiera una de *country*, pero ella sabía que sería un gran padre y que siempre podría contar con él. Era un hombre cariñoso, de buen corazón y estable y, aunque esas palabras la habrían horrorizado veinte años atrás, había crecido y él era lo que necesitaba en ese momento de su vida. La época para comportarse... ¿Cómo lo llamaba Dixie...? Ah, sí. La época para comportarse «a lo loco» había quedado atrás. Su vida había sido planeada mediante un sencillo esquema que abarcaba las distintas décadas. Adolescencia: descubrir el sexo, sobresalir en dicha materia; de veinteañera: sexo «a lo loco», trascender; de treintañera: sexo con padre de bebé, relajado; en los cuarenta: sexo de madre de familia/posición del misionero, funcional y recreativo. No se casaría nunca, esa era una decisión que había tomado mucho tiempo atrás. Si no te casabas, nunca te arrepentirías de haberlo hecho. Vale, no es que la vida que llevaba con Rex fuera la más excitante del mundo, pero se divertían, compartían risas y, en una escala de posibles finales felices, no era el peor ni mucho menos. La hoja de cálculo no mentía. Además, mientras siguieran manteniendo relaciones sexuales, todo iría bien. El sexo lo arreglaba todo.

3

Dixie

La vida de Dixie en Tinder necesitaba una buena limpieza primaveral. Había modificado su edad recientemente... una vez más. Sabía que las redes sociales limitaban el número de veces que podías cambiar la edad, pero, ya que iba a pasar unos días en Manhattan, por qué no aprovechar para hacerse unos selfis en la sala de espera de British Airways. Después podría retocarlos (añadir un poquitín por aquí, perder otro poquitín por allá...), y reinventarse a sí misma para disfrutar de unos días de folleteo de fantasía entre reuniones y fiestas. Hizo morritos con la mirada puesta en la pantalla del móvil mientras se atusaba su rizada melena pelirroja, y se sintió satisfecha tanto por el pintalabios «rojo radioactivo» que había elegido como por el tinte caoba que se había aplicado antes de la fiesta de la noche anterior. Los ventanales abarcaban del suelo hasta el techo y la luz que aportaban era mágica. Amplió una de las fotos con el *zoom* y llegó a la conclusión de que tenía un aspecto espectacular, sobre todo teniendo en cuenta el estropicio de la noche anterior. ¿Cómo se llamaba aquel tipo...? Era algo relacionado con coches, ¿Lancia? ¡Ah, sí, Lance! De cero a sesenta en 4,6 segundos, pero nunca te llevará a donde quieres llegar. Carlton, su exmarido, había tenido un Lancia, y con eso quedaba todo dicho. La tía Pearl le había advertido que el matrimonio no iba a funcionar, pero, siendo como era, ella no le había hecho caso. Quedarte huérfana de niña y que te criara tu tía abuela tenía sus ventajas, pero Pearl jamás había logrado tenerla controlada ni que anduviera por el buen camino.

—¿Quieres que te haga una foto?

Aquella voz baja y ronca que sonó a su espalda la arrancó de sus pensamientos.

—Perdona, ¿estás hablando conmigo?

—Sí —contestó la cálida voz, resonante como un chelo.

Ella se dio la vuelta y se sorprendió al ver a un hombre alto, delgado y de cabello oscuro con unos vivaces ojos azules y una media sonrisa.

—He pensado que a lo mejor querrías que te hiciera una foto para que pudieras conseguir mejor ángulo, ¿querías tener el Dreamliner al fondo?

«Joder, qué bueno está», pensó ella para sus adentros. Sí, vale, llevaba puesto un anillo de casado, pero estaba bueno. Además, lo del anillo podría beneficiarla, ¿no? Nada de lloriqueos cuando no quisiera volver a verlo.

—¿Dreamliner?, ¿así se llama? Sí que sabes de aviones. —Esbozó una sonrisita. A lo mejor era una especie de tipo rarito aficionado a ese tema—. Sí, sería genial que me hicieras una foto, gracias.

Se sorprendió al ver que él sabía perfectamente bien lo que hacía: sostuvo el teléfono en alto para conseguir el ángulo que te hace parecer más delgada, y tomó unas cinco fotos seguidas para que ella pudiera elegir la mejor. Su mujer debía de ser bastante quisquillosa.

—Eres todo un experto. —Alargó la mano, sus ojos verdes lo miraron chispeantes—. Soy Dixie, ¿y tú?

—Freddie, encantado de conocerte. ¿A dónde vas?, ¿de viaje para ver a tu novio?

Dixie no le había pillado mirándola con disimulo para ver si llevaba anillo de casada. Vale, era un mujeriego... «¿Por qué no?», decidió para sus adentros.

—Ah, voy a Nueva York. Tengo varias reuniones allí, eso es todo. Nada especial. ¿Y tú?

Posó la mirada en su anillo de casado de forma deliberada para ver cómo reaccionaba.

—Pues, por lo que parece, voy a viajar rumbo al este contigo. Tenemos oficinas en Londres, así que voy y vengo con frecuencia. Es una ciudad que me encanta, pero elijo Nueva York. Londres es todo agua; Manhattan, electricidad.

—Sí, te entiendo a la perfección, ¡es un sitio que tiene algo que te revitaliza! ¡Por no hablar de las tiendas tan increíbles que hay! —Se contuvo por temor a estar sonando demasiado entusiasta. «Que sea él quien se lo curre», pensó—. En fin, ha sido un placer conocerte, Freddie, y espero que te vaya bien el viaje..., y gracias por la foto. A lo mejor nos vemos también después de aterrizar.

Se fue sin más, siendo plenamente consciente de que la seguía con la mirada mientras ella se alejaba con paso decidido. Siempre hay que dejarlo cuando una lleva la delantera, ese era su lema; déjales con ganas de más. Además, tenía la nariz congestionada y dolorida, y algo estaba goteando en otra zona. Tenía que ir al baño.

Cuando le escanearon la tarjeta de embarque en la puerta, oyó el pequeño pitido, vio la tan ansiada luz roja y ¡tachán!... la subieron de categoría y la pasaron a *business*. La cosa iba bien de momento... un hombre sexi, y viajar en una categoría superior; no estaba mal para una asistente personal.

Llevaba cerca de quince años trabajando para Peter Pomerov, quien, a pesar de su nombre ruso, tenía un historial tan británico como la mayoría de los primeros ministros del partido conservador: Eton, Oxford, el Colegio de Abogados del Reino Unido. Confiaba en ella como si fuera su mujer... incluso más, de hecho. Hacía de todo para él, desde organizarle los viajes hasta volar de un lado a otro para manejar las propiedades que Peter poseía alrededor del mundo, y a cambio él se las ingeniaba para orquestar cosas como la mejora a una categoría superior en un vuelo. Se adoraban mutuamente, y lo cierto es que estaría dispuesta a hacer lo que fuera por él. Era el director de una empresa familiar (cuya historia ella seguía sin conocer al completo), estaba metido en múltiples negocios, y Dixie era consciente de lo afortunada que era por haber conseguido un trabajo tan increíble con un hombre tan amable, tolerante y honesto. En un principio, se suponía que el empleo sería un parche temporal cuando se había visto en la obligación de trabajar mientras el divorcio se tramitaba. Siempre había soñado con ser ilustradora (incluso había empezado a crear un libro infantil quince años atrás), con utilizar su cerebro y sus dotes artísticas, pero no había visto un camino viable en esa dirección y, como su complicado divorcio iba alargándose, necesitaba algo sencillo y bien pagado. Le habían ofrecido contratos de prácticas, pero el dinero era poco menos que inexistente y, además, la atracción de codearse con hombres con dinero y poder era algo a lo que no había tardado en acostumbrarse, algo a lo que había sido incapaz de renunciar. El dinero y los hombres eran tan necesarios para ella como la comida y el agua, la cuestión era que se sentía cada vez más feliz con más dinero y muchos hombres. No había visto su carrera profesional ideal como un camino viable y, de igual forma, tampoco se imaginaba a sí misma transitando por la senda de una vida hogareña y monógama.

Poco le faltó para atragantarse con el champán que estaba tomando cuando, estando bien acomodada en su asiento (uno de los de la doble fila central, por desgracia), alguien se sentó en el contiguo con pesadez y al volverse a mirar se encontró de lleno con los ojazos azules de Freddie. Lo tenía justo al lado, pero mirándola cara a cara, con una pantalla que ella podía interponer entre ambos en cuanto despegaran..., o también podía pasar las horas siguientes tomando champán y viendo cuánto se esforzaba él por seducirla mientras decidía si quería tirárselo o no. La segunda opción parecía la más interesante sin duda, pero se había prometido a sí misma que aprovecharía el vuelo para trabajar en unas ilustraciones del libro que había dejado inacabado por tanto tiempo; además, también estaban los selfis que tenía que retocar. Pero eso podía esperar... podía dejarlo para el día siguiente y, en cualquier caso, tal vez no necesitara Tinder, por una temporada al menos.

Él sacó un pijama de su equipaje de mano, organizó su espacio personal y, una vez que terminó, se reclinó en el asiento y la miró sonriente.

—Vaya, vaya, el vuelo acaba de ponerse un poco más interesante. —Alzó su copa de champán en un brindis—. ¡Chinchín!

—Sí, supongo que sí —contestó ella—. ¡Chinchín!

Después de brindar se ató su vívido cabello pelirrojo con teatralidad; se hizo un desmañado recogido en lo alto de la cabeza y se dejó varios mechones sueltos alrededor del rostro deliberadamente. Sonrió y le observó mientras él la observaba a su vez.

Siempre pensaba en lo embarazoso que era estar en uno de aquellos asientos; básicamente, estabas en la cama durante seis horas con una persona a la que no conocías de nada. Había tenido relaciones más cortas. Te dabas la vuelta y resulta que le tocabas la pierna con el trasero, o podrías quedarte dormida y ponerte a roncar con la boca abierta de par en par. Era una situación muy invasiva en lo referente al espacio personal. Un obeso y sudoroso hombre de negocios estaba sentándose justo al lado, en la otra fila doble central... Gracias a Dios por la fortuita aparición de un madurito Rob Lowe.

—¿Le sirvo más champán? —le preguntó la azafata a Freddie.

—Sí, gracias —contestó él—. Y creo que a mi amiga tendrá que llenarle de nuevo la copa en breve, vaya pasando por aquí.

Champán en mano, Dixie llegó a la conclusión de que la cosa prometía. Aquel tipo se las sabía todas... y ella se sabía unas cuantas, pensó para sus adentros mientras buscaba con la mirada el baño más cercano.

—Dime, Freddie, ¿a qué te dedicas? Espera, déjame adivinar... Me parece que tienes pinta de ser un hombre al que le habría gustado estar en algún campo creativo, pero esa oportunidad pasó de largo y terminaste disfrutando de los beneficios económicos que te daba una profesión más estable... y ahora eres abogado... Sí, un abogado especializado en fusiones y adquisiciones, ¡mejorando el mundo fusión a fusión! ¿Qué tal voy?

Él estaba riendo, le brillaban los ojos.

—¡Vaya, vaya! Eres toda una pitonisa, pero no, lamento decirte que soy científico, por llamarlo así: terapia génica. Investigamos condiciones degenerativas. Me encanta lo que hago, aunque comprendo que le suene muy aburrido a alguien como tú.

—¡Qué va, si yo no soy más que una humilde asistente personal! Es interesantísimo conocer a alguien con cerebro, alguien que disfruta de su profesión. Me basta y me sobra con todos los abogados que he conocido a lo largo de mi vida, te lo aseguro, así que es motivador encontrar a alguien que ayuda de verdad a la gente. A menos que todo sea un invento tuyo para intentar impresionarme, claro...

—Bueno, eso solo lo sé yo por el momento. Tú tendrás que averiguarlo.

A Dixie empezaba a gustarle el jueguito del tal Freddie. Ligar en un avión podría resultar ser más efectivo que Tinder para encontrar su siguiente rollito pasajero.

Cuando despertó de golpe, se quedó atónita al ver que estaban aterrizando en el JFK. Estaba sentada con el respaldo recto, ¡ni siquiera había llegado a hacer la cama! Les rogó a todos los dioses de la higiene personal que no se le hubiera escapado algo de pis; todavía tenía el pelo recogido en lo alto de la cabeza, aunque la cosa era bastante precaria; ¿habría estado roncando? Notaba los senos de la nariz doloridos y congestionados, tenía la lengua seca y dura como la de un gato. Se había pasado con el champán.

Se volvió hacia Freddie y le vio allí sentado, mirándola de lo más sonriente. «A ver, tengo que centrarme, joder», pensó para sus adentros.

Recordaba haber reído un montón, y que la auxiliar de vuelo les había pedido que no hicieran tanto jaleo..., pero a partir de ahí todo se volvía bastante confuso y no recordaba gran cosa. Con un poco de suerte, lo único que había pasado era que se había quedado dormida.

—¡Buenos días, dormilona! —le dijo él, con una actitud que era un pelín más afectuosa de lo debido.

—Eh... Debí de quedarme dormida, perdona —contestó, un poco aturullada—. En fin, siempre va bien echarse un buen sueñecito y... eh... ¡despertar con las pilas cargadas!

—Echémosle la culpa al champán... A ver, estoy dispuesto a compartir una botella contigo siempre que quieras si me haces promesas como las de anoche, aunque lo de quedarse KO a media frase (a media frase mía, además...) no lo había visto nunca.

Dixie notó cómo se ruborizaba. A la vergüenza que sentía se le sumó además el temor a parecer una remolacha pelirroja embadurnada de pintalabios rojo radioactivo y rímel Maybelline resistente al agua. Se soltó el pelo, lo sacudió para que le ocultara el rostro y, mientras procedía a adecentarse los labios y el contorno de los ojos, se preguntó qué leches era lo que había pasado.

—Supongo que estarás bromeando, Freddie. Estoy demasiado bien educada como para ponerme a hacer promesas a lo loco estando borracha. —Se puso a rebuscar con nerviosismo en su bolso para ver si encontraba un caramelo que le lubricara la lengua y disimulara el mal aliento que le había dejado el alcohol.

—¿Estás segura de eso? Pues la verdad es que estaba esperando con ganas lo que me tenías reservado para esta noche, por lo que dijiste suena bastante atrevido. Supongo que eres una mujer de palabra, ¿no?

—¡Por supuesto que sí!

Dixie se echó a reír, consciente de que aquello se estaba descontrolando. ¿Qué habría podido prometer estando tan borracha como para perder la consciencia durante un vuelo transatlántico? El único consuelo era saber que lo que había intercambiado no eran favores, sino promesas. Miró con nerviosismo hacia el baño…, no habría sido la primera vez que acababa en uno de ellos.

¡Dios! ¿Por qué tenía que hacer siempre lo mismo?, ¿qué diantres le pasaba? En fin, al menos sabía que a las chicas les parecería una anécdota divertidísima. Ya se las imaginaba partiéndose de risa y tomándole el pelo… «¡Típico en ti, Dixie! Un hombre guapo y casado, una botella de champán y seis horas en una cama, ¡qué otra cosa cabría esperar!».

A esas alturas ya se había acoplado la pasarela de embarque y estaban preparándose para bajar del avión.

—Ha sido un placer conocerte, Freddie.

—Lo mismo digo, Dixie Dressler.

¡Dios, le había revelado su verdadero apellido! ¿De qué otras cosas habrían hablado?

—Entonces, ¿nos vemos luego?

—¡No me lo perdería por nada del mundo! —Lo miró sonriente, actuando como si nada, consciente de que estaba a punto de escapar—. ¡No llegues tarde!

—¿Qué te parece a las siete en el bar de tu hotel? Si hubiera algún cambio, te mando un mensaje de texto. —Alzó un poco el móvil y lo agitó con suavidad.

—Genial. Oye, tengo que irme ya.

—¿No quieres que compartamos mi coche de alquiler?

—No, no hace falta.

Se dieron un beso. Él le posó una mano en la base de la espalda para atraerla hacia sí.

—¡Hasta luego, Romeo!

Dixie se reprendió para sus adentros mientras se dirigía hacia la terminal. ¿De qué servía tener todos aquellos rollitos, si después no recordaba lo ocurrido? Lamentó no haber tenido tiempo de actualizar su perfil de Tinder; después de haberla pifiado en aquel flirteo cara a cara, iba a tener que recurrir al perfil que ya tenía más que usado para evitar que el viaje se volviera un aburrimiento.

4

Stella

Rory estaba sentado bien recto en la bañera de estilo victoriano. Estaba desnudo. Después de desvestirle, darle una ducha y secarle, Stella le había dejado allí sentado porque era, literalmente, el único lugar seguro de toda la casa. Allí no tenía escapatoria posible ni podía sembrar el caos, pero no estaba nada contento y la contempló enfurruñado mientras ella empleaba una toalla húmeda para limpiarse la cara y los brazos. Después de limpiar también buena parte de las pintadas amarronadas que tenía en la parte frontal de su sudadera de Pineapple (Olivia no era la única víctima de las manos pringadas de chocolate de su retoño de dos años), intentó peinarse un poco. Se esforzó por lograr que su pelo se comportara como era debido, lo atusó y lo alisó y lo cepilló, pero debido a la humedad y a que casi nunca se aplicaba acondicionador las probabilidades de poder controlarlo eran limitadas.

El teléfono empezó a sonar. Ponía *Número desconocido*, pero ella sabía de quién se trataba.

—Joder, ¿no podéis dejar un mensaje?

Se inclinó un poco más hacia el espejo y se arrancó un solitario pelillo negro que le reaparecía insistentemente en la mejilla, era más grueso de lo normal y le salía cada dos semanas de la noche a la mañana. Estaba convencida de que cada vez que reemergía estaba un poquito más rígido, un poquito más grueso..., al igual que ella. Antes hacía gracia, pero Jake ya no se reía casi nunca. Ninguno de los dos lo hacía. Un súbito sonido procedente de su móvil la alertó de que había recibido otro mensaje de voz. Se preguntó qué conexión podría tener aquel problema de Barclaycard con las prolongadas ausencias de Jake, con su malhumor y sus arranques de genio, con el hecho de que se negara a hablar sobre unas posibles vacaciones e insistiera en que ya no necesitaban una niñera. Era socio en un bufete de abogados... Vale, no era un bufete muy grande, pero era uno de los socios; y sí, tenían una hipoteca grande, pero no es que fuera inasumible. Ella quería una niñera, una como Coco: alguien capaz de hipnotizar a su pequeño y volátil diablillo, que tuviera un cabello brillante como una piedra preciosa y una piel que oliera a los trópicos. Una niñera capaz de doblarse hacia delante sin lesionarse la espalda. Ella se merecía algo así, ¿no?

—¿Sí o no?, ¿me lo merezco? —le hizo la pregunta a su imagen del espejo. No tenía nada clara la respuesta.

Agarró el teléfono con impaciencia al ver que empezaba a sonar de nuevo.

—¿Qué? —contestó con sequedad.

—Yo también te quiero, cielo. —Era Jake.

—Perdona, estoy teniendo una crisis existencial. Oye, los de Barclaycard no dejan de llamar. ¿Sabes...?

—Barclaycard. Ah, sí. Claro. No te preocupes, yo me encargo.

—Vale, pero yo podría...

—No, qué va... Ya les llamo yo, ¿de acuerdo? Bueno, mira, el motivo de mi llamada. Un cliente nuevo, tengo que quedarme hasta tarde, bla, bla, bla. Lo siento, cariño. No me queda más remedio, ya sabes cómo es esto.

—Eres un capullo, ¿otra vez? ¿Se te ha olvidado que invitamos a Tim y a Jenny a que vinieran a tomar algo? De hecho, ¿no fuiste tú el que propuso la idea?, ¿no fue cuando te pasaste toda la tarde del domingo limpiando esa moto inútil que nunca usas?

—Ya lo sé, lo siento. Las cosas son como son, no como a mí me gustaría que fueran, y tengo que quedarme aquí. Te lo compensaré. Podemos ver *Factor X* el viernes por la noche, el programa entero. Sin interrupciones, burlas ni menosprecios en general.

—Eso es imposible, no soportas ese programa.

—Te lo prometo, ni una mala palabra. Silencio, concentración y atención focalizada.

—¿Controlarás tú a los niños?

—Me encargaré hasta de eso.

—De acuerdo. Pero igual cancelo lo de Tim y Jenny. Son nuestros vecinos, con ellos no tenemos amistad. Ya tengo bastantes amigos. —En un lateral del espejo tenía metida una foto enmarcada de Dixie y Ana posando con ridiculez como si estuvieran maquillándose, esa sí que había sido una noche divertida—. No quiero más, sobre todo si son unos aprovechados. Lo único que quiere Jenny es ascender socialmente, está convencida de que soy una especie de conducto que puede acercarla a gente famosa. Yo trabajaba de periodista especializada en el mundo de la moda, no era una anfitriona de la alta sociedad. Era…

—Ya lo sé, lo siento. Llegaré tarde a casa. Y llamaré a Barclaycard, yo me encargo de eso. —Colgó sin más.

Cada vez estaba más convencida de que estaba pasando algo raro. A Jake no le gustaba lo más mínimo *Factor X.* Detestaba los *reality shows*, decía que eran un virus. Cada vez que ella intentaba ver algún programa de ese tipo, él lo echaba a perder con comentarios burlones e imitaciones satíricas. Era imposible disfrutar de la tele teniéndole cerca, y lamentaba haberse vendido a cambio de la oferta de compartir algo que Jake terminaría destruyendo. No había duda de que lo del matrimonio era un misterio, una se enamoraba de alguien debido a todo aquello en lo que esa persona se diferenciaba y al final terminaba por detestar esas mismas idiosincrasias. Menuda paradoja.

Estaba preocupada. La tarjeta de Barclaycard era para los gastos de la casa, y con ella iban sumando puntos de cara a unas vacaciones cuyas fechas todavía estaban por concretar. El total del saldo se pagaba desde la cuenta conjunta que tenían. Debía de tratarse de un error, el sueldo de Jake iba a parar a aquella cuenta y era la que usaban también para pagar la hipoteca; allí había dinero de sobra, por supuesto que sí. Se dijo a sí misma que Jake se encargaría de solucionar el tema y borró el mensaje de voz sin escucharlo.

Rory estaba observándola desde el fondo de la bañera vacía, muy calladito, con el ceño fruncido y semblante preocupado.

—¡No te preocupes, cariño! El mundo está lleno de tontos automatizados, papá lo solucionará.

Se oyó un petardeo, como si algo acabara de reventar, y entonces la boca de Rory se abrió y de entre sus regordetas piernas emergió un chorro de caca color chocolate. El niño soltó un berrido de protesta.

Media hora después se había visto obligada a reemplazar la sudadera de Pineapple Studios (estaba manchada más allá de toda posible salvación) con una blusa de Stella McCartney que, a pesar de ser del todo inapropiada, al menos estaba limpia. La tenía desde hacía años, la lazada tipo *pussy bow* le daba un aire retro al estilo de *Los Ángeles de Charlie* y en otros tiempos solía ponérsela para ir al trabajo y salir de copas. Aquella blusa había presenciado muchas noches en el Soho House, noches que habían quedado en el olvido pero que eran inolvidables. En aquellos tiempos aprovechaba al máximo la tarjeta Gold Amex de la revista y se creía la dueña y señora del mundo; en fin, la típica arrogancia corta de miras de la juventud. Soltó un suspiro... Echaba de menos los noventa, las noches de los viernes.

Tenía que ir a buscar a Tom al colegio y no quería llegar tarde, la directora empezaba a perder la paciencia. Se la imaginó con esa expresión tan horriblemente crítica y desaprobadora, la actitud de superioridad, las gafas con cadenita.

A decir verdad, las cosas no habían sido fáciles para ella desde que Jake había insistido en prescindir de la niñera (Betty, una estudiante belga con el físico de una jugadora de *rugby* cuya mera presencia generaba tanto en Rory como en Tom una especie de hipnótico letargo que hacía que estuvieran la mar de obedientes); no es que no pudiera lidiar con aquellas mil y una tareas tan tediosamente repetitivas, pero la aburrían hasta el punto de llevarla a un estado de pasmosa incompetencia. Cada una de aquellas tareas destructoras de neuronas le recordaban a la mujer que solía ser: temida y respetada por sus conocimientos, su concisa comprensión y su precisa habilidad a la hora de deconstruir la moda y describir tendencias. Y hételа ahí ahora, vestida con ropa que había estado de moda diez años atrás (sí, ropa de alta costura, pero la cuestión no era esa) mientras hacía de fregona y de conductora de Uber para dos salvajes desagradecidos y un marido ausente.

Mientras aplicaba una nueva capa de brillo a sus resecos labios y comprobaba otra vez el estado de deterioro de su epidermis (por si se veía obligada a afrontar un encuentro con Olivia o con alguna integrante de su ejército de clones, o, Dios no lo quisiera, con alguno de esos sexis padres solteros que aparecían de vez en cuando y que, desorientados, se esforzaban por identificar a sus propios retoños entre la avalancha de delincuentes de uniforme que iban a la guardería), recordó el impulsivo comentario que le había hecho a Olivia sobre la posibilidad de volver a trabajar en breve. Era algo que llevaba meses rondándole por la cabeza, por supuesto, pero había intentado ignorarlo porque Rory todavía estaba en una edad en la que era bueno que contara con la presencia constante de su madre. A la engreída de Olivia y a sus «amigas» (en comillas, porque eran de esas que más bien parecían enemigas) les resultaría muy fácil achacar los problemas de comportamiento de Rory al hecho de tener una madre ausente, pero el niño tenía dos años y ella tenía la vaga e incómoda sensación de que Tom y él estarían mejor con la corpulenta Betty o incluso con la hipnotizante Coco. Estarían limpios, llegarían puntuales al colegio y saldrían a la hora debida.

Ella era una buena madre. Eso era algo que tenía claro, porque adoraba a sus hijos; aun así, tal vez a otra persona se le diera mejor lo de ser camarera y conductora de Uber. Ella no tenía buena mano para eso. Era una experta en moda, una periodista, una incisiva y admirada jueza y comentarista dentro de una industria que evolucionaba con suma rapidez. Al pensar en Coco no podía evitar recordar aquel aroma —¡Dios!, ¡qué aroma tan angelical!— y aquellos brazos. A lo mejor la veía en la entrada del colegio, uno de los insufribles retoñitos de los Van Ness iba a la clase de Tom. Igual podría preguntarle si estaría dispuesta a echar una mano, Rory estaba claramente embobado con ella y eso ayudaría a facilitar la transición. Sí, a todos les mejoraría la vida si retomaba el trabajo que se le daba bien y dejaba lo de cuidar niños a quienes estaban capacitados para ello, pensó para sus adentros mientras le ponía un pijama a Rory y lo preparaba para ir a buscar a Tom al colegio. Si ella decidía gastar así su dinero, Jake no tendría por qué poner ninguna objeción. Metió a Rory en la sillita de coche, se encontró con una tarde primaveral iluminada por el sol al salir al exterior y, por primera vez en semanas, se sintió feliz y contenta.

5

Ana

Cuando el sol matinal penetró a través de las cortinas de la ventana, Ana se desperezó, se lavó el chichi en un pispás, se secó su larga melena castaña con el secador y se puso unos vaqueros ajustados. Era martes (día de azul), así que, enfundada en su adorada sudadera azul claro y sus zapatillas deportivas de Stan Smith azul eléctrico, se sintió preparada para encarar la jornada que tenía por delante. Los martes eran complicadillos, porque nunca tenía claro hasta qué punto quedaba bien el azul con su tono de piel sudamericano. Agarró su viejo bolso de tela (azul, por supuesto) y salió por la puerta con cuidado de no rozar el nuevo y precioso empapelado retro en tonos amarillos y anaranjados que acababa de poner en el pasillo. Sí, era un pisito pequeño, pero era suyo y estaba entusiasmada con todas las pequeñas mejoras que iban haciendo. Rex y ella estaban construyendo algo. Su parte preferida era la pequeña terraza que daba a un parque que estaba justo enfrente, le daba una sensación de amplitud y le encantaba sentarse allí a solas y pasarse horas observando a la gente.

Subió al abarrotado autobús, pasó junto a varias personas que estaban discutiendo por algo relacionado con un pago y pilló el último asiento que quedaba en el piso superior. Londres seguía siendo una ciudad mágica para ella. Llevaba quince años tomando cada mañana aquella ruta para ir a trabajar, contemplando desde allí arriba el ajetreo de la gente, absorbiendo la energía de todo aquel bullicio mientras tomaba el café que había comprado en una pequeña cafetería donde la dependienta siempre le daba la bienvenida con una sonrisa y con su pedido, que era el mismo todas las mañanas: café moca con leche descremada, corto de leche, un edulcorante. La rutina era reconfortante y, aunque hacía una eternidad que trabajaba en el West End, seguía sintiéndose felizmente satisfecha. Aun estando en medio de la caótica vorágine, podía mantener un centro estable. El autobús se detuvo con una sacudida que la arrancó de la ensoñación en la que estaba sumida, y se abrió paso entre la gente a toda velocidad mientras se disculpaba a diestra y siniestra. Bajó de un salto, y sonrió para sus adentros al darse cuenta de que ya no podría hacer aquello cuando se quedara embarazada.

Entró en la austera y minimalista clínica, y sintió que el corazón le daba un vuelco al echar un vistazo alrededor y ver a todas las mujeres que estaban allí, esperando pacientemente a que les tocara el turno, esperanzadas por la posibilidad de que sus sueños fueran a convertirse en realidad. Era un sitio muy extraño, la verdad..., muy moderno, sin personalidad alguna, y tan solo había unos cuantos ejemplares de la revista *Country Life* para distraerlas del horror de noticia que podrían recibir. Jugueteó con su colgante de turquesa para calmarse; nadie establecía contacto visual, toda conversación se mantenía en voz muy baja y el ambiente estaba preñado de expectación. Todo el mundo estaba allí por el deseo de tener un hijo, la situación era bastante similar a cuando una iba a una clínica de diagnóstico y tratamiento de ETS y la gente ocultaba el rostro tras el móvil o llevaba gafas de sol para intentar pasar desapercibida. El olor era el mismo, aire viciado y desinfectante. Cada una de las mujeres que acudía a esas clínicas tenía su propia historia; de hecho, ella misma también tenía unas cuantas a sus espaldas, aunque al ser una monógama en serie (bueno, casi siempre) había necesitado de esa clase de servicios con menos frecuencia que Dixie (quien seguramente tenía una cita semanal en algún centro exclusivo).

Miró a su alrededor y sintió lástima por aquellas mujeres. Su caso era distinto. A diferencia de ellas, no estaba desesperada por tener un hijo, solo estaba haciendo aquello por probar; no lo veía como una cuestión trascendental, sino más bien como una especie de experimento. Si podía evitarlo, no quería perderse esa experiencia. Todo el mundo (Stella la que más, la verdad) le decía lo duro que era tener un bebé, que si era agotador, que si te pasabas noches enteras sin dormir, que si perdías tu propia identidad. Tal vez tuvieran razón…, aunque, por otro lado, cabía preguntarse si no era más duro todavía el hecho de no tener hijos. Cuando eres una de las personas que no los tiene se te juzga, se te excluye sin querer y te miran con ojo crítico; conforme tus amigas van evolucionando con sus respectivas familias, tú te quedas ahí intentando forjarte una nueva vida. Es una vida que no está regida por la hora de las comidas ni por las actividades extraescolares de los niños, sino que simplemente gira en torno a construirte tu propio futuro. Eso trae consigo un grado de autonomía liberador, por supuesto, pero no implica necesariamente que te facilite las cosas. En fin, nadie alcanza la felicidad completa, y Stella era buen ejemplo de ello: dos hijos y un marido que ganaba un buen sueldo, pero saltaba a la vista lo decaída que estaba. Entonces, ¿cómo se conseguía realmente la felicidad? En cuanto le vino esa pregunta a la mente empezó a entrarle pánico, ¿y si ella no llegaba a encontrar jamás ese final feliz de los cuentos de hadas? Su frente empezó a perlarse de un sudor frío, se le aceleró el corazón…

Y fue entonces cuando oyó que la llamaban para entrar. Se puso en pie, tragó saliva con fuerza y entró en la consulta. No había vuelta atrás. Estaba nerviosa por todas las preguntas que iban a hacerle.

Al cabo de una hora más o menos, cuando llegó por fin al trabajo, alzó la mirada y contempló sonriente el viejo edificio georgiano que se había convertido en su segundo hogar. La casa de subastas tenía unos cien años de antigüedad. Las preciosas paredes oscuras, los techos elevados, las intrincadas molduras… El lugar entero estaba cargado de historia y no podía ni imaginarse la posibilidad de marcharse de allí, le resultaba profundamente fascinante y jamás se cansaba del arte que la rodeaba día tras día. Era directora de exposiciones, y como tal estaba a cargo de la coordinación y la óptima organización de todas las exposiciones que hacían en Londres; básicamente, se dedicaba al diseño de interiores empleando obras de arte, así que podía decirse que tenía un trabajo de ensueño.

Cuando entró en el vestíbulo se acercó a Jan, que estaba sentada tras su viejo escritorio de roble, y le ofreció una sonrisa junto con un café y un dónut. Había decidido que procuraría no contarle a nadie sus planes en lo relativo al embarazo, ya que sería una presión añadida que no le convenía en ese momento. Se conocía y sabía lo delicadita que podía llegar a ser, lo molesta que se sentiría con las miradas de solidaridad y las preguntas de la gente. Era una persona que guardaba con celo su privacidad, no le gustaba en absoluto que la gente estuviera enterada de sus asuntos. La única a la que le contaba sus cosas era Jan, a ella no se le escapaba nada y era una fuente de buenos consejos. Se sentaban a charlar y cotilleaban sobre los marchantes de arte, sobre las secretarias sexis y jóvenes que estos solían tener, sobre quién sería el mayor postor en cada subasta. Lo que nadie sabía era que, después de pasar veinticinco años en la casa de subastas, era más que probable que Jan supiera mucho más de arte que algunos expertos. Conocía todas y cada una de las obras de arte que entraban y salían por las puertas, y era capaz de detectar una falsificación a kilómetros de distancia.

—¡Hola, guapísima! —Jan la saludó sin levantar la mirada, llevaba las bifocales encaramadas con delicadeza en la nariz—. ¿Me traes algún chisme jugoso?

—¿Cómo has sabido que era yo? —le preguntó ella, sonriente.

—Reconocería el chirrido de esas zapatillas deportivas a un kilómetro de distancia. —Alzó la mirada hacia ella con una cálida sonrisa—. ¿Qué te traes entre manos, cielo?

—Eso es lo que me encanta de ti, Jan. ¡Eres poco menos que una espía!

—Dime, ¿por qué has llegado tan tarde? ¿Por algo interesante?

—¡Qué más quisiera yo! Aunque seguro que acabaré viendo algo interesante entrando por esas puertas giratorias si me quedo aquí sentada el tiempo suficiente, tienes el mejor asiento de todo el edificio.

—Por eso no dejo que me asciendan, nadie sabe tantos secretos sobre este lugar. Un día tendrán que sacarme a rastras de aquí… ¿Qué es lo que pasa? Te lo veo en la cara. Venga, soy toda oídos. No me traerías un dónut y mi café preferido sin un muy buen motivo.

—Estoy intentando quedarme embarazada —Ana lo soltó de golpe, y al instante se sintió mortificada por haberlo admitido; además, Jan no tenía hijos y ella nunca le había preguntado el porqué.

—¡Ana! ¡Oh, qué gran noticia! —La miró con los ojos ligeramente llorosos—. ¡Qué alivio! Creía que esos ovarios se te secarían y perderías la oportunidad de tener hijos.

—Eh... Gracias, supongo. En fin, para resumir: la cosa no va bien. Yo creía que tendríamos un montón de sexo increíble, que me quedaría embarazada, que todo avanzaría de forma natural y, en cuestión de meses, estaría empujando un carrito de bebé. Pero, ahora que veo que esto no va según lo planeado, empiezo a replanteármelo todo. La visita al ginecólogo ha sido... desconcertante. No sé si es así como se supone que deben ir las cosas. ¿Será cosa mía?, ¿será Rex el hombre adecuado?, ¿nos merecemos tener un hijo?

Jan la miró por encima de las gafas y le preguntó sin más:

—Cielo, ¿amas a Rex?

—Sí, claro que sí, es decir... —Ana notó cómo se sonrojaba ligeramente—. Sí, sí que le amo. Bueno, yo creo que sí, en plan «qué hombre tan bueno que es, qué suerte tengo». Pero eso está bien, ¿no? O sea, ¿cómo sabes si amas de verdad a alguien? ¡Para saber si realmente amo a Brad Pitt, tendría que aparecer un día ante mí y ofrecerme matrimonio!

—Cielo, cuando una lo tiene claro, lo sabe. Tú lo tienes claro, ¿verdad? Mira, la vida está llena de decisiones y de sorpresas. Quieres tener un hijo y debemos admitir que ya no eres una jovencita, así que quizás sea buena idea que sigas adelante con Rex. A ver qué pasa, la naturaleza tiene un voto decisivo. Intenta quedarte embarazada, tacha eso de la lista y a ver cómo te sientes después; o, si esa opción te parece demasiado aburrida, te largas de aquí, te compras un billete a Hollywood, llamas a la puerta de Brad Pitt y a ver qué pasa. Avísame si optas por la segunda opción, siempre me llamó la atención lo de ir a lo *Thelma y Louise*, ¡a lo mejor decido marcharme contigo!

Las dos se echaron a reír.

—¡Ojalá fuera tan sencillo, Jan! —exclamó.

—Lo es. Está en nuestras manos complicarnos más o menos la vida, te lo aseguro. Eso es algo que aprendí hace mucho.

Ana notó cierto deje de tristeza en su voz. Tal vez Jan tuviera razón, a lo mejor estaba dándole demasiadas vueltas a la situación. No es que su vida fuera un desastre ni mucho menos, tan solo estaba en proceso de cambio. A decir verdad, era una persona a la que no le gustaban demasiado los cambios, lo que suponía en sí un problema básico.

—Gracias, Jan. En fin, será mejor que suba ya. Me meteré en un problema si me ven otra vez pasando el rato contigo aquí abajo, ¡pensarán que no me gusta mi trabajo de verdad!

—Mantenme al tanto, Ana, me preocupo por ti y me gustaría saber cómo va todo.

Ana estaba avanzando por el largo pasillo rumbo al ascensor cuando se detuvo a contemplar el *Danae* de Rembrandt, que estaba a la espera de salir a subasta. Se le pasó por la cabeza que, si fuera la mujer de una superestrella, quizás podría crear una increíble colección propia de obras de arte. Se sintió mucho más satisfecha con su vida al imaginarse esa posibilidad.

6

Dixie

La jornada de Dixie transcurrió con bastante rapidez; básicamente, hizo un recorrido por las propiedades que Peter tenía en Nueva York y se cercioró de que ninguno de sus correspondientes administradores tuviera quejas. Peter le había entregado un sobre con dinero en efectivo para que lidiara con cualquier imprevisto o problema que pudiera surgir, y ella disfrutaba distribuyendo lo que él daba con tanta generosidad. Cada cierto tiempo se acordaba de Freddie, y cada vez que eso ocurría sentía una punzada de… ¿ansiedad, excitación? Fuera lo que fuese, la perturbaba. Menos mal que él no le había dado su número de teléfono, porque si lo tuviera estaría tentada de mandarle un mensaje de texto y ese no era su estilo para nada. Estaba obligada a asistir a un cóctel en nombre de Peter, tenía entendido que se celebraba cerca de Trump Tower… Buscó la información en su móvil. Estaría bien ir acompañada de alguien interesante, los oligarcas solían tener unos amigos demasiado insistentes. Estaba tomando un refrigerio rápido en la barra del Sushi Samba y contemplando admirada la elegancia llena de naturalidad de la camarera latina cuando recibió un mensaje de texto: *Estaré en tu hotel a eso de las siete. Ya sé que llegar un poco tarde está de moda, intenta no pasarte. FX.* ¡Joder, le había dado su número de teléfono a Freddie! Bueno, a juzgar por las mariposas, estaba encantada de haberlo hecho, pero se preguntó qué más le habría dicho.

Esperó en su habitación hasta bien pasadas las siete, sentada en la cama con sus vaqueros negros preferidos y una escotada camisa color esmeralda con la espalda abierta (revelaba lo justo para llamar la atención, pero sin llegar al punto de parecer una prostituta); unos espectaculares zapatos de tacón con estampado de leopardo daban el toque final. Revisó su peinado una vez más en el espejo, consciente de lo sexi que estaba. Bueno, es que era de por sí una mujer sexi, se dijo para sus adentros…, siempre y cuando a uno le gustara el color rojo, claro. Antes de salir se aseguró de que la habitación estuviera presentable por si regresaba acompañada, y entonces salió rumbo al bar del hotel con paso decidido. Al entrar vio a Freddie de pie junto a la abarrotada barra, él se quedó mirándola fijamente y se sintió como Julia Roberts en *Pretty Woman*. A lo mejor se había pasado un pelín presentándose tan arreglada. Era tan guapo como en la imagen mental que tenía de él (el vuelo era un nebuloso recuerdo) y, vestido con unos vaqueros descoloridos y con una impecable camisa blanca, estaba impresionante de pies a cabeza. Sus ojos azules brillaban risueños bajo la tenue luz, su cabello castaño le caía alborotado alrededor del rostro y acentuaba su marcada mandíbula.

En el bar había un ambiente muy animado y Freddie iba por su primer martini.

—¡Hola! —la saludó, sonriente, cuando ella se acercó—. No sabía si acabaría bebiendo solo en este sitio esta noche, si eras demasiado increíble para ser real. Pero aquí estás, una belleza vestida de verde y, más aún, estás despierta y, siguiendo la moda, llegas tarde. Habrá consecuencias.

—Lo bueno se hace esperar, ¿no? Me alegra que hayas venido.

—¿Qué quieres tomar? ¿Más champán, o algo más fuerte ahora que ya son pasadas las siete?

—Un vodka con tónica para mí, por favor —contestó ella antes de sentarse en un taburete.

Le encantaba América. Adoraba el ambiente, la cordialidad de la gente, y siempre era un placer regresar. Allí había una atmósfera muy distinta a la de Londres, que a menudo le parecía un poco opresiva y fría; los bares de esa ciudad no podían competir con los de Manhattan y, de hecho, a menudo pensaba que, si pudiera mudarse a Estados Unidos y encontrar la forma de labrarse una buena vida allí, lo haría.

—Bueno, aquí estamos —le dijo Freddie, sonriente—. Tú y yo solos, ¡y pensar que nos conocimos hace apenas veinticuatro horas en otro continente! Me parece que ya es hora de que te conozca mejor. A ver, si pudieras dedicarte a lo que fuera o hacer lo que quisieras, ¿qué elegirías?

Dixie lanzó una mirada alrededor antes de contestar.

—Si pudiera hacer lo que yo quisiera, me vendría a vivir a América; si pudiera dedicarme a lo que fuera, sería ilustradora. Podría vivir en la Costa Este y hacer ilustraciones para libros infantiles.

—¿En serio? ¡Vaya, eso no me lo esperaba! Todo lo que haces parece tan adulto, que no te imagino dibujando a una ranita feliz intentando cruzar un camino para acudir al rescate de un patito perdido que está al otro lado.

Ella se echó a reír.

—Me gusta sorprenderme, ¿a ti no? ¿Te sabes bien el cuento del patito perdido?

—No, pero se supone que en todos los cuentos sale uno, ¿verdad?

—No, Freddie, no en todos, pero a lo mejor tendría que intentar añadir uno para ver si eso sirve de algo. Sin embargo, se supone que la clave del cuento era que el supuesto patito no era tal, ¿no?

—¿Lo ves?, ¡ya te he ayudado! Es el comienzo de algo hermoso.

Le rozó un pecho con el brazo al alargar la mano hacia una aceituna, su anillo de casado destelleó y el contacto hizo que Dixie tomara conciencia de lo que estaba haciendo allí. No quería empezar a complicar el matrimonio de nadie. Una aventura de una noche con un hombre casado estando borracha era una cosa, pero una cita propiamente dicha con preguntas personales era algo muy distinto. No tenía ni idea de cuáles eran las intenciones de Freddie, pero estaba flirteando con ella (y de forma bastante efectiva). A lo mejor no era más que un ligón que quería probar algo exótico.

—¿Tu mujer está en casa? —Se sorprendió a sí misma al preguntar aquello.

Hubo un prolongado e incómodo silencio. Él cerró los ojos, dio la impresión de que buscaban algo tras los párpados cerrados. Respondió sin abrirlos.

—Eh… La perdí hace tres años. —Hizo una pausa, tragó saliva.

—¡Ay, Dios! Lo siento mucho, Freddie, ¡no tenía ni idea!

—¿Cómo ibas a saberlo? No te preocupes. En cualquier caso, es mejor aclararlo desde el principio, sé por experiencia que es algo que puede echar a perder una velada; en fin, es un asunto terriblemente deprimente, ¿¡no se supone que ibas a llevarme a una fiesta!?

—¡Ah, sí, es verdad! ¡Por poco se me olvida! Me parece que nos vendrá bien tomar un par de tragos antes, para entonarnos. ¿Estás listo?, ¿seguro que quieres venir? Los emigrantes rusos suelen llevar una vida inusual. Habrá botellas gigantes de champán Krug, vodka con hielo y más prostitutas que cirujanos plásticos.

—La cosa pinta bien.

Dos chupitos de vodka Bison Grass después, ambos estaban más relajados de cara a la velada que tenían por delante. A Dixie le preocupaba haber exagerado un poco lo que cabía esperar (aunque no se acordaba de lo que le había dicho en el avión exactamente, claro), pero después de hacerle semejante encerrona quería asegurarse de que lo pasara genial. Pobrecillo, ella no podía ni alcanzar a imaginar la situación tan dura por la que había pasado ni cómo estaba sobrellevándola; en comparación con su pérdida, las preocupaciones primermundistas que ella tenía (preocupaciones tales como de dónde saldría el siguiente placentero y decadente interludio, si se la veía bien en Instagram o cómo le iba en Tinder) eran absurdas. El dolor de Freddie era obvio y, aunque ese dolor le asustaba, también le emocionaba. Con todo lo que estaba sufriendo y, aun así, conseguía ser un hombre amable y considerado, alguien capaz de iluminar una habitación con su sonrisa. Pero ella se preguntaba qué habría bajo la superficie, en las profundidades donde estaban sepultados el dolor y la preocupación. Nadie salía ileso de una tragedia y, por muy encantador y simpático que fuera, ella sabía que lo más prudente sería tener cuidado y mantener la distancia. Era un hombre herido.

Tal y como ella esperaba, la fiesta fue una decepción con cierto toque *kitsch* y un pelín cliché, pero se celebraba en un ático fabuloso con unas vistas increíbles a Central Park; aun así, el hecho de que el lugar estuviera medio vacío y repleto de aburridos hombres mayores y de mujeres con pinta de rameras (¡ella encajaba a la perfección!) hizo que la velada fuera más divertida. Freddie y ella se pasaron la noche riendo y bromeando, se situaron junto a la puerta por donde pasaban los del *catering* y se dedicaron a birlar los mejores canapés y a beber todo lo posible. Las manos de ambos coincidieron de vez en cuando... Fueron ligeros contactos, pequeños roces, pero bastaron para que la recorriera la electricidad que había entre los dos. El único momento incómodo fue cuando se vio obligada a presentárselo a Evgeny Mobachov, se aturulló al hacerlo y le presentó como su «consorte», ¿¡de dónde habría sacado semejante palabra!? Evgeny puso cara de no entender nada y se apresuró a dejarlos a solas después de animarles a que disfrutaran al máximo de la fiesta y del ático (¡vete a saber tú lo que quería decir eso!). Estaba convencida de que aquella velada con Freddie no era precisamente lo que Peter tenía en mente al pedirle que asistiera, pero la verdad es que eso le daba igual. ¡Se sentía libre y exultante!

Una vez que decidieron finalmente dar por concluida la velada, Freddie la tomó de la mano, se ofreció a acompañarla de vuelta al hotel e hizo que el taxista se parara a unas manzanas de allí para que pudieran caminar un poco. Iban por la Tercera Avenida (ella soñando con cómo sería estar viviendo allí) cuando, de buenas a primeras, la tomó del brazo y la hizo adentrarse en una callejuela que parecía sacada de una serie policíaca: cubos de basura tirados por el suelo, nubecillas de vapor emergiendo de los conductos de ventilación y el insistente claxon de los coches como sonido de fondo. La arrinconó contra la pared y empezó a besarla con apremio y ardor, explorando, deseándola, apretó su miembro endurecido contra ella, la hizo gemir de placer al acariciarla a través de los vaqueros. Dixie quería más, pero se sentía muy vulnerable. En una callejuela oscura nunca pasa nada bueno, resultaba excitante a la par que aterrador saber que podría estar observándoles cualquiera. Con un diestro movimiento, él le desabrochó los pantalones y entonces metió la mano bajo las braguitas de seda y hundió los dedos en su cálido sexo. Estaba húmeda y preparada, alargó una mano para acariciarle a su vez, pero él se la apartó y la inmovilizó contra la pared. Siguió besándola, explorándola y jugueteando con la lengua, ejerciendo cada vez más presión con los dedos, llevándola al borde del clímax. Dixie quería aguantar más, pero sabía que era una batalla perdida. Estaba descontrolada. Él aceleró el ritmo con el dorso de la mano contra su clítoris y los dedos profundamente hundidos en su cuerpo, y ella soltó un gemido incontrolable y su cuerpo entero se sacudió contra el suyo.

—Perfecto —dijo él con los ojos brillantes por la excitación.

—¿Dónde has aprendido eso?, ¡hacía veinte años que no me metían los dedos en la calle!

—Espera lo inesperado, joven Dixie... Solo quería darte algo para recordar. Por si estabas pensando en intentar olvidarte de mí.

—¿Qué dices?, ¿por qué querría olvidarte? —lo susurró sin apenas aliento mientras se adecentaba un poco.

Volvió a meterse la camisa verde de seda en el pantalón, totalmente descolocada por lo que acababa de pasar. Freddie el científico. Vaya, vaya, daba la impresión de que ella le había subestimado en un primer momento; quién sabe, a lo mejor había encontrado al fin a alguien que estuviera a su altura.

Él le pasó un brazo por la cintura, encendió un cigarro y echaron a andar de nuevo rumbo al SoHo House, que estaba a tres manzanas de allí. Era una noche fría, pero el cielo estaba despejado y, a pesar del bullicio de gente de la ciudad que nunca duerme, entre ellos dos había una especie de serenidad, una familiaridad peculiar, como si se conocieran desde años atrás, como si fueran almas viejas. Cuando entraron en el vestíbulo a media luz del hotel, Freddie se volvió hacia ella y la besó en los labios antes de susurrarle al oído un «buenas noches» quedo, seductor, nada más..., y entonces se metió en un taxi que estaba esperando y se esfumó antes de que ella tuviera tiempo de reaccionar. Se quedó allí parada, boquiabierta; no podía creer que él se hubiera largado sin más, pero, al mismo tiempo, el que lo hubiera hecho la hizo sonreír. Por regla general, solía ser ella quien llevaba la voz cantante, quien se andaba con truquitos, pero en esa ocasión no había sido así. ¿Esperar lo inesperado? Pero ¿qué cojones...? Eso la dejaba con ganas de más y hacía que él la tuviera totalmente intrigada. En cuestión de veinticuatro horas, su vida se había puesto patas arriba por culpa de un viudo, y eso no entraba en sus planes. Además, ¿cuándo volvería a verlo? Un momento, ¿qué diantres le estaba pasando? ¡Dixie Dressler no se preocupaba jamás por la siguiente cita, a no ser que fuera para idear la forma de cancelarla con elegancia!

Fue incapaz de conciliar el sueño. Estaba nerviosa y se pasó la noche tumbada en la cama de matrimonio de su habitación de hotel, garabateando, intentando discernir si realmente quería volver a verle o lo único que pasaba era que le gustaba que la sorprendieran. Se pidió un cuenco bien grande de patatas fritas, puso la CNN en la tele para no sentirse tan sola y se puso a dibujar. El dibujo era su vía de escape, su forma de expresión personal y a menudo empezaba a garabatear sin ser consciente de ello. Podía dibujar cualquier cosa para la que no fuera preciso pensar ni tener dedicación, pero en cuanto se trataba de su libro era incapaz de crear nada. Le daba pánico que se la juzgara, no ser lo bastante buena. Al emerger de sus pensamientos se sorprendió al ver que había dibujado a Freddie; había capturado ese brillo travieso que tenía en la mirada, ese pelo ligeramente peripuesto, los largos e inquisitivos dedos y, mientras contemplaba aquella ilustración y le miraba a los ojos, fue consciente de que estaba sintiendo cosas a las que realmente no estaba demasiado acostumbrada. Sintió náuseas, una especie de vértigo. Al final fue quedándose dormida y mientras lo hacía se preguntó dónde estaría Freddie en ese momento, si él estaría deseando tanto como ella que estuvieran acostados juntos.

El tráfico de la calle la despertó temprano, frenos chirriando y cláxones que parecían estar compitiendo a través del doble cristal. Eran las nueve de la mañana, y los excesos de la noche anterior se habían superpuesto a cualquier posible efecto del *jet lag*. Se metió en la ducha, optó por una sexi falda de tubo y un suéter ceñido de cachemira, y bajó a tomar un taxi. Mientras se dirigía hacia el ascensor se dio cuenta de que no había mirado su Instagram ni Tinder. Se sintió molesta porque no había recibido ningún mensaje de Freddie, pero la recepcionista le entregó una hoja de papel.

—Un caballero dejó esto para usted esta mañana.

—Gracias —alcanzó a decir, totalmente desprevenida. Aceptó el papel con toda la calma del mundo, pero por dentro estaba eufórica.

Resultó ser el folleto de la exposición de un artista que ella debía de haberle mencionado, estaba a unas manzanas escasas del hotel. Él había escrito lo siguiente: *He pensado que podría gustarte. Lamento no poder ir contigo, pero puede que nos veamos al otro lado del charco. Fx.*

En un principio se sintió decepcionada al saber que no iba a volver a verle en Nueva York, pero lo de la exposición era un detalle precioso. ¿Guapo y detallista? Demasiado bueno para ser cierto, esa era la realidad de la vida. Mientras esperaba a que el portero del hotel le parara un taxi, aprovechó para colgar una foto de la fachada del hotel junto con el siguiente comentario: *Espera siempre lo inesperado.* Por mera costumbre (o para distraerse del barullo de sentimientos encontrados) echó un vistazo en Tinder y deslizó la pantalla hacia la derecha en varias ocasiones, pero se irritó al ver que ninguno de aquellos posibles candidatos era ni por asomo tan misterioso y sexi como Freddie; en fin, una chica lista siempre mantiene abiertas sus opciones. Jamás de los jamases salía nada bueno de apegarse mucho a alguien demasiado pronto.

7

Stella

El viernes fue uno más de esos días grises y lluviosos en Londres, y Stella abrigó bien a Rory antes de ponerse una chaqueta para ir, una vez más, al deprimente parque con suelo de cemento. Tom estaba en el colegio, así que no había ni discusiones ni posible elección. No alcanzaba a entender qué era lo que le veía Rory al parque, pero empezaba a creer que la primera palabra que saldría de su boca sería «columpio» y que estaba destinado a ser piloto o, quizás, paracaidista. No tenía ni pizca de miedo a las alturas y daba la impresión de que no sentía ninguna necesidad de estar pegado a ella, se alejaba bamboleante sin mirar atrás y, si no estaba atenta en todo momento, desaparecía en el horizonte. A veces se preguntaba lo que pasaría si le dejaba irse sin más. A lo mejor regresaba dieciséis años después convertido en todo un adulto, un militar veterano tras participar en varias guerras, miembro de la legión extranjera francesa, agradecido por el hecho de que ella hubiera confiado en su capacidad de valerse por sí mismo... o quizá lo recogieran los de servicios sociales y presentaran cargos contra ella por negligencia criminal. Gracias a Dios que Jake era abogado.

La mañana estaba siendo durilla. Después de pasar varios días fantaseando con los distintos puestos que podría ocupar, había empezado a dar los primeros pasos tentativos de cara a regresar al trabajo. Todavía tenía que esconderse de Jenny y de Tim (había cancelado la invitación para tomar unas copas con la excusa de que había pillado una fuerte infección viral que la había dejado sin voz), así que había salido a hurtadillas de casa para ir a la librería mientras Rory estaba durmiendo su siesta de después de la comida (una siesta que solía durar entre cinco y diez segundos). Por si acaso se encontraba con la pareja, para dar credibilidad a su coartada se había puesto una de las chaquetas Crombie de Jake, una gruesa bufanda a rayas (también de Jake), unas gafas de sol y un gorro de aviador de piel sintética con orejeras. Usando por precaución su propia tarjeta de crédito para evitar pasar otro bochorno y perder tiempo, compró todas las revistas de moda y famoseo que encontró a la venta: *Grazia*, *Hello*, *Yes*, *Now!*, *So* y *Glamour*. Su intención era documentarse y ver si en la lista de colaboradores de los pies de imprenta aparecía algún conocido suyo, alguien que pudiera echarle un cable.

Siete años son mucho tiempo en la política, en un matrimonio, pero en el periodismo especializado en el mundo de la moda suponen toda una era. En otros tiempos habría estado familiarizada con todas las personas que figuraban en los pies de imprenta, pero en ese momento todos aquellos nombres le sonaban tan poco como los de los concursantes de ese año de *Factor X*.

Había tres nombres que sí que le sonaban, y el recuerdo no era grato en todos los casos. A una de las personas la había despedido de *Grazia* por retrasos repetidos (así se refería una en el sector a una chica fiestera que tenía un problema con las drogas); a otra la había ofendido al echarla de su fiesta navideña por vomitar encima de su bolsito estilo *vintage* de Chanel, pero... A ver, ¡cualquiera habría hecho lo mismo en su lugar!

La tercera persona que le sonaba era Lucy Witherington-Smiley, conocida como la Ojo Izquierdo porque había perdido dicho ojo en una desafortunada colisión durante un partido benéfico de polo celebrado en Cowdray Park. Tal vez tuviera multitud de defectos, pero te decía las cosas sin tapujos y en ese momento era la editora en jefe de *Now!* y editora de contenidos del *Mail on Sunday*. Era una mujer de armas tomar, a la que ella le había dado una muy buena oportunidad laboral: su primer artículo en *Grazia*. Se habían llevado bien, tan solo había que tener la precaución de mantener la mirada puesta en su expresivo ojo derecho; la zona del izquierdo estaba prohibida.

Stella había fantaseado con la idea de que la Ojo Izquierdo la recibiría con gratitud y le devolvería el espaldarazo laboral que ella le había dado tiempo atrás, que tendría disponible algún puesto para ella o le ofrecería quizás algunas tareas para que fuera trabajando por cuenta propia hasta que quedara disponible un puesto fijo. La primera indicación que tuvo de que la cosa podría resultar no ser tan fácil fue cuando les echó un vistazo a las revistas con ojo de editora (una que todavía llevaba puesto el gorro de aviador de piel sintética) y se dio cuenta de que el mundo de la moda había experimentado un cambio sustancial. Las secciones dirigidas al sector de entre dieciocho y veinticuatro años le resultaban casi irreconocibles, e incluso tuvo problemas con el sector de entre veinticinco y treinta y cinco. Se hacía referencia a marcas que le sonaban a duras penas y que, por supuesto, nunca había usado; se mencionaba a blogueros y *vlogueros* y cuentas de Pinterest e Instagram que ella no había visto en toda su vida, y aparecían los vínculos para visitar las respectivas páginas. Desechó aquellas primeras dudas incipientes diciéndose a sí misma que montar en bici es algo que no se olvida nunca, tan solo hay que adaptarse al nuevo terreno. El segundo obstáculo apareció cuando la ayudante de Lucy se negó a pasarle a esta su llamada e insistió en pedirle (¡dos veces!) que deletreara su apellido a pesar de que ella, empleando su tono de voz más sereno y razonable, lo pronunció con toda claridad:

«Hammer-son. Hammer, y son. No, junto. Hammerson. Sí. Stella. No, sin *e* inicial. No, no es Estella. Stella. ¿Que de parte de quién? Es una llamada personal, ella sabe quién soy. No, es posible que no tenga mi teléfono. Sí, eso. Bueno, es que soy una antigua compañera de trabajo…».

«¡Sí, vale, eso fue en la década pasada, joder!», había exclamado con indignación, acalorada y sudorosa, después de colgar. Había procedido entonces a lanzar el gorro de piel (sintética) al otro extremo de la habitación, pero no le había servido de mucho; le habían dado ganas de romper algo, algo de cristal. ¡Era indignante la forma en que le había hablado aquella jovencita!

Y no, a pesar de que habían pasado tres tediosas horas, Lucy no le había devuelto la llamada todavía.

Conforme iban acercándose al rectángulo de cemento, el volumen de los chillidos, alaridos, sollozos y gritos varios iba en aumento. No estaba preparada para las resplandecientes madres recién salidas de la sesión semanal de microdermoabrasión, para esas miradas que sientes que te están juzgando. Siete años atrás —antes de los dos hijos, las dos cesáreas, unas 2500 magdalenas de chocolate como mínimo, 5000 cafés moca con leche entera, botellas de un vino equivalente a un Rioja barato y paquetes de aperitivos con sabor a queso en oferta—, tenía una cintura (más o menos) esbelta, cierto espacio de separación entre los muslos y unos pechos fantásticos que desafiaban a la gravedad y abrían puertas (literal y metafóricamente). Y ahora se cubría con una gruesa chaqueta de plumón que camuflaba su silueta. Había intentado ponerse unos vaqueros, pero no había habido forma de abrochárselos. La culpa la tenía la secadora, estaba convencida de que algo andaba mal con el indicador de temperatura porque últimamente se le estaba encogiendo mucha de su ropa.

Recorrió con la mirada aquel gris espacio rectangular plagado de niños, niñeras y madres de ojos saltones que se esforzaban por sortear las cacas de perro, y suspiró mientras hacía de tripas corazón. Los niños ajenos le resultaban irritantes, detestaba tener que permanecer sonriente y amigable mientras ellos eran un incordio y unos abusones con ella y con su retoño. Pequeños mocosos que correteaban de un lado a otro, desesperados por tener algo de espacio. Ella se había jurado que no se convertiría jamás en aquella mujer, una que se pasaba día tras día con la mirada perdida en la distancia mientras empujaba el columpio y dejaba que fueran pasando las horas. Pero hételа allí, con una carrera profesional que iba desvaneciéndose conforme iba quedando más y más atrás, y un marido que estaba más casado con el Derecho que con ella.

Recordó que tenía que preguntarle a Jake cómo iba el asunto del banco, había intentado entrar en la cuenta electrónica conjunta que tenían y no le había funcionado la contraseña.

Además, ¿deseaba en el fondo volver a trabajar como periodista especializada en moda? Al fin y al cabo, era una ocupación de lo más superficial, ¿no? Se preguntó cómo quería encauzar realmente su vida… Rory estaba mirándola ceñudo, así que le empujó más fuerte y el columpio subió más alto y compartieron unas risas. Anhelaba poder decirle a la gente que era algo más que un ama de casa, quería huir de las miradas de soslayo y de las sonrisitas de suficiencia que veía en las puertas del colegio en el rostro de las mujeres vestidas de licra. Echaba de menos el respeto que recibía cuando trabajaba de editora, cuando era ella quien establecía la agenda. Sí, vale, su influencia estaba limitada al ámbito de la moda y el famoseo, pero decidía lo que era noticia, manejaba las tendencias, se burlaba de los desacertados y ensalzaba a los mejores. Eso era increíblemente importante para ella, para su amor propio; más aún: para el lugar que ocupaba en el mundo, para su relación con Jake. Sí, sabía que estaba lloriqueando; ojalá fuera algo pasajero que terminara por pasársele. Empujó a Rory con fuerza —demasiada, quizás— y él se elevó bien alto entre risas, ajeno al hecho de que estaba asustada por la fuerza que ella misma acababa de emplear. Le bajó de inmediato del columpio (al niño no le hizo ninguna gracia y la miró enfurruñado) y, tras depositarlo en el suelo, le dirigió hacia el tiovivo con un empujoncito.

Vio unos oscuros nubarrones que se acercaban desde el oeste y pensó para sus adentros que iba a terminar mojándose.

Los gritos distantes de Rory llamándola la arrancaron de su melancolía y en un abrir y cerrar de ojos estaba corriendo hacia él, se había caído y estaba revolcándose en el suelo como si le hubieran pegado un tiro. Una mujer despampanante de lustroso pelo castaño y piel olivácea estaba intentando calmarle… Era la chica del supermercado, Coco.

—¡Ah, ya decía yo que conocía a este pequeño héroe! Tranquilo, Rory, no pasa nada. —Se inclinó hacia delante para depositar un beso en la magullada rodilla del niño con aquellos labios suyos tan rojos y carnosos, y entonces se volvió hacia ella—. Está bien.

¡Santo Dios, menuda sonrisa! Sintió que le daba un vuelco el estómago, como si acabara de caer de golpe desde dos metros de altura.

—Gracias, supongo que le he perdido de vista por un segundo, ¡muchas gracias!

—No te preocupes, se pondrá bien en un santiamén. Un poco de chocolate y todo quedará olvidado.

—¡Ah, no hay nada como ser niño! ¡Con qué facilidad se solucionan tus tragedias! Gracias de nuevo.

Coco no se fue. Permaneció allí, con aquella belleza mediterránea que estaba tan fuera de lugar en aquella jungla gris de cemento.

Se echó a reír y se puso a jugar con Rory y los dos niños que tenía a su cargo. Sus carnosos labios rojos acentuaban la blancura de sus dientes, y sus luminosos ojos verdes brillaban cuando se reía. Stella se quedó allí, contemplándola con admiración. La joven le recordaba a un pájaro silvestre, a lo que se sentía al ser libre y joven. La recorrió una oleada de tristeza ante una profunda sensación de pérdida, la pérdida de su sentido de la diversión y de su propia identidad.

En un momento dado, Coco se volvió hacia ella y comentó sonriente:

—Ya veo que te alegras tanto como de costumbre de estar aquí, me da la impresión de que esto es un infierno para ti.

—¿Qué? ¡No, qué va, para nada! —lo dijo con voz atropellada, ¡no esperaba que la joven fuera tan directa!—, lo que pasa es que todo esto es un poco monótono. Necesito cargar las pilas, no es nada que no pueda solucionar un café. ¡Supongo que tú no tienes que venir a este sitio cada día!

—Una puede darse por afortunada si es capaz de ver el rostro de Dios en un metro cuadrado escaso de cemento. Te veo aquí casi a diario, pero tú no me ves porque estás sumida a menudo en un mundo de fantasía. Vive el presente, Stella. No dejes que la vida sea algo que va pasando mientras sigues metida en tus ensoñaciones. Pero, si la solución es un café, déjame invitarte a tomar uno.

Le puso la mano en el brazo y la miró con una sonrisa traviesa que sirvió para compensar, en cierta medida al menos, el sermoncito que acababa de soltarle.

—Gracias, qué amable, pero hoy no podrá ser. Ni siquiera me he duchado, estoy hecha un adefesio y me parece que no sería buena compañía; además, ¡soy yo la que te debe un café! ¿Lo dejamos para otro día?

—Vale, te entiendo, puede que mañana sea mejor día. Me da la impresión de que podríamos animarnos mutuamente. ¡Venga, niños, nos vamos! ¡Raymondo! ¡Fleur! ¡Vamos!

Los niños se acercaron corriendo sin dudarlo un segundo. Ella se arrodilló para besarle la coronilla a Rory, posó una mano en el brazo de Stella a modo de despedida y procedió a marcharse con paso bamboleante, contoneando su trasero respingón mientras llevaba a uno de los críos a caballito y perseguía al otro.

Stella se preguntó quién diantres era aquella chica, estaba segura de que no la había visto antes. Era una joven alegre y apasionada que expresaba su opinión sin tapujos y que, sinceramente, invadía el espacio personal ajeno. Tenía una actitud muy inusual, muy poco londinense, que a ella le gustaba. No pudo desprenderse de la sensación de que en todo aquello había algo que se le escapaba mientras alzaba en brazos a su enfurruñado retoño y ponía rumbo a la calle principal para tomar un café con leche (entera, nada de descremada) y una magdalena glaseada en su cafetería favorita. Lo único que le importaba en ese momento era llenar el vacío con carbohidratos de efecto rápido, las consecuencias vendrían después y ya lidiaría con ellas en su momento; en cualquier caso, Jake no iba a darse ni cuenta de que cada vez tenía más michelines, hacía tanto que no tenían sexo que recordaba a duras penas lo que te hace sentir un pene. Podía ir al gimnasio, por supuesto, como esas mamás glamurosas que salen cada mañana con ropa de deporte y van a correr o a tomar un café (a decir verdad, se preguntaba a menudo si realmente iban al gimnasio o se dedicaban a pasearse de acá para allá en ropa de deporte para que la gente como ella se sintiera fatal consigo misma); sí, la gente aseguraba que lo de hacer deporte era una cura para el cuerpo y para el alma, pero ¿para qué recurrir a eso? Aquella magdalena glaseada hacía que se sintiera mejor en ese preciso momento, y eso era lo único que importaba… Vaya, Rory no parecía estar muy de acuerdo, porque tiró al suelo el cruasán que tenía a medio comer. Su risita de niño travieso resultó ser contagiosa, y disfrutaron de un momento de risas compartidas.

8

Dixie

Dixie había regresado de Nueva York cinco días atrás y no había vuelto a saber nada de Freddie, era algo que no había podido quitarse de la cabeza mientras batallaba contra el *jet lag*. El tiempo que solía pasar en Tinder estaba dedicándolo ahora a preguntarse por qué no había contactado con ella, no le había mandado ni un mísero mensaje de texto por pura cortesía. ¡Por Dios, no había mostrado ni un mínimo de iniciativa! ¡Ni siquiera la había buscado en Instagram para empezar a seguirla! Una de dos: o no estaba siguiendo las reglas del juego o había perdido interés; a decir verdad, ella era consciente de que ambas posibilidades eran ciertas, aunque a distintos niveles. A lo mejor habría tenido que mostrarse un poco reacia a dejar que le metiera mano, pero ¡qué cojones! Lo había disfrutado muchísimo, y él también. Se recordó a sí misma que no era una muñequita pasiva ni mucho menos, que era capaz de escribir sus propias reglas. Dixie Dressler no se quedaba esperando a ningún hombre.

Le envió el siguiente mensaje de texto:

Gracias por mostrarme con tan buena mano una de las callejuelas de Nueva York, yo conozco unas cuantas de Londres que podría enseñarte. ¿Qué te parece este miércoles a las 20:00, en la enoteca de Dover Street? Dix x

Y entonces se sentó a esperar.

Y siguió esperando.

Se mordió las uñas y miró el móvil para asegurarse de haber enviado el mensaje, para comprobar si había sido recibido. Sí, confirmado.

Y entonces no pudo seguir soportándolo, se puso unas zapatillas de deporte y salió a correr a lo largo del río. Corrió como una posesa, estaba furiosa consigo misma por haber enviado el mensaje y se avergonzaba de haberse mostrado tan insistente. Era obvio que él todavía estaba muy afectado por la muerte de su esposa, jamás estaría listo para nada más allá de un folleteo rápido en una callejuela. Ella tendría que haberse dado cuenta de que aquello no iba a llegar a ninguna parte, los buenos hombres no querían mujeres como ella. Mientras subía a su piso por la escalera, un poco jadeante aún por el ejercicio, decidió dejar de pensar en él. Tenía cosas más que suficientes con las que ocupar su mente. Ambos habían obtenido lo que querían: una aventura pasajera en Nueva York.

Dixie se dirigió hacia el ascensor del pequeño despacho familiar que Peter tenía cerca de Regent Street y sonrió a las chicas de recepción al pasar. Se había puesto sus zapatos rojos de tacón de Alexa Chung, y el golpeteo contra el suelo de mármol le daba una profunda satisfacción. Llegaba tarde, estaba ocupada y se sentía mucho más centrada.

—¡Me parece que tienes un admirador, Dixie!

El comentario lo había hecho una de las chicas (no se acordaba del nombre), y fue entonces cuando se dio cuenta de que en la mesa de recepción había un ramo de rosas, el más grande que había visto en su vida. Iba acompañado de un sobre que contenía una nota con un escueto mensaje:

Me he alegrado mucho al recibir tu mensaje, pensé que a lo mejor dabas por terminado el juego. ¿El jueves, esquina sudoeste de Red Lion Square, 19:30? Fx

El subidón que sintió fue vertiginoso, la recorrió un torrente de emociones. Notó que se ruborizaba, ¡pero si no se ruborizaba nunca! Optó por pasar por alto el que hubiera dado por hecho que el jueves sería tan conveniente para ella como el miércoles, pero no pudo por menos que admirar la confianza que tenía en sí mismo. Quién sabe, tal vez hubiera algo que valiera la pena en todo aquello; quizá Freddie fuera alguien un poco distinto y pudieran crear juntos sus propias reglas.

—Bueno, Dixie, ¡dinos quién es! ¿Quién es el tal «F»? —le preguntó la recepcionista.

—¿¡Cómo sabes lo que pone en la tarjeta!? —Se echó a reír al ver que se encogía de hombros y alzaba las manos en señal de inocencia—. ¡Eres incorregible, y no es asunto tuyo!

Mientras maniobraba para meter las flores en el ascensor, se dio cuenta de que estaba sonriendo. Allí había un asunto pendiente, pensó para sus adentros antes de apretar las piernas una contra otra. Solo tenía que esperar veinticuatro horas, y entonces empezaría a descifrar de verdad ese enigma llamado Freddie.

El jueves por la noche salió del trabajo más temprano de lo habitual, tenía los nervios a flor de piel. Durante la jornada, sentada en su despacho, había estado dibujando esbozos de todas las combinaciones de ropa posibles; esbozar la ropa que podía escoger, visualizar las cosas, la ayudaba a procesar las ideas. Siempre había empleado el dibujo como una forma de procesar sus emociones. Su madre había fallecido cuando ella era muy joven todavía y había sido una prima lejana, la gran Tía Pearl, quien la había acogido en su casa y le había enseñado a usar el dibujo a modo de mecanismo de ayuda para lidiar con la situación. Ella había adoptado esa costumbre y ya no había vuelto la vista atrás. Que si este *look* es demasiado atrevido, este demasiado ligero, este muy de intelectual, este demasiado sexi; que si este es muy de estilo Madonna, de estilo Isabel I, de estilo Isabel II, de estilo Amy Shumer; que si este es demasiado vanguardista… En fin, había ido repasando todas las opciones y al final se había decidido por ponerse uno de sus vestiditos cortos preferidos, unas medias y unas botas de caña alta: una combinación sexi, y de eficacia probada a la hora de resaltar su figura.

No quería ser quien estuviera esperando en la esquina de la calle, así que se aseguró de llegar con sus habituales seis minutos de retraso y le vio allí al acercarse; en vez de estar entretenido con el móvil (tal y como haría la mayoría de la gente), se había apoyado contra la pared de brazos cruzados y estaba viendo pasar al resto del mundo. Iba vestido de forma informal (vaqueros de cintura baja y camisa a cuadros) y estaba tan sexi como ella esperaba. Varias chicas le lanzaron una segunda mirada al pasar… «¡Es mío, zorras!», pensó para sus adentros.

Él la miró a los ojos al verla llegar.

—¡Eh, preciosa! ¿En busca de diversión?

—¿Has intentado esa táctica con ellas? —Señaló hacia las chicas, que ya se habían alejado bastante.

—No, solo con las pelirrojas atrevidas —le susurró al oído, antes de darle un ligero beso a modo de saludo—. ¿Solo bebida, o comida y bebida? He reservado las dos opciones.

—¡Comida además de bebida, por supuesto!

—Perfecto, ¡no podría estar más de acuerdo!

Pusieron rumbo a la enoteca, y Dixie se sobresaltó cuando la tomó de la mano y la hizo entrar en un portal. La empujó contra la puerta y empezó a besarla…, despacio al principio, con más pasión después. Ella estaba pensando algo así como «¡Ay, Dios! ¡Aquí no!, ¡otra vez no!» cuando, de buenas a primeras, él se apartó sin más y comentó:

—Solo quería romper el hielo, que volviéramos al punto donde lo habíamos dejado.

Y volvieron a ponerse en marcha. Ella se quedó un poco atrás, estaba muy acalorada. La excitación que había ido acrecentándose en su estómago se había expandido más allá, iba a tener que afinar su táctica de juego y eso era algo a lo que no estaba acostumbrada. Ella solía ser quien llevaba la voz cantante, quien manejaba las riendas de la situación, y era consciente de que ese era el motivo de que aquello la tuviera tan interesada. Mientras caminaba tras él no pudo evitar sentirse admirada al ver su porte, era alto y estaba al mando; además, tenía un culito muy prieto y daban ganas de…

—¿Va todo bien? Tienes cara de estar… hambrienta.

Ella se sintió un poco avergonzada y se echó a reír para disimular.

Bajaron por unos escalones bastante empinados para entrar en la enoteca. No era un lugar sofisticado, sino más bien sobrio y bastante oscuro; había velas encendidas sobre pequeñas mesas de madera, resultaba bastante rústico para estar en el centro de la ciudad..., como un secreto que solo descubrías si alguien te lo revelaba.

—Este es mi lugar preferido de Londres para comer carne... Dime que a ti también te gusta un buen filete, por favor. Me encanta que una mujer coma carne.

—Me encanta un buen filete, a estas alturas ya tendrías que haberte dado cuenta de eso...

—Bueno, entonces estás en el lugar adecuado.

Él procedió sin más a pedir una botella de clarete de la casa, dos filetes a la plancha poco hechos con patatas fritas y una ensalada verde si también estaba incluida.

—Eres bastante controlador —comentó ella.

—En realidad no lo soy, pero quería completar la parte aburrida para poder centrarme en ti.

—Da la impresión de que lo tienes todo bajo control.

Él titubeó por un momento y se tomó unos segundos para reflexionar antes de contestar con voz pausada:

—Es imposible controlarlo todo, pero... sí, intento controlar todo lo que puedo.

Dixie tuvo claro que estaba refiriéndose a su mujer. Posó una mano en su muñeca y el contacto bastó para que la recorriera una oleada de emoción, notó el fuerte golpeteo de su pulso contra los dedos que tenía posados sobre su piel. Se preguntó si una persona podía superar algo así, si alguna vez habría cabida para alguien más.

—¿El dolor sigue ahí? —Al ver que bajaba la mirada, nervioso o confundido, añadió—: ¿Por lo de tu mujer? —Se arrepintió al instante de haberla sacado a colación—. Perdona, no es asunto mío y ni siquiera te conozco. No tendría que haber dicho nada al respecto.

—No pasa nada, no te preocupes. Es que a veces lo olvido por un momento, y entonces... —Posó la mano libre sobre la que ella tenía sobre su muñeca, atrapándola contra su piel.

La miró con una profunda tristeza emanando de aquellos ojos que eran pozos sin fondo de sensualidad, tenía una mirada magnética. Dixie se sentía como si le conociera desde siempre, como si la atracción fuera más fuerte que ella, y eso era algo que le aterraba.

—Me alegra que hayas mencionado el tema. Sí, su ausencia siempre está presente, sabes que está ahí, como la luna, aunque no puedas verla, pero eso no me impide seguir con mi vida. Lo que pasó fue horrible. No es justo que la vida de alguien termine tan pronto, nadie tendría que padecer ese sufrimiento, pero fui afortunado de que se nos concediera el tiempo que pasamos juntos. Ella no habría querido que me convirtiera en un monje, me cuesta asimilar lo que perdimos a pesar de dedicarme a lo que me dedico. La vida no es justa, y por eso debemos aprovechar todo lo bueno que se ponga a nuestro alcance.

—¿Te sientes solo? —No habría sabido decir por qué le preguntó aquello.

—¿Tú no?

—No, creo que no. Siempre lidio con las cosas a medida que se presentan, voy amoldándome a los vaivenes de la vida. Jamás he perdido a ningún hombre que me importara de verdad, ¡y eso incluye a mi exmarido!

—Cuéntame más —le pidió él.

—Bueno, me casé a los veintitrés y me divorcié a los veinticuatro. Nunca estuve realmente enamorada de él, pero me lo pasé genial y no me arrepiento.

Él se echó a reír.

—Bueno, eso es muy sincero por tu parte... ¡y sorprendente! Para serte totalmente sincero, antes me daba miedo todo, sentía terror, y ver sufrir a un ser querido es lo más horrible del mundo. Pero creo que el miedo ha quedado atrás, ya no tengo nada que temer. He visto lo peor que puede depararte el destino, y quiero ver a dónde me lleva la vida.

—Vivir cada día como si fuera el último... ¡Pero lo que pasa entonces es que no puedo pagar las facturas a final de mes! Ya sabes, cuando hay unos zapatos de Dolce & Gabbana que están pidiéndome a gritos que los compre y pienso, bueno, ¿y si resulta que este es mi último día y no los compro...? ¡Me arrepentiría por siempre jamás! ¿Quién quiere vivir con arrepentimientos y lamentaciones?

—¿Cómo podrías romper esa costumbre?, ¿aparecerá un caballero andante que rescate a la joven Dixie de su hedonismo?

—Bueno, ha habido algunos autoproclamados «caballeros»; algunos de ellos guapos, otros no tanto, la mayoría engañosamente zalameros. Pero ninguno de ellos anduvo por la senda adecuada. Además, soy un espíritu libre que recorre su propio camino. Yo abro mi propia senda y, aunque puede que no haya culminado todas las cumbres habidas y por haber, he abarcado mucho terreno.

—No hay mucha gente que pueda decir lo mismo. Bueno, Dixie, háblame de las constantes, ¿qué es lo que haces cuando no está metiéndote mano un desconocido?

Dixie volvió a ruborizarse, ¡qué directo era! Él le sostuvo la mirada y ella sintió unas ganas locas de plasmar en papel la expresión que veía en ese momento en sus ojos.

—Ya sabes a qué me dedico —contestó con una mirada coqueta—. Soy asistente personal, un libro abierto, no es nada glamuroso.

—Sí, claro. ¿Qué me dices de aquel dibujo tan increíble que hiciste del tipo regordete del avión?, ¿no me dijiste algo sobre un libro?

Mierda, no recordaba haberle hablado de eso. Era algo tan personal que solía guardárselo para sí misma. ¡Joder, tenía que beber menos!, se dijo antes de tomar un trago de clarete para que se le pasara la incomodidad.

—Todavía tengo ese dibujo, es fantástico —afirmó él—. Pensé que, si volvía a verte, sería un recuerdo bonito de nuestro primer encuentro. ¿Has decidido ya dónde poner el patito?

Ella soltó una risita.

—Soy ilustradora, pero no he publicado nada; eso significa que no soy una ilustradora de verdad, sino alguien que dibuja como pasatiempo.

—¿Qué me dices de tu sueño?, ¿cuál es?

—Que publiquen mi trabajo, supongo. Llevo bastante tiempo trabajando en un libro, solo tengo que completar las últimas ilustraciones y encontrar una editorial. ¡Qué sencillo suena!

—¿De qué va el libro?

—¡Uy, Freddie, es una obra de lo más intelectual! Trata de una joven rana que aprende a cruzar la carretera junto a su familia, tiene que descubrir cuál es la altura que necesita para el salto. Observa los primeros intentos de sus amigas con sus respectivas familias, e intenta encontrar cuál es la diferencia entre las que lo consiguen y las que terminan… ¡En esta historia no hay patitos todavía!

Él se echó a reír.

—¡Me encanta!, ¿¡por qué elegiste una rana!?

—Pues porque me gustan y también me gusta el color verde, tan simple como eso. No me van las complicaciones.

—¿La rana es un príncipe encantado? ¿Al final resultará ser un príncipe o no te van los finales felices? ¡No pienses mal!, ¡lo de los «finales felices» no lo digo con segundas!

Cuando Dixie apartó la mirada de él eran la única pareja que quedaba en el restaurante, ya eran las once de la noche pasadas y un camarero estaba barriendo entre las mesas; estaba tan absorta en la fascinación de descubrir a una persona nueva, la tensión sexual que la atenazaba era tan intensa, que el tiempo había pasado volando.

Freddie insistió en pagar y, cuando salieron del restaurante a una fría y ventosa noche, la rodeó con un brazo y le preguntó:

—¿Tu casa, la mía o el portal de alguna tienda?

—Dímelo tú.

—Tu casa, quiero ver cómo vives —dijo él sin vacilar antes de parar un taxi.

Cuando llegaron a su pequeño apartamento, Dixie lamentó haberse dejado los esbozos esparcidos por la sala de estar y la ropa tirada por el dormitorio. Cuando estaba preparándose para salir no sabía a dónde irían a parar al final de la velada, pero no esperaba en absoluto que terminaran yendo a su casa. Al menos tenía vino. Siempre tenía vino, hummus y pan de pita en la nevera (aparte de eso, estaba vacía).

Le encantaba su casa. Era un apartamento chiquitito en la parte menos recomendable de Chelsea, en la otra cara del distrito de World's End, pero era su refugio. Eran muy pocos los hombres que habían tenido el honor de estar allí, y tan solo habían sido aquellos con los que había ligado estando en ese espacio de tiempo crepuscular en el que había perdido la memoria, pero todavía estaba consciente. Era un lugar acogedor y tranquilo, y había pasado años decorándolo y amueblándolo con lo que iba encontrando en mercadillos y *boutiques*; era colorido y pequeño, y tenía un pequeño balcón al que solía salir, ya fuera de noche o de día, para sentarse un rato con un vaso de vino y, quizás, algún que otro cigarrillo con el que consolarse. Estando allí sentada podía ir viendo pasar al resto del mundo sin que nadie la viera a su vez.

—Un sitio agradable —comentó Freddie al entrar tras ella, mientras deslizaba las manos por su trasero por encima del vestido con toda la naturalidad del mundo.

—¿Cómo que «agradable»? ¡Eso déjalo para IKEA! Esto no es IKEA. Si eso es lo que quieres, no estás en el lugar indicado, amigo mío.

Él le besó la nuca mientras sus manos proseguían su viaje hasta llegar a sus pechos.

—No, nada de agradable —dijo mientras le acariciaba los pezones—. Aquí no hay nada mal ensamblado, todo parece estar hecho a medida y encaja a la perfección. —Le dio un mordisquito en el cuello y retrocedió de repente—. ¿Y si tomamos un vinito?

—Sí... Perdona, la nevera —alcanzó a contestar, sin aliento. Ardía de excitación, estaba húmeda y tenía el clítoris tenso y expectante, no sabía qué diantres iba a pasar cuando él la desnudara al fin.

Sacó una botella de vino blanco de la nevera, le sirvió un vaso y él tomó un trago antes de atraerla hacia sí y besarla. Le inundó la boca con el frío líquido y con la lengua mientras apretaba su cuerpo delgado y fuerte contra ella, la subió a la encimera y se colocó entre sus piernas. Se besaron y el resto del mundo se esfumó para ella mientras disfrutaba de él, mientras le mordisqueaba y le saboreaba. Él tenía las manos quietas y solo la acariciaba con la lengua, los labios, la barba incipiente; justo cuando Dixie pensó que iba a tener que suplicarle que se la follara, él se desabrochó los vaqueros y la alzó para quitarle las medias y las empapadas bragas. Eso fue todo en cuanto a preliminares. Estaba tan mojada que se deslizó con facilidad en su interior, la agarró de la cintura para tener algo de apoyo. Su sexo era más grueso y largo de lo que ella esperaba, y el alivio de sentirlo en su interior le hizo soltar un jadeo ahogado. Empezó a embestirla con movimientos cuidadosos a la par que potentes, empezó lentamente y fue aumentando el ritmo asegurándose de que ella gozara de cada segundo.

Y entonces se detuvo.

Se inclinó para chuparla y empezó a juguetear con el henchido clítoris, Dixie sintió que iba a correrse y quiso que fuera un momento compartido... Intentó con todas sus fuerzas reprimirse, de verdad que sí y, justo cuando pensaba que no podía hacer más, que era incapaz de aguantar, lo sintió de nuevo en su interior, más grande aún que antes, y la fuerza del envite la echó hacia atrás mientras se corrían juntos. Se oyó a sí misma gritando de placer, le vio echar la cabeza hacia atrás y arquear el cuerpo. Y entonces él soltó una carcajada al desplomarse, la besó y tomó de nuevo su vaso de vino. Cayeron sobre el sofá desmadejados, enredados el uno en los brazos del otro, disfrutando del momento de unión.

Ella se sorprendió al ver que se levantaba y se ponía bien la ropa.

—Gracias por una velada tan encantadora, Dixie. Hasta la próxima. —Hizo ademán de marcharse.

—Ah, ¿te vas ya? —Se esforzó por ocultar la decepción que sentía—. ¿No puedo tentarte a que te quedes? —Abrió un poco las piernas.

—Esta vez no, pero gracias. Mañana empiezo a trabajar temprano, y a los dos nos vendrán bien unas horas de sueño.

—¿Volveré a verte pronto? —Detestó su propia actitud, lo empalagosa que estaba siendo. No era una de esas chicas sensibleras que necesitaban promesas y mimos después de follar; no, no lo era en absoluto.

—Ya concretaremos algo, seguro que sí. Dulces sueños, mi dulce pelirroja. —Se inclinó hacia ella, le dio un beso y se fue sin más.

Acababan de dejarla plantada en su propio sofá, y con el semen húmedo aún en el muslo. ¡Una nueva experiencia! Teniendo en cuenta lo desenvuelto que se le veía, cabía preguntarse con cuántas mujeres se habría acostado tras la muerte de su esposa. ¿Era así como lidiaba con el dolor que sentía?, ¿usaba a las mujeres a modo de distracción? También cabía la posibilidad de que ella fuera la primera.

Tenía la sensación de que habían compartido muchas cosas en una sola velada, ella había disfrutado de cada segundo. Freddie era distinto, pero había algo en su necesidad de descolocarla, de tentarla y dar un paso atrás, que era peligroso, impredecible. Se recordó a sí misma que, si una estaba preparada para todo, en ese «todo» también tenía que estar incluida la posibilidad de llevarse una decepción... Pero, antes de darse cuenta, mientras permanecía allí sentada se puso a esbozar un dibujo de ellos dos durante la cena, con las cabezas poco menos que tocándose a la luz de la vela, como si no existiera nadie más en el mundo.

9

Stella

Tenía un montón de ropa apilada sobre la cama. A decir verdad, no tenía ni idea de qué ponerse para ir a un pub; al fin y al cabo, era la primera vez que salía a tomar una copa con una niñera que vete tú a saber lo que quería. Al final optó por ponerse sus fieles vaqueros de Paige... Aunque era una elección inevitable, la verdad, porque eran los únicos pantalones que le cabían de los veintiocho pares que tenía. Eso no quería decir que estuviera dispuesta a deshacerse del resto, por supuestísimo: algún día le cabrían de nuevo, eso es algo que toda mujer tiene claro. De modo que allí los tenía, formando un viejo y voluminoso montón en un rincón del dormitorio. Incluso se acordaba de la última vez que se había puesto cada uno de ellos: en algún lugar de aquel montón estaban los vaqueros que llevaba puestos la primera vez que había invitado a Jake a ir a su habitación; y también los que llevaba puestos la última vez que habían follado en la sala de estar, él acababa de recibir la bonificación y había llegado a casa desprendiendo un sospechoso tufillo a *whisky* escocés y perfume barato. Estaba cachondo y feliz, y les había despertado Tom preguntando a voz en grito que qué hacían unos pantalones encima de la tele. Eso debió de ocurrir en enero, pero no alcanzaba a recordar si había sido ese año o el anterior. Los Paige los había comprado cuando estaba de moda llevar vaqueros cinco tallas por encima de la tuya con un cinturón para sujetarlos. Se acordaba del tipo que le había dicho «¡Anda!, ¡has perdido mucho peso desde que te los compraste!» al verla desnudarse; vete tú a saber si realmente creía que antes estaba obesa o si estaba bromeando, pero, en cualquier caso, ¡a una no le apetece hacerse esa clase de preguntas durante un rollito de una noche!

Estaba llegando al pub cuando empezó a arrepentirse de haber accedido a tomar algo con Coco y se preguntó por qué lo habría hecho, ¿por qué se había tomado la molestia de conseguir una niñera, darse una ducha y lavarse el pelo? Bueno, al menos se trataba de un pub de barrio, uno donde no corrían el riesgo de encontrarse con alguien conocido. Incluso había llegado al extremo de maquillarse, ponerse un sujetador capaz de alzarle y sujetarle los senos, y enfundarse su camisa rosa de seda preferida. Pero Coco hacía que sonriera y riera, sus actitudes eran un desafío para ella; eso era algo que necesitaba, sobre todo si iba a reincorporarse al trabajo junto a aquella joven y desconcertante generación; además, el mero hecho de observarla era un placer. Coco tenía una sonrisa contagiosa y un entusiasmo que era un tónico para ella, para su mundo cada vez más limitado. Pero en ese momento, en una fría tarde de primavera bajo el envite de un viento hostil, parecía una decisión extraña.

El pub The Builders estaba de lo más animado: la barra estaba llena de gente charlando entre risas, clientes habituales jugaban a los dardos; había titilantes lucecillas a lo largo de las paredes y la barra estaba decorada con guirnaldas de lúpulo. Su indecisión se esfumó, se sintió como en casa y tomó nota mental de salir más y probar cosas nuevas. Justo encima de la barra había un letrero: *Nada de carbohidratos a partir de las 20:00. ¿Para qué ir en ascensor si con la escalera ejercitarás los glúteos?*

Coco sonrió al verla entrar, estaba en la barra y se la veía más alta… Stella se dio cuenta de que llevaba unas botas con pinta de ser muy caras que le daban más de siete centímetros de altura extra. Se sintió un poco intimidada con sus zapatos bajos, la verdad.

—¡Qué bien que hayas venido! —la saludó Coco con el semblante radiante y ojos risueños. Su lustroso cabello brincaba literalmente bajo la suave luz—. ¿Quieres beber algo?

—¿Crees que le diría que no a pasar una velada alejada de los niños?, ¿estás loca? Tomaré un *gin-tonic*… ¡Oh! ¿Qué es eso?

Coco alzó su bebida, una de aspecto muy adulto servida en un vaso redondo y decorada con una rodaja de naranja.

—Un negroni. ¿No lo conoces? Ten, pruébalo.

—No me suena, ¿qué lleva? —Tomó un sorbito procurando esquivar las marcas de carmín del borde—. Umm… Alcohol, y tiene un punto amargo. ¿Campari?

—No lo sé. Es un negroni y punto, ¡no me hace falta saber lo que lleva para saber que me gusta! ¿Te ha gustado? —Pidió uno antes de que Stella pudiera reaccionar.

—¡Ya pago yo! —se apresuró a decir cuando el camarero pidió diez libras.

—¡De eso nada, Stella! Pago yo, te he invitado a venir. —La detuvo sujetándola del brazo con una mano firme y fuerte—. ¡Vamos a sentarnos! —añadió antes de empujarla con suavidad hacia una mesa situada en una esquina.

Stella se dirigió hacia allí, y mientras caminaba sintió el peso de su mirada siguiéndola. Una vez que se sentaron (en ángulo recto, con vistas al resto del local), tomó conciencia de lo ancha y pesada que se sentía en comparación con la complexión atlética de Coco. Se movió con nerviosismo intentando encontrar una postura que disimulara los michelines, pero que resultara cómoda. Nota personal: Menos magdalenas (otra vez); más gimnasio (otra vez); y, novedad: apuntarse a un centro de reeducación postural. Tener cuarenta años no era excusa para abandonarse. Se había pasado la vida soñando con ser delgada (por supuesto), ¡ojalá hubiera sabido valorar la figura que tenía a los veinte, de la que tanto se había quejado! ¡Lo que daría por recobrar el cuerpo que tenía a los veinticinco!

—Bueno, esto es mucho mejor que estar parada en el parque —le dijo a Coco, sonriente—. A mí no me queda más remedio que ir, Rory es insistente. Pero ¿cuál es tu excusa?

Coco echó la cabeza hacia atrás al soltar una carcajada.

—¡Me encantan los niños, y me lo paso bien! ¿Por qué habría de hacer algo que no me gusta en una ciudad donde todo es posible? Esto no es la España rural, estamos en Londres.

—¿De dónde eres?

—De Baiona, en Galicia. Pero mi familia es de Sudamérica, casi todos siguen viviendo allí. Mi padre es de Brasil, mi mamá de Colombia.

—¿Nunca te dan ganas de volver para disfrutar del sol? Las piñas coladas, el voleibol en la playita…

—¡Qué gracia!, ¡me encanta que pienses que juego al vóley en la playa! Lo he hecho una única vez. Pero la vida no es nada fácil allí, hay crimen y drogas y mucha gente está en la pobreza. Quería un cambio y Londres es increíble. Me encanta que haya gente de todas partes del mundo, de todos los colores y voces, y vienen con sus propias tradiciones y creencias, su gastronomía, su estilo. En esta ciudad ves al mundo entero, de verdad que sí, ¡me encanta! Para mí, el tiempo que hace es... ¿Cómo te diría...? Una novedad, y los británicos me hacen mucha gracia. Son graciosos, depres y sarcásticos a la vez. Estoy aquí para prepararme de cara al resto de mi vida, y el mundo entero se encuentra aquí. ¡Quién sabe a dónde iré a parar!

—Me encanta eso que has dicho. Depres y sarcásticos, qué gran verdad, por eso me dan ganas de hacer las maletas y largarme a la playa mañana mismo. ¡Dios, lo que echo de menos la sensación del sol y el agua en la piel! ¡Los colores tropicales!

—Ah, ¿en serio? ¿Por eso se te ve siempre tan tristona?

Stella era consciente de que Coco la pillaba muchas veces a contrapié. De estar charlando de naderías pasaba de repente a hacerle preguntas existenciales, y eso la descolocaba. Tomó su bebida y se puso a juguetear con la rodaja de naranja mientras mantenía la mirada fija en el fondo del vaso.

—¿Se me ve tristona? Dios, sí, estar ahí plantada en el parque me deprime, pero sí, estaría más que dispuesta a largarme a vivir a la primera isla lo bastante barata.

—La vida en una isla es mucho más barata de lo que crees, en la mayoría de ellas se puede vivir un día entero por el precio de esta bebida. Piénsatelo. Como decís vosotros: *bottoms up!*

Se echaron a reír.

—¡Tenemos que conseguir que vuelva a gustarte la vida en la ciudad! Tienes que verla a través de mis ojos... A través de los ojos de un visitante, de alguien que la está descubriendo, y entonces podrás compartir la emoción que siento yo. Y, si no conseguimos que Londres vuelva a emocionarte, te prometo que te ayudo a buscar la isla de tus sueños. *Bottoms up!*

Al verla desternillarse de risa, Stella pensó para sus adentros que los jóvenes eran realmente impredecibles.

—Por favor, no me digas que vas a proponer algo insoportable como una visita a la Torre de Londres.

—¿Estás loca? —exclamó Coco con una sonrisa de oreja a oreja—. ¡Yo estaba pensando que podríamos ir a algunas fiestas! Algo con un poco de emoción... Algo un poquito exótico, quizás. Lo que te hace falta es una vía de escape, una fantasía. Necesitas descansar de tu vida cotidiana, te sentirás mucho más feliz. Ya lo verás, un día iré al parque y te encontraré allí sonriente, ¡necesitarás descansar de tanta diversión! Yo creo que eso es lo que te pasa.

Lo que fuera con tal de romper la rutina, se dijo Stella para sí. Algo nuevo y original, gente nueva haciendo cosas nuevas en lugares nuevos.

Reculó ligeramente, sorprendida, cuando Coco le tocó el brazo y alargó la mano hacia su mejilla. El gesto la tomó desprevenida, y le sorprendió la delicadeza del ligero contacto.

—Ten, pide un deseo. Tenías una pestaña.

¿Que pidiera un deseo? ¡Cuántas cosas podría desear en ese momento! Aunque lo que deseaba de verdad era tener algo de libertad, poder huir de la monotonía. Al final se limitó a decir:

—Hecho, ya está pedido. —Sopló la pestaña—. Pero si te digo lo que es no se cumplirá.

El incidente la había perturbado. Quizás fuera porque hacía mucho que nadie le preguntaba qué era lo que quería; tanto tiempo hacía de eso que, aparte de la fantasía de desertar a una isla desierta, era incapaz de formular un deseo.

Perdió la noción del tiempo conforme fue transcurriendo la velada, estaba divirtiéndose y se sentía relajada. Tal vez se sintiera, un poquito al menos, como antes de las responsabilidades que vienen al tener dos hijos y una vida hogareña relativamente aislada. Se quedó atónita al oír que anunciaban la última ronda de bebidas, se puso en pie como un resorte y exclamó que tenía que marcharse, que la niñera debía de estar desesperada por irse a su casa (aunque lo que le preocupaba en realidad era que Jake ya hubiera vuelto del trabajo y verse obligada a explicar dónde había estado).

—No te preocupes, Stella. Verás como todo se arregla. —La abrazó y le dio un beso en cada mejilla para consolarla.

El contacto fue tan delicado y reconfortante que le dieron ganas de abrazarla muy fuerte a su vez e inhalar ese delicioso aroma a manteca de karité, pero lo que hizo fue despedirse con un apresurado gesto de la mano antes de marcharse con rapidez. Mientras regresaba a casa a toda prisa se sorprendió al notar que andaba con brío renovado, que la recorría una agradable calidez, y pensó que a lo mejor era aquello lo que necesitaba: tratar con gente que no perteneciera a su círculo habitual, nuevas relaciones y una nueva perspectiva.

Metió la llave en la cerradura con sigilo por si Jake estaba en casa y se había acostado ya, pero se sorprendió al encontrárselo despierto y sentado en el sofá con un vaso de vino tinto, viendo la tele. Eso era muy inusual en él.

—¡Buenas noches, fiestera! —la saludó mientras se frotaba los ojos—. ¿Has salido de juerga a escondidas?

—¡Qué va! He ido a tomar una copa con alguien a quien conocí en el parque, ¡mira si es glamurosa mi vida!

—¡Vaya! ¿Así que has salido a beber con alguien? ¿Debería preocuparme?

—Sí, ¿por qué?, ¿qué tiene de malo? Es una niñera. ¿Qué crees que hago durante todo el día? ¿Crees que me paso las horas como una autómata, empujando columpios y preparando actividades infantiles con el abecedario?

—No entiendo qué tienes tú en común con una niñera, ¿por qué está interesada en quedar con una madurita con dos hijos?

—¡Madre mía, Jake! ¡No me lo puedo creer! ¿Eso es lo que se te ocurre decirme cuando hace días que no nos vemos? ¡No todos podemos ir al Ivy a tomar vino con nuestros «clientes»! Pensé que me vendría bien salir, ¡eso es todo!

—¡Vale, lo siento! Es que me ha sonado un poco raro, nada más. ¿Te lo has pasado bien? ¿De qué habéis hablado?

—Pues sí, la verdad es que me lo he pasado muy bien. Esa chica es un soplo de aire fresco. Creo que a ti también te caería bien, aunque puede que de otra forma. Tiene unos veintitantos años, es española con familia colombiana y brasileña. De hecho, tiene un físico bastante impresionante. —Se sintió un poco incómoda y, para entretenerse con algo, se puso a ordenar aquí y allá.

—En ese caso, invita a la pobre chica a que venga a cenar.

—¿Para qué?, ¿para que al final no te presentes?

—Ya te dije que lo sentía. Tengo una cantidad enorme de trabajo en este momento y es importantísimo que esté a la altura. Mira, Stella, siéntate un momento. Ven, tómate un vaso de vino…

—No quiero mezclar…

—Siéntate. Ven aquí. Deja que… ¿A que te sientes mejor ahora?

—¿Qué estás viendo? ¿Qué es eso?, *¿Factor X?*

Él se echó a reír.

—Estaba intentando ponerme al día, ¡quiero estar listo para cuando tengamos nuestra gran noche de tele!

Qué agradable era verle un poco más relajado. Así se parecía un poco más al Jake de antes, a la persona que era cuando se conocieron. A lo mejor estaba siendo demasiado dura con él. Se sentía muy bien así, recostada contra él, contra su corpulento cuerpo. Empezaban a salirle algunas canas en las sienes, se le veía cansado, pero seguía siendo muy atractivo. Empezó a juguetear con uno de los botones de su camisa y deslizó los dedos bajo la abertura.

—¿Cómo van las cosas en tu trabajo?, ¿alguna novedad interesante que contar? ¿Te sigue resultando excitante la vida como socio del bufete?

Él se quedó mirándola sin decir nada, sin contestar a sus preguntas; al cabo de un momento, se limitó a decir:

—Estás guapísima… ¿Qué te has hecho?, ¿has cambiado de peinado?

—Qué va. Mismo peinado, soy yo tal cual. Bueno, me lo he lavado y también me he maquillado un poco… ¡Aunque echo de menos los manchurrones de chocolate!

Él la miró con ojos brillantes al inclinarse para besarla. En esa ocasión fue ella la que no dijo nada y deslizó la mano hacia abajo, fue desabrochando cada botón hasta llegar al cinturón. Posó la mano sobre el bulto que había justo debajo.

—¿En serio?, ¿así de fácil? ¡Vaya!, ¡ojalá lo hubiera sabido cuando solía pasearme de acá para allá con lencería sexi para ti! Resulta que lo único que hace falta es tener el pelo limpio y tocarte la barriga.

—Bueno, esos son recuerdos muy, pero que muy gratos, pero te encuentro tan sexi ahora como en aquel entonces; por cierto, puede que estemos un poco desentrenados, pero lo que me estás tocando no es la barriga.

Jake no era un hombre dado a hacer cumplidos, así que uno que viniera de su parte significaba mucho. Tal vez las cosas no estuvieran tan mal como ella había creído, quizás lograran salir de aquel periodo tan difícil si se esforzaba un poco más. Tomó otro trago de Pinot Noir, se deslizó hacia abajo entre las piernas de Jake, le bajó los pantalones y, tras dejar su sexo al descubierto, le miró a los ojos y enarcó una ceja; al ver que contestaba con una sonrisa de aliento, se lo metió en la boca y oyó su jadeo de placer. Las mamadas siempre habían sido su especialidad; ella las disfrutaba, disfrutaba la forma en que los hombres se volvían completamente sumisos en cuanto te los llevabas a la boca. Succionó y chupó con suavidad, haciéndole entrar y salir rítmicamente, dejando que le tocara los senos (había sido un acierto ponerse aquel sujetador con sujeción extra). Se sentía sexi, estaba cachonda y la excitación de él avivaba la suya. Aminoró el ritmo, y entonces se quedó inmóvil y se quedó mirándole hasta que él le suplicó con los ojos y le atrajo la cabeza hacia su cuerpo. Le tomó las pelotas en una mano y empezó a acariciárselas con suavidad.

—Sí, por favor, nena, sí...

Stella se detuvo, ¡no iba a dejar que se divirtiera él solo! Se bajó los vaqueros y la prístina ropa interior, la parte de abajo del precioso conjunto, y entonces se montó a horcajadas sobre él y dejó que se hundiera en su cuerpo hasta el fondo; sintió la satisfacción de poseerlo, de saber que la deseaba tanto. Aquel era el único ámbito en el que ella podía seguir siendo la jefa. Empezó a besarle mientras él se arqueaba; estaba tocándose, jugueteando con su clítoris, quería que se corrieran a la vez. Deseaba alcanzar esa liberación, ese vínculo, esa sensación de unión que se creaba. Él estaba enloquecido de placer y en cuestión de segundos alcanzaron el clímax y entonces se echaron a reír, jadeantes y un poco embriagados por las emociones.

A lo mejor lo único que se necesitaba a veces para reiniciar las cosas era un buen polvo, pensó para sus adentros. Posó la mano en la mejilla de Jake y le besó con ternura, y al hacerlo notó un ligero olor a manteca de karité procedente de su propia mano. Le dio las gracias a Coco en silencio. Esa noche, por primera vez en mucho tiempo, se quedó dormida entre los brazos de Jake… y ni siquiera le resultó irritante.

10

Ana

Ana solía ser puntual y eso hacía que siempre llegara la primera, pero las cosas no habían sido así siempre. Por regla general, antes de verse constreñida por las exigencias de la maternidad, Stella habría llegado pronto, deseosa de empezar cuanto antes; en cuanto a Dixie, nunca en su vida había llegado menos de seis minutos más tarde de la hora acordada. Había sido esta última quien había elegido el bar, uno situado bajo un teatro de Charing Cross Road con una televisión que transmitía música en vivo (la tenían a todo volumen, y Ana tenía ganas de pedirles que lo bajaran un poco).

Stella fue la segunda en llegar, se la veía atolondrada y..., Dios, ¿cómo iba vestida? Llevaba puestos los mismos vaqueros de siempre y la habitual chaqueta de plumón, que en esa ocasión cubría una camisa con estampado floral más apropiada para pasar una tarde veraniega junto a un río que para tomar unas copas en un bar subterráneo del West End. Estaban a miércoles, así que la propia Ana iba de beis y marrón en capas: suéter de cachemira, fular de Hermès y pantalones de cuero.

—¡Dios, Ana, cuánto lo siento! No tenía nada limpio, pero nada de nada. Voy vestida como si hubiera pasado junto a una tienda de caridad y hubiera agarrado lo primero que he encontrado de mi talla. ¡Tú estás increíble, como siempre! Esos colores combinan de maravilla con tu piel. Anda, dame un abrazo. ¡Madre mía, qué flaca estás! ¿Cómo lo haces?

—Respira, Stella, respira. ¿Estás bien?

—Sí, siento el retraso, ha sido por la niñera. Bueno, la llamo «niñera» por decir algo, Jake está en plan ahorrador y ahora le pagamos a la hija de unos vecinos para que cuide a los niños mientras se prepara para los exámenes. Por la pinta que tiene le echarías unos veinte años, pero resulta que tiene quince. En fin, aquí estoy, ¡adivina quién tuvo sexo ayer por la noche!

—Yo.

—¡Yo también, y eso sí que es una novedad! En tu caso sería una novedad que no lo hubieras tenido. ¿Qué tal está Rex?

—Cansado, por supuesto. El calendario es muy apretado, resulta que es crucial aprovechar cuando estoy ovulando. Ayer quedamos en el Hotel Soho y follamos en los baños a las 18:15; entramos a las 18:10 y salimos a las 18:20, la tarea quedó hecha en un pispás y Rex estaba de vuelta en una reunión cinco minutos después.

—Oye, se supone que tiene que ser divertido. Lo que estás creando es una nueva vida, no un robot.

—Sí, se supone que tiene que ser divertido hasta que no lo es, como tantas otras cosas en la vida. Hay un horario y un límite de tiempo, tenemos que tomárnoslo en serio para maximizar las probabilidades de lograr el objetivo.

—Dios, ¿seguro que vale la pena tanto esfuerzo? Los niños lo destruyen todo: cuerpo, ropa, mentes. ¡Son peores que los cachorros!

—Pero más adorables. Y obedientes.

—Ay, cielo, ¡qué equivocada estás!

—¡Hola, zorritas! —Era Dixie, que acababa de llegar—. ¡No me echéis la bronca por llegar tarde! Tengo montones de excusas, pero sería un aburrimiento daros la lista completa.

Iba vestida de negro: los zapatos de tacón eran de ese color, así como también los pantalones ajustados y el jersey de cuello redondo. El contraste con su piel clara y el cabello pelirrojo era impactante. Se dio cuenta de que Ana se había quedado mirando el collar de cuentas (negro también) que le colgaba sobre el escote, y comentó sonriente:

—¿Te gusta mi collar, Ana? Sabía que te llamarían la atención las cuentas. Se parecen a las bolas anales, ¿verdad? No lo son, pero una se apaña con lo que tiene...

A Dixie le encantaba intentar sacarle los colores, pero no lo consiguió porque Ana había desviado su atención hacia la tele al ver un rostro en la pantalla y oír los primeros acordes de una canción. Sonaba un poco *country* y *western*, pero más comercial… *pop-country*, ¿existía ese estilo? Pero eran el rostro y la voz los que la habían descolocado. Sabía que él había sacado un sencillo, pero…

—¡Hostia! —exclamó Stella, al dirigir también la mirada hacia la pantalla—, ¿ese no es…? —Entornó los ojos para aguzar la vista—. ¡Sí, sí que lo es! ¿Cómo se llamaba…? El yanqui aquel con el que te… ¡Joel Abelard!

—Está buenísimo —afirmó Dixie de forma categórica.

Ana se sintió atenazada por una mezcla de terror y de excitación, le dio un vuelco el corazón y le flojearon las piernas. Se deslizó un poco por el banco para acercarse más a la pantalla y poder verle mejor.

—¡La canción es buena! —exclamó Dixie mientras agitaba los brazos emulando una contradanza.

Ana le lanzó una mirada fulminante para indicarle que se quedara quietecita. Había conocido a Joel en Maine unos veinte años atrás, ella estaba trabajando para Sotheby's en Nueva York y la habían enviado a reunirse con un cliente cuya vieja casa de la era colonial estaba llena hasta los topes de clásicos de la época victoriana británica. Había terminado pasando dos noches en un pueblo pesquero, su hotel tenía un jardín donde se tocaba música en vivo y la noche de los viernes estaba dedicada al *country*.

Estaba sentada en uno de los taburetes altos de la pequeña barra intentando encontrar algo de cobertura, extendiendo el brazo todo lo posible para alzar el móvil hacia los satélites con la esperanza de que sirviera de algo. Se estiró más aún hacia arriba, y el movimiento hizo que el taburete se volcara y ella cayera espatarrada hacia atrás. Estaba intentando asimilar lo que acababa de pasar, roja de vergüenza, cuando alzó la mirada y vio un impactante rostro sonriente con unos profundos y chispeantes ojos marrones, y con el pelo tirando a largo y peinado hacia atrás.

—Hola, ángel, ¿qué haces ahí abajo? —dijo él.

—¡Qué gracioso! ¡Por el amor de Dios, ayúdame a levantarme! Gracias —añadió, sonrojada y aturullada, cuando él la ayudó a ponerse en pie. Era viernes, así que había desempolvado su falda de Victoria Beckham.

—No se ha estropeado nada irremplazable —afirmó él con una carcajada—. ¿Has conseguido que te funcione el móvil?

—Oye, ¡esta falda es una VB de la nueva temporada! —le dijo antes de echarle un vistazo a la parte posterior de la prenda.

—Y este es un clásico atemporal —contestó él con una sonrisa burlona antes de echar un poco hacia atrás el sombrero Stetson que llevaba puesto.

Ana intentó reírse, pero se sentía incómoda porque el rojo de los viernes debía de estar acentuando aún más el sonrojo causado por la vergüenza; además, no recordaba qué bragas se había puesto. No esperaba tener sexo, lo había tenido la noche anterior y lo había anotado en su agenda esa mañana, así que vete tú a saber si llevaba puestas las cómodas braguitas de M&S o las nuevas de seda de Victoria's Secret. Lo irónico era que Joel acababa de verlas y conocía la respuesta, mientras que ella misma no tenía ni idea. Se movió un poco en el taburete, pero no le sirvió para distinguir si llevaba las unas o las otras y decidió buscar un baño para poder echar un vistazo: una chica lista no se lanza de cabeza a una aventura de una noche sin saber qué tipo de bragas lleva puestas.

A juzgar por la sonrisa de Joel, estaba claro que le hacía gracia verla tan nerviosa.

—Me parto de risa cuando veo que una chica alza el móvil hacia el cielo porque piensa que así le funcionará —dijo con un musical acento sureño—. Yo no creo que sirva de nada, la verdad. Si fuera una cuestión de altura, los tipos como yo siempre tendríamos mejor cobertura que las chicas como tú. ¿Cuánto mides?, ¿metro sesenta con tacones?

—Sin tacones, Don Larguirucho.

—En mi humilde opinión, si tu móvil no tiene cobertura, pues el motivo está claro: es para que pueda invitarte a tomar un trago y podamos comunicarnos a la vieja usanza.

—No creo en el destino, pero sí en dejar que un hombre me invite a una copa, así que vale, tomaré lo mismo que tú. Por cierto, ¿qué quiere decir exactamente eso de comunicarnos a la vieja usanza?

Los altavoces emitieron un zumbido al cobrar vida, y una voz invitó a un tal Willy B. Goode a subir al escenario.

—¡Me toca! Mi medio es la música, cielo. —Se volvió hacia el barman—. ¡Eh, Nathan! ¡Sírvele una Coors Light a la dama, ponla a mi cuenta!

—¡Eso está hecho, Joel!

—La verdad es que prefiero un Old Fashioned.

Él la miró sorprendido.

—Vale, ¡que sea un Old Fashioned! Uno solo para la belleza de oscuro cabello, Sue Ellen Ewing.

En aquel entonces, Joel era un joven de pelo largo con un desgastado Stetson al que le encantaba versionar canciones de Van Morrison, sobre todo *Have I Told You Lately*. Vivía al día en la costa y su nombre artístico era Willy B. Goode, lo que a ella terminaría por parecerle tanto irónico como pueril cuando llegó a conocerle mejor.

—¡Mírala! —exclamó Dixie entre risas—, ¡se ha puesto roja como un tomate! ¡Madre mía, Ana, parece que estás a punto de correrte! —se desternillaba de risa mientras la señalaba con el dedo—. ¡Dios, debe de estar más mojada que Marti Pellow[1]! ¿Necesitas una toalla, Ana?

—¡Déjala en paz, Dix! La pobre Ana no superó jamás la fase en la que practicó la postura de vaquera inversa, ¡no puede dejarla atrás!

Ahora eran las dos las que se desternillaban de risa.

—Espera, ¿no fue él el que no...?

—¡Exacto! ¿¡Quién habría pensado que al corazón de Ana la Tigresa no se llegaba por medio de una polla!?

—Voy al bar —dijo ella con calma—. Cuando os hayáis calmado, vuelvo. ¿Otra ronda de lo mismo?

—¿Qué te vas a pedir tú?

—Un Old Fashioned.

—¡Qué cojones, a darle fuerte y nos vamos pronto a casa! —exclamó Stella entre risas, con ojos chispeantes.

---

1 N. de la T.: Marti Pellow fue el cantante principal del grupo de pop Wet Wet Wet (cuya traducción literal sería «mojado, mojado, mojado»).

La canción de Joel (*Brown Eyed Girl*, que encabezaba la lista de éxitos de *country* pop) ya había terminado para cuando Ana regresó a la mesa, y el excitable dúo formado por Dixie y Stella había pasado a comparar el arte de la mamada dura y rápida con el de la larga y lánguida.

—Chicas, ¿no podemos hablar de otra cosa que no sea el sexo y los hombres?

—¿Cómo vamos a hablar de sexo sin hablar de los hombres?

El comentario lo hizo Dixie, que miró entonces a Stella para que le diera la razón. Esta puso cara de irritación por un instante, pero al final asintió.

—Sí, el sexo y los hombres; igual que el vino y el queso, el té y las tostadas…

—El té con una magdalena es una opción perfectamente aceptable —intervino Ana—. Estáis borrachas, ¿no podemos centrarnos en nosotras tres por un rato? ¡No hemos planeado aún el viaje de este año! Os seré sincera, necesito un pequeño *tour*.

—¡Un tour! ¡Un pequeño *tour* por la *tour* Eiffel!

Dixie gritó aquello y se echó a reír a carcajadas. Estaba claramente borracha, cualquiera diría que estaba colocada.

—No, por la Provenza —contestó Ana—, había pensado en recorrer esa zona en bicicleta. Habrá vino y queso para vosotras dos, y puede que yo encuentre una salchichita picante… para tener algo de variedad, ya me entendéis.

Se echaron a reír las tres. Ana era consciente de que las bromas estaban muy trilladas y las repetían cada vez que quedaban, pero ese era el consuelo que te daban las amigas, el ritual de restablecer los cimientos de la relación que las unía. Tal vez las bromas no fueran graciosas, pero eran las que ellas compartían y no iban a dejar de disfrutarlas.

—¿Lo de montar en bicicleta va en serio, Ana? ¿Se te ha olvidado quiénes somos? Solo voy a montar una cosa durante las vacaciones y lo que tiene son pelotas, no ruedas.

—¡Lo digo en serio! A las tres nos encanta la Provenza. Podríamos pasar una noche en Saint-Tropez y después adentrarnos en la campiña, ¡lo pasaríamos genial!

—Mira, Ana, si me voy de vacaciones es para alejarme de la vida cotidiana. Quiero algo salvaje y alocado. La Provenza está bien si una está casada y es una madurita... ¡Uy! —Stella se interrumpió a tiempo de reírse antes de que lo hicieran ellas—. ¡Vale!, ¡está bien! ¿Qué os parece algo un poco menos desmadrado, pero un poco más disoluto? El Festival de Edimburgo podría ser una buena opción, podríamos... —Se interrumpió al oír que acababa de recibir un mensaje de texto en el móvil.

Ana notó que parecía tanto sorprendida como preocupada al leerlo y se dispuso a preguntarle al respecto, pero Dixie escogió ese preciso momento para exclamar:

—¿Escocia? ¡Venga ya!

—¡No seas idiota! —le espetó Stella con sequedad.

Aquel súbito exabrupto hizo que Ana se preocupara, estaba claro que a su amiga le pasaba algo. Ella había conocido a Stella y a Dixie cuando las tres estaban entrando en la adolescencia, pero ellas dos eran íntimas amigas desde la guardería. Esa familiaridad, sumada al carácter autoritario innato de Stella, hacía que Dixie tolerara sus comentarios cortantes, pero aquella reacción parecía inusual incluso tratándose de ella.

—¡Lo digo en serio! —añadió Stella—. ¡No puedo gastar un montón de dinero en un viaje a Saint-Tropez y la Provenza!, ¡estamos hablando literalmente de la zona de recreo más cara de Europa! Peter debe de tener alguna propiedad en Edimburgo. ¡Habrá alcohol, fiestas y desmelene! Quiero algo nuevo y original, ¡algo distinto! ¡Vamos a desmadrarnos!, ¡nada de pedalear por la Provenza como tres mujeres de mediana edad!

—Dejemos el tema para la próxima vez que nos veamos —se apresuró a decir Dixie—. Yo me apunto, claro, pero ahora tengo muchos asuntos pendientes. Estoy viéndome obligada a pasar mucho más tiempo en Nueva York del que esperaba, tendré que consultar mi agenda.

Ana y Stella intercambiaron una mirada, y esta última se limitó a decir:

—Desembucha.

—No te entiendo.

—Esa voz, esas excusas… —intervino Ana con una sonrisita—. Venga, ¿cómo se llama el tipo?

Dixie empezó a ruborizarse, pero soltó un bufido y se apresuró a negarlo.

—¡No es por ningún tipo! Peter me tiene hasta arriba de trabajo, ¡lo digo en serio!

Ana y Stella intercambiaron otra mirada, pero esa vez estuvo acompañada de sendas sonrisitas burlonas.

—Vale, está bien, puede que lo de Edimburgo sea buena idea. Procuraré…

Brown Eyed Girl, la canción de Joel, la interrumpió al empezar a sonar de nuevo a todo volumen.

—¡Madre mía! —exclamó Stella con una carcajada—, ¡está más bueno de lo que yo recordaba!

—El momento de pureza de Ana —apostilló Dixie.

Las dos se echaron a reír, pero Ana fue incapaz de hacerlo. Aunque aquellas semanas que había pasado con Joel habían sido preciosas y excitantes, al volver la vista atrás se daba cuenta de que, muy probablemente, habían sido las más frustrantes de su vida. Él fumaba, bebía, decía tacos y era guapísimo. Bebían tequila hasta altas horas de la noche, acababan tan fumados que reían hasta que les dolía el costado y entonces se quedaban despiertos comiendo *pizza* hasta el amanecer en la pequeña habitación que ella tenía alquilada. Él le cantaba a lo largo de la noche acompañado de su guitarra, e incluso llegó a componer una canción sobre ella; fue, en muchos sentidos, una fantasía. Joel carecía de unas perspectivas de futuro realistas y, aunque a ella le encantaban tanto el *country* como la música *western*, su voz no le parecía nada del otro mundo (aunque jamás se lo había dicho a él, claro). Iba a pasarse la vida tocando en bares y viviendo con sus colegas, esperando la gran oportunidad que jamás iba a llegar. Había tantos músicos con talento y ganas de alcanzar el éxito, que la verdad es que ella no albergaba ninguna esperanza de que él pudiera labrarse un futuro como artista, así que no se tomó la relación en serio en ningún momento. Pero eso no fue obstáculo para que saboreara al máximo todo el tiempo que pasaron juntos y que la atrajera a más no poder, el tipo era como una especie de erección andante. Pasaban horas en la cama desnudos jugueteando, acariciando, chupando, provocando; acalorados, sudorosos, exhaustos, borrachos, fumados… ¡El séptimo cielo! Con solo mirarle sentía que su cuerpo empezaba a pulsar de deseo.

Había un único inconveniente, uno muy gordo: Joel Abelard se negaba a practicar sexo con penetración. Por muy absurdo que pudiera parecerle a ella (en su opinión, el pene era poco menos que un artefacto religioso al penetrar), Joel había hecho promesa de pureza: hasta que estuviera prometido en matrimonio, nada de penetración. Sí, había mil y una alternativas posibles, pero para ella no había nada como la plenitud que sentía cuando la llenaba una polla; en cualquier caso, y para ser justa con Joel, la verdad es que tenía otras habilidades que casi la compensaban por lo otro: unos dedos largos y una lengua más larga todavía.

—¡Cuando estemos prometidos podremos abrir las puertas de un paraíso totalmente nuevo, Ana! ¿No es mejor tener siempre algo que uno pueda esperar expectante?

—¿El sexo anal?

—¡No te rías de mí! Para mí no hay muchas cosas sagradas, pero esto lo es. Y tú también. Cuando nos casemos…

Y ella se reía estando allí, sentada relajada entre las sábanas revueltas, a la luz de las velas, y le susurraba sonriente:

—Sí, y entonces podremos pasar los días enteros follando y las noches correteando de acá para allá en pelotas… —Y entonces la Ana más seria añadía algo así como—: Pero no podríamos permitirnos comprar ni una mísera cabaña, Joel. Esto no es más que una canción de amor, un simple sueño.

Se sentía fatal por el hecho de que su mente gobernara al corazón, pero era una chica de clase media a la que no le gustaba correr riesgos, ¿qué tenía eso de malo? Aquello no era una película, era la vida real, y los sueños en los que una se largaba hacia la puesta de sol con un músico sin blanca no eran más que eso: sueños.

—Solo es un sueño si no estamos listos para seguirlo —contestó él con voz melosa y lánguida mientras la contemplaba, mientras jugueteaba con su pelo y la desnudaba con los ojos—. Somos nosotros quienes podemos hacer realidad nuestros sueños. Por poner un ejemplo: follarte es mi realidad soñada.

—¡Y que me folle un vaquero de verdad es la mía! —afirmó ella, un poco irritada.

Se acordaba de un fin de semana. De buenas a primeras, habían decidido poner rumbo a la costa en la vieja camioneta de Joel. Habían bebido vino, habían dormido bajo las estrellas en la playa y se habían helado de frío, pero eso carecía de importancia: esa era la vida en su más descarnada expresión, la naturaleza y ellos, Joel y su guitarra. Eran momentos como aquellos los que la hacían plantearse si su propia visión de lo que era «normal» sería suficiente. Conformarse con cualquier cosa era una opción que estaba descartada, pero tanto su corazón como su cabeza y su vagina tenían voz y voto. Tal vez las cosas buenas que pudieran llegar a surgir más adelante no fueran más que un sueño, pero los recuerdos eran reales.

—¿Tú también estás pillando frío, nena? Conozco un sitio donde podríamos ir para entrar en calor.

—¡Dios, sí! ¡Estoy helada!

—Sígame, mi señora.

La ayudó a bajar de la camioneta (una muy vieja de color naranja a la que llamaba «Bert», y que era como un tesoro para él), y entonces caminaron por la playa tomados de la mano; al llegar frente al Shutters, un impresionante hotel situado en el paseo marítimo, se detuvo y susurró:

—Sígueme.

—Esto es colarse, ¿no?

—Solo si nos pillan. ¡Venga, vive un poco! Estamos en plena noche, ¡no nos verá nadie!

Ella accedió porque no quería parecer una estirada. Él la condujo a un *jacuzzi* con vistas al océano y, bajo su atónita mirada, se desnudó y se metió en el agua sin pensárselo dos veces.

—¡Te toca a ti! ¡Venga, inglesa! ¿Te apetece darte un bañito?

Nunca había sido de las que se achantan ante un desafío, así que se quitó el vestidito veraniego y el suéter mientras disfrutaba viendo cómo la devoraba con la mirada. Se metió poco a poco, dándole tiempo de sobra para que contemplara bien sus senos perfectamente moldeados, su coño pulcramente rasurado y su trasero bien redondito.

—Cielo, lo que están viendo mis ojos es una maravilla de la evolución.

Ella se deslizó por el agua hasta sentarse a su lado, y le rodeó el pene con la mano mientras él le cantaba *Have I Told You Lately* al oído con voz suave. El agua los envolvía burbujeante y se deslizaron el uno contra el otro piel contra piel, en una caricia suave como la seda. Había algo extremadamente sexi en el hecho de estar en el agua, en saber que no deberían estar allí y que podrían descubrirles. Él bajó la mano y extendió uno de sus gruesos dedos en su interior y presionó contra el clítoris como si de un botón se tratara, ella jadeó y apretó un poco más la mano alrededor de su pene.

Estaba preguntándose por enésima vez cuándo renunciaría él a la absurda promesa de pureza cuando fueron interrumpidos por una brusca voz:

—Perdonen, pero en el cartel pone claramente que el *jacuzzi* queda cerrado a partir de las diez de la noche. Son las dos de la mañana.

—¡Cuánto lo siento! —Joel carraspeó ligeramente mientras intentaba mantener el semblante serio—. Ahora mismo volvemos a nuestra habitación, no nos habíamos dado cuenta de que fuera tan tarde.

El guardia de seguridad, un hombre bajito y regordete como Danny DeVito, alzó su linterna como si de un garrote se tratara e iluminó la espumosa superficie del agua.

—¿En serio?, ¿no se habían dado cuenta de que es noche cerrada? ¿En qué habitación se alojan?

—En la 110 —él respondió sin titubear mientras usaba la mano libre para protegerse los ojos de la luz halógena.

—No tenemos ninguna con ese número.

—Eh... Vaya, debo de haberme confundido. Espere, voy a comprobarlo. —Se inclinó hacia sus pantalones por encima de Ana. La luz iluminó de lleno su pálido trasero, y ella se rio en voz alta—. Prepárate para echar a correr —le susurró al oído, antes de volverse de nuevo hacia el guardia—. Bueno, gracias por el *jacuzzi*, ¡ha sido genial!

Sin más, los dos se levantaron de un salto, agarraron la ropa y echaron a correr hacia la playa, jadeando entre risitas y desnudos, creyendo que iban a arrestarles de un momento a otro. Ana miró hacia atrás y vio la bamboleante luz de la linterna del guardia, que se esforzaba por correr tras ellos por la arena mientras se le hundían los pies. Debía de estar furioso, pero el rugido del Atlántico ahogó su voz.

Después, mientras yacían de espaldas en la camioneta comentando entre risas lo ocurrido, recordándose mutuamente cada detalle de la anécdota, era como si no hubiera nada en el mundo que importara lo más mínimo si se tenían el uno al otro. Pero eso había sido en aquel entonces.

Y Joel se había convertido en una estrella, joder; claro, ¿qué más cabía esperar? Y no era una estrella cualquiera. No, ¡qué va!, ¡era una estrella del *country*! A menudo se le había pasado por la cabeza llamarlo y decirle algo así como «¡Hola! Perdona por haberte dejado plantado cuando creía que no ibas a llegar a nada en la vida, pero ¿podríamos intentarlo otra vez ahora que eres famoso?». Pero se sentía avergonzada.

Tanto Stella como Dixie estaban enteradas de todo lo relativo a la saga de Joel. Habían oído muchísimas veces todas y cada una de las permutaciones a lo largo de los meses y los años. Habían insistido en que debería contactar con él, habían seguido dándole la lata con eso incluso después de tantos años. Dixie siempre estaba diciéndole que era difícil encontrar una atracción sexual como esa, que a Joel le encantaría saber de ella; Stella, por su parte, era más pragmática: le aconsejaba con insistencia que tenía que tirárselo antes de que pudieran prometerse en matrimonio, por si al final resultaba que él era incapaz de consumar del todo a pesar de todos los indicios que parecían indicar lo contrario. Según ella, la promesa de pureza sería la coartada perfecta para ocultar alguna cuestión más grave; ¡vete tú a saber si al final resultaba que no es que él no quisiera, sino que no podía!

A juzgar por lo que se decía de él en los medios, seguía soltero a pesar de que debía de tener sin duda a miles de mujeres intentando ligar con él; de eso se deducía que, si era fiel a su palabra (y ella tenía la impresión de que sí que lo era), seguía siendo virgen. No podía evitar preguntarse cuántas cosas tendría que enseñarle si se le presentara la oportunidad. Todos sus años de preparación, el diario de experiencias… todo ello la había preparado para aquel posible escenario. Todavía podía sentir la caricia de su aliento en el estómago mientras él bajaba un dedo por su tenso abdomen, el peso de su lengua presionando y penetrándola segundos después. Con el recuerdo poco menos que bastaba para dejarla al borde del orgasmo.

—¡Llamando a Ana! ¡Llamando a Ana! ¡Aterriza! —Dixie estaba agitando las manos en sus narices—. ¡Un último trago para el camino! ¿Un Old Fashioned?

Ana le echó un vistazo a su reloj.

—No, tengo que estar en casa para la siguiente ventana fértil. Rex debe de estar esperando, mi labor apenas acaba de empezar. —Se rio sin ganas y recogió sus cosas—. Sobre lo de la Provenza, pensáoslo al menos.

11

Stella

Stella estaba cargando la lavadora con otra tanda más de ropa de Jake y de los niños, resacosa aún por culpa de la bebida esa, el Old Fashioned, que había descubierto en la noche de chicas gracias a Ana, lamentándose con amargura por el hecho de no tener servicio doméstico y fantaseando con los glamurosos viajes de los que disfrutaría cuando volviera al trabajo (tal vez para entonces sí que pudiera permitirse largos fines de semana en la Provenza), cuando llegó el mensaje de texto de Coco:

Ya tengo una fiesta salvaje perfecta para ti, ¡tal y como te prometí! Querías variedad y aventura: Estación de Shoreditch High Street, martes a las 20:00. Cx. ¡Ah, está en la línea naranja!

Había recibido un mensaje anterior cuando estaba con Dix y Ana, y se había sorprendido mucho: *¿Estás preparada para algo distinto? ¡Este martes por la noche! Cx.* La invitación la habría desconcertado en cualquier caso, pero recibirla estando en compañía de sus mejores amigas había intensificado aún más el impacto. ¿En qué se estaba metiendo? Le habría gustado hablar del tema con Dixie y con Ana, pero sabía que no podía hacerlo porque se reirían de ella. Mientras regresaba a casa en Uber había estado debatiéndose sobre lo que iba a responder. Quería ir, ¡estaba deseándolo! Pero parecía algo tan alejado de su comportamiento habitual que había escrito y borrado varios mensajes en los que iba alternando entre aceptar con entusiasmo y declinar con decoro. Al final, cuando el coche estaba parando ya frente al 8 de Cathcart Road, había enviado lo siguiente: *¡Claro que sí! S* (había borrado en el último momento una «x» final).

Shoreditch High Street, pensó, sonriente. Había estado allí, por supuesto, pero solo en coche de camino hacia las puertas de Shoreditch House; nunca había caminado por allí, entre la gente de la zona, con niñeras españolas de veinticinco años de ascendencia brasileña y colombiana. ¿Y si aquello era una intrincada estafa para la que hacía falta ganarse su confianza?, ¿y si...? Interrumpió aquella línea de pensamiento al darse cuenta de lo descabellada que era. Coco era la niñera de los Van Ness, no era una Myra Hindley ni una Rose West. ¡No iba a terminar muerta o cautiva en un sótano!

Pero cabía preguntarse qué habría querido decir la joven con eso de «distinto», ya que era una palabra que podría abarcar cualquier cosa; sí, literalmente cualquier cosa más allá de la realidad circular de su vida cotidiana. Algo «distinto» era lo que ella necesitaba, claro que sí. De modo que, antes de que su paranoica e hiperactiva imaginación pudiera retomar el control, se apresuró a mandar otro escueto mensaje: *Suena genial, nos vemos allí. S* (tuvo que borrar de nuevo una «x» final, ponerla no terminaba de parecerle apropiado).

No tardó en empezar a agobiarse por la ropa que iba a ponerse. Sabía que debía elegir algo que le diera un aspecto *cool*, como si no hubiera puesto esfuerzo alguno, y que no la hiciera parecer demasiado gorda. Pero conseguir que parezca que no te has esforzado requiere de muchísimo esfuerzo y, además, ni siquiera se acordaba de la última vez que había tenido un aspecto *cool*. Por no hablar de que, según el baremo del índice de masa corporal, tenía sobrepeso, ya que usaba una talla 40... Vale, quizás fuera una 42, pero eso como mucho, ¡de verdad que sí! En esos días, daba la impresión de que lo que ella quería ser estaba en continuo conflicto con lo que era en realidad, pero todavía le quedaban opciones. Podría lavar algunas de sus prendas de ropa... Bajó la mirada, vio el montón de camisas de Jake y la cantidad de ropa de deporte de Tom que tenía por lavar todavía y tomó una decisión drástica: iba a salir a comprarse algo de ropa nueva y necesitaba que la mimaran un poco, tenía que ir por lo menos a que la peinaran. Nada que no pudiera solucionarse con una tarde en el

West End, todavía le quedaba algo de dinero para emergencias en la tarjeta de crédito y esa era una oportunidad de gastarlo en sí misma. En nadie más.

Llamó de inmediato a la peluquería que había a la vuelta de la esquina de su antigua oficina en el Soho, le dieron hora para ese mismo lunes por la tarde para un tratamiento completo. Era un alivio que no hubieran cerrado, porque en esa ocasión no bastaría con ir a alguna peluquería de Bellevue Road para un baño de color. Si la hija de los vecinos podía ir a cuidar a Rory, ella tendría tiempo de comprarse algo de ropa y regresar a casa antes de que hubiera que ir a recoger a Tom al colegio (los lunes tenía el club de ajedrez).

Una vez que se hubo comprometido a ir a la fiesta y que empezó con los preparativos sintió un subidón de energía y de optimismo, ¡como si fuera capaz de comerse el mundo! Alguien estaba interesado en pasar algo de tiempo con ella, le parecía interesante a alguien aparte de a sus viejas amigas, y eso la hacía sentir bien. Tenía un brío en el andar que hacía mucho que no aparecía.

Empezó a sentir unos nervios que la desconcertaron conforme fue acercándose el martes por la noche, no tenía ni idea del porqué de esa reacción. Era una mujer de cuarenta años con dos hijos que había editado durante muchos años una de las revistas de moda más conocidas del Reino Unido, podía seguirle el ritmo a quien fuera... Vale, debía admitir que a lo mejor había perdido un poquito de práctica. Además, no sabía cuáles eran los planes de Coco, tal vez la idea fuera disfrutar de una velada relajada. Quizás fuera la incertidumbre lo que la ponía nerviosa, o la sensación de que aquello podría resultar ser demasiado salvaje para ella. ¡Ah, lo alocada que había sido a los veinticinco, qué recuerdos...! Bueno, la verdad es que los recuerdos habían quedado en el olvido, pero eso en sí ya hablaba por sí mismo.

Se puso sus vaqueros nuevos de J Brand. Había decidido ampliar a dos su colección de «vaqueros que me caben», ya que se trataba de una prenda atemporal... Sí, de acuerdo, aquellos le quedaban tan ajustados que apenas podía respirar, pero le sostenían el trasero en la posición adecuada y estaba bastante contenta con el resultado. Lo malo era que toda la grasa se empujaba hacia arriba; vamos, que parecía que tuviera una rosquilla blanca por encima de los vaqueros, pero ¡a algún sitio tenían que ir a parar esas lorzas! Decidió que era mejor empujar la grasa hacia arriba, hacia la zona del estómago, ya que así podría disimularla seleccionando con esmero el resto del atuendo. Esperaba que sus tetas sirvieran como distracción para que las miradas no se fijaran en aquella imperfección, contaba con la tecnología necesaria para alzarlas y realzarlas. Pero, cuando se plantó delante del espejo medio desnuda para ver qué tal estaba, se echó a reír al darse cuenta de que estaba prometiéndose otra vez más que rebajaría el consumo de carbohidratos y de azúcar durante un mes.

Sacó su nueva blusa holgada estilo campesina de la bolsa de Fenwick, se la puso y contempló con satisfacción el resultado, ¡no había perdido la buena mano para la moda! Quedaba perfecta, baja en la parte superior y holgada alrededor de la zona central; ocultaba el rollo de grasa y atraía la mirada hacia los senos y el rostro. El peinado nuevo también le encantaba: raíces rubias, ligero y con movimiento, y con todas las puntas intactas. Se pasó los dedos por aquella sedosa cortina irreconocible, podría pasar fácilmente por una de treinta y pocos... a la luz de las velas.

«¡Por Dios, Stella, contrólate! ¡Si solo vas a salir a tomar algo con una joven niñera que vive calle abajo!», se dijo. ¿Por qué estaba dándole tanta importancia a todo aquello? No estaba segura de poder dar un porqué, pero lo que tenía claro era que le gustaba cómo se sentía: como si valiera para algo. Se echó el pelo hacia atrás con la mirada puesta en el espejo y sacudió la cabeza. «¡Porque lo valgo!», pensó, mientras observaba su propio reflejo con ojo crítico... La verdad es que no estaba nada mal. No es que fuera Jennifer A. exactamente, pero alcanzaba a vislumbrarse cierto parecido con la Stella de antaño.

Se preguntaba a menudo qué pasaría si Jake la dejaba, si se enamoraba de alguna muñequita despampanante y ella tenía que encontrar otra pareja. ¿Sería capaz de soportarlo? Tal vez con aquel nuevo aspecto tuviera alguna posibilidad de sobrevivir, pero muchas veces pensaba que su única esperanza sería encontrar a algún fetichista al que le atrajeran las gorditas con michelines (seguro que había alguna página electrónica centrada en esa temática). En ese momento el trabajo parecía tenerlo totalmente acaparado. Él había cumplido con la promesa de llegar a casa a tiempo de ver *Factor X* dos semanas seguidas y, aunque había pasado buena parte del tiempo pegado al móvil, al menos estaba haciendo un esfuerzo; aparte de eso, no le había visto apenas, y cabía preguntarse cuánto tiempo iba a seguir con esa actitud indiferente. Esas cosas iban por fases, eso era algo que ella sabía por experiencia. A lo mejor reservaba algo de tiempo para ella al ver lo guapa que estaba, aunque vete tú a saber si pasaría en casa el tiempo suficiente para darse cuenta del cambio.

Para cuando el tren aminoró la marcha al llegar a la estación de Shoreditch High St., se había planteado seriamente en todas y cada una de las paradas anteriores dar media vuelta y volver a casa. Era una mujer casada de cuarenta años con dos hijos, ¿qué hacía paseándose por la zona este de Londres con una despampanante *millennial* veinteañera?

Estaba caminando hacia las barreras de salida, a punto de decidir de una vez por todas que iba a dar media vuelta, cuando oyó un chillido (sí, tal cual, un chillido de entusiasmo) y su nombre resonó por la bien iluminada estación. Coco se dirigía hacia ella con un paso ligero que bamboleaba su lustroso cabello rizado, los ojos le brillaban alborozados.

—¡Stella! —gritó antes de abrazarla—. ¡Qué bien que hayas venido!

Dios, aquel aroma... Manteca de karité con un toque de coco, se le hacía la boca agua. Se liberó del abrazo, le daba un poco de vergüenza que alguien pudiera hacerse una idea equivocada al verlas.

—¡Hola! Sí, aquí estoy. He podido venir, pero ¡por los pelos!

—¿Qué quieres decir con eso? ¡Qué graciosa eres! Y estás genial, te noto algo distinto, ¿qué será...? ¡Ah, ya lo tengo! ¡El pelo! ¿Te has hecho algo?

Complacida al ver que lo había notado, pero decidida a disimular, contestó como quien no quiere la cosa:

—Solo fui a que me pusieran unos reflejos, decidí que ya era hora de arreglarme las raíces. Tenerlas oscuras hace que una rubia se deprima, de verdad que sí, a veces estas cosas salen de la nada de repente. Todo va bien y, de buenas a primeras, a la mañana siguiente despiertas con unas raíces de diez centímetros. ¡No me explico que hoy en día haya gente que lo considera una moda! Ya sabes, lo de dejarse crecer las raíces. Puede que se note que nací en los setenta, pero yo creo que, cuanto más rubia, mejor.

Coco soltó una risita, la tomó del brazo y comentó en tono de broma:

—Es un poco pronto para que se te note la edad, Stella. Yo creo que te darás cuenta de que el *balayage* está muy de moda hoy en día, pero, en todo caso, estás fenomenal.

Stella se echó a reír.

—En fin, olvidémonos del pelo, ¿cuál es el plan?

—Rumbo al este, a Bethnal Green.

Stella miró alrededor con preocupación. No sabía que hubiera algo más al este de Shoreditch, salvo Essex y el mar.

—Hay una fiesta, es algo muy íntimo y reservado —añadió Coco—. Nada que ver con lo que se ve en Wandsworth, te lo prometo, se trata de gente maravillosa que tiene una gran actitud ante la vida. Artistas y gente creativa, personas que se labran su propio camino en el mundo. Son personas inspiradoras, y pensé que disfrutarías de ese ambiente.

Eso era justo lo que Stella había decidido que necesitaba, pero en ese momento la idea le pareció bastante pretenciosa; además, ya estaba a kilómetros de casa, de los niños. Aun así, fingió despreocupación y accedió.

—Puedo manejarme bien en la zona este de Londres, Coco. Estás hablando con una periodista que trabajó en el Soho durante diez años, así que estoy bastante segura de que no hay nada que pueda escandalizarme por aquí…

Sufrió un pequeño revés cuando la joven anunció que el primer paso era un corto trayecto en autobús, pero no tuvo narices de admitir que no subía en uno desde que se habían deshecho de los revisores. La cuestión es que subió al autobús en cuestión y, una vez que se sentaron y empezaron a charlar, se sorprendió de nuevo al ver lo fácil que le resultaba conversar con ella y lo mucho que tenían en común a pesar de lo distintas que eran sus respectivas vidas. Coco mostraba un gran interés en todo lo que ella decía, le hacía preguntas… ¡Resultaba tan gratificante! Por una vez, se sentía como algo más que una madre y se puso a relatar viejas anécdotas de su vida como periodista. Quería demostrarle que era algo más que una esposa deprimida madre de dos hijos y, para ser sinceros, a todo el mundo le gusta tener la oportunidad de hablar de sí mismo... «Bueno, exceptuando a Jake», pensó por un instante antes de apresurarse a quitarse la idea de la cabeza.

Al ver que Coco se sacaba unas botellitas de vodka del bolso, su primera reacción fue pensar que sería incapaz de aguantar la noche entera si se ponía a beber tan pronto, pero la segunda fue decidir lanzarse de lleno; al fin y al cabo, para disfrutar de aquella aventura debía desprenderse de las dudas y los titubeos. El autobús se detuvo traqueteante en otra parada más y entró una oleada de *millennials* de aspecto rarísimo con vello facial y un gusto discordante a la hora de vestirse (sí, parece ser que era normal ponerse un mono con unas Doc Martens). La gente salía de fiesta. Coco y ella se tomaron el primer trago de la noche, y saboreó la sensación del vodka bajándole por la garganta y calentándola por dentro. Estaba pasándose la lengua por los labios para calmar la sensación de ardor cuando Coco le dijo con una sonrisa de aliento:

—Háblame de tu marido, nunca le mencionas. ¿Qué me puedes contar de ese delicioso marido tuyo...? ¿Es sexi, como tú? —lo añadió en tono de broma.

—¿Sexi? ¿Jake? —Se echó a reír—. La verdad es que ya no pienso en él de esa forma. Cuando le conocí me pareció el chico más increíble que había visto en mi vida, fue ponerle los ojos encima y saber que tenía que ser para mí. Era un tipo pasota, indiferente, sexi, y estaba en el meollo de todas las fiestas. Nos conocimos en la uni y, una vez que nos hicimos pareja, fuimos como Sandy y Danny. En aquella época, era el amor de juventud soñado. —La embargó una sensación de pérdida y pesar.

—¿Qué fue de toda esa magia? —insistió Coco—. ¿Vas a destruir mi futuro diciéndome que el amor siempre acaba por desaparecer?

—No, pero está claro que las cosas cambian. La vida se entromete. Vuelvo la vista atrás y recuerdo las fiestas que se alargaban toda la noche, la diversión, las vacaciones... Los noventa fueron una larga fiesta, no teníamos responsabilidades. Una vez que terminamos la uni y los dos conseguimos trabajo, viajábamos cuando nos apetecía, salíamos hasta la madrugada, nos pasábamos la noche entera haciendo el amor. Es lo que pasa cuando eres un veinteañero, no sabes la suerte que tienes y de repente todo ha terminado antes de que te des cuenta. Las responsabilidades te toman desprevenido. Jake tiene un trabajo que le exige mucha dedicación, yo tengo dos niños que criar, y las cosas no son como antes. Ni él ni yo somos los mismos de antes. Sigo queriéndole, por supuesto. Lo único que pasa es que quiero algo distinto.

Coco la miró con semblante comprensivo y le acarició el brazo.

—Todo eso suena muy serio, Stella... ¿De verdad que toda la diversión tiene que esfumarse?

—¿Sabes qué, Coco? ¡Puede que tengas razón! ¡A lo mejor solo me hace falta alguien que me enseñe a volver a divertirme de nuevo!

—¡Sí!, ¡y aquí estoy yo para eso! ¿Crees que Jake se siente igual que tú? El señor Van Ness también es abogado, y a mí me parece que la vida que lleva está bastante bien. Se pasa el día entero «entreteniendo a los clientes» mientras su señora Van Ness está metida en casa. Bueno, la verdad es que ella sale a hacerse las uñas casi a diario, pero me parece que eso no le alegra demasiado. Las mujeres casadas lo tienen bastante duro, ¿verdad?

El autobús se detuvo con una sacudida.

—¡Uy, es nuestra parada! ¡Corre!

Bajaron atropelladamente a la calle, riendo sin aliento. Stella ya estaba un poco mareadilla por el vodka y fue un alivio estar fuera, sentir el aire fresco, poder respirar. Estaba empezando a llover y había tráfico por todas partes... Taxistas aporreando el claxon; gente peleándose por los taxis al ver que la lluvia arreciaba; paraguas que chocaban unos con otros mientras los transeúntes apretaban el paso. Ella no conocía a nadie que vistiera como aquella gente: todos los hombres tenían vello facial y usaban pesados abrigos de *tweed*; en cuanto a las mujeres, ninguna iba maquillada, y ella debía de ser la única en varios kilómetros a la redonda que había usado un secador para el pelo aquella tarde. Siguió a Coco mientras mantenía una mano en alto en un inútil intento de proteger su peinado de la lluvia y del viento; tanteó con la otra en el interior del bolso en busca de su frágil paraguas, y se refugiaron juntas debajo. Se apresuró entonces a enviarle un mensaje de texto a la niñera para asegurarse de que todo iba bien, y después volvió a poner el móvil a resguardo en el bolso. Estaba lloviendo a cántaros, notaba cómo se le iban mojando cada vez más los pies y tenía claro que el pelo se le debía de estar encrespando. Llegaron a una puerta sin distintivo alguno, una que parecía la de un portal común y corriente y que ella supuso que pertenecía al piso de algún amigo de Coco, pero cuando llamaron al telefonillo las hicieron bajar en vez de subir. Se le erizó el vello de la nuca.

Las paredes estaban pintadas en un negro mate y la iluminación era mínima: pequeñas bombillas de bajo voltaje ocultas en pantallas de terciopelo rojo.

—¿Qué es esto?, ¿una mazmorra?

Coco se echó a reír y entonces cruzaron un par de gruesas puertas dobles y entraron en una sala llena a rebosar de gente charlando y riendo con música ambiente de fondo. El lugar era una amalgama de colores y estilos, reinaba un ambiente que ella tan solo había visto en las películas. Había gente enmascarada con tocados y plumas en el pelo, también había quien llevaba largos abrigos de cuero; había vívidos colores tropicales, distintos tonos de turquesa y verde. Pensó para sus adentros que el código de vestimenta le daría más de un quebradero de cabeza a Ana y deseó que su amiga estuviera allí en ese momento, pero, por otra parte, sabía que no podría disfrutar igual de aquella experiencia si la tuviera a su lado.

—¡Bienvenida! —dijo Coco—, ¡es hora de relajarse, olvidar todos los problemas y las preocupaciones!

En la decoración de la sala primaban los colores brillantes (vívidos tonos violeta, intensos rojos), había chicas charlando risueñas (todas ellas guapísimas, la verdad) por todas partes; en el centro de la sala había una barra de bar circular, llena pero sin llegar a estar abarrotada; la gente se limitaba a charlar en sofás situados a lo largo de las paredes. Estaba claro que aquella era la gente de Coco —personas jóvenes, con estilo, llenas de vida—, ¡con razón siempre se la veía tan alegre! Reinaba un ambiente tan relajado… nadie parecía estar estresado. Era como estar en el plató de una película rebosante de gente guapa, y era diametralmente distinto al último cóctel al que había ido: había sido en casa de Jenny y Tim, quienes habían celebrado sus respectivos cumpleaños con prosecco y canapés. Lo banal de las conversaciones había estado a punto de sacarla de quicio: que si el precio de las casas, que si el colegio de los niños, que si las restricciones de aparcamiento en la zona… Se había pasado de copas, Jake y ella habían discutido durante el corto trayecto de regreso a casa y él había acabado durmiendo en el sofá. Pero en ese lugar al que la había llevado Coco tenía la sensación de poder ser quien le diera la gana.

La joven regresó de la barra en ese momento acompañada de una rubia escultural de metro ochenta que iba vestida con unos zapatos de tacón plateados, unos vaqueros de Helmut Lang y una blusa con lentejuelas. La mujer la saludó con un acento francés de lo más sensual.

—*Enchantée.* Soy Renée.

Debía de ser modelo. ¡Dios, aquellas piernas empezaban en el suelo y terminaban a la altura de los hombros de la propia Stella!

—Estaba contándole a Coco que tengo intención de viajar. Estoy pensando en ir a Florencia, ¡es una ciudad tan romántica! Tan llena de historia y arte y estilo, es un marco sin igual. El río, los puentes y catedrales, la ropa y la comida, ¡un festín para los sentidos! Aunque Rusia también sería otra buena opción…

—¡Qué maravilla tener tantas opciones! —Stella intentó no sonar como una amargada—. Aunque son dos extremos muy distintos, ¿qué te llama la atención de Rusia?

—¿Has oído hablar del Transiberiano? Hace poco leímos un artículo sobre el tema, ¿sabías que el recorrido parte de San Petersburgo y termina en Pekín? ¡Tres semanas viviendo en un tren! ¡Atravesar un continente de esa forma sería inolvidable!

—Recluida en un vagón, compartiendo un lavabo para asearte, ¡viviendo tan cerca de los demás y sin escapatoria posible!

—Eso no suena tan mal. Habría que ir con la gente adecuada, por supuesto —apostilló Coco con un brillo en la mirada.

Renée y ella se echaron a reír, y Stella se preguntó si la joven acababa de hacer una broma que no había captado.

—Bueno, tengo que aprovechar y hacerlo mientras pueda —alegó Renée—, ¡quién sabe lo que nos depara el mañana! Me gustaría pensar que estoy dispuesta a probarlo todo una vez.

—¿Cómo sueles viajar?, ¿sola o en grupo? —le preguntó Stella.

—No, voy con mi pareja, Stef.

—Ah, ¡qué bien! ¿En qué trabajáis?

—Bueno, ese es nuestro trabajo. Tenemos un blog de viajes. ¡Podemos hacer en pareja lo que nos gusta y nos pagan por ello! El blog fue una iniciativa nuestra, pero ¡ni en sueños esperábamos que nos fuera tan bien! Ahora nos limitamos a viajar, a tomar montones de fotos y a escribir sobre cada sitio y las distintas cuestiones de interés. ¡Estamos intentando convencer a Coco de que se una a nuestra siguiente aventura para animar un poco más la cosa!

—¿No crees que tres es multitud?

Renée se echó a reír.

—¡Con ella no! ¡Nos encantaría que viniera!

—¿Tu pareja está aquí?

—Sí, mira, justo allí. Pelo rubio, bajo la lámpara alta italiana.

Stella dirigió la mirada hacia donde estaba indicándole y vio bajo la lámpara en cuestión a una mujer con el pelo rubio platino, una menudita con cuerpo de bailarina que llevaba puesto un traje de látex brillante que la cubría de los pies hasta el cuello.

Se le encendió la bombilla de golpe y tragó saliva mientras volvía a poner en su semblante una expresión que reflejara interés y total normalidad, nada de prejuicios. Entonces, aquella de allí era su novia, ¿no? Pues sí. Eran lesbianas. Vale.

Formaban una pareja increíblemente sexi, era como si las hubieran sacado de un artículo sobre famosos de alguna revista de moda y las hubiera emparejado el departamento de *casting*.

Se recompuso con rapidez, tomó un trago de su bebida (se sintió satisfecha al reconocerla, era un negroni), y dijo como quien no quiere la cosa:

—Ah, ya la veo. Qué bien, ¡es genial tener una pareja que comparta tu afición por los viajes!

Menuda vida debían de llevar, eran como el sueño erótico de todo hombre… No, un momento; antes de nada, la una tenía que ser el sueño erótico de la otra… Madre mía, qué fuera de lugar se sentía. Stef echó a andar entonces hacia ellas y su belleza fue intensificándose conforme iba acercándose, era como un plateado elfo escandinavo de facciones delicadas y ojos azul cielo.

Una vez que llegó junto a ellas, besó a Renée y le susurró:

—Hola, preciosa. —Posó la mano en su trasero—. ¿Estás hablando de mí?

—No exactamente, estaba contándoles nuestros planes.

—Bueno, ya sabes lo que yo opino, ¡voto por lanzarnos a la aventura y poner rumbo a Pekín pasando por Rusia! Las fotos de Florencia serían preciosas aunque un poco trilladas, pero a nuestras lectoras les resultarán mucho más interesantes nuestras experiencias en parajes salvajes, ¿no os parece?

—Renée ha comentado que tenéis un blog —dijo Stella.

—Sí, uno de viajes para lesbianas, se llama *Dos chicas de viaje*. Recorremos el mundo intentando encontrar los mejores lugares para la comunidad LGBT+, buscamos lo mejor que tiene por ofrecer una ciudad o un país. Intentamos ayudar a nuestras lectoras a comprender cómo se las recibirá, los prejuicios o actitudes intolerantes con las que pueden encontrarse, las leyes que podrían estar quebrantando. Por poner un ejemplo: estamos intentando concertar un encuentro en Rusia con las Pussy Riot. Bueno, soy yo la que lo está intentando, porque Renée es un poco más cauta. —Le dio una palmada en el trasero a la aludida.

A Stella le sorprendió el gesto, pero disimuló y comentó sonriente:

—Vaya, ¡qué impresionante! Había leído que hay gente cuya profesión es bloguear, pero no sabía que ocurriera de verdad. ¡Quizás debería crear un blog propio! Necesito encontrar un buen enfoque.

—Nosotras nos limitamos a solucionar un problema que habíamos tenido: saber dónde puede pasárselo bien una lesbiana, y cuáles son los obstáculos que puedes encontrarte. Aparte de hablar de viajes, tenemos una misión social.

—¡Cualquiera querría ver fotos vuestras en lugares exóticos! —exclamó con voz un poco estridente.

—¡Qué mala eres! —dijo Coco entre risas.

—El blog es algo más que unas fotos excitantes de lesbianas —afirmó Stef con seriedad—, ¡aunque eso no viene nada mal! —Se echó a reír y le dio otra palmada en el trasero a Renée.

—¡No sé si mi cuerpo despertaría el mismo interés que el vuestro! —dijo Stella, sonriente—. Aunque a lo mejor existe un mercado para las mujeres más rellenitas y curtidas por la vida de cuarenta años, ¡solo tengo que encontrar mi propia misión!

Todas se echaron a reír.

—¿Cómo os conocisteis? —añadió, sintiéndose más segura de sí misma. Apuró su negroni de un trago.

Se creó un silencio incómodo, hasta que al final Stef carraspeó ligeramente y procedió a explicárselo.

—Bueno, la cosa fue un poco complicada en su momento. Yo estaba casada con un constructor y vivía en Hong Kong cuando conocí a Renée, era nuestra inquilina. Los tres nos hicimos grandes amigos, nos divertimos e incluso fuimos juntos de vacaciones; y entonces, para resumir, acabé enamorándome de ella. ¡Es una persona que hace que me sienta viva!

—¡Ah! Sí, la verdad es que suena un poco complicado. O sea... Fue un gran cambio para ti.

—Sí, y totalmente inesperado. Nunca me habían interesado las mujeres y, de buenas a primeras, aparece esta de aquí y me enamora. Ahora me doy cuenta de que fue algo inevitable.

Mientras las veía besarse con una ternura y un deseo que dejaban sin aliento, Stella pensó para sus adentros en lo afortunadas que eran por tenerse la una a la otra.

—¿Cómo se lo tomó tu marido?

—¡Ja! Pues no muy bien en un principio. Su ego sufrió un duro revés y, como podrás imaginarte, le costó aceptarlo, se negó a hacerlo. ¡Estaba convencido de que yo estaba ocultando algo!

—Pero apuesto a que no le habría importado si le hubierais invitado a que se os uniera —comentó Coco con un brillo travieso en la mirada.

—Pues nos lo planteamos, pero la verdad es que él no era mi tipo... ¡por lo del pene, y tal! —Renée se echó a reír.

—En fin, las cosas terminaron por solucionarse y ahora somos amigos —afirmó Stef—. Rick está prometido en matrimonio, aunque ¡dudo mucho que vuelva a tener otra inquilina en casa!

Hacía mucho tiempo que Stella no se lo pasaba tan bien, ¡qué excitante era todo! «¡Ya verás cuando se lo cuente a las chicas!», pensó. Estaba disfrutando de lo lindo, aquello era mucho mejor que estar de pie en corrillos quejándose de los impuestos y de lo difícil que era reservar unas vacaciones en esas fechas. ¡Aquello sí que era La Vida, en mayúsculas! Gente yendo en pos de sus sueños, quebrantando normas, sobrepasando límites… Le encantaban el ingenio y la fortaleza de aquellas mujeres, su curiosidad de periodista había despertado de golpe y estaba deseando enterarse de más detalles, pero no tardó en tener la sensación de que ya había hecho suficientes preguntas por una noche. ¿De verdad que una podía descubrir sin más que era lesbiana al conocer a la mujer adecuada? La cosa no debía de ser tan fácil, ¿no? Eran temas como ese los que tendría que cubrir como periodista, ¡ese era el tipo de periodismo al que podría estar dedicándose! Aunque… A decir verdad, no conocía a nadie que fuera gay.

Al cabo de un rato, después de un negroni más (o dos), estaba bastante borracha y decidió que quizás sería mejor regresar a casa antes de que se pasara de la raya en algún sentido. Se volvió hacia Coco para decirle que se iba, y se llevó una tremenda sorpresa al ver que los sofás situados a lo largo de las paredes estaban llenos de personas besándose. Y todas ellas eran chicas. De hecho, al mirar a su alrededor —borracha y con los ojos abiertos como platos— se dio cuenta de que en aquel lugar no había ni un solo hombre. Estaba borracha en una fiesta de lesbianas, y eso quería decir que… Dirigió la mirada hacia Coco, se preguntó si ella también lo era o si tan solo había ido para pasar un rato con unas amigas; por otro lado, ¿importaba acaso si era lo uno o lo otro? La cabeza empezaba a darle vueltas, de buenas a primeras se encontró cara a cara con Coco y se quedó muda de repente, sin saber qué decir. Se quedó mirando a la joven, sorprendida y vulnerable, y esta se inclinó y la besó con suavidad en los labios. Ella no se movió. No devolvió el beso, pero tampoco se apartó. Coco volvió a hacerlo… con delicadeza, con ternura y suavidad. Había una pequeña parte de su ser que no quería salir corriendo, y otra más que quería ver lo que iba a pasar a continuación. Los labios de ambas se tocaron por tercera vez y en esa ocasión empezó a devolverle el beso sin apenas darse cuenta, notó que los labios de Coco iban entreabriéndose, notó la lengua de la joven acariciándola con delicadeza, instándola a que abriera los suyos… Se echó hacia atrás, ¡tenía que irse! Sí, tenía que irse de allí de inmediato, pero tenía que hacerlo fingiendo que la situación le parecía de lo más normal. ¿Cómo se las ingenia una mujer de cuarenta años para escapar de un club subterráneo lleno de sexis lesbianas? Miró a Coco, le dio las gracias a toda prisa por aquella velada tan genial, le dio un besito rápido en la comisura de la boca, agarró su abrigo y se dirigió hacia la puerta sin mirar atrás.

Se metió de cabeza en el primer taxi que encontró. El corazón le martilleaba en el pecho y tenía la cabeza hecha un lío, se cruzó de brazos y piernas mientras intentaba entender qué cojones acababa de pasar.

En cuanto llegó a casa, corrió escalera arriba y se desmaquilló a conciencia, se dio una ducha y se puso el pijama. Se tumbó junto a Jake, que estaba roncando y echaba un fuerte tufo a *whisky*. Aquello era insoportable, no podía quitarse de la cabeza las imágenes y las sensaciones de las horas previas; al final bajó a la cocina, puso la tetera y se preparó unas tostadas con Marmite. A los dieciocho años había descubierto que aquella era la única forma en que podía serenarse cuando estaba excitada, borracha o ambas cosas. Jake ni siquiera la había oído llegar. Comprobó si tenía algún mensaje en el móvil antes de arrellanarse en el sofá bajo una manta, recorrió la sala de estar con la mirada como si fuera la primera vez que la veía, contempló las fotos enmarcadas: su boda; Tom gateando por el suelo durante una sesión de fotos; un retrato de familia; las fotos de las damas de honor en la boda de Dixie y Carlton, hacía unos veinte años de eso y a todas se las veía tan jóvenes e inocentes… ¿Cómo era posible que unos recuerdos tan familiares le parecieran algo tan distante y ajeno a sí misma?

Se sobresaltó al oír que le sonaba el móvil, lo miró y vio que había recibido un mensaje de texto de Coco: *Lo he pasado muy bien esta noche, ¡gracias! Les has caído genial a mis amigas, espero que podamos repetirlo pronto. Cx.*

¿¡Cómo que «repetirlo»!?, ¿¡el qué!?, ¿¡a qué se refería!? ¿A la cosa esa?, ¿lo del final? No, era imposible que fuera eso, seguro que se refería a salir y tomar unas copas de nuevo. Vale, tenía que mantener la calma. No había pasado nada. Se había pasado de copas y ya está, pero la velada había sido genial y muy entretenida. Hacía dos años como mínimo que no se sentía así, como la persona que era en realidad. A pesar de saber que estaba siendo una insensata, que podría arrepentirse al día siguiente, le hizo caso a su nueva filosofía de probarlo todo una vez y decidió responder al mensaje. La cuestión era si sería mejor esperar y hacerlo al día siguiente, o mandarlo ya. «Hazlo ya», se dijo; al fin y al cabo, Coco no era más que una amiga, ni más ni menos. Ella tenía claro que no era lesbiana, le gustaba demasiado una polla como para eso. De modo que escribió lo siguiente: *Me ha encantado, gracias por llevarme allí. Sx.*

Pero entonces le entró el pánico y lo borró. ¡No podía decir que le había encantado!, ¡vete tú a saber lo que interpretaba Coco! Igual pensaba que lo que le había encantado era… «aquello», no la velada en sí. ¡Qué complicado era todo! Al final se limitó a poner *Me he divertido, tienes unas amigas geniales, hablamos pronto. Sx.* Sí, así estaba mejor, menos vago. No podía malinterpretarse nada. De modo que lo envió… y entonces se dio cuenta de que había añadido una «x». Bueno, al fin y al cabo, no era más que un besito, ¿no? ¿Qué importancia podía tener?

En cuestión de segundos recibió un escueto mensaje: *Que duermas bien. X.* Vale, todo bien, una amiga deseándole a otra que durmiera bien, ni más ni menos. Dejó a un lado el móvil y reclinó la cabeza en el sofá.

La despertó Tom tirándole del pelo y diciéndole a gritos que tenía hambre.

Era como si la noche anterior no fuera más que un sueño, un sueño alocado. Nada que lamentar.

12

Stella

Stella le dio vueltas y más vueltas a lo del beso durante los días posteriores. Se preguntó si lo habría malinterpretado, si habría sido un simple besito amistoso de despedida por parte de Coco. En aquel momento estaba muy borracha y tenía una imaginación muy viva, así que cabía la posibilidad de que se hubiera hecho una idea exagerada de lo que había ocurrido en realidad; hacía bastante tiempo que no le ocurría, pero no sería la primera vez que recordaba mal algo. Sabía que estaba pasando demasiado tiempo escudriñando sus recuerdos, pero al pensar en aquella noche —en la gente, el estilo, el glamur, la libertad— la recorría un torrente de excitación.

Aprovechando que Rory estaba ocupado, se sentó en la encimera de la cocina e intentó acceder a la cuenta bancaria conjunta. Jake le había dicho que la contraseña era la misma, que ella debía de haberla escrito mal. Seguía siendo su código postal más el número de casa y eso era lo que había estado probando, lo tenía más que claro. Tal vez no estuviera en su mejor momento, pero no estaba tan mal como para ser incapaz de recordar e introducir ocho dígitos.

Pero le denegaron el acceso de nuevo y, cada vez más exasperada, le dio al enlace que te ponían por si habías olvidado tu contraseña. Respondió a dos preguntas de seguridad, el apellido de soltera de su suegra y cuál había sido el primer coche de Jake (un Hillman Imp, a ella siempre le había hecho mucha gracia el nombre), y le permitieron cambiar la contraseña. Se limitó a poner la misma de antes.

—¡Idiotas! —Exasperada aún por aquella pérdida de tiempo, entró a ver el saldo de la cuenta—. Pero ¿qué…?

Estaba en números rojos, y no por poco ni mucho menos. Tenía que haber algún error, ¡a lo mejor les habían hackeado!

Revisar el extracto y los mensajes fue peor todavía. Se habían realizado varias transferencias desde la cuenta a una empresa llamada IG… ¿Qué «IG» ni qué leches? ¡Nunca había hecho negocios con aquella empresa!, ¡no le sonaba de nada! En el transcurso de los dos últimos meses se habían realizado seis transferencias, todas ellas por cantidades de cuatro cifras y sin ningún patrón fijo.

Llamó a Jake, le salió el contestador.

—¡Jake! ¿Has visto nuestra cuenta del banco? ¡Nos han hackeado, joder! ¡Nos faltan miles de libras! ¡Se ha esfumado todo lo que había en la cuenta! ¡Hay que contactar con el banco! Oye, ¡llámame!

Dejó a un lado el móvil y se quedó mirando fijamente el extracto mientras intentaba encontrarle algo de sentido a todo aquello. ¿Cómo era posible que aquella gente pudiera salirse con la suya con tanta impunidad?, ¿por qué no les habían avisado los del banco? ¡Era imposible que aquellas transferencias tan grandes no hubieran alertado a nadie! Con razón no se había pagado lo de Barclaycard, ¡por el amor de Dios! Se planteó transferir algo de dinero de la cuenta de ahorros, pero decidió no hacerlo. No estaba tan loca como para meter más dinero en una cuenta que estaban saqueando con regularidad.

Oyó el sonido que la alertaba de que había recibido un mensaje de texto y le dio gracias a Dios creyendo que se trataba de Jake, pero resultó que era Coco invitándola a comer.

¿Por qué?, ¿por qué quería comer con ella? ¿Era una mera amiga invitándola a disfrutar juntas de una *baguette* y unas bolitas de *mozzarella* o se trataba de algo más que eso? Todo aquel asunto la tenía desconcertada. Se lo pasaba bien con Coco y hacía años que no disfrutaba tanto de una velada, quería más dosis de eso; más aún: la liberación que sentía había mejorado las cosas con Jake (bueno, podía ser por eso o por lo culpable que se sentía por el beso). Se había esforzado más e incluso habían mantenido relaciones sexuales dos veces la semana pasada, lo que suponía todo un récord en los últimos cinco años. No había sido un sexo salvaje y depravado en plan «fóllame hasta hacerme gritar de placer», sino de ese cotidiano y satisfactorio en la postura del misionero. La verdad es que ninguno de los dos tenía energía para hacer mucho más que ponerse en posición, meterla, moverse un poco y dar un empellón para terminar.

Tenía que dejar de exagerar las cosas. Coco quería ser su amiga, ni más ni menos. Incluso suponiendo que fuera un poquito lesbiana, ¿por qué iba a querer estar con una cuarentona cuya vagina había sido un portal para dos niños de cuatro kilos y medio, existiendo como existían mujeres con cuerpazos esculturales como Renée y Stef? Esas dos sí que eran preciosas, liberadas y encantadoras. De modo que le envió un mensaje diciéndole que le encantaría quedar para comer (en esa ocasión optó por no añadir un beso).

Coco respondió al cabo de un momento: *¿Te va bien hoy? Ven a casa de los Van Ness a la una, ¡el peque estará durmiendo y disfrutaremos de algo de paz! 45 de Willow Rd. Cx.*

¿Quería quedar ese mismo día? Bueno, ¿por qué no? Estaba claro que los Van Ness no estaban en casa; en caso contrario, no habría paz ninguna. Respondió lo siguiente: *Vale, nos vemos allí. Sx.*

Los Van Ness vivían a unos quince minutos escasos a pie de su casa, en una impecable vivienda victoriana de doble fachada: en aquel lugar no veías una teja rota ni un trozo de pintura descascarillada. Llamó al timbre y Coco salió a abrir y bajó los escalones con una gran sonrisa y ojos relucientes, estaba tan llena de vitalidad como un cachorrillo y la ayudó a meter el carrito de Rory en la casa. El niño se había quedado dormido durante el trayecto, así que Stella dejó que descansara tranquilo mientras ellas charlaban.

—¿Lo ves? Te lo prometí, ¡mira qué paz! —le dijo la joven—. ¡Esto es todo un lujo! ¿Te apetece beber algo?

—Un poco de agua, gracias. —Estaba nerviosa, aunque ni ella misma habría sabido decir por qué—. ¿Cómo estás? Perdona que me fuera sin más la otra noche, es que de repente me di cuenta de lo tarde que era y, para serte sincera, ¡estaba como una cuba!

—No te preocupes, lo comprendo. Para cuando yo me fui ya eran las dos de la mañana más o menos, ¡me quedé hasta que terminamos de arreglar el mundo! ¿Lo pasaste bien?, a lo mejor había demasiadas chicas para ti…

—¡Me lo pasé genial! Tus amigas me parecieron encantadoras, qué grupo de gente tan distinto. Me sentí intrigada, ¿dónde estaban los chicos?

Coco se echó a reír.

—¡Qué graciosa eres! Nada de chicos, Stella, ¡esa es la norma! Solo somos un grupo de chicas pasándolo bien, relajándonos, ¡por eso es tan divertido! Es un refugio seguro, un lugar donde una puede explorar sin miedo.

—Entonces, ¿eres...? Bueno, ya sabes...

—¿Lesbiana? No, todas las que vamos a ese lugar somos bastante fluidas; nos gusta estar con otras mujeres, pero no siempre tiene por qué ser sexualmente. Se trata de vivir una vida plena y de aprovechar al máximo todo lo que se te ofrece. —La miró con una sonrisa alentadora que a ella le resultó aterradora—. No hace falta que le pongamos etiquetas a todo, ¿no? Esto es homosexual, esto hetero... Una sabe qué es lo que quiere hacer y, si resulta que le gusta, pues vuelve a hacerlo. Es una filosofía de vida bastante buena, ¿no? ¿Para qué complicarse la existencia con etiquetas?

Puso en un plato unos trozos de queso que tenían una pinta estupenda y llevó una ensalada a la mesa. El resultado era una deliciosa mezcla de colores.

Dios, ¿acaso cocinaba también como una diosa?

—He tenido relaciones con hombres, también con mujeres. Lo que pasa es que prefiero estar con mujeres por regla general porque son menos territoriales, menos controladoras; además, las conversaciones son mejores, ¿verdad? Los hombres pueden ser tan... estirados.

—¡Esta comida tiene un aspecto estupendo, Coco! —le dijo, distraída—. ¿Has preparado esta ensalada desde cero? ¡Estoy impresionada!

—¡Ah!, ¡es que soy algo más que una cara bonita! —bromeó la joven.

—Sí, perdona, te he interrumpido, pero es que da la impresión de que tienes las cosas bastante claras, tanto hombres como mujeres... ¡Así tienes mucho más donde elegir!

—Bueno, no es algo de lo que una vaya jactándose por ahí, es algo que sucede sin más. Yo creo que se trata de conectar con alguien especial, y a ver qué pasa.

Una vez que terminaron de comer, Coco preparó dos tazas de té y se dirigieron al sofá, pero en vez de sentarse se colocó tras ella y se puso a masajearle los hombros.

—¡Qué estresada estás, Stella! —Al ver que se tensaba al notar el contacto, añadió con voz tranquilizadora—: Relájate, esto se me da bastante bien. Tengo unas manos mágicas.

Stella se centró en intentar respirar, cerrar los ojos y disfrutar del masaje, pero le estaba entrando pánico. Notó que la joven hundía más los dedos, que empezaba a amasar los hombros con más firmeza, y soltó un gemido.

—Es verdad que tienes unas manos mágicas, ¡qué maravilla! He estado tan estresada entre los niños, mi carrera profesional, el dinero y Jake… —Se tensó de nuevo al recordar el problema con el banco.

—Lo que necesitas es dedicarte algo de tiempo a ti misma. Un tiempo para relajarte, para disfrutar sin preocuparte por todos los demás.

Y mientras hablaba fue bajando las manos cada vez más en dirección a sus senos; se los acarició con delicadeza deslizando las manos por encima del sujetador, pasando por encima de los pezones. Stella permaneció inmóvil, aquello era de lo más excitante. Sintió que una cálida oleada se extendía por su cuerpo, el corazón no era lo único que le palpitaba con fuerza.

Sabía que no tendría que estar haciendo aquello, pero en realidad no quería ponerle freno. Una vocecilla le advertía a gritos que aquello estaba mal hecho, que su hijo menor estaba durmiendo en el carrito junto a ella, que estaba casada; su cuerpo, por su parte, alegaba que aquello era muy placentero, que no estaba haciendo daño a nadie… Soltó otro gemido de placer y Coco debió de interpretarlo como una señal para ir avanzando, porque rodeó el sofá poco a poco hasta sentarse a horcajadas en su regazo y, sin decir ni una palabra, enmarcó su rostro entre las manos y la atrajo hacia sí para besarla. Coco estaba besándola de verdad, no eran imaginaciones suyas, no había ambigüedad alguna. Era un beso muy ligero y tierno, nada vehemente y, por alguna extraña razón, resultaba muy distinto a besar a un hombre. No existía el mismo apremio. Era como si Coco fuera consciente de lo íntimo que era, de lo especial que era la propia Stella. La joven siguió acariciándola y debió de notar su titubeo, porque le tomó la mano y la instó a que se la metiera bajo la camiseta. No llevaba sujetador.

Ella sintió el seno llenándole la mano, notó la dureza del pezón bajo el dedo, pero… ¡No tenía ni idea de qué hacer con aquello! Vale, tenía que relajarse; al fin y al cabo, se tocaba los suyos al masturbarse, ¿no? Era cuestión de pensar en lo que le gustaba cuando lo hacía. Pero los de Coco eran tan pequeños y firmes, el pezón tan erecto… Se limitó a acariciarlo con suavidad y al hacerlo notó la reacción de la joven, lo que sirvió para que fuera ganando confianza.

Era consciente de que a esas alturas estaba muy excitada, y su mente empezó a ir a mil por hora y la hizo volver a la realidad. Sabía que no era lesbiana. Jamás en su vida había sentido atracción alguna hacia las mujeres, ni siquiera hacia alguna en concreto, así que no entendía por qué estaba siendo tan fácil ni el porqué de las reacciones de su propio cuerpo. Se reclinó hacia atrás en el sofá sin pensarlo de forma consciente. Coco sentada encima de ella, besándola, acariciándole la cara, tocándole los pechos, deslizando los dedos por sus pezones… Volvió a perder la noción de la realidad por un momento.

Y entonces, sin avisar ni pensárselo antes, se enderezó de golpe y empujó con suavidad a Coco para que se levantara.

—¡Dios! ¡Lo siento, Coco, no sé lo que hago! Estoy casada, soy hetero. ¡De verdad que no tengo ni idea de lo que estoy haciendo!

—Oye, tranquila, ¡no pasa nada! Aunque debo decir que me ha dado la impresión de que estabas pasándotelo bastante bien, aunque fuera por un momentito. —Soltó una risita traviesa—. ¡A lo mejor resulta que no eres tan hetero como tú crees!

Stella se sintió aliviada al ver que parecía estar restándole importancia a la situación, pero quería largarse de allí a toda prisa. Aquello la superaba. Era la hora de la comida y estaba besándose con la niñera de los Van Ness en el sofá de estos a plena luz del día.

—No tenía ni idea de lo que hacía, ¡es la primera vez en mi vida que toco una teta! —intentó decirlo de forma relajada y en tono de broma.

—Pues a mí me estaba gustando, ¡puede que tengas buena mano para esta clase de cosas!

Sus ojos se encontraron y ella notó cómo se ruborizaba; por suerte, oyó que Rory empezaba a despertarse en ese preciso momento, así que tenía una excusa para marcharse antes de que las cosas se volvieran aún más… complicadas.

—Será mejor que me lo lleve a casa, y tengo que prepararme para ir a buscar a Tom al colegio. Es como el día de la marmota, ¿verdad? ¡El carrusel de la vida! —Intentaba mostrarse natural, despreocupada, pero sabía que sonaba inadecuado después de lo ocurrido—. Gracias por la comida, ¡la ensalada estaba buenísima! ¡A lo mejor te robo la receta! En fin, nos vemos pronto, creo, espero, no sé.

Estaba abriendo la puerta principal cuando Coco se acercó y la cerró de nuevo. La besó en los labios y le dijo con voz suave:

—Vive un poco, Stella. Aquí no hay etiquetas. Si nos gusta lo hacemos, ¿no? Nada que lamentar, ¿verdad? Sin arrepentimientos.

Entonces le abrió la puerta, la ayudó a bajar los escalones con el carrito, le dio otro beso en los labios a Rory («¡Puaj!», pensó Stella, al igual que la vez anterior), y se despidió sonriente.

Había algo extrañamente familiar en el hecho de esfumarse a plena luz del día del lugar donde había ocurrido algo ilícito. Soltó una carcajada al darse cuenta de que era la primera vez que lo hacía tras un encuentro lésbico.

Fue a buscar a Tom al colegio y llevó a los dos niños a comer un helado en McDonald's. El lugar era horrible, pero a Tom le encantaba aquel helado en espiral y ella quería evitar el parque; su hijo mayor era un niño tan listo y observador que prefería no volver a encontrarse a Coco por miedo a que él notara algo.

Volvió a llamar a Jake, y la verdad es que se sorprendió un poco al ver que contestaba al fin.

—¡Gracias a Dios, Jake! ¡Nos han hackeado! Se han esfumado decenas de miles de la cuenta a lo largo del mes pasado, ¿lo sabías?

—Por favor, cariño, relájate. No es nada, una simple cuestión técnica. Yo me encargo.

—¿Cómo que una cuestión técnica?, ¿qué ha pasado?

—Está relacionada con la contribución de los socios durante los últimos seis meses. Tuvimos algunos problemas de liquidez, inconsistencias con el flujo de caja a corto plazo. Se trata de algo temporal, todo volverá a la cuenta muy pronto.

—¡No tengo ni idea de lo que significa todo eso! ¿Quiénes son los de IG? ¡Los pagos se hicieron a una compañía que se llama así!

—¿IG? Tranquila, eso no es nada, no es más que… un recurso estándar, el dinero permanece en un depósito por seguridad. Para que esté a salvo y nadie pueda tocarlo. Y después volverá directamente a nuestra cuenta en cuanto la situación quede resuelta.

—No lo entiendo, ¿qué situación?

—Como ya te he dicho, se trata de un problema temporal con el flujo de caja. Nada preocupante; de hecho, es culpa mía. Oye, Stella, tengo que colgar. Tengo una llamada en treinta segundos. Nos vemos en casa, allí te lo explico todo.

—¿A qué hora vas a lle…?

Pero él ya había colgado y ella se quedó allí, plantada en medio de McDonald's, con un batido gigante de vainilla en la mano. No habría sabido decir exactamente el qué ni el porqué, pero la embargaba la perturbadora sensación de que se avecinaba un desastre inminente. Buscó cobijo en el batido y se puso a sorber con ganas la dulce bebida cargada de azúcar que le servía para disolver el estrés.

—Umm…

—¡Mamá! ¡Eso es mío! —le gritó Tom.

Asintió con la boca llena de aquella cremosa ambrosía e intentó hablar.

—¡Sí! ¡Ya lo sé! ¡Te compro otro! Qué… bueno… que… está…

13

Ana

Los lunes se habían convertido en el día favorito de la semana para Ana: menos relaciones sexuales con Rex y podía vestirse de amarillo, que era el color que más la favorecía porque acentuaba el tono moreno de su piel (estaba morena todo el año, gracias a Dios por su ascendencia chilena). Su abuelo y su padre habían huido del régimen de Pinochet en 1974 (su abuela era periodista, pero ella no había llegado a marcharse), y no habían traído consigo ningún legado procedente de la tierra que dejaban atrás aparte del deseo de vivir en paz y prosperidad. Tenían ese impulso emprendedor que define a los emigrantes, además de un bronceador genético; según solía decir su abuelo, el amarillo hacía que los ojos le brillaran «como los de una leona». Su padre estaba convencido de que había sido la idea de no poder regresar nunca a Chile lo que había matado a su abuelo, pero este había sobrevivido en el Reino Unido el tiempo suficiente para ejercer una influencia trascendental en ella. A él le encantaba el arte y de niña la llevaba a museos y galerías, se pasaba horas explicándole el trasfondo de las tragedias y sentía predilección por Goya. A su muerte le había legado todos sus cuadros a su nieta de ocho años. El amarillo le iluminaba la piel, hacía que se sintiera feliz.

De modo que llegó al trabajo animada y aliviada, llena de seguridad en sí misma con una chaqueta en un tono mostaza que había combinado con unas Adidas y con una blusa sin mangas de Karen Millen en un amarillo girasol.

—Vaya, alguien empieza la semana con energía —la saludó Jan, con una sonrisa de bienvenida—. Espera, ¿no estarás…? ¿Lo estás?, ¿estás…?

Aquello bastó para que Ana estallara en llanto. Rodeó el escritorio de recepción y se refugió en el maternal abrazo de Jan, que la consoló mientras le acariciaba el pelo.

—Ya está, tranquila, ya está. Perdona, pero es que se te veía tan contenta…

—Lo estaba por poder pasar unas horas sin tener que ver a Rex. ¡Qué cansada estoy de todo esto! Los dos lo estamos, no queremos ni mirarnos.

—Tranquila, es normal…

—¡Ni te imaginas la de horas que he pasado intentando que ese pequeño pito flácido se levantara! ¡No puedo ni verlo! ¡No aguanto a Rex! ¡Todo esto es horrible! —Alzó la mirada hacia ella—. Son tan patéticos cuando están así, blanduchos. De verdad, es como… ¡como una ostra! No puedo hacer nada, ¡la cosa esa sigue ahí, colgando!

Imitó la cosa en cuestión con la mano colgando y el semblante triste, y las dos se echaron a reír.

—¡Pobre Rex! —comentó Jan con compasión. Intentó contener la risa, pero no lo logró y optó por taparse la boca con la mano.

—Sí, sí, ya sé. Hemos mantenido relaciones sexuales durante años. El sexo estaba bien, bastante bien, pero la cosa ha cambiado. Sinceramente, estas últimas seis semanas… Vale, empezamos bien. Era divertido tener sexo de forma organizada, planificada, e incluso probamos en algunos sitios nuevos. Un fin de semana lo hicimos en un tren de Virgin, en uno de esos compartimentos tan grandes. Fue aterrador. También lo hemos hecho en un montón de baños de hotel, en un pub, en un Starbucks, en un autobús nocturno, y al principio fue divertido. Estábamos experimentando, creando una nueva vida, nuestro propio bebé. Cuando el gato se fue, me ilusioné mucho con la idea de lo de la nueva vida. Pero después se convirtió en… no sé, en una especie de tarea rutinaria que terminó siendo pura mecánica. Hace semanas que no tengo un orgasmo, no es normal. Estoy perdiendo el juicio, lo único que quiero es subir a mi despacho y quedarme en el trabajo por el resto de mi vida. Anoche lo hicimos en unos baños públicos de Sloane Square, fuimos al teatro y no encontramos otro sitio. Fue asqueroso.

Se echaron a reír otra vez.

—A lo mejor tendrías que pedir otra cita con el ginecólogo para otra revisión, para que te aconseje un poco... Existen otras opciones.

Ana recobró la compostura y admitió:

—Sí, eso es lo que me da miedo. —Se dio cuenta de que no había vuelto a pensar en Joel desde que, de camino al trabajo, había visto una foto promocional suya en el lateral del autobús 19 dirección Piccadilly.

Ese día llegó tarde a casa tras la jornada de trabajo; peor aún: había «olvidado» que tenían programado fornicar a las 19:15, y se suponía que era el día que estaba más fértil. En ese momento estaba pasando su cansada y aburrida lengua alrededor de los restos sin vida del pene de Rex, que a esas alturas era poco más que un prepucio prolongado. Todo aquello que pudiera asemejarse a una vértebra o un músculo se había consumido o replegado cuerpo adentro. Sopesó alentadora las pelotas y tuvo la impresión de que también se habían encogido bastante, ¿las había dejado secas? ¿Había acudido tantas veces al pozo que lo había dejado sin una sola gota?

—¡Para! ¡Ana, ya basta, por favor! Esto es... no sé, ¡es humillante! no puedo más, te lo digo de verdad.

Ella se puso en pie y se limpió la boca con el dorso del antebrazo. Tuvo la impresión de que se cernía sobre él como una torre enorme, y fue una sensación que no le gustó en absoluto. Al ver sus llorosos ojos azules y cómo se apresuraba a taparse, sintió que el corazón le iba a estallar de pesar y comprensión. Le abrazó y le apretó con fuerza contra sí.

—Lo siento mucho, Rex. Esto no debería ser tan duro. —Se dio cuenta de que no había elegido bien las palabras—. Me refiero a que hay otras opciones. No podemos seguir así, no estamos consiguiendo nada. —Era consciente de que él lo estaba pasando mal. Dijera lo que dijese ella, daba la impresión de que todo podía malinterpretarse.

—Ahora no, Ana. Quizás podamos hablarlo después.

Ella le dio una pequeña sacudida al ver que evitaba mirarla a los ojos.

—¡Rex, por favor! Mira, vamos a olvidarnos de esto. Ya lo hemos intentado, es hora de explorar otras opciones.

Jan la había ayudado mucho a lo largo del día. Su marido y ella habían tenido problemas de fertilidad y al final no habían logrado concebir, así que estaba muy bien informada y hablaba con conocimiento de causa. El orgullo masculino es frágil; las ideas tradicionales de la sociedad en lo referente a la hombría y a la necesidad de engendrar un heredero estaban omnipresentes en la televisión y en las películas. Enrique VIII se erigía sobre sus cabezas como un ejemplo cultural a seguir para todos quienes le habían sucedido.

—¡No sé cuántas mujeres tuvieron que morir porque andaba corto de esperma! —había bromeado Jan.

—Pero Rex es un buen hombre.

—En ese caso, si le importas de verdad, acudirá a un especialista. Has estado dando por hecho que el problema está en ti, pero él tiene cuarenta y cinco años. Te lo debe.

Más allá de comprobar la fertilidad de Rex, existían otras opciones (tuvo que recordarse a sí misma que Joel no era una de ellas): FIV, una madre de alquiler, adoptar, acogimiento familiar... Si alguien deseaba de verdad tener en su vida un niño al que amar incondicionalmente, contaba con la ayuda de la ciencia moderna y de los servicios sociales.

Horas después, Rex accedió a regañadientes a concertar una cita en una clínica privada para un análisis de esperma. Ana no sabía si había hecho bien en sacar el folleto que había descargado de *Mumsnet*, la verdad; a juzgar por la cara que puso él cuando se lo dio, se dio cuenta de que ella ya lo tenía en el bolso cuando había estado intentando levantarle la banderita caída. Estaba dolido, se le veía amedrentado ante todo aquel proceso... y precisamente cuando lo que tenía que hacer era tener más reaños, pensó ella (bueno, por lo menos se limitó a pensarlo para sus adentros y no lo dijo en voz alta, estaba progresando).

En el folleto había información sobre el proceso en sí, se ponía énfasis en las medidas de higiene y en la comodidad de las instalaciones: el cliente tenía a su disposición una sala privada sin restricciones de tiempo, con materiales relevantes de calidad para ayudar a producir la muestra.

Rex hizo una mueca mientras contemplaba el dibujo de un hombre azul sin rostro que, frasco de muestras en mano, se internaba en un cubículo donde había una mesita baja con revistas diversas, una tele y una cómoda silla.

—Tengo que entrar en una de esas salas y correrme en un frasco, ¡no sé ni cómo hacerlo! Cuando mi pene está listo… en fin, dispara hacia arriba, ¡la cosa no sale hacia abajo para meterse en un frasco! ¿Qué hago?, ¿intento agarrar lo que salga disparado antes de que se me embadurne el pelo?

Estaba intentando sonreír, así que ella intentó bromear un poco.

—No es muy probable que llegue tan alto justo ahora, ¿no?

Él no se rio.

—¿Puedes venir conmigo y ayudarme?

Su primera reacción fue una negativa rotunda. «¿Justo ahora?, ¿después de este flácido fiasco?», pensó.

—Te las arreglarás bien tú solo. El personal es muy amable, el doctor du Toit es muy cuidadoso.

—No voy a hablar de esto con un sudafricano lleno de testosterona, por muy suaves que tenga las manos.

—Seguro que la enfermera puede echarte una mano.

Ana no pudo evitar echarse a reír, y él sonrió por primera vez en toda la velada.

—¿Es guapa?, ¿tanto como tú?

Le dieron ganas de llorar al verle tan serio y franco, y se sintió terriblemente culpable por la cantidad de veces que Joel irrumpía en su mente.

Terminó por acceder a acompañarle, para darle apoyo moral e intentar proporcionar un ligero adorno romántico a lo que, en resumidas cuentas, no era más que «hacerse una paja en un tarrito para demostrar tu virilidad» (palabras textuales del propio Rex mientras iban a la clínica en taxi y ella le acariciaba la parte interna del muslo).

—¿Y si no puedo hacerlo?

—¿Te ayuda un poco esto? —preguntó ella antes de deslizar las uñas por su entrepierna.

Él se movió con cierta agitación, se volvió hacia la ventanilla y fijó la mirada a media distancia. Estaba acalorado, el labio superior se le había perlado de sudor y olía a aquella intensa loción cítrica para después del afeitado que a ella no terminaba de gustarle.

Mientras le veía alejarse por el pasillo, guiado por una enfermera con forma de pera y el pelo recogido en un elaborado moño, se le ocurrió pensar que aquello era lo que debía de sentir una al despedirse de un hijo en el primer día de cole. Se sintió aliviada cuando le perdió de vista y la enfermera regresó con una media sonrisa comprensiva y tranquilizadora. Se relajó, tomó una de las revistas que había sobre la mesa y se acomodó en un asiento. La revista en cuestión era *GQ*, y no se dio cuenta de por qué la había escogido exactamente hasta que le echó un vistazo al índice de contenidos: *Estrella del country caldea las listas de éxitos*. ¡Era un reportaje a doble cara de Joel! Con el torso al descubierto en una playa de la costa atlántica, vaqueros con una gruesa hebilla de plata, la guitarra con la misma correa que ya tenía en aquel entonces; el pelo lo llevaba más corto, aunque seguía llegándole a los hombros; llevaba varios días sin afeitarse. Prácticamente podía oler las sales y los minerales, y sentir el tacto de la tira de vello hirsuto que le bajaba por…

La enfermera del moño la arrancó de su ensoñación.

—Disculpe, parece ser que hay algún problema. ¿Podría venir a ayudar?

—¡Sí, claro! —Se sentía un poco débil.

—El señor Johnson lleva un cuarto de hora en la sala de donaciones. He llamado a la puerta, pero no contesta.

En ese preciso momento le sonó el móvil en el interior de su falso bolso de Chanel (lo había comprado en un puesto ambulante del Soho, Stella todavía creía que era una pieza original).

—Sí, ya voy.

Llamó a la puerta con suavidad, acercó la oreja como si estuviera aguzando el oído. Oyó los sonoros gemidos de placer de una película porno, la verdad es que no esperaba que la tele estuviera tan alta.

Llamó dos veces más.

Nada.

Volvió a llamar.

—¡Rex!

Volvió a sonarle el móvil, y en esa ocasión lo sacó del bolso con impaciencia para leer el mensaje. Tenía tres, todos de Rex, y cada vez parecía más exaltado.

No puedo, esto no… x
Por favor, ¿podrías ayudarme? Esto no se reaviva. X
¡Sácame de aquí! ¡YA! X

Volvió a llamar a la puerta.

—¡Rex, soy yo! ¡Tengo que irme! Eh… ¡Tenemos que irnos! ¡Tengo que ir a un sitio!

Los sonidos procedentes del interior de la sala se cortaron de inmediato. Se oyó algo de movimiento, la puerta se entreabrió apenas y el rostro acalorado de Rex asomó por el pequeño resquicio, y entonces se abrió del todo al cabo de unos segundos. Ana se dio cuenta de que el faldón de la camisa le asomaba por la bragueta; irónicamente, parecía un largo pene azul… ¡Qué más quisiera ella!

En la pantalla de la tele se veía la imagen congelada de una colegiala japonesa a la que estaba dándole por detrás un tipo musculoso de pelo largo y camisa de leñador.

—Dejémoslo para otro día, ¡tenemos que irnos! —le dijo antes de tomarlo de la mano y sacarlo de la habitación.

Él le entregó el frasco a la enfermera, que se quedó mirando el vacío interior con escepticismo, y se marcharon sin más.

Durante el trayecto de vuelta a casa en taxi no hablaron ni se tocaron, y fue entonces cuando ella se dio cuenta de que con las prisas se había metido en el bolso el ejemplar de *GQ*. Se sintió culpable y le dio unas palmaditas a Rex en la rodilla.

—Tengo entendido que podemos hacerlo en casa si optamos por la vía privada. El precio es un poco superior, pero no podemos dejar que este pequeño contratiempo nos desmoralice, ¿verdad?

Él se limitó a asentir, nunca antes lo había visto así de triste. Apoyó la cabeza en su hombro y le acarició el estómago para intentar tranquilizarlo.

—Vamos a superar este bache, Rex. Y cuando lo hagamos tendremos a nuestro propio bebé en los brazos, y todo esto no será nada más que una anécdota graciosa.

Él le besó la coronilla. Ana tuvo la impresión de que no estaba demasiado convencido.

La opción de hacer el análisis de esperma por la vía privada era cara, pero hicieron un esfuerzo conjunto y Rex depositó 30 ml (una cantidad más que razonable) de semen en un frasco de muestras. Tal y como habían acordado, fue ella quien se encargó de entregarle el etiquetado frasquito y su coagulado contenido a la enfermera; de hecho, había aprovechado para tener algo de diversión: había interpretado el papel de enfermera con disfraz y todo para ayudar con la extracción.

—Tendremos los resultados en cuarenta y ocho horas. Le aconsejo que pidan cita si desean recibir juntos la noticia; de no ser así, llamaremos al señor Johnson para informarle. Recomendamos una cita conjunta si desean llevar el proceso adelante.

—Da la impresión de que sabe cuál va a ser el resultado —dijo Ana.

La enfermera sonrió de nuevo y negó con la cabeza.

—No, querida, pero usted no estaría aquí si todo fuera a transcurrir con facilidad, ¿verdad?

Ana se encargó de pedir hora, la pidió para el viernes por la tarde para asegurarse de que Rex estuviera libre. Optó por no mencionarle lo que había dicho la enfermera, no había ninguna necesidad de estresarle aún más.

El viernes quedaron en un bar que estaba justo delante de la clínica. Ella llegó pronto y se sentó en una mesa situada junto a la ventana, pidió una copita de vino tinto y jugueteó con ella mientras miraba hacia la calle. Iba de rojo y era consciente de las miradas que le lanzaban desde la barra un bullicioso grupito de tipos con pinta de agentes inmobiliarios. Hizo oídos sordos a sus comentarios con la esperanza de que la dejaran en paz si los ignoraba.

Vio a Rex acercándose por la calle, se había quitado la chaqueta y la llevaba al hombro. Había perdido peso, se le veía decaído. Pobrecillo, la verdad es que no se merecía todo aquello y ella tenía la impresión de que las cosas no iban a ponerse más fáciles.

Él la vio y sonrió con valentía.

—¿Otra copa?

—Será mejor que no. Pídete una —contestó ella.

Rex tuvo que abrirse un hueco en la barra entre los agentes inmobiliarios, y uno de ellos exclamó:

—¡Eh, viejo! ¡Cuidado con los codos!

Él masculló algo ininteligible y desapareció entre ellos. Ana fijó la mirada en la copa y se sumió en sus pensamientos.

—¡Uy, perdona! ¿Te he derramado el Babycham? ¡Cuánto lo siento! ¡Ahora mismo te pido otro! ¡Eh, barman! ¡Otro Babycham para el caballero!

Rex volvió a mascullar algo y regresó a la mesa. Se le había derramado en la camisa una parte de la media pinta de sidra que llevaba en la mano.

—Menudos idiotas —dijo ella.

—Son unos críos.

—Tendríamos que decir algo. —Miró hacia la barra y su mirada se encontró con la de uno de ellos.

—¡Hostia, el vejete está con el bomboncito de rojo!

—Debe de ser su asistente personal.

Una oleada de ira se extendió por su cuerpo como la pólvora; justo cuando estaba a punto de estallar, Rex le puso una mano en el antebrazo para detenerla.

—Tranquila, Ana. No hace falta que les contestemos, no debemos rebajarnos a su nivel.

—¡Panda de... de... arrogantes! ¿¡Cómo se atreven!?

—Ellos no importan —afirmó él con una sonrisa un poco melancólica—. Tenemos asuntos más importantes entre manos, ¿no? En fin, ¡chinchín! Ojalá que nos den buenas noticias, ¡brindo por ello!

Ella intentó que la tristeza que sentía no se reflejara en sus ojos, hizo el esfuerzo por él. ¡Pobre Rex, tan bueno y generoso!

No tuvieron que esperar mucho rato en la minimalista consulta. Ella había llevado de vuelta el ejemplar de *GQ* que había robado sin darse cuenta y volvió a dejarlo en el montón de revistas que había sobre la mesa.

—¿Qué es eso? —le preguntó Rex.

—Me la llevé sin querer, me sentía culpable.

—¡Qué dulce eres! —La besó en la sien y procedió a agarrar la revista.

Tal y como ella temía, se abrió justo en el reportaje sobre Joel Abelard, así que se mantuvo inexpresiva por miedo a que se le notara algo.

—¿Quién es esta pequeña prima donna? —se mofó él—. ¡Este cantante de *country* parece un *stripper*! Qué gracia, qué bajón de nivel comparado con Johnny Cash. El hombre de negro frente a este tal Joel, un humano de pelo largo con el pecho al aire.

Ana se quedó mirándolo con incredulidad, se preguntó si de verdad opinaba eso o si estaba enterado de lo suyo con Joel. Pero eso era imposible, ¿no? Dixie y Stella eran las únicas que sabían la verdad y ellas jamás se lo contarían a nadie; en cualquier caso, se sintió aliviada cuando les llamaron para que pasaran a la consulta del ginecólogo.

El resultado fue peor de lo que ella había imaginado y salieron de allí intentando asimilar la situación. Ambos permanecieron en silencio hasta que el coche estuvo a medio camino de Battersea, atrapado en el tráfico de un viernes por la noche en Sloane Square.

—Lo siento, Ana. Qué curiosa es la vida, ¿no? Uno tiene un montón de sueños y de planes, y de repente la vida te da una patada en los… En fin, digamos que no esperaba tener que lidiar con todo esto, de verdad que no. ¿Estás bien?

Ella era incapaz de articular palabra. La decencia de Rex solo servía para empeorar la situación aún más. Le dio unas torpes palmaditas en la rodilla.

—Estoy bien, Rex. De verdad. Triste, eso es todo. Dejemos esta conversación para después.

El taxi tenía una tele entre los asientos abatibles, y en ese momento el anuncio de un tratamiento contra la pérdida de cabello a base de un derivado de la cafeína dio paso a un vídeo musical.

—¡Por Dios, es el tal Joel! —exclamó Rex.

Antes de darse cuenta, Ana había estallado en llanto.

—¡Por Dios, Ana, no es para tanto! —Se echó a reír, y ella no pudo evitar sumarse—. Le pediré al taxista que la apague.

Ella asintió, riendo y llorando a la vez, y de repente le rodeó el cuello con los brazos y lo estrechó con fuerza.

—¡Lo siento mucho, Rex!

—Ya lo sé, tranquila. Ya verás como todo se arregla.

—¿Me lo prometes? —preguntó contra su cuello, hundiéndose en aquella decencia con olor cítrico.

—Sí, te lo prometo.

14

Dixie

Llegaba con seis minutos de retraso, y Freddie estaba esperando.

—¿Cuánto tiempo llevas aquí?

—Seis minutos —contestó él, sin necesidad de mirar el reloj.

—¡Eres un santo! Sabes que nunca llegaré puntual, ¿verdad?

—Y yo no llegaré nunca tarde.

—¿Por qué has elegido este lugar? Sabes que unos chinos de marca y unos suaves tonos pastel no combinan bien con esto. —Indicó el corpiño verde eléctrico que alzaba sus senos hacia él.

—Estás fantástica, esa melena pelirroja parece puro fuego. Y esos ojos, cristalinos como un glaciar... En fin, toda tú. Eres como un Kandinsky.

Él le había pedido quedar en la esquina de la Quinta Avenida con la 54 oeste, y resulta que allí había una tienda de GAP.

—Quería sorprenderte —añadió.

Era una cálida tarde de verano y Nueva York empezaba a caldearse. Freddie se había remangado la camisa azul claro que llevaba puesta, y le rozó el pecho con el antebrazo desnudo cuando echaron a andar y la rodeó con el brazo.

Dixie había pasado dos o tres días allí cada varias semanas en el transcurso del último mes y medio. Peter tan solo había hecho algún que otro pequeño comentario preguntando si aquello tenía algo que ver con el hombre con el que había estado «confraternizando» en la fiesta de Evgeny Mobachov. Ella le había restado importancia al asunto:

—Si quieres tenerme amarrada en Londres y ver el caos que se monta, ¡tú mismo! —le había advertido en tono de broma.

Él se había echado a reír.

—¡No!, ¡en absoluto! Mientras hagas tu trabajo y cumplas tus promesas, aquí siempre habrá un puesto para ti. Confío en ti, somos familia. Nos cuidamos mutuamente.

Huelga decir que a las chicas había tenido que mentirles, porque si se enteraban le darían la lata hasta la saciedad con el tema. Ana tenía olfato para los romances y Stella jamás permitía que un tema jugoso permaneciera oculto por mucho tiempo; además, no quería gafar el asunto hablando de ello y no podía hablar de ello porque eso conllevaría hablar de «sentimientos» y eso de los «sentimientos» era algo con lo que ella no solía lidiar, a menos que «diversión» o «follar» pudieran considerarse como tales. Todo aquello era nuevo y, de hecho, ella misma estaba sorprendida porque desde aquel providencial vuelo con destino al JFK no había tocado ni una pastilla.

Llevaban unos minutos caminando cuando llegaron a un espacio abierto y se dio cuenta de que estaban frente al MOMA. Gimió al ver el nombre de la exposición: *Ventana a lo abstracto*, de Kandinsky.

—¿Por qué me traes a ver esta chorrada si sabes que no soporto el arte moderno?

—Porque creo que es bueno para ti ver una exposición así. Es demasiado cómodo ceñirse a las propias costumbres; además, puede que te sirva de inspiración para tus ilustraciones.

Siempre tan atento y considerado, pensó ella, a pesar de que embadurnar una pared con líneas y colores y llamarlo algo así como *La imposible entrada a lo inexistente* o *Dos gatos y un perro* y afirmar que eso era arte distaba mucho de poder inspirarla. Lo que Freddie ignoraba era que, desde que le había conocido, cuando no estaban juntos ella pasaba horas y horas dibujando en casa. Era como si deseara ser la mejor versión de sí misma para justificar el hecho de estar con un hombre tan bueno como él.

—¡Gracias, Fred! —Se inclinó a besarlo—. ¡Vamos a ver qué tal!

Estaban parados frente a una de las obras, *The Cow*, cuando él le preguntó:

—¿Qué te dice esta obra?

—Parecen tres huevos fritos.

—Buena respuesta, además de acertada.

Ella empezó a ponerse cada vez más nerviosa, y él se echó a reír al ver lo incómoda que estaba.

—A ver, Dix, ¿crees que hay que interpretarlo todo de forma literal? ¿Por qué no habríamos de poder deconstruir las cosas para que representen una nueva forma de verlas? ¡Qué yerma sería la imaginación si todo el arte tuviera que ser literal y realista! Hay cabida para el realismo, y también para el simbolismo y la imaginación. Ni un extremo ni el otro acaparan la verdad: la verdad no existe.

—Freddie, te aconsejo que no ligues en aviones si lo que quieres es salir con una filósofa. Soy asistente personal e ilustradora, no artista; sí, todos los artistas merecen reconocimiento, pero yo no tengo tiempo para ellos. Puede que la cosa cambie cuando esté vieja y decrépita, pero ahora soy sexi y más o menos joven, y todo el rollo este de lo abstracto me parece una pérdida de tiempo. Me gusta que las cosas tengan el aspecto de lo que son, me gustan las cosas que puedo sostener en las manos. —Le puso la mano en la bragueta—. ¿Lo ves? Esto lo sostengo en la mano y puedo decir que es un pene. ¿He logrado captar tu atención? Jamás he podido entender a artistas como Tracey Emin, eso no es arte para mí. Me podría dar por poner un retrete en medio de la sala, poner unos libros alrededor, inventarme una historia absurda y decir que es una alegoría del capitalismo, pero yo me dedico a otra cosa. Intento narrar una historia a través de ilustraciones. Sí, ya sé que cualquier cosa puede ser arte, pero no es el mío y de verdad que no quiero perder el tiempo viendo cosas así. ¿Podemos irnos ya?, ¿POR FAVOR? Estar aquí me pone de los nervios. —Se echó a reír—. ¡Perdona!, ¡no sé por qué estoy tan enfadada!

Él se echó a reír también.

—¡Eres impetuosa!, ¡esa ardiente melena pelirroja no miente! ¡Menos mal que Tracey no está aquí, ¡imagina que hubiera oído tu opinión! Puede que este tipo de arte llegue a gustarte con el tiempo, me divierte cuestionar tus ideas. ¡Mira lo enfadada que te pones! Resulta muy sexi.

—¿Me has traído a este sitio sabiendo que me cabrearía porque te parece sexi? ¡Eres un cabrón retorcido!

Él la atrajo un poco más hacia sí.

—Sabes que me pareces increíblemente sexi. Si no fuera porque me arrestarían, te pondría contra esa pared de ahí, delante de toda esta gente, y te follaría hasta hacerte gritar de placer.

—Bueno, si dices que es arte en vivo puede que se lo crean —bromeó ella—. Pero esa es la clase de arte que sí que podría resultarme tolerable.

—Venga, vámonos de aquí.

—¿A dónde vamos?

—¿Qué te parece si vamos a mi casa y nos tomamos un vino en la terraza?, ¿te apetece?

—¿Tienes una terraza?

—Con vistas a Central Park.

—¡Suena divino! Sí, por favor.

Dejó ahí el tema para evitar preguntarle por qué había decidido finalmente permitirle ver su casa. Estaba fascinada. Se había preguntado muchas veces qué clase de casa tendría, qué estaría ocultándole y si se percibiría en el lugar la presencia de su esposa fallecida. ¿Era allí donde había vivido con ella?, ¿había llevado a otras mujeres tras quedar viudo? Freddie no había propuesto ni una sola vez ir juntos allí (siempre terminaban yendo al hotel donde ella se hospedaba), así que se le habían ocurrido dos posibles explicaciones: que ese hogar fuera un lugar sagrado para él, una especie de templo dedicado a su esposa, o que fuera una casa de soltero desordenada y llena de mugre.

Justo después de pasar Columbus Circle, llegaron a un edificio llamado The Tower y el portero les dio la bienvenida. Tomaron el ascensor y Freddie le dio al botón de la penúltima planta.

—¿No estás en la última? Me decepciona usted, señor Eastman.

—La última sigue perteneciéndole al constructor, Ivan Kashlow, un antiguo casero explotador de Queens. Le condenaron por incesto... ¡con su propia hija, Donna! Por eso tuvieron que cambiar el nombre del edificio, antes se llamaba Donna's Tower. Así es Nueva York, coexisten lo mejor de lo mejor y lo peor de lo peor. Dicen que ella todavía sigue allí arriba, que es una reclusa que se pasa el día entero comprando chorradas en Internet, y que la decoración entera es de oro. Pero es una vecina que no hace ruido y eso es lo que importa.

Llegaron a su planta y abrió la puerta de un espacioso apartamento diáfano con vistas al parque.

—Aquí estamos, este es mi hogar.

Ella se cubrió la boca con las manos y exclamó:

—¡Ma… dre… mí… a! ¡Esto es…! ¡Qué vistas tan increíbles!

—Por eso lo compramos. Yo tenía claro que quería buenas vistas, y no quería una casa con jardín. No tengo hijos, y un jardín me parecía una pérdida de tiempo; además, esto no es Battersea, estamos en Manhattan. Esta fue la opción perfecta.

Dixie echó una mirada alrededor. Unos ventanales enormes con unas extensas vistas al parque y los edificios que se alzaban más allá de los árboles servían también de puertas corredizas. El ambiente era más masculino de lo que ella esperaba, lo que la llevó a pensar que debía de haberse llevado de allí muchas de las cosas de su mujer. Había algún que otro toque femenino aquí y allá (los sofás estaban cargados de cojines y, como todo el mundo sabe, las que los compran a montones son las mujeres), pero en términos generales reinaba un ambiente muy neutro y sobrio; no había fotos y eso la alegró, pero fue un detalle que le resultó curioso.

—Aquí tienes —dijo él al ofrecerle una copa de vino blanco bien frío.

La condujo a la terraza, donde había un amplio sofá de ratán con dos sillones a juego además de una barbacoa eléctrica y un gran parasol.

—Qué lugar tan perfecto para disfrutar con las amistades, ¡Stells y Ana se volverían locas con algo así! Chardonnay en la terraza con vistas a Central Park. —Le mostró el móvil—. ¿Te importa si hago una foto?

—Claro que no. Espera, ya te la hago yo.

—No, me refiero a una de los dos con este marco espectacular de fondo.

—No, deja que te haga una a ti sola.

Hubo un pequeño tira y afloja por quedarse con el móvil, y al final fue ella quien cedió al ver que él no iba a hacerlo.

—¡Qué bien ha quedado! —exclamó cuando él le tomó la foto y vio el resultado—. Lo único que podría mejorarla sería que tú salieras también.

—No estoy en la etapa en que uno se hace fotos de pareja para colgarlas en las redes sociales. No sé, puede que sea por mi avanzada edad.

—Anda, ¡solo para que la vean las chicas!

Estaba convencida de que lograría convencerle con una dosis de encanto, pero él la sorprendió al negarse de forma categórica.

—Dejémoslo para otra ocasión. Bueno, dime, ¿qué tal están las dos? ¿Qué novedades hay?

—Me parece que todavía no estamos en la fase de contarnos secretitos —contestó ella con coquetería mientras se acurrucaba en uno de los sillones.

—*Touché!* —Alzó su copa a modo de brindis—. Todo el mundo sabe que las amigas de una mujer son la mejor indicación de su personalidad. Ningún hombre puede ser el alma gemela de una mujer, ese puesto está reservado para las amigas.

Dixie asintió sonriente.

—¡Vaya, Fred! ¡Creo que es lo más inteligente que me ha dicho un hombre en toda mi vida! Nunca me lo había planteado así, puede que tengas razón… hasta el momento.

—Claro que la tengo. Los hombres vienen y van, pero las mujeres permanecen siempre ahí. A ver, admito que podéis ser una especie bastante complicada, pero sois leales y está claro que os apoyáis cuando las cosas se ponen difíciles. Las mujeres se necesitan las unas a las otras; los hombres, sin embargo, podemos ser más indiferentes en ese sentido.

—¿Quiénes son tus mejores amigos entonces?, ¿hay alguien a quien deba conocer?

—La verdad es que no. Tengo un hermano, Charlie, que es un campeón y ha estado apoyándome en todo momento. Está casado y tienes dos hijos, así que su vida es bastante distinta a la mía. Solo tenemos tiempo de quedar de vez en cuando para tomar una cerveza. Nos vemos en bodas, funerales… A los dos nos encanta ir en moto, así que es lo que hacemos cuando tenemos algo de tiempo.

—¿Eres un motorista? —A decir verdad, no era tan sorprendente. Encajaba con su personalidad, al menos con lo que ella había visto hasta el momento.

—Pues sí, el único vicio que tengo. ¡Hasta compro las revistas y las tengo amontonadas! Es terapéutico, creo que lo que más me gusta es que te despeja la mente por completo. ¡Estás tan centrado en seguir vivo que no tienes tiempo de pensar en nada más!

Sí, estaba claro que la independencia y el control eran cuestiones muy importantes para él, pensó ella, mientras le veía llenar de nuevo las copas.

—Venga, ¡tiene que haber algún chisme que puedas contarme sobre las chicas! —insistió él después de ir a por una manta ligera para abrigarla.

—Ana está en un maratón sexual agotador con un hombre que se está quedando seco, pero está obsesionada con un ex; Stella está cabreada y de lo más borde, y se repondrá sin ningún problema. Es la más fuerte de todas.

—¿Más que tú?

—Ella es inquebrantable, cuando quiere algo va a por ello y lo consigue. Sin titubeos, sin andarse por las ramas; si no fuera mi mejor amiga, me parecería aterradora.

—¿Qué me dices de Ana?, ¿va a serle infiel al tipo ese?

—¿Qué?

—Con el ex.

—¡Vete tú a saber! Ana es una especie de extraña monja sexual... Bueno, casi siempre. Digamos que es una monja loca por el sexo. Tiene más relaciones sexuales que oraciones una monja, pero es una monógama por norma. Sería más probable que se desmelenara Stella, años atrás era una editora de altos vuelos dentro del mundo de la moda y ahora se pasa el día preparándole la cena a un marido ausente y criando sola a dos hijos. Además, el ex de Ana es Joel Abelard.

Vio por su expresión que no sabía a quién se refería, así que le cantó unos versos de *Brown Eyed Girl.*

—No me suena, lo siento.

—Escucha la canción. Es mejor de lo que parece, te lo prometo.

—¿Qué es lo que ha pasado con el marido de Stella?

—¡No!, ¡no es nada de eso!, ¡qué va! Es uno de los socios de un bufete de abogados, llevan juntos cerca de veinte años. Las cosas pierden su magia, ya se sabe.

—No es magia, sino oxitocina. Una hormona, la del amor. Un vínculo temporal químico que nos une, y entonces somos nosotros los que tenemos que encontrar un porqué o un cómo para permanecer juntos.

Ella se echó a reír.

—¡Lo que tú digas, profesor de ciencias!

—¿Alguna vez has querido tener hijos?

La pregunta la tomó desprevenida, por lo que su primera respuesta fue la de siempre:

—¡No, nunca! —Pero en esa ocasión, al mirar a Freddie a los ojos, sonrió y admitió—: Me parece que no he encontrado a la persona adecuada. —Vio que sus ojos se ensombrecían y se apresuró a añadir—: Pero ahora tengo que aceptar el hecho de que lo más probable es que no llegue a ser madre nunca.

La sombra se despejó.

—Bueno, no lo des por descartado, Dixie, ¡quién sabe lo que te depara el futuro!

—No, soy consciente de que me falta poco para cumplir los cuarenta, ¡casi todos mis óvulos están inservibles! ¿Y tú qué?, ¿te has visto alguna vez como padre?, ¿te gustaría tener a alguien que herede esos genes tuyos de profesor?

—No sé. Es decir, supongo que sí que pensé que tendría hijos, pero desde que... no he vuelto a pensar en el tema, la verdad. He estado centrándome en sobrevivir y poco más, pero supongo que me da más miedo aún ahora que he visto lo frágil que es la vida.

—¡Madre mía!, ¡nos hemos puesto muy serios! —comentó antes de encoger las piernas bajo el cuerpo.

—Tienes razón, basta de charla.

La desnudó en el sofá. Libraron una batalla por tener el control, por el derecho de dar placer. Ella se colocó encima, le sujetó y se metió su sexo en la boca, decidida a tener la última palabra, pero él se resistió, invirtió las posiciones hasta quedar encima y se corrieron juntos.

—Ha sido una batalla justa con un final glorioso —comentó ella, con una carcajada antes de alzar su copa de vino en un brindis.

—Esta es una de mis cosas preferidas... Estar así, tumbado bajo las estrellas, totalmente satisfecho.

Ella optó por ignorar lo que implicaban aquellas palabras, estaba demasiado saciada como para eso. Se acurrucó bajo su brazo mientras saboreaba la calidez de su cuerpo masculino y se preguntó qué iba a pasar a partir de ahí. ¿Iba a pedirle que se fuera?, ¿la dejaría dormir allí? En ese caso esperaba no tener que hacerlo allí fuera, en aquel gélido sofá; aun así, anhelaba tanto seguir estando tan cerquita de él que no le dijo que tenía frío y se limitó a acurrucarse aún más contra su cuerpo mientras intentaba dejar de temblar. También estaba pensando en lo increíble que quedaría aquel momento en Instagram: ellos dos, el sofá, vino en mano, el interior bien iluminado del apartamento, la ubicación... Pero esa opción estaba descartada.

—Y no había ventana, era de esperar —murmuró.

—¿Qué?

—En la exposición. Ventana a lo abstracto. Ni una sola.

Él le besó la coronilla.

—¿Ah, sí? ¿Estás segura? ¿No crees que el MOMA era una gran ventana?, ¿no somos todos nosotros ventanas que nos abrimos a nuestro propio mundo?

15

Stella

Stella había decidido que un Uber era un medio de transporte adecuado para acudir a la primera entrevista de trabajo que tenía en más de diez años. Sudar era un inconveniente para tener en cuenta. Tenía que evitar hacerlo, pero, durante el trayecto, su principal problema resultó ser el pánico de toda la vida. Según el móvil, faltaban cuatro minutos para llegar a Redchurch Street. La última vez que había estado en Shoreditch, la cosa había terminado en su primer beso lésbico; intentó dejar de pensar en eso, pero, debido a su estado de agitación, la estimulación añadida hizo que se pusiera a sudar. Agitó los brazos como una gallina para intentar enfriarse. «Respira», se dijo a sí misma, «¡respira!», y se dio cuenta de que estaba conteniendo el aliento otra vez.

La entrevista era para un puesto de editora en un portal de Internet perteneciente a «la esfera» de la salud y el bienestar; estaban buscando un «líder con ideas», un «editor innovador», un «creador de contenidos relacionados» para un portal dirigido a la mujer moderna, profesional y urbanita. Ella había interpretado lo de «moderna» como «joven». Sabía que era un puesto muy distinto a los que había ocupado anteriormente en la prensa escrita, pero, por lo que había hablado con Coco, Stef y Renée, era consciente de que aquello era el futuro. Sabía que estaba anclada de momento en el pasado, así que cualquier logro que pudiera obtener en aquel ámbito la llevaría al epicentro del mercado. Sí, estaba muy por debajo de puestos como el de editora de la revista *Candy*, editora adjunta en *Spring* y editora de contenidos de un conocidísimo suplemento de fin de semana, y el sueldo no tenía ni comparación con el que recibía en el 2008, pero el objetivo en ese momento no era revivir el pasado, sino labrarse un futuro. Era plenamente consciente de que sus conocimientos no estaban al día, así que se había hecho con un ejemplar de *Redes sociales para* dummies en el WHSmith, había buscado *#salud* y *#bienestar* en Twitter y en Instagram y había pasado más tiempo de lo habitual en la página *dailymail.com* en busca tanto de historias como de gente relevante pertenecientes a «la esfera». La idea de una revista sobre bienestar, desarrollo personal y estilos de vida totalmente digital, una que fuera cambiando continuamente en Internet, era algo que le aterraba, pero sabía que una buena publicación se creaba a base de reunir a la gente adecuada y de delegar de forma efectiva. Tal vez no estuviera muy al día en cuestiones como las dietas que seguían Lena Dunham y Taylor Swift, pero sabía cómo crear una publicación que tuviera un buen enfoque. Bueno, eso era al menos lo que se decía a sí misma entre sofoco y sofoco.

El Prius se detuvo con elegancia frente al número nueve de Redchurch, uno de esos almacenes reconvertidos con fachada acristalada.

Se quedó allí sentada mirando el edificio, a la espera de que el conductor le dijera cuánto le debía, y entonces le entró el pánico al recordar que la tarjeta de crédito se encargaba de eso (Jake le había prometido que no habría más problemas, ¡esperaba que así fuera!).

Se dirigió hacia las puertas dobles de entrada y se detuvo en seco al ver que no se abrían. El interior era tal y como imaginaba que sería un club juvenil moderno, al estilo de la canción *Summer Holiday* de Cliff Richards: largas mesas de madera, un carrito de café, cenefas y borrones pintados en colores primarios, como si aquello fuera una guardería. Se dio cuenta de que había elegido mal la ropa para la entrevista, muy mal. Había tenido la crisis de siempre a la hora de vestirse, había ido sacando y descartando con exasperación montones de prendas: muy de los noventa, muy floral, demasiadas manchas de vino, no es mía, muy de los ochenta, demasiado carca, nada que sea de punto, demasiado larga, demasiado corta; al final, lo que le quedó fue un vestido de seda que le tapaba las rodillas (menos mal, porque en los días malos parecían un par de rostros pequeñitos). Le quedaba un pelín ceñido alrededor del pecho, pero combinado con unos zapatos de tacón se sentía menos oronda y un poco más «dominatrix sexi e intrépida».

Alguien pasó junto a ella con impaciencia y fue entonces cuando se dio cuenta de que para que las puertas se abriesen había que presionar un gran botón rojo situado sobre un pilar. Se quedó mirándolo con melancolía y deseó que sirviera para lanzar un asiento eyectable, porque todavía era incapaz de moverse.

Apenas podía creerlo cuando la avisaron para que fuera a hacer la entrevista. Había enviado la solicitud sin demasiada convicción, pero el nombre de la marca *(¡Bazofia!)* le había hecho gracia e indicaba al menos que tenían sentido del humor. Mientras permanecía paralizada frente a las puertas de entrada se cuestionó seriamente la decisión que había tomado. Había sido muy consciente de que allí habría un montón de extraños *millennials* bebiendo café (por llamar de alguna forma a esos brebajes) y disertando sobre limpiezas de colon y cuestiones de género, pero nada habría podido prepararla para el circo que estaba viendo. Jóvenes, extraños jóvenes barbudos con moños altos y enfundados en monos, que llevaban desde Doc Martens hasta zapatillas de deporte que no habrían querido los de Oxfam. Adolescentes jugando al billar y a los dardos, repantingados en sofás de color rosa eléctrico (vale, quería uno de esos). Era un ambiente totalmente desconocido para ella. Su primer trabajo había sido como asistente en la sección de moda de una revista sensacionalista, la entrevista de trabajo había sido en un pub (el Coach & Horses, en Brewer Street), y no recordaba cómo había terminado. El pánico iba en aumento y, consciente de que si no entraba cuanto antes podría terminar por largarse de allí, pulsó con decisión el botón rojo de eyección y fue directa al mostrador de recepción.

—Perdón, ¿el excusado?

—¿Qué?

—Vengo a hacer una entrevista, pero tengo que ir al excusado.

—¡Ah, los baños! Están a su espalda. ¿Me da su nombre?

—Stella Hammerson, tengo cita con *¡Bazofia!*

Se encerró en uno de los cubículos y puso en marcha una «operación cambio de *look*». Lo ideal habría sido llevarla a cabo frente al favorecedor espejo de 25 x 20 cm dotado de luz tenue, pero no podía arriesgarse a que alguien viera aquel cambio de vestimenta. Zapatos de tacón fuera, los reemplazó con las Adidas plateadas que había llevado para cuando tuviera que regresar a casa alicaída después de la entrevista; se abrochó los botones frontales del vestido hasta arriba para ocultar los pechos (¡qué locura!); encontró un viejo pañuelo de muselina en tonos morados y rosados en el fondo del bolso, y lo empleó para atarse el pelo (un pelo que se había esponjado y peinado hacia atrás con esmero para conseguir un aspecto informal); ¡incluso llegó a encontrar unas viejas medias tupidas con las que cubrirse las piernas! Parecían estar intactas, tan solo tenían unas cuantas rasgaduras en la zona de la entrepierna... Bueno, eso era mejor obviarlo. Salió del cubículo ruborizada de vergüenza a pesar de saber que era una reacción absurda. Era consciente de que los *millennials* les daban mucha importancia a las cuestiones relacionadas con el medio ambiente, pero la necesidad obliga cuando te ves en medio de un club juvenil de Shoreditch y vas vestida como para asistir a una ceremonia de premios en el Savoy.

Aspecto desaliñado y a la moda, se dijo mientras se alborotaba un poco más el pelo. Tipo Border Collie... ¡Perfecto! Se limpió el brillante pintalabios color sandía que había combinado con el frutal vestido. «Clásica y elegante», articuló sin palabras el rostro ceñudo que tenía reflejado ante sí en el espejo.

La recepcionista le indicó que se sentara en uno de los sofás bajos de color rosa.

—Bajará alguien enseguida.

De modo que se sentó y se entretuvo quitándose algún que otro resto de laca de las uñas. Dudaba mucho que las jóvenes enfundadas en monos, calcetines a rayas rojas y Doc Martens y con el pelo oculto bajo una redecilla gastaran su salario en una buena manicura.

—¿Stella? Así se pronuncia, ¿no? ¿Stella...?

Un joven alto y delgado con una mata de pelo rubio rizado apilado en lo alto de la cabeza (como Big Bird) y una mini Björk (que iba vestida con unos pantalones vaqueros y una camisa del mismo estilo, una camiseta fluorescente con el ombligo al aire y unos zapatos de cuero calado de color arena) alargaron la mano hacia ella. Ambos tenían los brazos rectos como palos.

—Hola, soy Gabriel. Soy el *Impressario* de Proyectos.

—Yo soy Pippi. Soy Líder Creativa y Promotora de Integración.

—Somos *¡Bazofia!* —dijeron al unísono.

Ella misma se sorprendió al verse compartiendo unas risas con ellos.

Le indicaron que les siguiera. Pasaron junto a la mesa de billar (según Pippi, aquella era la «zona de recreo») y después cruzaron una especie de sala con gente de aspecto juvenil sentada con actitud relajada aquí y allá, con la mirada puesta en la pantalla de un móvil o de un portátil y auriculares en los oídos. Un chico estaba cantando *A Total Eclipse of The Heart*.

—Esta es la «no zona» creativa —le explicó Pippi—. La creatividad carece de límites, así que no queríamos considerarla una zona porque estas constriñen demasiado.

—Qué gran canción, siempre es un placer escuchar a Bonnie —comentó ella.

—¿Quién es Bonnie? —le preguntó la joven.

—Bonnie Tyler.

—No la conozco, ¿es diseñadora?

—No. Sí. Más o menos. —¡Madre mía!, ¡tenía que andarse con cuidado con las referencias culturales de los ochenta!

La condujeron hasta un despacho modular situado al final de la larga sala, había unos pufs verdes y azules formando un círculo y al ver que se sentaban sin más (por no decir que se dejaron caer) se quedó allí plantada, sin saber qué leches hacer.

—Eh… ¿Dónde queréis que me siente?

—Relájate, ponte cómoda.

¿Querían que se sentara en una de esas cosas?, ¡no sabía cómo se las ingeniaría para levantarse después! Tuvo un horrible *flashback* que la llevó de vuelta a la última clase de Pilates a la que había asistido, ¡habían tenido que sacarla en camilla con una contractura muscular en la espalda!

—Vale —lo dijo con una sonrisa y, con la máxima naturalidad posible, fue bajando hasta sentarse en el borde del puf más cercano.

Las perlitas del relleno empezaron a moverse gradualmente bajo su trasero como si de un desprendimiento de tierra se tratara, y se dio cuenta de que el vestido se le había quedado enganchado en un mal ángulo y la seda empezaba a estirarse. Fuerzas extremas iban acrecentándose en la zona del pecho y el trasero, la tela iba subiendo conforme sus piernas iban abriéndose. Menos mal que llevaba puestas las tupidas medias, pero lo que le preocupaba mientras iba hundiéndose era que la tela estaba sufriendo una carga inesperadamente pesada: las rasgaduras de la entrepierna podrían romperse del todo, las compuertas quedarían abiertas. Estaba sudando de nuevo y no podía pensar en nada más allá del sudor y del problemón inminente que iba a tener con su vestimenta como resbalara un centímetro más.

—¡Bueeeeno! —dijo el lánguido Gabriel—, nos encantó tu CV. Interesante experiencia laboral previa, nada que ver con los otros aspirantes. Háblanos un poco sobre lo que has estado haciendo últimamente; por lo que pone aquí, llevas unos años sin trabajar.

—Ah... Bueno, hola, vale. Sí, en fin, es un placer conoceros. —Esbozó una gran sonrisa para intentar ocultar el hecho de que estaba más que segura de que aquello era un fiasco total. Estaba deseando salir huyendo de allí—. Pues me he tomado unos años para tener hijos y...

—Mis respetos —la interrumpió Gabriel.

—Sí, totalmente. ¿Dónde estaríamos sin madres? —añadió Pippi.

—Sí, tenéis mucha razón —asintió ella, sonriente—. Pero ahora estoy deseando volver a trabajar.

—Tu experiencia se centra sobre todo en la prensa escrita. Periodismo escrito comercial, dirigido al público general. ¿Tienes algo de experiencia con las redes sociales?

—Todo lo que hacemos ahora es por vía digital, ¿dominas ese ámbito? —preguntó Pippi, la élfica humana en miniatura.

—¡Uy, sí! ¡Claro que sí! —Se pasó un poco con el entusiasmo—. ¡Soy una gran fan de lo de *videoguear*! ¡He estado trabajando gratis para una pareja de *videogueras* de viajes!

—¿Qué es eso? —preguntó Gabriel.

—Ya sabes, cuando haces un blog en vídeo en vez de escribirlo... Así se llama, ¿no? ¿Cómo lo llamáis vosotros?

—¡Ah, ya! *¡vloguear!* Pero sí, no hay duda de que es un canal importante hoy en día. ¿Quiénes son tus *vlogueros* preferidos?, ¿con quién has estado trabajando?

—Con Renée y Stef, son... —«¡No! ¡No digas que son lesbianas!, ¡no lo digas!»— exploradoras de la esfera de los viajes desde una perspectiva única y femenina.

Las manchas de sudor que tenía en los sobacos eran tan grandes que no se atrevía ni a moverse; se sentía claustrofóbica y apenas podía respirar, tenía palpitaciones en el pecho.

—¿Cuál es su insta? —le preguntó Pippi, mientras iba tomando notas en un iPad con un lápiz.

—Dos chicas de juerga... ¡Uy, perdón! ¡Se me ha escapado! No era mi intención... —Gabriel y Pippi (el nombre le quedaba a medida, pensó ella, antes de recobrar la compostura) la miraron impertérritos—. *Dos chicas de viaje*, así se llama. Las ayudé con la segmentación de mercado, el desarrollo de contenidos y la fidelización de lectores... Creo que hoy en día lo llamáis «adherencia» o algo así. Menuda palabreja, ¿no? ¡Me hace pensar en sartenes!

Nada. Impertérritos. Los dos.

—Tienen 83 000 seguidores en Instagram.

«¡Madre mía!, ¡espero que no me tomen por lesbiana si entran en la página!», pensó ella al ver a Pipí (¡No!, ¡era Pippi!) tomando nota; bueno, a decir verdad, tal vez eso diera una imagen convenientemente metrosexual: actual, moderna, fluida. A lo mejor le servía para ganarse unos puntos positivos.

—También he trabajado con Trinny Woodall, es divertidísima. ¡Me resulta tan fácil contactar con gente como ella! Está muy vinculada al ámbito de la alimentación sana.

Fue Gabriel quien contestó en esa ocasión.

—Bueno, nosotros estamos centrados principalmente en la salud y el bienestar. La moda es relevante, pero consideramos que la dieta y el ejercicio forman parte de esa esfera. Pongamos por ejemplo tu vestido: es un Westwood de estilo retro, ¿verdad? Te queda fabuloso, tienes la percha perfecta para ese corte.

—Te escucho, sigue. —Contuvo el impulso de guiñarle el ojo.

—El cuerpo que hay dentro del vestido forma parte del *look*, son cosas que no pueden separarse. Nosotros vendemos y promovemos el *look* completo, interior y exterior. ¿Te despierta la imaginación ese concepto?

—Sí. Puedes esculpir un *look* alrededor de un palo delgado como tú o de una pelota de goma como yo, pero tienes que acertar con el estilo.

—Pero a la tal Tiny Wood no la conozco, ¿es omnívora? Necesitamos uno, estamos pensando en hacer un especial sobre ellos.

—Yo me como lo que sea —afirmó Stella.

—Necesitamos una cara, alguien que sirva como imagen del mundo omnívoro. ¿Cómo venderías tú la opción omnívora? Por ejemplo: un cliente quiere vender unas nuevas tortitas de lentejas a los omnívoros, ¿qué propondrías tú?

¡Mierda!, ¡ella solo había comprado un paquete de lentejas en su vida! De las francesas, para un guiso. Menuda cagalera. «¡Piensa, Stella! ¡Piensa!», ¿quién podría estar interesado en lanzar unas legumbres dudosamente comestibles?, ¿con quién sería interesante contar para un proyecto así?

Estaban esperando, a ella no se le ocurría nada. Podría decir que tenía que ir al baño, pero si lo hacía iba a tener que levantarse del puf y eso era algo que prefería tener que hacer una sola vez.

Y entonces se le ocurrió la idea, como si de un regalo enviado por los dioses del periodismo se tratara.

—Conozco al integrante de un grupo musical, aunque me parece que ahora pasa gran parte del tiempo en su vivero de peces ecológico.

Creía conocerle al menos, lo que pasa es que no se acordaba del nombre. Un año había llevado a Dixie a los Brit Awards como acompañante y le había hecho una mamada en el baño para minusválidos... Bueno, estaba casi convencida de que era él, aunque también cabía la posibilidad de que fuera un pescador de verdad; de hecho, podría tratarse de cualquiera.

—Lo que dices suena bastante retro e interesante, Stella —afirmó Pippi—. Me gusta la idea. Traer de vuelta a la escena pública al miembro de un grupo musical tiene un ligero toque de audacia, la mayoría de la gente no querría correr el riesgo. Sería algo así como un rollo retro del pop británico de los noventa, me gusta. Un «papi molón» reinventado. Sí, podría funcionar. Es muy retro y original.

No entendía nada de lo que estaba diciéndole aquella chica, pero esbozó una amplia sonrisa y exclamó:

—¡Exacto! Lo del vivero ecológico encaja en el concepto; es un hombre sexi; puede gustarle a un público que abarque múltiples generaciones y segmentos; produce su propio gravlax…

—¿¡Gravlax!? —Gabriel alzó el lápiz como si de un signo de exclamación se tratara—. ¡No, descartado! Nada de gravlax, ¡demasiado anticuado! Ahora lo que se lleva es el salmón al *gin-tonic* o marinado con remolacha.

Stella miró de Big Bird a la elfa y tuvo que sonreír para evitar que la boca se le abriera de par en par. La sonrisa resultante podría describirse más bien como una mueca.

—¿Salmón al *gin-tonic*?

—¡Sí!, ¡está requetebuenísimo! —contestó la elfa, poco menos que brincando de entusiasmo—, ¡no sé ni cómo describírtelo! ¡El sabor es justo lo que una se imagina!

—En fin, el gravlax queda descartado —intervino Gabriel—, demasiado obsoleto. ¿Estamos de acuerdo?

—Retomando lo del proyecto de las lentejas, lentejas para omnívoros… ¿Se te ocurren más ideas? —preguntó Pippi.

Lentejas. Lentejas. Flatulentas lentejas. ¿Michael Flatley? No, algo más moderno. Sano y moderno, metro… Nada.

Vio la desilusión que iba extendiéndose por el rostro de ambos, cómo iban frunciéndose los ceños, los lápices táctiles habían dejado de deslizarse por las pantallas de los iPad. Se desinfló como un globo. Aquello no iba a funcionar, ¿qué estaba haciendo ella con aquellos payasos? Estaba hundida en un puf chorreando de sudor intentando generar campañas que fueran culturalmente relevantes para Mork y Mindy. Se contoneó ligeramente para lograr ponerse un poco más erguida y clavó en uno y otra una mirada acerada.

—Bueno, gracias por la oportunidad de hacer la entrevista, ha sido un verdadero placer. Desde el principio fue más por probar que otra cosa, estoy dispuesta a probar lo que sea una vez; bueno, no todo; bueno, tampoco lo que sea. La cuestión es que tengo cuarenta años y los últimos cinco los he dedicado a criar a mis hijos. Era… Soy una periodista seria y tengo a mis espaldas el historial que lo demuestra. Admito que soy nueva en todo esto de Internet, tengo los conocimientos que tengo y puedo crear contenido de forma sistemática.

Dadme al equipo adecuado y yo os daré un portal que superará con creces todas y cada una de vuestras expectativas. Pero no puedo permanecer aquí sentada como si acabara de salir de la universidad y estuvieran entrevistándome para un programa para graduados. Los dos me caéis bien, tengo buenas ideas además de los conocimientos y la experiencia. Estaríais consiguiéndome a muy buen precio, os lo aseguro. Pero no finjamos que soy como vosotros ni como el resto de aspirantes a obtener este trabajo, porque no lo soy.

Le habría encantado levantarse, pero temía que su torpe tambaleo y sus gemidos le restaran impacto al monólogo que acababa de soltar. De modo que optó por esperar.

Pippi y Gabriel se miraron. La una estaba asintiendo, pero el otro permanecía serio.

—Habéis mencionado el tema de la inclusión. Bueno, pues a ver qué os parece esto: soy una mujer de cuarenta años con dos hijos. Os hace falta tener algo de diversidad, ¿no? Pues echadle otro vistazo a mi CV. Repasad mi trayectoria profesional.

En esa ocasión arriesgó su dignidad y se decidió por la técnica por etapas: rodar a un lado, ponerse a cuatro patas, hincar rodillas y erguir el torso, y terminar poniéndose en pie. No pudo contener la risa. Pippi se levantó como un resorte e intentó ayudarla, las dos estaban riendo para cuando Gabriel le abrió la puerta.

—Gracias por venir, Stella. Estaremos en contacto.

—Gracias. Gracias a los dos.

El largo recorrido a través de la sala que no era una zona y de la zona de recreo lo hizo con la frente bien en alto. Se despidió con un asentimiento de cabeza de la recepcionista (quien llevaba *brackets* arriba y abajo, antes no se los había notado), y huyó de allí en cuanto se abrieron las puertas.

Mantuvo la vista al frente mientras esperaba a que llegara su Uber, estaba reprimiendo las ganas de echarse a reír. Su primer pensamiento fue para las chicas, sabía que iban a desternillarse de risa cuando les contara lo sucedido; el segundo fue para Coco: se preguntó qué estaría haciendo la joven en ese momento.

16

Ana

Ana y Stella llegaron al bullicioso restaurante italiano situado en la zona oeste de la ciudad al mismo tiempo y desde direcciones opuestas; la primera procedente del trabajo, la segunda de Wandsworth. Ni que decir tiene que Dixie iba a llegar tarde. Optaron por sentarse en la terraza, la temperatura era suave y pidieron de inmediato una botella de vino rosado antes de acomodarse en silencio.

—¿Estás bien? —preguntó Stella.

Lo cierto era que Ana estaba preocupada, pero no estaba segura de querer compartir lo que pasaba con ella… ni con Dixie. Nunca les había entusiasmado que estuviera con Rex porque creían que estaba conformándose con un plato de segunda mesa, y no sabía si tenía la presencia de ánimo necesaria para soportar los críticos comentarios de ambas. Todavía necesitaba tiempo para procesar lo que estaba sucediendo.

—Sí, cosas del trabajo.

—¿Qué pasa?

—No es nada.

—¿Qué tal va el maratón sexual?, ¿todavía lo tenéis todo planificado al segundo?

No se sentía bien, tenía un nudo enorme en el estómago.

—Ana… Venga, no puedes disimular, lo llevas escrito en la cara en mayúsculas. Desembucha…

—Stella, es que…

—¡Hola, zorritas! ¿Habéis visto? ¡Todo un récord! Las ocho y cinco, ¡solo llego cinco minutos tarde!

—Tu reloj va mal, Dixie.

—Anda. —Miró la hora en el móvil—. Pues sí. Vaya.

—¿Se puede saber dónde has estado? —le preguntó Stella—. Cada vez que te llamo me sale que estás en el extranjero, ¡y nunca contestas!

—Dix, se te ve... ¡radiante! ¿Has cambiado de base de maquillaje?

—Nueva York, es el efecto del *jet lag*. En los dos primeros viajes me afectó bastante el cambio horario, pero ahora lo llevo genial y me basta con cuatro horas de sueño. En serio, ¡soy una máquina! Vivo literalmente de lo que llevo en el bolso, ¡mirad! —Puso sobre la mesa un enorme bolso de Prada—. ¡Aquí tengo todo lo que necesito! Artículos de aseo; una muda de ropa; algunas bragas, claro; analgésicos; condones; toallitas húmedas. ¡Encapsulamiento extremo!

—¿A qué vienen tantos viajes a Nueva York? —le preguntó Stella con suspicacia—. ¿Qué pasa?, ¿Tinder no da más de sí en Londres? ¿Estás saliendo con un traficante?

—No. Es por el trabajo, eso es todo. Ya sabes que...

—¿Estás saliendo con alguien?

—¡Que no! ¡Disculpe, camarero! Otra copa, por favor. *Forza pronto. Necessito. Immediamente.* ¡No tengo ni idea de si eso existe en italiano! —Su propia broma le hizo tanta gracia que se echó a reír a carcajadas.

Ana se sentía aliviada por haber dejado de ser el foco de atención, pero Stella la miró a los ojos y afirmó:

—Ana estaba a punto de contarme algo.

—¡Estás embarazada! ¡Lo sabía! —exclamó Dixie.

Ana alzó su copa de vino y se limitó a decir:

—Te equivocas, genio.

—Ah. Perdona, no... Ya me callo. ¿Estás bien?

—Sí. O sea, conmigo no hay ningún problema, es... —Quería contárselo a sus amigas, pero, por otra parte, no quería revelárselo todo. Eran muy insistentes, podrían influenciarla. De modo que articuló su respuesta con cautela—. A Rex y a mí nos han dicho que si queremos tener un hijo vamos a tener que plantearnos recurrir a la fecundación *in vitro*.

Le dolía el mero hecho de decir aquello en voz alta, aunque tan solo fuera una parte de la verdad. Apuró su copa y agarró la botella.

La compasión y la comprensión que vio en el rostro de sus amigas hizo que se avergonzara de haberles contado la verdad a medias. Se preocupaban por ella, y aquello prácticamente empeoraba más aún las cosas. Tuvo que contener las ganas de echarse a llorar.

—Va a costarnos una fortuna, ¡es horrible! Es tan… no sé, ¡tan clínico! Me extraen un óvulo, toman un frasco de esperma de Rex, inyectan el óvulo. Todo se lleva a cabo en un tubo de ensayo. Un científico enfundado en una bata blanca combina nuestro ADN en un laboratorio y el óvulo fertilizado se guarda en una incubadora hasta que se da el visto bueno para transferirlo a mi útero. ¡Dios, es obsceno! Tantos años de sexo, tanto sexo, y resulta que ahora esa es la única forma de reproducirme. ¡Es como si el universo me estuviera gastando una broma! ¿Dónde está el amor?, ¿dónde está la magia? Ya sé que no debería ser tan romántica, que tenemos suerte de disponer de esa opción, pero, aun así… ¡Un tubo de ensayo! El acto sexual en sí será un procedimiento médico. Sí, más vino. Gracias.

—Ay, Ana, ahora te parece horrible, pero todo valdrá la pena cuando tengas a tu pequeño Rex o a tu pequeña Ana correteando por la casa. Tienes unos genes fantásticos, ¡solo hay que verte! Eres toda una princesa chilena.

Dixie parecía tan sincera que para Ana fue un alivio cuando añadió:

—En cuanto a Rex…, bueno, yo estoy convencida de que le falta un hervor, pero supongo que es un tipo decente.

—Mira, Ana, cuanto más simplificado sea el proceso, mucho mejor —afirmó Stella—. Si yo pudiera volver atrás en el tiempo, me aseguraría de que el embarazo entero transcurriera en una incubadora, ¡cuánto estrés me ahorraría! Por no hablar del desgaste y el daño que sufren las partes bajas, ten en cuenta una cosa: nunca te recuperas de eso. Te lo digo de verdad.

—¿Tienes suficiente dinero?

—¡Ay, Dixie, te adoro! ¡Directa a la parte económica!

—Bueno, es que cuesta un dineral, ¿no? —Dixie sonrió y añadió en tono de broma—: ¿Te dejan pagar a plazos?

—En el Sistema Nacional de Salud te hacen el procedimiento una vez gratis, así que vamos a solicitarlo. ¡No se pierde nada por probar!

Pero, a partir de ahí, ya está. No creo que Rex vuelva a intentarlo, ya que tendría que ser pagando y estaríamos hablando de ocho mil libras. Si no sale bien a la primera, voy a..., bueno, no voy a mandarlo todo a la mierda, obviamente. No sé lo que haré. Rex y yo llevamos una buena vida, y lo único que nos hace falta para que sea perfecta es un bebé.

—Sí, qué mierda. Menuda cuestión existencial, todo es complicado que te cagas —afirmó Dixie, en un inusual arranque reflexivo.

—¡Qué asco de hombres, de verdad! —exclamó Stella—. ¿Qué coño les pasa? ¡Una única oportunidad! ¿Qué es esto?, ¿¡alguna clase de juego absurdo!?

Se la veía enfadada, y mucho. No era esa indignación que entra a veces cuando una está tomando vino bajo el sol, estaba hecha una furia y alguien iba a tener que pagar por ello.

—¡Rex te lo debe! ¡Joder, la suerte que tiene de ser tu pareja! ¡Tiene suerte de que le aguantes! No es que él sea el mejor modelo de coche del concesionario precisamente, pero ¡mírate a ti! ¡Eres inteligente, estable y te encanta el sexo! O sea, ¡es que no se entiende! ¿Una oportunidad? ¡Y una mierda!

Ana no pudo contener la risa.

—¡Te adoro, Stella! Pero estoy segura de que cambiará de idea si resulta que al final podemos costear el proceso.

—¡Que le den!, ¡tendría que estar dispuesto a hacerlo aunque no pudierais costearlo! No es que esté negándose a ir de vacaciones a San Mauricio. ¡Estamos hablando de tu derecho como mujer, joder, del regalo que es la fertilidad! Y él cree que puede negártelo porque le preocupa tener problemas de liquidez, ¡que le corten las pelotas! ¡No te merece!

—Eh, Stells, Jake sigue teniéndote a dos velas, ¿verdad?

—¡Que te den, Dixie!

Y las tres se echaron a reír.

—Stella tiene razón, ¡tú haz lo que tengas que hacer! Si Rex está dispuesto a pagar y consideras que es la vía adecuada para ti, pues ¡adelante! Tú sabes en el fondo lo que quieres, nadie tiene derecho a decirte si puedes tener o no un hijo, ni cómo deberías hacerlo. —Dixie le dio unas palmaditas de ánimo en el brazo.

—Oye, ¿estás fumada? —le preguntó Ana, extrañada ante aquella actitud tan amable y solícita tan impropia en ella.

—¡Madre mía!, ¿no puedo ser amable? ¡Eres mi amiga y te quiero!

—Sí, eso ya lo sé, pero es que no suele darte por darle palmaditas a la gente. En fin, aprovechando que estás de buen humor, ¿qué tal va el tema de las vacaciones? ¿Alguna ha cambiado de idea respecto a lo de la Provenza?

—¡Noooooo!

—¡Ni hablar!

—¿Qué hacemos entonces? Dix, ¿alguna novedad con la opción de Edimburgo?

—He estado muy ocupada como para comentarle el tema a Peter. Lo siento, pero creo que habrá que descartar esa idea.

Se hizo un incómodo silencio. La noticia fue un mazazo para Ana, que realmente necesitaba desconectar; necesitaba pasar algo de tiempo alejada de Londres, del trabajo, de Rex; necesitaba pasar algo de tiempo con sus amigas.

—Dixie…

—Dime, Stella.

—¿Qué es lo que te está pasando?, te traes algo entre manos…

—No.

—¿Qué hay en Nueva York?, ¿quién está allí?

—Oye, de verdad que no es nada. Estoy muy ocupada. —Dixie se levantó de la silla—. Voy a mear, a la vuelta traigo otra botella. Vigiladme esto. —Dejó el bolso encima de la silla y se fue sin más.

—Está ocultando algo.

—Ya lo sé.

—¡No, Stella!

Pero Stella estaba abriendo ya el bolso, sacó un bloc de dibujo A4 y lo abrió.

—¡Lo sabía! —exclamó antes de girarlo para mostrarle la página.

Era un dibujo altamente estilizado, muy similar al anime, donde una silueta de Nueva York servía de telón de fondo para una sexualizada imagen de la propia Dixie en un momento extremadamente erótico: en su rostro tenía una expresión poscoital de gatita satisfecha, sostenía a modo de brindis una copa en la que se veía el reflejo de un hombre alto y atlético que estaba fotografiándola con un iPhone.

—Ah, ¡así que esta es la droga de Nueva York!

—Guarda eso, Stella.

—No. No tenemos secretos entre nosotras. —Cerró el bloc y lo dejó sobre la mesa—. ¡Camarero! Podría traer otra botella, ¿por favor?

—¡Eres una zorra! —Fueron las primeras palabras que salieron de la boca de Dixie cuando vio el bloc.

—Ha sido demasiado fácil.

—¡He intentado detenerla!

—¡Sí, claro! ¡Menudos moratones tienes!

—¿Quién es él? —le preguntó Ana.

Dixie se sentó, soltó un suspiro y se puso a juguetear con la copa.

—Freddie Eastman; emprendedor millonario del sector de la biotecnología; británico; cuarenta y siete años, pero aparenta cuarenta y dos; vive en Central Park; un buen pene de dieciocho centímetros y el grosor apropiado; le gustan el sexo y las pelirrojas, así que... ¡estamos pasándolo bien!

Stella se echó a reír.

—¡Mírala!, ¡qué cara de satisfacción! ¿Cuánto tiempo llevas con él?

—Siete semanas.

Ana y Stella se quedaron boquiabiertas, se miraron la una a la otra y Ana articuló con la boca la palabra «SIETE». Después del divorcio, Dixie no había tenido ninguna relación que durara siete semanas. Ana agarró el bloc y empezó a hojear las páginas, en cada una de ellas aparecía Freddie desde un ángulo distinto: Freddie comiendo *sushi*, Freddie envuelto en una toalla, un primer plano de su cara, Freddie besándola, su coronilla hundida entre los muslos de Dixie... Le mostró esa página a Stella y exclamó:

—¡Ajá!

—¿Cuándo piensas presentárnoslo? —preguntó Stella.

—¡Sí, es verdad! ¿Cuándo?

—No lo sé. Por el momento no pasa mucho tiempo aquí.

—Pues entonces nos vamos nosotras a Nueva York —afirmó Ana—. Olvidaos de la Provenza y de Edimburgo. ¡Nos vamos a Manhattan, señoritas! ¡Sexis en Nueva York!

—¡Hecho! ¿Cuándo? —preguntó Stella.

—No sé, esto me pilla de improviso —argumentó Dixie.

—¡No te hagas la melindrosa, Dixie Dressler! Vamos a ir a Nueva York para conocer al señor Fred tan pronto como sea humanamente posible.

—¿De verdad? ¡Ay, Dios! Bueno, entonces supongo que... No iba a decir nada, me parecía que aún era muy pronto y no quería gafarlo. En tres semanas, el sábado día 28. Es el cumpleaños de Freddie y va a celebrarlo por todo lo alto en Long Island, uno de sus inversores tiene una finca allí y van a celebrar el cumpleaños y el décimo aniversario del negocio. Habrá una banda de música y baile en los jardines. ¿Os apetece venir?, ¿vendréis? ¡Sería genial!

—¿Que si voy a ir? ¡Ya sé hasta la ropa que me voy a poner! —exclamó Ana—. El vestido vintage de Chanel: blanco y negro, de diseño geométrico. ¡Sabía que encontraría la ocasión perfecta para él! Esto es cosa del destino.

—¿Qué opinas tú, Stella? —le preguntó Dixie al ver que estaba muy callada.

—No sé. No quería decir nada, pero Jake está teniendo algunos problemas de liquidez. Me ha pedido que me controle con los gastos por un tiempo.

—¡No me jodas!, ¡pero si es socio en un bufete de abogados!

—Mira, la situación no me hace ninguna gracia. Nos han cancelado la Barclaycard, tengo un presupuesto muy ajustado para el día a día.

—Habrá algo que podamos hacer, ¿no? —le dijo Ana a Dixie.

—Las millas aéreas acumuladas podrían servirnos. Yo tengo un cupón para que un acompañante viaje gratis. Ana, tú podrías conseguir otro billete si tienes millas suficientes, pero tendríais que viajar en clase turista.

Ana soltó un gritito de entusiasmo.

—Con tal de que podamos ir a Long Island pasando por Manhattan para conocer al tipo de dieciocho centímetros con el que estás, estoy dispuesta a viajar en la bodega de carga.

—Di que sí, Stella. ¡Por favor!

—Es todo un detalle por tu parte, Dixie, de verdad que sí. Tendré que ver cómo va todo. Tengo un par de cosas en el horizonte que no puedo darme el lujo de perderme.

—¿Como qué?, ¿salir a comer con alguna mamá glamurosa?, ¿tomar café con la niñera?, ¿la sesión de pilates a media mañana? Estoy ofreciéndome a llevarte a Nueva York y tú estás haciéndote la remolona, ¡no lo entiendo!

Stella las observó en silencio durante un largo momento.

—Sería dentro de tres semanas, ¿no? Ya os diré algo, primero tengo que hablarlo con Jake. —Consultó su reloj.

Ana se dio cuenta de que estaba dolida por los comentarios de Dixie sobre los problemas de liquidez de Jake, pero la conocía y sabía que era mejor no ser condescendiente con ella en ese momento. Su amiga manejaría la situación a su manera.

Stella se excusó entonces (que si la niñera, que si era tarde, que si Jake…), y procedió a marcharse.

—¡Vaya! —dijo Dixie en cuanto la vio entrar en el Uber.

—Sí, ¿por qué se habrá molestado? ¡Qué raro!

—¡Espera!, ¡espera! ¿¡Está cabreada!? Seguro que el pobre Jake se queda acojonado en una esquina al llegar a casa, ¡es una guerrera cuando está acorralada!

—¿Crees que vendrá? —le preguntó Ana.

—¡Jamás dudes de Stella! Si existe alguna posibilidad, seguro que viene; si no viene, entonces sí que deberíamos preocuparnos en serio.

—Ese tipo, ¿tan increíble es?

Dixie tardó unos segundos en contestar.

—Podría ser lo mejor que me ha pasado en la vida.

—¿Por qué está soltero?, ¿tiene exmujer?

—No, es todo mío.

—Cuarenta y siete años, y soltero. Alguna explicación debe de haber. ¿No está casado?, ¿estás segura? No será…

—¿Gay?

—Sacerdote o algo así.

—No. Freddie no es sacerdote ni está casado.

—¡Me alegro por ti! Te mereces algo decente después de la vida de perdición que has llevado.

Las dos se echaron a reír, pero ella tenía la clara impresión de que

Dixie estaba ocultándole algo. Por Dios, ¡que el tal Freddie no fuera otro adicto a la coca! Su amiga tenía una facilidad pasmosa para atraer a hombres complicados y con estilos de vida retorcidos. Mientras caminaba rumbo a casa se sintió reconfortada por el hecho de saber que allí estaba Rex, un hombre estable y de fiar…, pero en ese momento encontró en el bolsillo de la chaqueta la ramita de brezo que le había dado la gitana y recordó lo que le había dicho al leerle la mano: «Da rienda suelta a la fantasía, emprende un viaje». Se estremeció al pensar que, quizás, ese viaje había empezado ya con mal pie. A Rex no iba a hacerle ninguna gracia que viajara a Estados Unidos tan pronto después de la inseminación, pero iba a tener que aguantarse. Estaba decidida a seguir su propio destino, adondequiera que la llevara.

17

Ana

Ana estaba tumbada en su sofá de dos plazas, cuyo pequeño tamaño había resultado ser ideal: era tan pequeño que podía tumbarse con la cabeza apoyada en un brazo y las piernas colocadas en un ángulo de treinta grados la una de la otra. No era una postura que le hubiera aconsejado el médico, era una mera cuestión de lógica y lo mismo podía decirse de la bolsa de agua caliente que tenía sobre el estómago. No tenía ni idea de si los calambres se debían al estrés o eran «molestias de embarazada», en menos de tres semanas sabría si el embrión se había adherido. El especialista le había explicado que habían practicado un pequeño orificio para maximizar las probabilidades de éxito («eclosión asistida», le había dicho que se llamaba), y que dicho orificio ayudaba a la «implantación». A menudo le daba por pensar que la terminología podría mejorarse, se sentía a medio camino entre una jardinera y una avicultora. Dirigió la mirada hacia la ventana y suspiró profundamente, más que satisfecha por lo lozanas que estaban las cintas. Optó por ignorar tanto las macetas vacías donde unos geranios habían aguantado todo lo posible tiempo atrás como la soleada parte del alféizar (ahora desierta) donde el gato huido solía tumbarse, y sopesó las opciones que tenía. El efecto de la anestesia que le habían administrado para realizar la implantación empezaba a desvanecerse, y oyó a Rex despotricando de nuevo en la cocina. Él había insistido en que quería «cuidarla» y, aunque era un detalle bastante dulce por su parte, eso se traducía en ponerse a cocinar, por enésima vez, las salchichas guisadas que solía hacer su difunta madre. No estaba segura de tener las fuerzas necesarias para fingir entusiasmo ante un plato de salchichas medio crudas inmersas en una salsa de tomate aguada; por favor, que no hubiera añadido también maíz dulce (según él, era para darle «color» al guiso y para que este tuviera más consistencia y pudiera alimentarla durante varios días).

En cuestión de unas dos semanas más o menos sabrían si iban a tener un hijo. En ese tiempo podían pasar multitud de cosas, la rapidez con la que había sucedido todo aquello era prueba fehaciente de ello. Tenía la sensación de que, por primera vez en un mes, tenía algo de tiempo para pensar con calma. Los resultados de la prueba de esperma de Rex habían sido un verdadero mazazo para los dos. Habían dado por hecho que el problema estaba en sus óvulos de cuarentona, así que, cuando el especialista se había puesto a hablarles (con muchos rodeos) sobre viabilidad y vitalidad y morfología (cuestiones relacionadas con la forma del esperma), toda aquella información técnica les había llevado a pensar que lo suyo era una causa perdida, que era mejor no albergar esperanzas; al parecer, el esperma de Rex solo alcanzaba los valores de referencia en lo relativo al volumen: los 4 ml que había logrado eyacular se situaban en el segundo cuartil. En cuanto al recuento de espermatozoides, la concentración, la motilidad y la morfología..., en fin, mejor no ahondar en ese tema, pero a juzgar por el semblante del especialista estaba claro que aquello iba a ser difícil. Optaron por no apuntarse a la lista de espera del Sistema Nacional de Salud, y poco después estaban estampando su firma para llevar a cabo un procedimiento que costaba 8000 libras: la inserción de un único espermatozoide viable en un óvulo afortunado («Madre mía, qué grima», había pensado ella para sus adentros).

A la decepción que se había llevado se le sumó además el hecho de tener que regular su ciclo menstrual y preparar los ovarios durante dos semanas tomando anticonceptivos. Detestaba tener que tomar la píldora, la afectaba tanto física como emocionalmente. Había dejado de tomarla al final de la adolescencia alegando que le causaba problemas de hígado, cambios de humor y una catastrófica retención de líquidos que le hinchaba los tobillos. En fin, padeció los efectos secundarios durante aquellas dos semanas, pero no fue lo único que tuvo que soportar durante ese tiempo: Rex no se tomó nada bien lo de la baja vitalidad de su esperma y, a pesar de que ella estaba tomando la píldora y de que se suponía que el objetivo de todo aquel proceso era llegar a tener un hijo, de buenas a primeras se convirtió en un obseso sexual. Quería tener relaciones al despertar por la mañana, al regresar del trabajo por la tarde, antes de dormir (para ayudarla a conciliar el sueño, según él). Y si no estaba insistiendo en follar estaba acribillándola a preguntas sobre el viaje con las chicas a Nueva York y Long Island.

—¡Mierda!

Fue oírle gritar desde la cocina y saber que había vuelto a quemarse el dedo mientras intentaba sacar el guiso del horno.

Bueno, ahora que el óvulo ya estaba «cuajando» en su interior, él ya no podría seguir pidiendo sexo a todas horas y ella no tendría que seguir cediendo para evitar magullar aún más su ego herido, así que en ese sentido se sentía aliviada; además, le había dejado bien claro que estaba decidida a ir a Nueva York pasara lo que pasase. El hecho de estar embarazada no la incapacitaba, y no iba a permitir que gobernara todos los aspectos de su vida. Todo el mundo necesita desconectar de la rutina cotidiana y, si hacer ese viaje era la decisión adecuada para ella, también tenía que serlo para ellos como pareja. No estaba dispuesta a aceptar un chantaje emocional que la haría perderse un viaje que podría resultar ser una experiencia irrepetible. Necesitaba pasar algo de tiempo con sus amigas para compensar todos los sacrificios que estaba haciendo, no iba a permitir que el dinero y el hecho de tener un hijo fueran los únicos factores que rigieran su vida.

Tal y como les había dicho a las chicas la última vez que se habían visto, dos semanas atrás, someterse a una segunda inseminación sería un lujo que no podrían permitirse por el tema del dinero, pero las semanas previas habían sido tan duras que ni siquiera estaba segura de si querría hacer una segunda intentona. Esa duda le causaba una profunda angustia. En varias ocasiones se había debatido contra un terror opresivo ante la posibilidad de estar tomando un camino equivocado, al plantearse si en realidad no estaba destinada a tener un hijo con Rex, pero entonces terminaba por admitir que el vaivén hormonal al que estaba sometida ponía en duda hasta dónde podía confiar en sus propios sentimientos. Se recordó a sí misma que era una mujer de treinta y nueve años que tenía una relación estable con un hombre al que amaba, que eran dos adultos que habían emprendido juntos aquel camino de forma voluntaria y con conocimiento de causa, y que la decisión la habían tomado en base a hechos y experiencia. Se recordó también que el propio Rex había sido seleccionado de entre un puñado de candidatos posibles tras un minucioso análisis... Quizás fuera hora de repasar la hoja de cálculo a modo de recordatorio de los motivos que le convertían en el hombre ideal para ella.

—¿Quieres guisantes? Teníamos una bolsa en el congelador, ¿verdad? Puedo echar unos cuantos.

No daba crédito a lo que acababa de oír, ¿quería echarle guisantes congelados al guiso? ¿Estaría intentando desmoralizarla?

—La receta es tuya, Rex. Solo te pido que no hagas eso de ir añadiendo ingredientes hasta que se convierte en una mezcla de sobras recalentadas...

—¡La receta no es mía! Es que quiero asegurarme de que comas todas las verduras que necesitas. Ya sabes, para que estés fuerte y...

—... y sea una incubadora viable para tu descendencia.

—Eh... Bueno, sí, por decirlo de alguna forma —admitió él antes de salir a la puerta de la cocina.

Tenía el rostro acalorado, se había colocado las gafas de lectura en lo alto de la cabeza y todavía estaban empañadas por el calor del horno, y se le veía de lo más orgulloso por su propio desempeño como cuidador. Llevaba puesta aún la camisa que había llevado al trabajo, una en un tono azul claro... La verdad es que usaba el mismo color (más o menos) a diario y, por alguna extraña razón, ella se sintió como si acabara de darse cuenta de ese detalle en ese preciso momento. El delantal que llevaba puesto le quedaba pequeño, era un regalo que había recibido ella de su padre y tenía un estampado supuestamente gracioso: *El pavo estará listo en Navidad... ¡el año que viene!* (sí, para partirse de risa).

—La cena estará lista en dos minutos, solo falta que se termine de hervir el arroz.

Se acercó, se sentó junto a ella en el borde del sofá y le acarició la cabeza... Era como si estuviera intentando calmarla, a ella solía encantarle que lo hiciera. Al ver que se quedaba mirando fijamente la pantalla de la tele (que estaba apagada), ella dirigió de nuevo la mirada hacia el alféizar de la ventana y vio que ya no quedaba ni rastro de los últimos rayos de sol. Oyó el maullido de un gato procedente de la calle y se preguntó si sería Boris, que había vuelto a suplicar su perdón.

—¿Qué dan por la tele? —preguntó él al cabo de unos segundos, antes de alargar la mano hacia el control remoto.

—Por favor, Rex, ¡nada de tele!

—Ah. Claro, perdona. No hay problema. ¿Quieres que te traiga algo? Una toalla fría...

Estaba esforzándose, ella era plenamente consciente de eso. Estaba esforzándose mucho, pero, cuanto más esfuerzo hacía, más pesado le parecía.

Los dos estaban viviendo el día a día con normalidad, pero las semanas previas habían sido un vaivén de emociones: ella estaba intentando asimilar el hecho de que cabía la posibilidad de que no llegara a ser madre y que a lo mejor había esperado demasiado, de buenas a primeras le entraban ganas de llorar y tenía que salir de la habitación para que Rex no la viera. No quería que él viera su sufrimiento, sus dudas, que supiera cuánto estaba afectándola todo aquello. Se había dicho a sí misma que debía de ser cosa de las hormonas; además, no era algo sobre lo que una pudiera reflexionar y asimilar sin más, en plan «la decisión está tomada y tienes que aceptarla porque la vida no es tan simple y el pronóstico no está tan claro». La verdad era que podría limitarse a decir «da igual, olvidemos el tema, la cosa no ha funcionado», que podrían volver a la vida normal y a tener relaciones sexuales con normalidad, y albergar la esperanza de que ocurriera un milagro. Pero no había llegado a esa fase todavía, antes tenían que intentar aquella otra ruta y era una ruta que estaba haciendo que se lo cuestionara todo. ¿Había empleado el tiempo suficiente en la búsqueda del hombre adecuado? ¿Era el momento adecuado para tener un hijo? Si realmente quisiera ser madre, ¿habría esperado tanto? Incluso suponiendo que fuera tan afortunada como para tener un hijo, tendría suerte si lograba verle crecer, ¡lo más probable es que estuviera muerta y enterrada para entonces! Todos aquellos pensamientos tristes la retrotrajeron a la pérdida de su propia madre, ¿existía acaso una depresión posterior a la inseminación artificial?

Y entonces, con todo aquel barullo de pensamientos dándole vueltas y más vueltas por la cabeza, Rex había empezado a resultarle increíblemente irritante, y no solo por su insistencia en mantener relaciones sexuales con frecuencia (lo que a ella le parecía una pérdida de tiempo, dado que estaba tomándose la píldora y el esfuerzo no iba a dar ningún fruto): era asqueroso oírle sorber el té, y no soportaba que se tocara las pelotas cada dos por tres mientras veía la tele (¡le daban ganas de gritarle que las dejara en paz!). Sus defectos la desquiciaban. Y en cuanto a la sudadera marrón esa, la que tenía para el estilo más informal de los fines de semana y que tenía estampado el nombre de su grupo de *rock* preferido, ¡qué ganas tenía de prenderle fuego! Por el amor de Dios, ¡era un hombre de cuarenta y cinco años y seguramente ni se daba cuenta de todos esos detalles! Seguro que se sentiría mortificado si ella se los mencionaba. ¿Por qué le resultaba tan irritante de repente?, ¿a qué se debía esa reacción suya?, ¿era normal que se sintiera así?

—¡La cena está servida!

Dirigió la mirada hacia él al oír aquellas palabras y vio que, por suerte, se había quitado el delantal. Había servido el guiso en dos grandes cuencos, y ella tomó el suyo y se enderezó en el sofá.

—Guiso de salchichas con un arcoíris de verduritas —dijo él.

Pues sí, efectivamente, la base de cebolla y tomate había sido «mejorada» con maíz dulce de lata, guisantes demasiado hechos (habían adquirido un tono marronáceo) y algunas rodajas de remolacha encurtida. El color azul oscuro del fondo del cuenco acentuaba aún más la mezcolanza de colores.

—En la recomendación nutricional más reciente se aconseja un arcoíris de verdura. No está mal, ¿verdad? Nada de *pizzas* ni de curri para ti a partir de ahora, tienes que alimentarte con comida sana y casera.

—Gracias, Rex. Tiene un aspecto… sorprendente.

—¿Pongo la tele?, ¿no daban hoy el programa aquel de cocina?

—Nada de tele. Por favor, es que estoy un poco frágil.

—Podría poner la radio…

—¡Por favor! ¡Solo quiero algo de silencio!

No era su intención ser tan cortante, pero había tenido que dejar de poner la radio porque la canción de Joel estaba escalando posiciones constantemente en las listas de éxitos y parecía ser la elección preferida de todos los pubs, cafeterías, taxis y tiendas de la ciudad.

Daba la impresión de que todas las emisoras y todos los programas musicales tenían como prioridad poner *Brown Eyed Girl* cuando ella estaba cerca. Empezaba a pensar que aquello era una conspiración que tenía como objetivo destruir su ecuanimidad.

Alzó una cucharada del guiso. La textura de la sonrosada piel de las salchichas no auguraba nada bueno, el jugo de tomate y el agua de la salsa empezaban a desagregarse. Probó el guiso y sus sospechas se confirmaron: ninguno de los ingredientes se había hecho bien antes de hervir a fuego lento los tomates; nada se había reducido lo suficiente para intensificar cualquier posible sabor que hubiera podido existir; los guisantes, el maíz dulce y la remolacha añadidos aportaban un dulzor que resultaba desagradable.

—Umm, esto sí que es comida casera. ¿Te gusta? —le preguntó él.

—¡Sí, claro!

Se esforzó por sonreír porque no quería herir sus sentimientos por nada del mundo, era incapaz de decirle que preferiría tragarse uno de los sacrificios vivos de Boris a soportar un frágil embarazo estando a merced de sus cuidados. Rex era un hombre bueno, divertido y considerado, pero no tenía ni idea de cocinar. Si intentaba aguantar hasta el final del embarazo alimentándose de lo que él preparaba, el hijo de ambos nacería bajo de peso y desnutrido.

—¡Venga, come! Ay, pobrecita mía, estás realmente decaída, ¿verdad? ¿Vas a echar de menos el sexo? Me parece que yo sí. No sé si te habrás dado cuenta, pero, excepto cuarenta y ocho largas horas al mes, hemos tenido sexo casi cada día desde que decidimos que la relación fuera «en serio». ¡Estamos hablando de unos dos años y medio! Increíble, ¿verdad?

Ella pensó para sus adentros que en realidad habían sido tres años, pero optó por no corregirle. El doctor no había prohibido la penetración, así que, técnicamente, podrían mantener relaciones sin ningún problema, pero se sentía tan aliviada por tener una excusa y su cuerpo se mostraba tan averso a mantener cualquier tipo de contacto sexual que le había propuesto a Rex que se abstuvieran hasta que les dieran buenas noticias.

Apartó a un lado el cuenco y se reclinó de nuevo en el sofá.

—Está muy bueno, pero tengo el estómago un poco revuelto.

—¡Cuánto lo siento, cielo! Te lo guardaré en la nevera, ya lo calentaremos después en el microondas.

—¿Hay algo de fruta? Me parece que quedaba un plátano.

Él fue a buscarlo y al regresar se puso a pelarlo lenta y seductoramente para bromear. A ella se le daba muy bien comérselos de forma erótica, esa había sido una broma compartida entre ellos durante mucho tiempo, pero en esa ocasión fue incapaz de mirarlo a los ojos y se limitó a decir:

—Dámelo, por favor.

Se lo comió con toda la inocencia posible mientras intentaba controlar el pánico que la atenazaba, ¿y si se quedaba embarazada de aquel hombre y luego no soportaba ni verle? ¿Qué estaba pasando? ¿Sería cosa del destino?, ¿sería algún extraño karma que se había ganado vete tú a saber cómo?

Rex estaba observándola, era obvio que estaba debatiéndose entre decir algo o callárselo. Ella supo de inmediato lo que estaba pensando, y optó por adelantarse.

—Puedo viajar en avión sin ningún problema, el doctor lo dejó claro.

—Ya lo sé, pero es que me preocupa —admitió él con la cabeza gacha—. En caso de que esto no salga bien, ¿no te gustaría estar segura de que hiciste todo lo que estuvo en tus manos?

Ella asintió con lentitud y se apartó el pelo de la cara. Estaba muy cansada.

—Me voy a la cama. No me despiertes.

18

Stella

Stella les dio de cenar a los niños y, tras dejarlos entretenidos viendo *La patrulla canina* por enésima vez, se sentó frente al portátil. Tenía dudas y necesitaba respuestas.

Lo primero que tecleó fue *¿Soy homosexual?*, pero se sintió idiota de inmediato. ¡Por supuesto que no lo era! ¿Cómo lo había llamado Coco…? «Fluidez sexual» o algo así, ¿no? Así que borró «homosexual» y lo intentó con «fluida sexualmente». Obtuvo demasiados resultados relacionados con fluidos varios, pero al ir bajando por la página empezó a encontrar artículos procedentes de todas partes del mundo. ¡Vaya! ¿Significaba eso que ella volvía a estar a la última moda? Pero la cuestión radicaba en si era «sexualmente fluida» o no. Estaba claro que Coco sí que lo era, pero ¿no se suponía que ella no era más que una hastiada ama de casa eufórica al ver que alguien se interesaba sexualmente en ella? Había multitud de artículos. Algunos de ellos exploraban el asunto y fomentaban la diversidad (la mayoría de esos estaban en *Mumsnet*, que cubría cualquier temática habida y por haber), y fue encontrando cada vez más conforme siguió explorando; al parecer, la opinión general era que cada vez eran más las mujeres que querían explorar la propia sexualidad al llegar a finales de los treinta o a principios de los cuarenta. Sentían que a su vida le faltaba algo, y había que darle respuesta a esa carencia. Pero, si alguien le hubiera pedido a ella dos meses atrás que dijera lo que le faltaba a su vida, su respuesta habría sido un guaperas musculoso con una polla enorme, no una voluptuosa y vivaz latina de ojos verdes y pechos firmes con un… Se ruborizaba solo con pensar en eso otro, ¿¡y si Coco intentaba hacer que le tocara el trasero!? Se le escapó una exclamación ahogada, ¡qué horror! Aunque tal vez aquello fuera menos aterrador que el hecho de que la escultural Coco viera su entrepierna (no se la rasuraba demasiado a menudo, la verdad) y aquel trasero de madre de dos hijos. Notó un ligero cosquilleo en la entrepierna… ¡Por el amor de Dios!, ¿qué leches estaba haciendo?

Cerró el portátil a toda prisa y se sirvió un vaso de vino.

Sus dos inocentes retoños estaban sentados en el sofá, totalmente absortos en los perros que hablaban cual humanos en la pantalla de la tele. Ellos eran su vida, ¡lo eran todo para ella! Haría lo que fuera por sus hijos…, pero, en ese caso, ¿por qué estaba tan dispuesta a poner en peligro la seguridad familiar que tenían con tal de disfrutar de un poco de diversión? Era una pregunta para la que no tenía respuesta, pero que le generaba una profunda desazón.

Tenía la correspondencia del día junto al portátil, y al ver el borde rojo de un sobre que asomaba entre los demás se preguntó si sería una tarjeta o una invitación. Ninguna de las dos cosas. En la carta figuraba que no era una circular y que era una comunicación «privada y personal» para el señor Jake Hammerson. Estuvo a punto de dejarla a un lado, pero el logo le llamó la atención: IG. ¡Ella sabía de una empresa con esas siglas!, ¡allí había ido a parar todo el dinero!

Abrió la carta sin contemplaciones. Era increíble haber llegado a una situación así, Jake pasaba tan poco tiempo en casa que ella había quedado convertida en una asistente personal; no, ni siquiera eso, porque estaba claro que la relación que Dixie tenía con Peter era mejor que la que ella tenía en ese momento con Jake.

En el interior del sobre encontró un último requerimiento detallado. Rompió a sudar y el corazón empezó a martillearle en el pecho mientras hojeaba rápidamente las numerosas páginas, la sangre le inundó como un torrente las extremidades, le dieron ganas de romper algo. Jake había estado mintiéndole de forma sistemática y deliberada desde… El extracto cubría un trimestre entero, constaban todas y cada una de las operaciones. La escala de semejante traición, la cantidad de cada pérdida, las apuestas a margen fallidas, la creciente pérdida acumulada… La recorrió un escalofrío.

—¡Mentiroso de mierda! ¡Eres un falso y un traidor! ¡Cabrón asqueroso!

Estaba enfadada con él, pero furiosa consigo misma porque en ese momento veía con claridad que había notado que algo andaba mal. Y acababa de confirmarse que todo andaba mal, ¡todo!

Agarró el móvil y marcó el número de Jake, empezó a hervirle la sangre de nuevo mientras el teléfono sonaba y sonaba; al oír que volvía a saltar el contestador se puso a gritar:

—¡Ni siquiera tienes cojones de contestar, cabrón mentiroso! Así que trabajando hasta tarde, ¿no? ¡Y una mierda! Pues ¿sabes qué? ¡Que estoy harta! Los niños van a pasar unos días en casa de sus abuelos y yo me voy a Nueva York. ¡Eres un CAPULLO!

Colgó sin más y procedió a enviarles un mensaje de texto a Dixie y a Ana:

Decisión tomada. ¡Allá voy, Nueva York! Necesito una escapada como nunca en mi vida. Nos vemos en 48 horas. Xxx

Su mente se centró entonces en su propia situación económica, los ahorros que tenía iban a venirle de perlas. No iba a permitir que los problemas de Jake le impidieran vivir su propia vida, hacer lo que le diera la gana. Los niños seguían mirando absortos la tele en el sofá, se disponía a traerlos de vuelta a la realidad para acostarlos cuando la detuvo en seco una sacudida, una mezcla de amor y de miedo: cabía la posibilidad de que el problema de Jake fuera más allá de la cuenta de IG, ¿y si las malas noticias se extendían a otras cuentas? ¿Habría tenido problemas con otros corredores de apuestas?, ¿habría sido capaz de poner en peligro toda la seguridad económica que tenían, incluso la casa? ¿Para qué?, ¿por qué? ¿Qué habría podido llevarle a hacer algo así? Esa explicación tan frecuente de que el juego era una adicción no servía para apaciguarla; no, ni mucho menos.

En ese momento le sonó el móvil. Quizás fuera Jake, estaba esperando a que él le devolviera la llamada (aunque no estaba segura de si tendría cojones para hacerlo); también podría tratarse de la desquiciada de Ana o de la enamorada Dixie, haciendo planes para el excitante viaje que tenían por delante. Pero resultó ser un mensaje de Coco:

¿Tienes unos minutos para tomar una copita?

La verdad es que no, ¡Jake no está y tengo que hablar con él sin falta cuando llegue a casa! Sx

¿Voy yo a tu casa? Cx

¡Mierda! La verdad es que quería ver a Coco y, al fin y al cabo, si Jake llegaba a casa no resultaría extraño que la encontrara con una invitada. No pasaba nada por tomarse una copita de vino.

Vale, una copita rápida. Pero, si Jake aparece (y espero que no tarde mucho), tendrás que irte.

¡Voy para allá! 10 min. X

Se apresuró a hacer que los niños subieran a acostarse, y entonces se echó un rápido vistazo en el espejo. Umm... La ropa informal era un acierto con las de menos de treinta. Se olió las axilas y menuda peste, tenía muy poco tiempo para arreglarse (sobre todo si quería quedar sexi, pero sin que se notara el esfuerzo que había empleado en ello). Se desnudó a toda velocidad, se metió en la ducha y se frotó bien con la esponja de pies a cabeza; el pelo lo dejó tal cual, se puso unas bragas limpias de encaje (no quiso plantearse el porqué de esa elección) y un sujetador (limpio también) y procedió entonces a volver a ponerse la ropa deportiva que llevaba antes para dar una imagen de indiferencia. Además, las bragas y el sujetador no iban a juego; de hecho, ni siquiera habría sabido decir si tenía algún conjunto de ropa interior. Se le ocurría una única persona que se pondría algo así: Dixie, quien seguro que tenía conjuntos con distintos grados de sensualidad. Quizás fuera buena idea renovar su ropa interior de cara al viaje a Nueva York.

El timbre de la puerta sonó dos veces y, con los pechos rebotando y su rubio cabello recogido en una coleta alta, bajó corriendo a abrir.

—¡Qué rapidez! —le dijo a Coco.

—Es que tenía muchas ganas de venir —contestó la joven, sonriente.

—Claro, me alegra mucho volver a verte.

Estaba parada en la puerta, vio que la cortina de una de las ventanas de la casa de Jenny y Tim se movía ligeramente. No sabía qué hacer, ¿la besaba a modo de saludo? Y, en caso de hacerlo, ¿dónde le daba el beso? ¿¡En los labios!? ¡Por Dios, claro que no! Se apresuró a hacerla entrar y cerró la puerta, el corazón le iba a mil por hora.

—Tengo una botella de vino blanco en la nevera, ¿te apetece?

—Sí, gracias. Perfecto. No me quedaré mucho rato. ¿Qué es lo que está pasando?

Stella le contó brevemente que había algunos problemillas con Jake, cuestiones de dinero, y que pensaba largarse rumbo a Nueva York en las próximas cuarenta y ocho horas si lograba organizarlo todo con tan poco tiempo de antelación.

Coco asintió comprensiva, pero Stella estaba segura de que nunca había corrido tanto peligro como el que se cernía sobre su matrimonio en ese momento.

—Eso suena demoledor.

—¡Sí, totalmente! ¡Tanto mental como físicamente! Pero ni te imaginas lo maravilloso que es largarse a pasar unos días SIN HOMBRES haciendo de lastre, poder desconectar del todo y olvidar todo el estrés de la vida real. ¡Lo estoy deseando!

—¡Qué suerte tienes! La verdad es que siento un poco de envidia, pero te mereces ese descanso. ¡No hay nada como pasar unos días entre chicas!

Al oír aquellas palabras, Stella no pudo evitar pensar que la idea que tenía Coco de eso de «pasar unos días entre chicas» debía de distar bastante de la suya. Mientras la joven tomaba un sorbo de vino y se comía una Pringle con actitud despreocupada, ella se dedicó a observarla en silencio. Se la veía tan relajada, tan en paz consigo misma... Ella no recordaba haberse sentido así jamás, ni siquiera cuando tenía su edad; quizás se debiera a que se habían criado en ambientes muy distintos y no tenían las mismas prioridades. La Inglaterra en la que ella se había criado giraba en torno a las clases sociales y la jerarquía, dónde habías estudiado y a quién conocías; siempre le había parecido un lugar donde la vida no era nada fácil, y se preguntaba cómo se las ingeniaría una extranjera como Coco para abrirse camino en un país tan crítico y cruel. Parecía demasiado buena como para poder prosperar y vivir feliz en un ambiente tan hostil.

—¿Qué planes tienes para este fin de semana?, ¿trabajo o diversión?

—Como lo tengo libre voy a aprovechar para relajarme y salir a pasear, y mañana por la noche he quedado con unas amigas para ir a una disco silenciosa. ¿Lo has probado alguna vez?

Stella se echó a reír.

—No me imagino lo ridícula que estaría moviendo el esqueleto al ritmo de alguna canción roquera de los ochenta mientras otros se dedican a bailar hiphop.

—¡Me parto de risa contigo, Stella! —exclamó Coco—. ¡Una no escucha su propia música! Es una experiencia compartida, algo comunal. Y nadie se fija en lo que hacen los demás, todos estamos en igualdad de condiciones. Te llevaré a una cuando vuelvas. ¡Ya verás como te encanta!, ¡es una experiencia muy liberadora!

Pasaron más de una hora charlando y compartiendo risas, Stella cada vez estaba más sorprendida por lo fluida y relajada que era la conversación con ella; además, por algún extraño motivo, la belleza de la joven parecía ir en aumento cuanto más la conocía. Debía de tener sus defectos, por supuesto, nadie es perfecto, pero ella no se los había encontrado todavía; por regla general, cuando conocía a alguien siempre había algo que no le gustaba de esa persona: un olor, un perfume, el gusto a la hora de elegir colores o telas, un maquillaje mal aplicado, tatuajes, la forma de reírse, demasiada seriedad. Era una lástima que Jake fuera a llegar de un momento a otro, porque le habría encantado disfrutar tranquilamente de la velada con ella.

Al final se puso de pie y le dijo con firmeza a la joven que tenía cosas que hacer, sobre todo teniendo en cuenta que esperaba que Jake llegara a casa de un momento a otro. Lo cierto es que él no le había devuelto la llamada, así que no tenía ni idea de si pensaba volver a casa, pero la situación que se avecinaba la tenía cada vez más estresada y sabía que tenían que hablar. A ver, él no iba a tener más remedio que volver a casa antes o después, ¿no? ¡Era su marido, joder! Además, Coco y ella se habían bebido la botella entera de vino y, dadas las circunstancias, no era momento de abrir otra.

—En fin, Coco, ahora resulta que estoy un poco borracha y no tengo ni idea de dónde tengo el pasaporte.

—¿Quieres que te ayude a buscarlo? —le preguntó la joven con una risita.

—No, es mejor que vuelvas a casa. —Pasó junto a ella con la intención de acompañarla hasta la puerta.

Coco le tomó la mano para detenerla y preguntó, con actitud coqueta:

—¿Estás segura de que quieres que me vaya a casa?, ¿totalmente segura? —Se acercó un poco más a ella—. Puedo irme si quieres —depositó un delicado beso en la comisura de sus labios—, podría irme ahora mismo —añadió mientras la tentaba juguetona con la lengua—, pero también podría quedarme unos minutos más.

Stella sintió que su cuerpo reaccionaba a aquellas caricias. Dejó que Coco la besara, que internara la lengua entre sus labios y explorara, que la atrajera hacia sí con suavidad. Era un abrazo tan tierno, un beso tan dulce... No había apremio alguno; tan solo comprensión, una abierta sinceridad y deseo.

—Te deseo mucho, muchísimo —le susurró la joven al oído—. Eres increíblemente sexi, pero no te das cuenta. Todas esas curvas, tus pechos, la necesidad que tienes de ser amada... Quiero tomarte y hacerte el amor. Quiero saborearte, disfrutarte. Déjame hacerlo...

Stella estaba atónita. ¿Y si Jake llegaba a casa?, ¿y si alguno de los niños se despertaba? ¿Qué les diría si la encontraban con Coco? Pero, a pesar de todo, no quería detener lo que estaba ocurriendo. Coco tenía razón, anhelaba que ella la tocara y la amara, quería ser suya. Pero ese no era el momento adecuado... y, aun así, no quería parar. Tal vez el riesgo formara parte de la diversión y, al fin y al cabo, Jake había estado engañándola.

—Besas fantásticamente bien, Stella. Besarte podría convertirse en mi pasatiempo preferido.

—No te acostumbres. Estoy casada y la verdad es que no tengo ni idea de lo que estoy haciendo en ningún sentido.

—Pues a mí me parece que lo estás haciendo la mar de bien.

Stella era consciente de que acabaría por haber contacto vaginal de alguna clase si aquello seguía adelante, y no tenía ni la más remota idea de cómo manejar eso. Pero, justo cuando ese pensamiento se le estaba pasando por la cabeza, Coco la empujó contra la encimera y procedió a desabrocharle los pantalones lentamente y a bajárselos.

—¡Ay, Dios! Coco, no sé si... Todo esto está yendo muy rápido, la verdad, quizás sería mejor... Jake podría aparecer en cualquier momento...

—Shhh... Espera y verás... —Sin más, le bajó las bragas y apretó la lengua contra su clítoris.

La cálida suavidad, el impacto inesperado... Stella no había experimentado jamás algo así. Se le escapó un grito de placer y le flaquearon las piernas.

—¡Madre mía! —susurró—. ¡Oh, Dios! ¡Sí! ¡Oh, sí!

Y sostuvo la cabeza de Coco mientras esta seguía chupándole y succionándole el clítoris, jugueteando con él hasta que pensó que iba a estallar; y, justo cuando pensaba que no iba a aguantar más, Coco introdujo un cálido dedo en su interior y encontró su punto G con un diestro movimiento. No pudo seguir conteniéndose. El más increíble de los orgasmos se abrió paso en su interior como una oleada, su cuerpo se sacudió, se corrió mientras Coco la lamía hambrienta. Fue como si el tiempo se hubiera detenido en ese momento.

La joven se incorporó entonces, le puso bien la ropa sin ninguna prisa y la besó en los labios (vale, eso dio un poco de asquete).

—Solo ha sido un pequeño aperitivo de lo que está por venir. Me parece que vas a disfrutar de este viaje —afirmó Coco con una sonrisa pícara.

—¡Guau! —alcanzó a decir, con la respiración un poco agitada todavía—, ¡eso ha sido inesperado, increíble! ¡Aunque ahora me da un poco de vergüenza!

—¿Por qué? Es algo maravilloso, y me siento honrada de ser la primera mujer que ha compartido esto contigo. No ha estado tan mal, ¿verdad?

—Eh... Qué amable por tu parte. En fin, oye, de verdad que tengo que poner en orden unos asuntos mientras de paso me debato con el tema de mi sexualidad, así que ¡me parece que es un buen momento para que te vayas!

Coco se echó a reír.

—¡Vale, ya me voy! Pero aquí no se trata de tu sexualidad, Stella.

Se trata de lo que te hace feliz, así que intenta no darle demasiadas vueltas a la cabeza. Nos vemos pronto, disfruta del viaje... si es que no nos vemos antes.

Después de acompañarla hasta la puerta, Stella cerró y se apoyó contra la madera. Cerró los ojos y se quedó allí, desconcertada, confundida y extática. Le dio un poco de reparo recordar el momento en que Coco la había besado y había notado el sabor de su propio coño en la boca. Menos mal que se había lavado, pero ¡seguía siendo chocante!

Le sonó el móvil y lo sacó a toda prisa pensando que sería algún mensaje guarro y juguetón de Coco, pero resultó ser de Jake: que si iba a tener que quedarse toda la noche trabajando, que si lo sentía mucho, que si «Hay que echarles una mano a estos clientes para que vayan a la bancarrota, ¡ja, ja!», que si «¡Pórtate bien!». Así que le respondió a su vez con otro mensaje bien clarito:

¿Has oído tan siquiera el mensaje que te he dejado en el buzón de voz? ¡VETE A LA MIERDA! Me voy a Nueva York. Los niños se quedan en casa de mis padres.

Sabiendo lo que sabía se cagó en IG, se cagó en Jake y se cagó en la amarga ironía de tener que leer sus bromitas sobre bancarrotas y «portarse bien». Temía las posibles ramificaciones que pudiera tener todo aquello, pero, por otro lado, la placentera calidez que seguía sintiendo en la entrepierna la tenía extática, así que subió a su habitación para ver si encontraba algo de ropa adecuada para las tres noches que iba a pasar en Estados Unidos.

19

Dixie

Eso sí que era compaginar el trabajo con el tiempo libre, pensó Dixie, mientras caminaba por la amplia y cavernosa estación de Grand Central en busca de la sobria entrada. Peter tenía un despacho en el edificio MetLife, visitarle allí era una de sus escapadas preferidas. Una escalera mecánica (idéntica a las que te llevan a una entreplanta de zapaterías baratas y copisterías) conducía a unos ascensores que subían a sus ocupantes hasta unos despachos que podrían servir como plataforma panorámica desde donde contemplar Manhattan. La oficina de la empresa familiar de Peter era un espacio compartido con otros negocios de altos vuelos, y tenía vistas al norte y al sur desde la planta 49. En opinión de Dixie, aquel rascacielos situado en Central Park era un milagro de la ingeniería: en dirección norte, la mirada se perdía hacia Central Park; en dirección sur, hacia las sombras vacías del World Trade Center.

Al salir del ascensor dirigió la mirada hacia el norte, hacia Central Park y su nuevo «hogar», y dio gracias a la buena suerte que la había llevado a ocupar el asiento 10D del vuelo BA05 LHR-JFK, justo al lado de la bomba de amor que había resultado ser Freddie Eastman. En menos de cuatro meses había dejado de ser una leyenda transatlántica de Tinder y una chica para pasar un buen rato y se había convertido en una adolescente de treinta y nueve años loquita de amor y un poco obsesionada que vivía con el hombre de sus sueños en un apartamento con vistas a Central Park. Adoraba Londres y echaba de menos a sus amigas, pero lo que tenía en Nueva York era… era… Se volvió hacia el sur y bajó la mirada hacia las apretadas filas de taxis amarillos. Eran las tres de la tarde, todos ellos se dirigían a la central para el cambio de turno. Se hacían películas sobre cosas como esa y ella era Meg Ryan, una pelirroja y más sexi a la que jamás le faltaban los orgasmos y que siempre terminaba por encontrar al hombre de sus sueños.

—¡Ah, ya has llegado, Dixie! ¡Pasa, pasa! Tatjana, tráenos un poco de té. Recién hecho.

Peter tenía un vozarrón teñido de un ligero acento que dejaba entrever su origen ucraniano. Era un hombre grandote que medía más de metro ochenta, su rostro estaba enmarcado por una barba que formaba una única masa junto con su cabello, tenía unas pobladas cejas y unas manos del tamaño de guantes de béisbol que terminaban de completar el conjunto. Caminó bamboleante (o con una arrogante seguridad en sí mismo, depende del prisma bajo el que una quisiera verle) hasta la mesa y le dijo, sonriente:

—¡Siéntate!, ¡siéntate! —Se sentó con pesadez a su vez en una balanceante silla giratoria, apoyó las manos en los muslos y se echó hacia atrás con jovialidad.

Tenía las piernas bien abiertas, así que ella no pudo evitar ver sus regordetas nalgas limpiamente separadas por el refuerzo de sus elegantes pantalones; en cuanto al bulto de carne que cargaba a la izquierda, se limitó a sostenerle la mirada sin inmutarse mientras él reajustaba lo que había que reajustar.

—¿De qué podemos hablar hoy? ¿Siguen en pie todas mis propiedades? ¿Qué te pasa en la cara?, ¡te veo distinta…! ¿¡Te has hecho otra microdermoabrasión de esas!? ¡Espera!, ¡no me digas que hay algo más en todo esto! ¿Acaso está cayendo en la trampa del amor mi mujer independiente favorita?, ¿habrá dejado de ser independiente?, ¿estará enamorada? ¡Ah, ya veo que he dado en el clavo! Sí, está enamorada de Freddie Eastman, ¡veo su rostro teñido del rubor del amor! O puede que haya subido hasta aquí a pie y esté acalorada por eso. ¡No, no lo creo! El amor es peligroso, nos vuelve tontitos y no hay que fiarse de un tonto.

Dixie le conocía bien y no respondió a sus provocaciones. Él estaba divirtiéndose, pero terminaría por hartarse de tanta bromita y entonces podrían ponerse a hablar de trabajo; además, tenía que pedirle un favor, así que tenía que hacer que se sintiera como el rey del mundo (era la única táctica infalible para lograr que estuviera dispuesto a acceder a cualquier cosa).

Tatjana entró en ese momento y dejó junto al escritorio una bandeja que contenía un samovar y un par de ornamentadas tazas con el borde dorado.

—¿Lo sirvo yo? —preguntó Dixie.

—Mañana es un día muy especial para todos nosotros, ¿verdad? ¡Mañana conoceremos al hombre que te ha robado el corazón! ¿Es muy guapo? A lo mejor es como una de esas estrellas de cine británicas, como... ¿Cómo se llama...? ¡Tom Fiddlestick! Alto y pálido, ¡como todos los ingleses desde Enrique Octavo! —Sus propias palabras le hicieron tanta gracia que soltó una risotada, y Dixie se limitó a esbozar una indulgente sonrisa—. Quiero agradecerte que me hayas invitado, ¡qué ganas tengo de ver esa preciosa finca! La zona de los Hamptons siempre es espléndida, pero ¡el *château* es divino! ¡Qué maravilla!, ¡qué esplendor! ¡El señor Eastman debe de conocer a gente muy especial! Yo creo que llegaré a conocer bien al señor Frederick, y que entablaremos una sólida amistad. ¿Estoy en lo cierto?

Dixie dejó pasar unos segundos para asegurarse de que ya hubiera terminado.

—Va a ser increíble. El propietario del lugar donde se celebra es un inversor del negocio de Freddie, así que es una celebración conjunta del décimo aniversario del negocio y del cumpleaños de Freddie.

Él volvió a reajustar el bulto de carne que tenía en el pantalón y la miró con una sonrisa de oreja a oreja. Estaba sudoroso por el esfuerzo que había hecho con el monólogo.

—Vas a venir a la fiesta, ¿verdad?

—¡Claro que sí! ¿Cómo podría decirte que no?, ¡estoy intrigado!

—¿Irás en el helicóptero grande?

Él sonrió, ladeó un poco la cabeza y esperó a que le pidiera el favor que era obvio que tenía en mente.

—¿Te importaría mucho que yo fuera contigo? —añadió Dixie.

Peter se echó a reír y se dio una palmada en el muslo.

—¡Claro que no, dulzura mía! Pero ¿no irás con tu príncipe azul?

—Freddie ya está allí con su familia, encargándose de los preparativos.

—Entonces, ¡claro que vas a venir conmigo! Llegar acompañado de una mujer hermosa, ¡eso hará que el trayecto en helicóptero merezca la pena!

—¿Y si te digo que vamos a ser tres mujeres hermosas?

—¿¡Tres!? ¡Es mi número de la suerte! ¿Quiénes son esas bellezas?

—¿Te acuerdas de Ana y de Stella?

—¡Ana es la morena menudita y Stella la rubia intensa!

—Son mis mejores amigas, nos tendrás a las tres para ti solito.

—Hasta que tenga que entregarte a Freddie Eastman.

—Sabes bien que te encantará tener a tres mujeres pendientes de ti, Peter.

Él se echó a reír.

—¡Qué bien me conoces!, ¿qué haría yo sin ti? ¡Estaría perdido! Nos encontraremos a las cinco de la tarde en el helipuerto, ¿de acuerdo? Llegaremos cuando esté empezando la fiesta. Como estrellas de cine de las de verdad. ¿A que sí? ¡Claro que sí!

20

Ana

El vuelo 977 de Indian Airlines procedente de Bombay con destino a Newark y escala en Londres carecía en cierta forma del glamur que una se imaginaba al pensar en un vuelo a Nueva York en clase turista prémium. El champán no era tal, sino un prosecco tibio que te servían en una especie de huevera de plástico. Ana había encontrado un pelo oscuro en la suya, pero no se lo dijo a Stella para intentar mantener el glamur del viaje.

—¡Brindo por nosotras!, ¡por las tres! ¡Porque lo que pasa en las vacaciones se queda en las vacaciones! Y por el amorcito de Dixie, ¡el guapérrimo y fabuloso Freddie!

—Y por la zorra redomada que, a pesar de haber pasado veinticinco años acostándose con tipos de todas partes del mundo y consumiendo drogas y licor del bueno, ahora está enamorada de un apuesto millonario. ¡Es como la Cenicienta, pero en drogata!

—¡Chinchín!

Y por poco vomitan al beber aquel brebaje tibio y agrio. Estaban intentando mantener el ánimo en alto, pero no lo tenían nada fácil. El vuelo lo habían reservado con las millas que Dixie tenía acumuladas, así que habían tenido que facturar el equipaje juntas y Stella había aparecido tarde y con un maletón demasiado grande para pasar como equipaje de mano; habían tenido que ponerse en una cola de familias indias y habían tardado tres cuartos de hora en llegar al mostrador; la maleta de Stella, que tenía el tamaño aproximado de un Smart, superaba con mucho el peso máximo permitido y el personal de facturación había insistido en que tenía que sacar algo; así que, mientras la propia Ana permanecía a un lado con cara de impaciencia, su avergonzada amiga se había puesto a rebuscar en la maleta y al final había sacado un par de botas de cuero altas hasta la rodilla y una bolsa de maquillaje llena hasta los topes. La bolsa había logrado meterla en el bolso, y había cambiado las Converse que llevaba puestas por las botas.

En el control de seguridad las pararon de nuevo porque Stella llevaba líquidos de más de 100 ml y no había seguido las instrucciones de usar una bolsa de plástico transparente. Al final optó por tirar la bolsa de maquillaje completa a la basura y les dijo a los de seguridad que se dirigía a Nueva York para darle un nuevo comienzo a su vida y que estaba encantada de haberse deshecho de aquellos cosméticos, unos la mar de anticuados que había obtenido cuando era toda una autoridad dentro de la industria cosmética londinense. El grupito de familias contemplaba su actuación como si se tratara de la estrella de algún *reality show* el día del estreno.

Al final llegaron a la puerta de embarque a tiempo de unirse a otra cola más, pero debido a la demora sufrida durante todo el proceso se habían perdido el embarque de los pasajeros de clase turista prémium y estaban al final de la cola de los de turista normal. Las caóticas pifias de Stella la habían exasperado, pero se había mordido la lengua porque saltaba a la vista que le pasaba algo. Y tenía que tratarse de algo grave porque Stella era una persona que, si bien estaba acostumbraba a hacer las cosas a su manera, jamás era un desastre caótico ni un lastre.

Fuera lo que fuese lo que había sucedido después de que decidiera de buenas a primeras sumarse al viaje, estaba claro que se trataba de algo muy fuerte; tan fuerte, de hecho, que Ana no quería ni imaginar lo que podría ser. Por no hablar de que ella también tenía sus propios problemas.

Se le encogió el corazón al darse cuenta de que los enrojecidos ojos de Stella estaban salpicados de lágrimas. Apoyó la cabeza en su hombro, y su amiga alargó una mano y la acarició en un gesto tranquilizador.

—¿Crees que saldrá todo bien? —susurró.

—¡Pues claro que sí, joder! —exclamó Stella antes de intentar agitar el brazo para que le sirvieran otro trago de la bebida aquella (bebida que, por cierto, venía en unos recipientes forrados en una tupida piel sintética).

Ana bajó la mirada hacia las piernas de su amiga. Las tenía cruzadas como buenamente podía debido a que las botas le llegaban a las rodillas, y no pudo contener la risa.

—¡No te rías! —le pidió Stella—. No llevo sujetador, ¡están empezando a dolerme las tetas con tanto bamboleo!

Aquello hizo que riera con más ganas aún.

El vuelo transcurrió en una pesadilla inconexa donde las protagonistas fueron la hidratación y las colas para ir al baño: agua casi siempre para ella debido al embarazo, ginebra para su volátil amiga. La comida que les sirvieron estaba buenísima, aunque si hubiera podido elegir no habría pedido el pollo al curri ni un dulce *kulfi* de postre; por suerte, iban a ver a Dixie en breve, así que se dedicaron a reír y a llorar mientras cruzaban el Atlántico.

Después de bajar del avión en Newark con las piernas algo entumecidas, serpentearon un poco tambaleantes por sombríos pasillos de atroz suelo enmoquetado; bajo la luz de los fluorescentes, la verdad es que parecían un par de muertas recién salidas de la tumba en vez de unas pasajeras que habían pasado siete horas en clase turista prémium. A pesar del cartel ese donde ponía *Bienvenidos a los Estados Unidos*, los de la aduana les dieron un recibimiento hostil. Cuando le preguntaron a Stella sobre el motivo de su visita al país y ella contestó «autoaniquilación», un bigotudo agente que se parecía al cartero de *Cheers* la miró como si fuera una asesina en serie.

—¡Uy, perdón…! Es un viaje de placer —se corrigió su amiga.

Al ver que no se acordaba de la dirección completa del apartamento donde vivía Dixie, Ana dio un paso al frente para ayudarla, pero…

—Señora, por favor, permanezca detrás de la raya.

Al final las dejaron pasar y, después de lograr mantener el semblante totalmente serio al declarar que no habían tenido ningún contacto con animales de granja en las últimas seis semanas, cruzaron las puertas corredizas con paso airoso y tomadas del brazo.

—¿Crees que Dixie habrá venido a recogernos?

—Ni hablar.

—¿Por qué no la llamas?

—Hazlo tú.

Más allá de las puertas esperaba un muro de rostros expectantes y, esperanzada, recorrió con la mirada la fila de chóferes y conductores de limusinas que sostenían pizarras blancas y agitaban cartelitos. Se detuvo en seco al ver una de las pizarras, una muy escueta donde aparecía una única palabra subrayada.

—¡No sería capaz! —exclamó con una carcajada.

Stella estaba partiéndose de risa.

En la blanca pizarra, escrito con un rotulador verde, ponía bien claro: *ZORRITAS*.

Dixie asomó desde detrás del menudito chófer (quien parecía acojonado de miedo tanto por ellas dos como por la propia Dixie), y las tres se abrazaron entre risas.

—¡Mira que poner eso! ¡Cómo se te ocurre!

—No podía dejar pasar la oportunidad.

—¡Te adoro, Dix! —le dijo Ana.

Menos de tres horas después estaban sentadas en una mesa situada junto a la caja fuerte del bar Campbell Apartment, uno de los preferidos de las tres en la estación de Grand Central. En la mesa tenían tres cócteles Tom Collins y tres platos donde no quedaban ni las migas de unos sándwiches de langosta. Después de decantarse por la ginebra durante el vuelo, Stella había insistido en seguir en esa misma tónica; según ella, «La gente que está triste necesita una bebida en consonancia».

Dixie, por su parte, estaba fantástica. Ana jamás la había visto con tanto aplomo, tan poderosa. Había algo en ella, en esa confianza en sí misma que exudaba y en el escudo protector de cuero ceñido que llevaba puesto, que te recordaba a una superheroína de Marvel o a Trinity, de la saga de *Matrix*. Iba vestida de cuero negro, un cuero de gran calidad que se ceñía a su cuerpo. Había completado el *look* con un abrigo del mismo material que le llegaba a la altura de las rodillas, y sobre el que su larga y lustrosa cabellera pelirroja caía en una cascada que brillaba cada vez que sacudía la cabeza. En ese momento estaba poniendo caras por encima de la cabeza de Stella, articulando con la boca algo así como «¿Está bien?».

La respuesta de Ana fue encogerse de hombros. Sabía que Stella iba a tener que ir al baño tarde o temprano, ninguna vejiga podía aguantar tanta ginebra sin la lógica reacción.

—¿Creéis que esta gente sabe quién soy? —preguntó Stella en ese momento, alzando cada vez más la voz—. ¿Sabéis quién soy? Stella Hammerson, pero ¡podéis llamarme Jefaza! Sí, soy vuestra jefa, ¿sabéis por qué? ¡Pues porque he aguantado y he seguido adelante! ¡Soy la maestra de la reinvención! Chicas, ¿os he contado que voy a ser la editora de la *Bazofia* digital? ¡Uy, no! *¡Bazofia!*, ¡no hay que olvidar los signos de exclamación! Es una prueba fehaciente de que vivo en la más innovadora vanguardia. Ya se sabe: si una no innova, se queda en la cuneta. En fin, ¡conseguí el trabajo! Me enteré anoche, ¡vuelvo a ser una mujer trabajadora! Que le den a Jake, ¡puedo valerme por mí misma!

—¡Felicidades, Stella! ¡Qué bien! —chilló Dixie con voz estridente.

La camarera se acercó a la mesa en ese momento y, con esa autoridad solícita tan característica de una profesional de Manhattan, les preguntó si necesitaban algo más. Su aparición hizo que lo de *¡Bazofia!* quedara aparcado por un momento, y Stella le indicó con un gesto que se acercara un poco más.

—¿Conoces ese…? ¡Madre mía, qué ojos tienes! ¡Qué verde tan intenso! Son increíbles, parecen un par de faros verdes que podrían guiarla a una de vuelta a casa. Soy fluida, ¿se me nota? ¿Sabes lo que es eso?, ¿tú me entiendes?

Dixie optó por intervenir.

—¡Perdón! Es que acaban de darle buenas noticias, digamos que está un poquito sobreexcitada…

—¡Cierra el pico, Dixie! Si yo creo que…

Ana y Dixie le dieron una patada al unísono, y esta última miró a la camarera con una sonrisa de disculpa.

—Tráiganos la cuenta, por favor.

—¡Qué aburrida eres! ¡Qué poco fluida! Tienes pinta de malota, pero en realidad eres un poco estirada. ¿Sabías eso, Trixie Dixie? Ana, ¿verdad que tengo razón?

—Tenemos planes para mañana, Stells, y es obvio que estás cansada. Yo también lo estoy. Para nuestro reloj corporal, ahora falta poco para las dos de la madrugada.

—Queremos que mañana por la mañana estés en plena forma —afirmó Dixie—, ¡os tengo preparada una sorpresa! Es la cura perfecta para el *jet lag*, os lo aseguro. ¡Os va a encantar! Fue idea de Freddie, ¡es un cielo! Os vais a desternillar de risa.

—Deja mis ternillas tranquilas, por favor.

—El chófer pasará a buscarnos a las diez. Espero que hayáis traído algo de ropa cómoda y holgada.

—¡*Pos* claro! —Stella se irguió como un resorte en el asiento, sus pechos brincaron uno tras otro y Ana se sintió mortificada al ver que todavía iba sin sujetador.

La condujeron hacia Vanderbilt Avenue y, después de meterla en un taxi, procedieron a entrar una por cada lado para flanquearla. Se quedó dormida apoyada en el brazo de Ana, farfullando de forma casi ininteligible sobre el delicioso aroma de la manteca de karité, o algo así.

—¡Por fin! —exclamó Dixie con un suspiro de alivio—. Por Dios, Ana, ¡tenías una única tarea!

—¡Es que no para!

Ana procedió a explicarle lo que había averiguado durante el vuelo, entre copas y siestas: Jake había traicionado a su amiga y, aunque esta no había entrado en detalles, parecía que él había estado jugando y que esa había sido la gota que había colmado el vaso. Estaba claro que allí estaba pasando algo más, pero Stella había empezado a despotricar con incoherencia: que si había desperdiciado su vida con un hombre que tenía la integridad de un Cheeto, que si esperaba que sus hijos no hubieran heredado los genes de su padre porque eran un asco.

Llegaron poco después al Columbus Circle y, después de conducirla al interior del edificio ante la ansiosa mirada del portero, la subieron al apartamento de Freddie. Al ver que empezaba a recobrar un poco la consciencia en el ascensor, Dixie se apresuró a cubrirla con su abrigo de cuero y la metieron a toda prisa en el apartamento.

Después de conducirla al dormitorio de invitados, la desvistieron y la dejaron tumbada en la posición de recuperación. Ana decidió que era mejor no dormir con ella en la cama y optó por hacerlo en el sofá. Dixie se despidió a toda prisa y ella se quedó allí tumbada, anhelando tener a alguien con quien poder hablar sobre sus dudas y sus miedos.

Le echó un vistazo al móvil, y al ver que no tenía ni un solo mensaje de Rex supuso que todavía debía de estar enfadado con ella por haber decidido largarse (estando embarazada) a pasar el fin de semana al otro lado del Atlántico. Ella volvió a recordarse a sí misma (sí, otra vez más, y con el mismo sentimiento de amargura) que un embarazo no era una enfermedad, que la vida tenía que seguir adelante. Pero la sensación de culpa iba extendiéndose insidiosa, iba abriéndose paso en su interior y adueñándose de ella. Se cubrió el vientre con ambas manos para darse algo de consuelo y tranquilidad; se preguntó si el embrión seguía estando allí, si se habría adherido. En todo caso, sabía que había tomado la decisión correcta: Stella la necesitaba, y las dos tenían que compartir aquel momento con Dixie. La vida de las tres se encontraba en una encrucijada, y era en momentos como ese cuando las amigas valían más que su peso en oro.

21

Dixie

Dixie se sorprendió al ver que Ana ya estaba despierta y de lo más activa. Parecía haberse levantado con las pilas cargadas y estaba limpiando la cocina, iba de acá para allá enfundada en un sujetador de deporte y unas mallas y llevaba su oscuro cabello recogido en una larga coleta que le caía a la espalda al estilo de Lara Croft. Estaba tarareando una canción que le sonaba de algo, pero no supo ponerle nombre.

—¿Stells ha dado señales de vida?

—He ido antes a echar un vistazo. Estaba tumbada de espaldas desnuda, roncando, con una mano puesta sobre un ojo y la otra apoyada en el coño. La he tapado, le vendrá bien dormir.

—Será mejor que la despertemos, tenemos que irnos en breve.

—¡Me pido no hacerlo!

—¡Zorra!

—Es mejor que te encargues tú, eres la anfitriona; además, todavía te tiene miedo.

Dixie preparó un té en una gran taza azul y procedió a llevárselo a Stella.

—¡Arriba, Cenicienta! ¡Es hora de ir al baile! Tienes que estar levantada y vestida en veinte minutos. Ponte ropa de deporte, algo informal. —Al ver que se limitaba a emitir un gemido de protesta, insistió—: ¡Arriba!

—No hago deporte y jamás soy informal.

—Valdrá la pena, ¡te lo aseguro! Piensa en ello: cuerpos firmes y musculosos, y una sensación de bienestar que durará el día entero. Después tendremos tiempo para una comida bien cargada de proteínas y baja en carbohidratos, podremos hacer unas compras, quizás, si te portas bien; y entonces, tal y como os prometí, iremos a Long Island en helicóptero antes del anochecer. Estaremos espectaculares y vas a tener que cumplir unos estándares mínimos: estar derecha, aseada y vestida.

Dixie se sentó junto a ella en la cama, y Stella la miró con suspicacia a través de un ojo inyectado en sangre y entrecerrado.

—Venga, Stells, ¡vamos! Y recuerda que esta noche tenemos el sorpresón del siglo para Ana.

—¿Cuál?

—Acuérdate, el… —articuló las palabras con la boca.

Stella se enderezó a toda prisa hasta sentarse y se agarró la cabeza.

—¡Joder, se me había olvidado! ¡Nos va a matar! ¡Literalmente!

—Sí, pero a base de besos y abrazos.

—¿Estás segura de que es una buena idea?

—Dejemos que pase lo que tenga que pasar. Venga, solo te quedan quince minutos.

—¿Puedo desayunar?

—No. Un café, y al coche. Venga, ¡lo que os tengo preparado os va a derretir las bragas! ¡Espera y verás! Ropa de deporte, informal. ¡Vamos! —La miró sonriente y le dio una palmada en la pierna.

Regresó entonces a la zona abierta que comprendía la cocina y la sala de estar. Ana estaba allí enfundada en unos pantalones elásticos de algodón, unas Adidas y una camiseta negra de licra de manga larga.

—¿Voy bien así?

—Pareces sacada de un catálogo de Lululemon —contestó ella.

—¿A dónde vamos?, ¿piensas llevarnos al High Line? Un parque lineal elevado, en el avión leí un artículo donde lo mencionaban. ¡Debe de ser increíble!

—Ana, por Dios, ¿me conoces aunque sea un poquito? ¿Salir a caminar? ¡Claro que no!

Fue a vestirse, y mientras se ponía unas mallas verdes y una camiseta roja de tirantes comenzó a silbar la canción que Ana estaba tarareando antes.

—Oye, Ana, ¿qué canción es esta? —le gritó a través de la puerta abierta de la habitación.

—¿Cuál?

—Esta, la que estabas cantando. De-de-dup-de-da-de-dup… —Se acercó a la puerta y vio que ponía una cara rara.

—No tengo ni idea. —Se limitó a contestar, antes de darse la vuelta.

Dixie estaba casi segura de que había visto un rubor incipiente en su cara, pero no dijo nada al respecto y gritó bien alto:

—¡Stella!

—¿Qué?

—Ponte sujetador, ¡pedazo de zorrón!

En la esquina de Gansevoort con Hudson había una fachada rojiza de aspecto anodino que conducía a un ascensor que las catapultó a la planta superior, donde había un sofisticado gimnasio con centro de belleza y spa. Freddie era miembro y se había encargado de que las amigas de Dixie pudieran usar las instalaciones con ella durante toda la mañana.

—¡No puede ser! —exclamó Stella.

Dixie se echó a reír.

—El deporte no es lo tuyo, ¿verdad?

—¡Más vale que tengan tumbonas y piscina!

Dixie se encargó del registro en recepción, donde les dio la bienvenida una mujer que era un bellezón.

—¡Bienvenidas! Soy Monique, avísenme si necesitan cualquier cosa. ¡Prepárense para disfrutar! Todo está dispuesto ya en el solárium. Por esa puerta, el ascensor que encontrarán a la derecha.

Al salir del ascensor se encontraron con una gran terraza con el suelo de madera y unas amplias vistas a Chelsea, se veían edificios icónicos en todas direcciones. En una esquina había una pequeña piscina llena de gente… Dixie supuso que debía de tratarse de extras, porque parecían sacados de Los Ángeles. Los hombres parecían los hijos ilegítimos de Bradley Cooper; las mujeres, las hijas ilegítimas de Penélope Cruz.

Al ver que Ana erguía los hombros, alzaba la barbilla y echaba el pecho hacia fuera, le dio un golpecito en la espalda con el dedo y le advirtió:

—Déjalo para después.

—¡Menos mal que no he traído el bañador! —comentó Stella con una carcajada—. ¡No cabría en esa olla de sopa de carne!

Dixie las condujo hacia la glorieta que abarcaba toda la mitad oeste de la terraza, y cuyas paredes estaban creadas con una delicada tela que ondeaba con suavidad bajo la brisa de las postrimerías del verano.

—Aquí es. —Señaló tres prístinas esterillas de yoga situadas frente a una tarima donde había otra más de color azul, también había cuatro botellas de agua tan frías que estaban perladas de condensación—. ¡A vuestros puestos, divas! —añadió con una sonrisa de oreja a oreja.

Stella soltó un quejicoso gemido.

—¿Quieres que hagamos yoga? Sabes que no alcanzo ni a verme los dedos de los pies, ¿cómo quieres que llegue a tocarlos?

Poco después apareció un hombre alto y musculoso. Dixie le conocía de una ocasión anterior (era el entrenador personal de Freddie), pero tan solo se le podía describir como un regalo de los dioses. Era guapísimo, y estaba tan cuadrado como Patrick Swayze en su época de *Dirty Dancing*. Iba vestido con una camisa blanca de lino con todos los botones desabrochados y unos pantalones de lino del mismo color que se agitaban ligeramente bajo el soplo de la brisa; llevaba una cadena de oro alrededor del cuello y el pelo recogido en una coleta floja y, aunque ambas cosas habrían sido un punto en contra en condiciones normales, ninguna de las tres podía quitarle los ojos de encima. Cada vez que la brisa soplaba contra sus piernas, el contorno del paquete quedaba bien definido contra la tela. Él lo sabía, ellas también. Llevaba la cosa suelta, ¿para qué usar ropa interior?

—*Bonjour* —las saludó, con una sonrisa—. Soy Xavier, seré vuestro guía durante la siguiente hora.

Stella miró a Dixie y le dijo en voz baja:

—¡Madre mía! Me parece que voy a correrme, eso es un orgasmo con patas.

—Sí, está para comérselo —asintió ella antes de añadir en tono de broma—: Bueno, ¡supongo que voy a averiguar hasta dónde llega en realidad mi amor por Freddie!

—*Ah, les Ana filles!* Estoy aquí para enseñaros unas nociones de *mindfulness*, y a cómo desconectar y relajaros.

Su acento francés era ridículamente sexi, a Dixie le dio la impresión de que era más marcado aún que cuando le había visto por primera vez.

—*Bonjour!* —lo saludaron las tres al unísono, y después hubo algún que otro murmullo inaudible.

—Antes de nada, me gustaría que os pongáis de rodillas y que cerréis los ojos. Voy a acercarme y os iré metiendo algo en la boca una a una. Quiero que lo saboreéis: el sabor, la textura, la temperatura…

Le interrumpió un súbito y explosivo bufido. Stella ya estaba partiéndose de risa; Dixie, por su parte, estaba luchando con todas sus fuerzas por contenerse, por mantener inmóviles las comisuras de la boca, pero notó las lágrimas que le caían por la cara.

—¡Perdón! —exclamó Stella—, ¡perdón! ¡Ya me pongo seria…! —Y estalló en carcajadas de nuevo.

—¿He dicho algo gracioso? —preguntó Xavier, con toda la inocencia del mundo.

—¡Qué va!, ¡qué va! —alcanzó a decir Stella entre risas—. ¡Sigue, por favor!

—*D'accord. Alors,* cerrad los ojos y abrid la boca, por favor.

Dixie mantuvo los ojos abiertos y se dedicó a observar a sus amigas. Primero a Ana, que estaba arrodillada con la barbilla en alto como si fuera a comulgar. Te partías de risa con ella. La boca medio abierta, aquellos dientes tan perfectos formando una sonrisa, las manos apoyadas en las rodillas y empujando los pechos hacia arriba, la oscura cola de caballo… Xavier sacó algo de un frasco y se lo metió en la boca, y su amiga chupó lo que fuera con una sonrisa en la cara. A Dixie le pareció oír un gemido.

Entonces le llegó el turno a Stella (por cierto, Dixie no se había dado cuenta hasta ese momento, pero parecía que había optado por no ponerse sujetador debajo de su desteñida camiseta de los Ramones), quien no pudo resistirse y cerró los labios alrededor de los dedos de Xavier. Dixie tuvo que contener una carcajada al verla abrir los ojos y guiñarle el ojo con picardía al tipo, pero cerró los ojos a su vez al darse cuenta de que le tocaba a ella. Mientras le oía acercarse le entró pánico por un momento ante la posibilidad de que estuviera drogándolas, pero dicho pánico se esfumó cuando cerró la boca alrededor de una fruta muy dulce y con ese punto de acidez de una fresa perfecta. No pudo evitar sonreír.

—Umm…

—Shhh… Silencio, disfruta.

Ella se inclinó hacia Ana y susurró:

—¿Has visto bien a este hombre? ¿¡Por qué conformarse por uno normal como Rex cuando hay otros como este por ahí, a la espera de que mujeres como nosotras los devoren!? ¡Si alguna no se lo tira, lo lamentaremos por el resto de nuestros días!

—Apuesto a que es una bestia salvaje en la cama —susurró Stella—, tiene sábanas de satén y es de esos que te traen café y cruasanes a la cama. No, mejor aún, seguro que le va el sexo tántrico y puede durar horas y horas, ¡así que no hay tiempo para comer!

—¿Todo bien, señoritas? Debéis guardar silencio, dejar la mente en blanco, pero da la impresión de que… eh… tenéis la mente muy activa.

—¡Perdona!, ¡perdona! —contestó Stella—. Tienes razón, es obvio que esto nos hace falta. Vale, ya tengo la mente en blanco.

—Muy bien. Ahora necesito que inhaléis, que llenéis los pulmones con el aire fresco y sintáis el suelo bajo el cuerpo. Limitaos a disfrutarlo, a saborear el momento, olvidaos de todo lo demás. Esto es algo que no hacemos en medio del ajetreo de la vida, nunca nos tomamos un tiempo para limitarnos a saborear el momento.

Dixie empezó a sentirse más calmada poco a poco. La voz de Xavier entonaba un canto de tranquilidad y aceptación, de gratitud, del cese de los deseos. Las instaba a respirar y a darse cuenta, una a una, de que tenían una vida frenética y caótica, cada una a su manera. Ella se dejó llevar, y reflexionó sobre el hecho de que las tres se encontraban en un punto de inflexión trascendental en sus respectivas vidas. Eso era emocionante, pero, por otra parte, también aterrador.

—Y, mientras sentís la calidez de la brisa, vais a ir abriendo los ojos lentamente y estaréis preparadas para lidiar con todos los baches del camino. Con la tranquilidad de saber, *comme toujurs*, que todo momento está fluyendo, que el cambio es constante, que todo acaba para ser reemplazado por otra cosa. Y nosotros podemos limitarnos a ser, sin estar constreñidos por nuestros deseos ni nuestros miedos. *Ça va? Namaste.*

—¡No, gracias a ti! —exclamó Ana, entusiasmada—. Has estado

increíble de verdad, mucho mejor de lo que habríamos podido imaginar. Me siento mucho mejor y con la mente más despejada después de la sesión. ¡Tienes un verdadero don!

Dixie y Stella se echaron a reír.

—El placer ha sido mío —contestó él—. Puede que nos veamos esta noche en el *château*. Vendréis las tres, espero.

Las tres asintieron con timidez y Stella le preguntó, adoptando su tono de voz más coqueto:

—¿Cómo será la fiesta, Xavier? Por lo que hemos oído, será increíble. ¿Será muy glamurosa?

—Sí, pero no me cabe duda de que la gente se soltará y se dedicará a pasarlo bien. He oído rumores sobre un invitado especial que saldrá al escenario, pero me lo creeré cuando lo vea.

—Espero de verdad que te veamos allí, ¡a lo mejor nos echamos unos bailes! —dijo Stella.

Él esbozó una amplia sonrisa y las dejó derretidas con aquellos traviesos ojazos marrones.

—Puede ser —contestó—. Pero, hasta entonces, *au revoir*, mis queridas señoritas zen. ¡Nos vemos esta noche!

Una vez que se marchó, se dejaron caer en un sofá de la terraza y pidieron unos cócteles mientras veían retozar en la piscina a los retoños de Penélope y Bradley. Ninguna de las tres abrió la boca. Tomaron un primer sorbito mientras permanecían allí sentadas, saboreando el momento. Y entonces empezaron las risitas.

—Bueno, ¡esa ha sido una de las clases de meditación más placenteras del mundo! —afirmó Ana—. Creo que deberíamos brindar por Dixie. No habrías podido seleccionarle mejor, ¿dónde lo encontraste?

Ella se echó a reír.

—Ya os he dicho que es el entrenador de Freddie, pero tiene el mismo efecto en casi todas las mujeres. Tiene bastante fama. Por lo que tengo entendido, es un objetivo tan codiciado que no encuentra novia porque lo que todas quieren es una única noche inolvidable; según Freddie, es un tipo muy inteligente y se sacó la carrera de filosofía en la NYU. Pero ¡la verdad es que pensé que a las dos os iría bien alegraros un poco la vista para animaros! Tiene gracia, no me acuerdo de cómo es Freddie, ¡no puedo quitarme de la cabeza la imagen de ese estupendo *saucisson*!

—Venga ya, ¡si estás loquita por Freddie! —afirmó Stella entre risas—. Todo esto empieza a oler a una despedida de soltera. Además, soy yo la que se merece ese regalo después de todo lo que me ha estado pasando últimamente.

—Pero ¿¡qué dices!? —protestó Ana—. Yo necesito la carne más que tú, ¡llevo demasiado tiempo con una dieta vegana!

—Oye, ¡que estás embarazada! —exclamó Stella.

—Me han implantado un óvulo, todavía es muy pronto para decir que es un embarazo.

—¡Por Dios!, ¿os habéis visto? —interrumpió Dixie—. ¡Estáis peleándoos por el pobre filósofo francés como si el tipo no tuviera voluntad propia!

Fue Stella quien contestó.

—Oye, todas fuimos creadas para flirtear y ser infieles. Está en nuestro ADN buscar a la pareja óptima para que nos embaracen y nos mimen, pero ambas cosas no tienen por qué darse en ese orden ni con la misma persona. Cada una de nosotras tiene una serie de necesidades distintas, y no es realista esperar que una única persona pueda satisfacerlas todas. Nombradme a alguien que conozcáis que no se haya planteado ni una sola vez ser infiel.

Se miraron unas a otras y se echaron a reír.

—¡Sin comentarios! —dijo Ana.

—Yo estoy dispuesta a hacerlo si se me presenta la oportunidad —admitió Stella—. Y, una vez que lo has hecho, te das cuenta de que no es tan grave.

—¿Hay algo que nos quieras contar? —le preguntó Dixie.

—¿Estás interesada en otro hombre?, ¿le ha salido competencia a Jake?

Dixie se dio cuenta de que Stella parecía incómoda. Esperaba que admitiera que se traía algo entre manos, así que se decepcionó al ver que lo negaba.

—Os prometo que Jake es el único hombre que hay en mi vida, no hay ningún otro. Pero ese Xavier… Ese sí que es un polo de chocolate que me comería entero, ¡y más de una vez!

—¡Eres incorregible! —le dijo Ana—, pero ¿sabes qué? ¡Que me parece buena idea! Podrías intentar liarte con él esta noche, y a ver cómo te sientes. Si las cosas no están bien con Jake, puede que una aventura de una noche te despeje las ideas.

—Sí, ¡al menos serviría para despejar las telarañas que debo de tener ahí abajo! —Stella se echó a reír.

—¿De verdad que lo harías? —le preguntó Dixie.

Stella se puso seria por primera vez.

—Puedes darlo por seguro. En primer lugar, nunca me achanto ante un desafío; en segundo lugar, Jake ya me ha traicionado antes a mí; en tercer lugar, ¡acostarme con Xavier no sería ningún engorro! Vamos a pedir otra copa. Vale, Ana, para ti no, ya lo sé.

Una vez que les sirvieron las bebidas, Dixie retomó el tema.

—Stella, me tienes intrigada. Volviendo a lo de antes, ¿significa eso que te has planteado ponerle los cuernos a Jake?

La aludida se ruborizó un poco, pero finalmente admitió:

—Pues claro que sí, ¿quién no se lo ha planteado alguna vez? Llevo casi veinte años con él, ¿a quién no se le pasaría la idea por la cabeza en todo ese tiempo? Si no fuera así, no sería humana. Pero no hay otro hombre en mi vida.

—¿Nos lo dirías? —insistió Ana.

—Pues claro que sí…

—Vale, ¿con quién te has planteado ser infiel? —le preguntó Dixie—. ¿Es guapo?, ¿le conocemos? ¿Es realista o una mera fantasía? Querer tirarse a Brad Pitt es una cosa, pero la situación cambia si se trata del vecino de al lado.

—Bueno, Brad Pitt se da por descontado, ha hecho que mis dedos bailen el mambo en más de una ocasión. Pero, aparte de él, y no sé si debería deciros esto, pero… Bueno, ¡a lo mejor resulta que se trata de una chica!

Las tres se echaron a reír de nuevo.

—Con los años que hace que te conozco, creo que tengo claro que no eres homosexual —le dijo Dixie—. ¡Imagínate! ¿Cómo habrías podido resistirte a nuestros encantos?

—A lo mejor estoy pasando por una crisis de la mediana edad. Es algo que puede pasar, no sé si sabéis que la fluidez sexual está muy de moda en este momento.

—¿Qué es eso?, ¿qué significa? —le preguntó Ana.

—Pues supongo que algo así como que te sientes atraída por alguien por su energía y por la química que tenéis, no por el hecho de que sea hombre o mujer. El deseo no es más que eso, deseo, da igual cómo surja. Es posible que una amistad entre dos mujeres se convierta en algo más porque esa persona es la que te hace más feliz.

—Anda, cuéntame más... —le dijo Dixie con una carcajada.

Stella titubeó por un momento antes de decir:

—No, es algo sobre lo que estuve leyendo hace unas semanas, nada más. Pero resulta bastante interesante, ¿verdad? Estaba pensando en hacer un artículo sobre el tema para *¡Bazofia!*, porque genera un montón de dilemas morales. Por poner un ejemplo: si nosotras tres empezáramos a acostarnos juntas, y no estoy proponiéndolo ni mucho menos porque sería rarísimo, que quede claro, pero ¿consideraríais que estáis siéndole infiel a vuestra pareja? ¿Se lo contaríais?

Dixie y Ana se miraron en silencio. No sabían lo que estaba pasando entre Jake y Stella, pero, fuera lo que fuese, era obvio que estaba profundamente afectada. En la mirada que intercambiaron, la una vio en los ojos de la otra el miedo a lo que su amiga pudiera llegar a hacer esa noche.

—¡A comprar, a vestirse, al helicóptero y a la fiesta! —exclamó Dixie con una sonrisa de oreja a oreja—. ¡Dejemos para mañana el debate sobre los dilemas morales del amor bisexual!

22

Stella

Eran las cinco en punto de la tarde cuando el coche las dejó en el helipuerto de la calle 30 Oeste; al parecer, Dixie sí que era capaz de ser puntual... Bueno, ¡tal vez solo cuando se trataba del jefe! Tanto Ana como Dixie habían optado por un vestido, pero Stella se había decidido por unos pantalones de campana de terciopelo negro que había comprado en un momento de abandono retro (estando aún bajo el embriagador efecto de la visita de Coco a su casa). No había sido nada organizada al hacer el equipaje, así que había tenido que conjuntarlos con una delgada y elástica camiseta de poliéster color carne poco menos que transparente que había birlado del ropero de Dixie (quien no se había dado cuenta todavía) y con una prenda que esperaba que resaltara bajo la luz de los neones (porque seguro que había luz de neones, ¿no? ¿O eso solo existía ya en los clubes de *striptease*?): un atrevido sujetador rosa fosforito que había comprado sin pensárselo dos veces, había sido un arranque espontáneo con Coco en mente. Por lo menos atraería algunas miradas hacia sus mejores armas y las alejaría de las zonas menos atractivas, era el mismo objetivo que perseguía con los pantalones de campana.

Se sentía bien, segura de sí misma, estaba cabreada y esa agresividad la caldeaba. A Jake que le dieran, que les dieran a él y a los juegos esos de mierda en los que estaba metido. Ella estaba allí, en Nueva York, ¡iba a divertirse y le daba igual quién se enterara!

Peter estaba esperando junto al edificio modular, bajo el envite de la corriente descendente de los rotores del helicóptero, uno de aspecto impresionante que permanecía a la espera en la H de la pista. En la cola tenía el logotipo privado de Peter: dos pes mayúsculas enlazadas.

Las tres corrieron hacia Peter entre exclamaciones ahogadas y grititos, con las manos sobre la cabeza para intentar proteger del aire los peinados que se habían hecho con tanto esmero.

—¡Dixie, Stella, Ana! —las saludó él, con ese potente vozarrón suyo—, ¡bienvenidas! Nos vamos enseguida, solo falta recibir el visto bueno final. Adelante, subid. Ahora mismo voy yo.

El chófer ya se había encargado de poner detrás de los asientos sus respectivos bolsos de viaje, y el piloto del helicóptero las saludó con una amplia sonrisa al verlas subir. Llevaba las típicas gafas con cristales de espejo y tenía un bigote salpicado de canas, un diente de oro y tatuajes militares en los antebrazos. Stella pensó que a lo mejor era un veterano de la guerra de Vietnam.

Él les indicó entonces (con un marcado acento ruso que le sorprendió) que debían ponerse los auriculares que estaban colgados sobre los reposacabezas. Ella obedeció y saboreó el calorcito de los moldes cubriéndole las orejas.

—Buenas noches, señoras. Me llamo Vlad y hoy seré su piloto. Volaremos en un Sikorsky MH60 Jayhawk. Tiene menos de dos años, así que no hagan caso a lo que han leído en la prensa: tenemos más de un cincuenta por ciento de probabilidades de llegar a nuestro destino. —Sonrió de oreja a oreja y esperó a que se rieran.

Dixie y Stella (que estaban un poquito achispadas) le fulminaron con la mirada, Ana (que estaba sobria) soltó una risita nerviosa y admitió:

—Es mi primera vez.

—No le *dolerrrá*, *tendrrré* mucho cuidado —contestó Vlad, en tono de broma.

Dixie y Stella hicieron una mueca.

Peter subió en ese momento y se sentó junto a Dixie, de espaldas a Vlad. Se colocó su auricular y soltó una carcajada.

—¡Allá vamos, Maverick! —Su voz sonaba más profunda aún al oírla con la electricidad estática de los auriculares. Le dio una sonora palmada al respaldo de su asiento—. ¿A qué esperas, Vlad? Nos vamos. Ya.

Hicieron un amplio circuito por la zona baja de Manhattan y Peter les indicó su oficina en el edificio MetLife y les señaló el edificio Chrysler (el favorito de Stella), el Empire State, el Flatiron y, finalmente, las oscuras siluetas cuadradas del memorial del World Trade Center. Y entonces pusieron rumbo a la fiesta, persiguiendo su propia sombra mientras ascendían.

—Es un trayecto de unas treinta millas escasas, llegaremos enseguida.

Una vez que dejaron atrás Queens, el paisaje se abrió y un Legoland de casas adosadas y edificios de viviendas dio paso a verdes extensiones de terreno y el prístino diseño de campos de golf, así como numerosas bahías y ensenadas donde brillaban las luces de yates y selectos pubs.

Se oyó un instante de estática por los auriculares seguido de la voz de Vlad:

—Nos aproximaremos desde el sur y aterrizaremos al este. La finca tiene su propio helipuerto. Si miran a su izquierda, verán el *château*.

La casa comprendía tres enormes alas dispuestas en una H, y una rotonda con el tejado verde en el extremo oriental. Enfrente había unos jardines intrincadamente simétricos dispuestos como un mandala alrededor de un círculo central que parecía ser algún elemento acuático. Los campos se abrían al norte y desembocaban en una ensenada.

—La casa mira hacia la bahía de Cold Spring. Si tienen ocasión de navegar, disfrutarán sin duda —afirmó Vlad.

—Tú concéntrate en pilotar, Vlad, que ya hago yo de guía turístico —le dijo Peter.

Se oyó un clic por los auriculares cuando el piloto acató la orden y cortó la comunicación.

Aterrizaron sin ningún incidente y Stella tuvo ocasión de disfrutar de su propio momento de «heroína en una emergencia» cuando bajó de un salto del helicóptero y, bolso de viaje en mano, se agachó para protegerse de las aspas en movimiento y se dirigió a toda prisa hacia la emergencia; en ese caso, la emergencia en cuestión era un alto mayordomo que les esperaba a las puertas del invernadero con una bandeja de champán.

—De parte del señor Eastman, para darles la bienvenida. Se reunirá con ustedes en breve.

Stella no pudo contener la risa. Era obvio que el tipo intentaba adoptar un acento británico, pero la elongación de las vocales era horrible. Tomó una de las copas.

—¡Gracias, Jeeves! Cuidado con la boca si no quieres que te entren moscas.

Miró hacia abajo, y los ojos de él siguieron la dirección de su mirada. Todos se echaron a reír excepto Ana, que pidió disculpas.

Se sentaron en uno de los sofás de bambú que estaban dispuestos por todo el invernadero mientras esperaban a que llegara Freddie, y Stella miró a Dixie y le preguntó en tono burlón:

—¿Estás nerviosa, Dix?

—Para nada. Será mejor que Freddie os caiga bien si no queréis tener que volver a Manhattan a pie.

Stella se echó a reír, consciente de que su amiga estaba bromeando. La verdad es que estaba deseando conocer al tal Freddie, porque alguien que fuera capaz de poner tan nerviosa a Dixie tenía que ser especial.

Él apareció unos minutos después, y resultó estar a la altura de sus expectativas: más de metro ochenta, actitud cordial y sonrisa llena de encanto, un apretón de manos firme con una mano grande y nada sudorosa.

—¡Encantada de conocerte! —Aprovechando que todavía sostenía su mano, tiró un poco de él para que se inclinara ligeramente hacia abajo y poder mirarlo a la cara—. Soy Stella, no muerdo a menos que sea medianoche. —Le guiñó el ojo.

—¡Ah, sí! Me lo han contado todo sobre ti.

—¿Todo? ¡Uy, lo dudo mucho!

Se mostraba muy atento y encantador con ellas, pero su actitud con Dixie era admirable. Stella fue testigo de un respeto mutuo entre ambos que la emocionó (por su amiga, por supuesto).

—Espero que no te moleste, Ana, pero me he encargado de que tu champán sea sin alcohol.

—¡Oh! ¿En serio?, ¡gracias!

Al verla mirar alrededor como si le diera un poco de corte, Stella contuvo una sonrisa. Si le daba vergüenza que se supiera el secreto del embarazo, no quería ni imaginar cómo iba a reaccionar al ver la sorpresita que Dixie y ella le tenían preparada.

—Vamos, ¡estoy deseando que conozcáis a mi familia! —les dijo Freddie.

Se dirigieron hacia el centro de la casa, donde se estaba sirviendo más bebida. Ella iba un poco rezagada, caminando un poco bamboleante tras sus dos amigas, y se detuvo en seco al entrar en una sala llena de gente con un techo elevado. Contempló el lugar con una mezcla de fascinación y envidia mientras pensaba para sus adentros «¡Ah!, ¡qué tiempos aquellos!, ¡todavía los recuerdo!». Sí, aquello era como en los viejos tiempos, cuando asistía a las mejores fiestas de la ciudad y se codeaba con famosos a diario, vivía a base de champán caro y canapés, era una asidua de las columnas de sociedad y se la tildaba a menudo (y con razón) de «fatigada y visceral». Había dejado atrás todo el glamur y la pompa que había considerado como algo cotidiano, y no había tardado en olvidar lo que se sentía al vivir esas experiencias debido a la vida de noches en vela y pañales sucios que había llevado después. Ni que decir tiene que jamás se le había pasado por la cabeza que terminaría atrapada en la zona sur de Londres, teniendo por marido a un cabrón mentiroso y adicto al juego. La vida era mucho más que el pequeño mundo en el que estaba viviendo, y Coco formaba parte de esa toma de conciencia. Sí, tenía dos hijos, pero todavía le quedaban muchas opciones y nadie iba a pisotear su ambición, ¡nadie! No, nunca más. Algo había cambiado en su interior, tenía la necesidad de resarcirse por aquellos años de vida que había dejado pasar, de ponerse al día de golpe esa noche, tenía un enorme futuro por delante. ¡Ja! ¡Para que aprendas, Jake!

—¡Stella, no te quedes atrás! ¡Vamos! —le gritó Dixie.

—Sí, ya voy. ¡Abran paso!, ¡apártense! —exclamó antes de tomar otra copa más de una bandeja.

Ya estaba un poco mareadilla y tenía una vocecilla en la cabeza que se preguntaba si debería comer algo para no tener el estómago vacío, pero había otra mucho más estridente que estaba gritando por su boca «¡Beyoncé! *¡All the Single Ladies!*» y, sin titubear ni un segundo, se puso a bailar con las manos en las rodillas como si estuviera en un carnaval. Igualita que Beyoncé, vamos (bueno, al menos en su imaginación). Vale, tal vez hubiera algún que otro kilito de más colgando aquí y allá, pero los movimientos eran prácticamente *idénti-equivalentes*. Empezaba a pillar de verdad el ritmo cuando notó que alguien le ponía una mano en el brazo. Resultó ser Ana.

—Eh... Oye, fiestera, el baile no ha empezado todavía, ¿por qué no vamos a charlar un poco con los demás invitados?

Mientras su amiga la conducía por la sala, se dio cuenta de que algunas personas estaban mirándola y de que no había nadie bailando. ¿Y qué?, ¿qué tenía de malo bailar? Además, ¿a quién le importaba la opinión de aquellos perdedores?

—Estaba calentando motores, preparándome para después. Quería comprobar si todavía tengo marcha, ya me entiendes...

—Sí, claro —contestó Ana con mucha paciencia—. Bueno, ¿a quién nos acercamos? ¿Te acuerdas de cuando éramos más jóvenes y elegíamos a alguien con quien queríamos hablar? Intentábamos adivinar a qué se dedicaba esa persona, si estaba soltera, quién sería su pareja. ¿Qué te parecen aquellas dos mujeres de allí?

Stella la miró con suspicacia.

—Ah, ¿ahora resulta que vamos a fijarnos en mujeres? ¿A qué viene ese cambio?, ¿tienes algo que contarme?

Su amiga esbozó una sonrisita muy sospechosa, pero se limitó a contestar:

—No, ¿a qué te refieres? ¡Qué va! Me han parecido interesantes, tienen estilo y por la pinta que tienen podrían ser las dueñas de un lugar como este. ¿Se acaban de conocer o son viejas amigas?, ¿de qué conocen a Freddie? ¿Tienen pareja?, ¿quién podría ser? Venga, no podemos pasar la noche entera emborrachándonos y bailando, ¿¡qué pensaría Dixie!?

Las dos se echaron a reír a carcajadas.

—Anda, vamos —insistió Ana antes de conducirla hacia las dos mujeres en cuestión.

Stella se dio cuenta de inmediato de que ambas estaban bastante cargaditas de bótox. Se las veía muy serias. La rubia alta intentó sonreír, pero lo único que logró fue revelar unos dientes inferiores que parecían los de leche. Lo de reír y sonreír no era lo suyo, eso estaba claro. Conforme Ana y ella se fueron acercando, vio que todo en aquellas dos mujeres —desde los reflejos recién aplicados del pelo hasta la tensa y resplandeciente piel y la manicura perfecta— indicaba que tenían mucho dinero… y cierta edad. Estaban allí paradas como estatuas de cera, y una de dos: o tenían unos treinta y pocos y estaban muy estropeadas por unos trabajos estéticos chapuceros, o les faltaba poco para cumplir los sesenta y se conservaban sorprendentemente bien. La bajita de pelo castaño llevaba puesto un vestido plateado de alta costura de Chanel que debía de rondar los 10 000 dólares; por si fuera poco, lo había conjuntado con una tiara de diamantes. Era un tanto excesivo, y no pudo evitar irritarse; si esa era la clase de gente con la que se relacionaba Freddie, iba a dejar de tener tan buena opinión de él. No era el ambiente al que Dixie estaba acostumbrada, desde luego…, aunque su amiga iba de acá para allá enfundada en su Gucci rojo *prêt-à-porter* con toda soltura y parecía sentirse como pez en el agua, así que quizás fuera cierto eso de que nunca se puede llegar a conocer del todo a alguien; de hecho, su propia vida era prueba fehaciente de ello.

Al llegar junto a las dos desconocidas, Ana ofreció la mano y tomó la iniciativa.

—Hola, queríamos presentarnos. Somos amigas de Dixie y la verdad es que no conocemos a nadie. Soy Ana, ella es Stella. ¡Encantada!

—¿Dixie? —dijo una de las mujeres, con un marcado acento sureño—. Perdón, ¿deberíamos conocerla?

—Bueno, sería lo lógico, porque es la novia del cumpleañero —soltó Stella sin más—. Prácticamente vive con él aquí en Nueva York.

Intentó estrechar una mano huesuda y salpicada de manchas que parecía ser obra de un taxidermista, pero era tan frágil y fría que no fue una tarea fácil. Así que optó por un apretón fugaz y después se calentó la mano contra el costado con todo el disimulo posible. Acababa de descubrir lo que se sentía al estrecharle la mano a una muerta.

—¡Aaaaah!, ¡os referís a eeeella! —contestó la rubia.

Lo dijo con una sonrisita y un tonito que a Stella no le hicieron ni pizca de gracia. Sin darse apenas cuenta de lo que hacía, se quedó mirando fascinada la frente y la boca de aquella mujer; de hecho, tal vez se acercara demasiado, porque tanto la morena como ella retrocedieron un paso.

—¡Qué bien! Freddie no ha tenido ocasión de presentárnosla todavía. La verdad es que merece un poco de felicidad, qué hombre tan encantador.

—Sí, realmente encantador. Qué prueba tan dura le ha tocado enfrentar, es algo que nunca se deja atrás.

—Sí, una prueba durísima. Qué corazón tan compasivo.

Ambas sacudieron la cabeza, en su rostro no se reflejaba ni la más mínima expresión.

—¿A qué prueba os referís? —preguntó Stella.

Al ver que guardaban silencio, Ana le tocó ligeramente el brazo y cambió de tema.

—¿De dónde sois?, ¿hace mucho que conocéis a Freddie?

La rubia, que dijo que se llamaba Holly, contestó:

—Nuestros respectivos maridos estudiaron con él en Harvard, así que hemos vivido con Freddie todo lo ocurrido. Qué enfermedad tan horrible. Es maravilloso verle celebrando una fiesta tan grande, ver tantas caras conocidas de los viejos tiempos en Harvard.

«¡Vale!, ¡muy bien! ¡Nos ha quedado claro!», pensó Stella para sus adentros. «¡Vuestros maridos fueron a Harvard, ¡felicidades! Os casasteis, ¡menudo logro!».

Y, mientras tanto, la rubia seguía hablando:

—Merece algo de diversión, y esta fiesta contribuye a eso. Y vuestra amiguita también, por supuesto. Dixie… Así se llamaba, ¿verdad? Es una chica con mucha suerte.

—A lo mejor es él quien tiene suerte, Dixie es una entre un millón —contestó Stella, intentando contener el enfado.

—Bueno, creo que nadie diría que tiene suerte teniendo en cuenta lo que le ha pasado, pero las dificultades nos hacen más fuertes.

Afortunadamente, en ese momento las interrumpió un camarero que sostenía una bandeja de canapés irresistibles. Las arpías del bótox no quisieron ni probarlos, pero Stella agarró dos rollitos de pato con una mano y rechazó la servilleta que se le ofreció. Como no quería tener que soltar su copa, se los metió en la boca a la vez y fue masticándolos con cierta dificultad, con los carrillos abultados y sin apartar la mirada de las dos mujeres, que la miraban a su vez horrorizadas… o con admiración, una de las dos cosas.

En ese preciso momento le pasó a la altura del pecho otra bandeja de bebida, y no titubeó en ir tras ella. Para cuando volvió, Ana se había esfumado, así que se encogió de hombros y siguió el sonido de la música hasta la pista de baile. Sabía que allí encontraría a su gente: los que estaban demasiado borrachos como para ponerse a conversar con cortesía y corrección.

23

Ana

Hileras de luces iluminaban los paseos de los jardines ornamentales que tenía ante sus ojos, como los de una especie de Palacio de Versalles del Nuevo Mundo; la *jet set* neoyorquina conversaba y paseaba entre los setos bajos de boj mientras una banda de *jazz* tocaba en vivo. Ana se pasó la mano por su oscura y lustrosa coleta, se la puso por encima del hombro para añadir un punto de coquetería y tomó otro sorbo de champán que mantuvo en la boca por unos segundos, como para saborear hasta la última molécula. Estaba radiante, pero no era debido a ningún embarazo; no, el motivo era el Perrier Jouet. Tenía permitido tomar una copa al día, y por eso (aunque también podría ser por la resaca de la sesión de *mindfulness* con Xavier, la verdad) estaba exprimiendo hasta el último nanosegundo, hasta el más mínimo instante de ese placer embriagador que le daba aquella copa deliciosamente fría.

Se había visto obligada a alejarse de Stella, ¡había tenido que hacerlo! Cada interacción era un peligro. Quería ayudarla, pero no sabía cómo hacerlo.

En cuanto a su propia vestimenta, un vestido blanco y negro (los colores preceptivos, tratándose de un sábado), ni que decir tiene que estaba siendo todo un éxito. El contraste del diseño bicolor llamaba la atención y atraía miradas. Estaba espectacular, era consciente de ello y estaba disfrutándolo.

Una mano fría le cubrió los ojos.

—Adivina quién soy.

—Dix, te oigo y te huelo. ¿Qué has estado haciendo?

—Para tu información, lo que hueles es salmón ahumado. Oye, esto es increíble, ¿verdad?

Las dos habían dirigido la mirada hacia un grupo de acróbatas que acababa de aparecer: unos llevaban zancos y repartían flores mientras pasaban por encima de los setos y alrededor de los invitados; otros estaban haciendo malabarismos y acrobacias. Todos iban vestidos de arlequín, y uno guiaba a una jirafa que parecía estar bastante asustada.

—Es la primera vez en mi vida que veo algo así. No me extrañaría que Leonardo DiCaprio apareciera de buenas a primeras vestido de esmoquin. ¿Lo estás pasando bien, Freddie?

El aludido, que acababa de aparecer detrás de Dixie, se colocó entre las dos y les pasó los brazos por la cintura con naturalidad.

—Dejad que acompañe a las dos mujeres más bellas de Nueva York al escenario. ¡Te va a encantar esta actuación, Ana!

Bajaron los escalones y las condujo a lo largo de un seto hasta el muro lateral de la casa. A Ana le encantaba bailar, pero le preocupaba estar tan sobria. No sabía si sería capaz de soltarse sin estar hasta arriba de alcohol. En fin, no iba a tener más remedio que aprender a hacerlo ahora que tenía que adaptarse a la maternidad.

—¿Qué tipo de música van a tocar ahora? El cuarteto de *jazz* me estaba encantando.

—A mí también, pero esto es un poco más *rock and roll.*

Viendo a Freddie (tan alto y sofisticado enfundado en su esmoquin hecho a medida, como una especie de James Bond un pelín afeminado), Ana habría apostado a que era un fanático del *rock* progresivo que adoraba a Pink Floyd y ELO; ella, por su parte, prefería bailar al ritmo de Beyoncé.

Recorrieron un camino de grava flanqueado de antorchas tiki que los condujo a un jardín secreto rodeado de un seto de tres metros de altura. Había un escenario preparado, y Ana no pudo contener una risita al oír la canción *9 to 5* de Dolly Parton sonando por los altavoces. Se sentía aliviada al ver que Freddie había mantenido la mano en su cintura, muchos de los tipos con los que había estado Dixie habrían aprovechado para tocarle el trasero. A lo mejor había encontrado a un hombre que sí que valía la pena. Sus ojos se encontraron con los de su amiga, saltaba a la vista que estaba radiante de felicidad.

Unos amigos de Freddie aparecieron entonces, y él tiró con suavidad de Dixie y se pusieron a bailar y a cantar junto a ella. Por el rabillo del ojo vio a Stella llamando la atención en el pequeño bar hawaiano situado en la esquina del jardín, bajo unas enormes palmeras adornadas con lucecitas. Estaba brindando hacia los invitados con lo que parecía ser una piña colada con todos los extras habidos y por haber: varias pajitas y sombrillitas, y una bengala de aspecto peligroso. Se alegró al ver que estaba divirtiéndose, pero no podía evitar preocuparse.

El escenario quedaba oscurecido por los focos que iluminaban a los invitados, pero alcanzaba a ver unas siluetas congregándose allí. Dolly Parton seguía sonando por los altavoces, y la gente jaleaba alborozada. No habría sabido decir si la diversión y las risas eran irónicas o no, pero decidió que eso no tenía ninguna importancia: la risa siempre viene bien. Y entonces vio a Stella abriéndose paso hacia la pista de baile con una piña colada en cada mano.

La canción terminó y la gente empezó a agruparse, se creó ese típico momento entre dos actuaciones en el que el público charla y se mueve un poco. Se retiró un pelín mientras las voces pugnaban por llenar el vacío dejado por Dolly, y acababa de dar media vuelta para regresar a la casa cuando oyó unos acordes que reconoció al instante.

Se quedó inmóvil.

Dio media vuelta de nuevo.

La canción seguía sonando, era la misma que ella había estado tarareando en el apartamento de Dixie y Freddie.

Sí, conocía esa canción, pero…

El escenario estaba enmarcado por luces que hacían que el grupo quedara iluminado desde atrás. Había un batería a la derecha, a la izquierda un bajista, y en el centro se veía la silueta de un hombre alto con un sombrero Stetson y una guitarra acústica.

Estaban versionando una de las canciones de Van Morrison. Pero no era una versión cualquiera, ¡era una muy concreta!

Cuando el cantante empezó a cantar *Have I Told You Lately*, sintió que algo iba abriéndose paso en su interior y la llenaba de una gélida calidez. Le cosquilleó la nuca, notaba un vacío en el estómago, se le erizó el vello de los brazos y del cuello. Se sintió indispuesta.

Era él. Estaba emocionada y aterrada, estaba temblorosa. No sabía cómo despejarse la cabeza, ¡era imposible que estuviera pasando algo así!

Esa voz, ese tono íntimo y ronco... la llevaron de vuelta a aquel hotel de Maine y fue como si él estuviera susurrándoselo, sintió la caricia de su cálido aliento en el oído.

Miró alrededor y vio que tenía a Dixie a un lado y a Stella al otro. Estaban observándola sonrientes, ambas tenían los ojos empañados de lágrimas. Se dio cuenta de que los suyos también lo estaban. Aquello era demasiado.

Su mirada se dirigió hacia el escenario como atraída como un imán cuando los focos iluminaron a Joel. Tenía la mirada puesta en ella, estaba sonriendo. Se alzó el sombrero a modo de saludo antes de tomar el micrófono.

Había olvidado esa poderosa envergadura que tenía. Su voz era nítida y, al ver aquellas manos morenas y grandotas sosteniendo el micrófono, que parecía tan pequeño en comparación, no pudo evitar imaginárselo desnudo de pies a cabeza.

Él siguió cantando para ella.

El pánico le empezó en los pies. Le vació las piernas, le descompuso el estómago y sintió náuseas, el corazón quería salírsele del pecho, no podía respirar. Salió huyendo del jardín secreto sin mirar a Dixie ni a Stella y torció a la izquierda en dirección contraria al sendero de antorchas, en dirección contraria a la casa.

Se dirigió hacia la oscuridad y se adentró en ella para alejarse del ruido, de las luces, de la gente. No podía contener el volumen de las emociones, estaba conmocionada, el corazón le latía desbocado. Se detuvo en medio de la nada, apoyó las manos en las rodillas, temía ponerse a hiperventilar de un momento a otro. Desde la distancia que la había separado del escenario le había parecido el mismo Joel de antaño: sexi a más no poder, increíblemente interesante y atrayente, y taaaan relajado. Pero había notado algo más en él..., una seguridad en sí mismo, cierto aire de saber quién era, lo que había hecho y lo que quería. Ella le conoció siendo un don nadie, un joven que tenía un sueño. En aquel entonces estaba convencida de que no era el momento adecuado y también estaba el hecho de que pensaba regresar a Inglaterra, así que no había pensado en ningún momento que su relación pudiera tener un futuro. ¡Dios, qué equivocada estaba! Dejó caer la cabeza, estaba sudorosa. Seguro que la fama le había cambiado, no podía pensar ni por un segundo que él pudiera seguir siendo aquel joven considerado y alocado. Sus ojos iban acostumbrándose a la luz de la luna, y alcanzaba a ver un camino que conducía a lo que parecía ser la silueta de la construcción anexa de alguna granja. Al ir acercándose vio que se trataba del tejado cónico de un viejo secadero de lúpulo.

Se sentó en una de las balas de heno que bloqueaban las puertas, desde allí todavía alcanzaba a oír el sonido ahogado de la voz de Joel procedente del jardín secreto. Sintió la necesidad de fumar, eso era lo que hacía la gente en las películas cuando sucedía algo inesperado.

Sonrió para sus adentros y sacudió la cabeza al pensar en sus amigas, ¡las muy zorras! Estaba claro que ellas sabían que Joel estaría allí, ¡le habían preparado aquella encerrona a pesar de saber que tenía implantada en su vientre la semilla de Rex! Se frotó el vientre, la situación en la que estaba era totalmente desconcertante. Pobre Rex, ella le quería, pero ¿estaba enamorada de él? Era muy probable que, para él, aquella fuese la última oportunidad de tener hijos, y ella estaba allí, a un continente de distancia, y sus amigas le habían preparado una encerrona con su amor de juventud. Pero entonces recordó que, aunque Joel le había hecho sentir emociones muy profundas, en realidad no había llegado a meterle el pene jamás. ¿Podría considerarse una relación sexual si no existía penetración?

«¡Alto ahí!», se reprendió al darse cuenta de que estaba dejándose llevar por la imaginación. ¿Qué iba a querer él aparte de algo de diversión por los viejos tiempos y tontear un poco con alguien que pertenecía a su pasado? Ella era demasiado sensata como para caer en la elaborada seducción de una estrella de la música. La imagen que proyectaba Joel en el escenario prometía la posibilidad de tener sexo, así que era de esperar que interpretara ese papel echándose el sombrero hacia atrás y cantando para ella esa canción que la ponía más húmeda que una esponja. Se llevó las manos a la cara, apoyó los codos en las rodillas, sacudió la cabeza y se echó a reír. Le parecía haber retrocedido a la veintena. No estaba preparada para ser madre.

Se acarició el vientre, consciente de la vida incipiente que llevaba en su interior. Era una vida que iría creciendo, que sería una combinación de lo mejor de Rex y de ella misma. Era el hombre más bueno con el que había estado, le había seleccionado tras un proceso planeado con esmero que, para ser sincera, había iniciado a los dieciséis años. Joel no había pasado ese proceso de selección, Rex sí. ¡Por Dios!, si todavía tenía la hoja de cálculo con las columnas para rasgos imprescindibles, defectos intolerables, rasgos que sumaban un punto y rasgos tolerables, y Rex había resultado ser su pareja óptima. Una mujer adulta, una madre, no toma decisiones basándose en un alocado subidón hormonal; lo hace en base a su experiencia, tomando en cuenta los riesgos y de forma racional. Empezaba a sentirse mejor. Sí, había recobrado la compostura. Suspiró profundamente, aliviada al ver que iba recuperándose del profundo impacto que había tenido en ella ese momento romántico de libro.

—Hola, forastera. Con todos los graneros que hay en el mundo, menuda casualidad encontrarte aquí…

—Joel Abelard —contestó ella, con voz queda—. ¿Qué haces aquí? ¿Qué es esto?, ¿una cámara oculta? —Miró a su alrededor con teatralidad.

—El cumpleañero contactó con mi agente y hablé con Dixie. Ella me convenció de que era una buena idea. ¿Puedo sentarme?

Ella se apartó un poco para hacerle espacio en la bala de heno.

—¿Ha sido buena idea? —insistió él.

Ana notó el peso de su mirada observándola con atención bajo la luz plateada de la luna.

—Si el plan era darme un ataque al corazón, lo habéis conseguido. —Le dio una palmadita juguetona en el brazo con el dorso de la mano—. ¡Qué cabrón eres! Y, en cuanto a esas dos zorritas, ¡no volveré a confiar en ellas en toda mi vida!

—La verdad es que ha sido una encerrona. No sabía si… estarías con alguien.

Se hizo un incómodo silencio.

—Sí que lo estoy. No está aquí, es…

—No quiero saberlo. —Se enderezó y se apartó de ella de forma casi imperceptible. Alzó la mirada hacia la luna—. Bueno, lo irónico de todo esto es que antes no podía permitirme ni llevarte a una isla, y ahora podría comprarte una entera.

—Seguro que tienes un millón de chicas a las que comprarles islas, así que no voy a hacerme ilusiones —contestó ella, un poco a la defensiva.

—Pero ninguna tan guapa e inglesa y complicada como tú.

Ana no entendía por qué estaba flirteando con ella, tenerle tan cerca la hacía flaquear. Aquello no era lo que quería, pero su propio cuerpo se acercó un poco más a él como si tuviera voluntad propia. Tenía que contarle lo de la inseminación, pensaba hacerlo.

—Te invito a una copa, podríamos hablar de los viejos tiempos. Me encantaría saber cómo te van las cosas, y a esas amigas tuyas tan locas. No habéis cambiado lo más mínimo. —Le pasó un brazo por los hombros.

—Y a mí me encantaría saber cómo se las ingenió Willy B. Goode para alcanzar la fama, ¡espero que todavía tengas tu camioneta!

—Pues sí, todavía la tengo. Esa fiera está en mi garaje, totalmente restaurada, y solo la uso en ocasiones muy especiales.

La condujo por la parte trasera de la casa y, mientras recorrían una larga y oscura galería donde estaba expuesta una colección de obras del arte norteamericano del siglo XX, Ana vio una reproducción del cuadro *Midnight Ride* de Paul Revere (bueno, dio por hecho que no podía tratarse del original).

—Esto es increíble, me cuesta creerlo —comentó Joel—. No sabes la de veces que he pensado en averiguar cómo te iban las cosas, así que cuando recibí la llamada..., en fin, parecía cosa del destino. ¿Crees en el destino?

Ella se rio con incomodidad.

—No me digas que has pensado en buscarme, Joel, ¡no me lo creo! Eres toda una superestrella internacional, ¿por qué habría de interesarte cómo me va la vida? Seguro que ese barco zarpó hace tiempo.

—Venga, Ana, me conoces bien y sabes que no soy así. La fama es dura. Sí, me ha hecho rico, pero no me ha aportado demasiados amigos de verdad. Todo el mundo va detrás de algo, y a veces es muy difícil saber en quién puedes confiar, quiénes son tus amigos. Tú y yo… lo que teníamos era especial, lo que pasa es que no era el momento adecuado. Para ti, al menos.

—No, Joel, no te conozco ni bien ni… ni nada. Veinte años atrás me enamoré de un cantante sin blanca que tenía una guitarra y una camioneta, y ahora eres una estrella de la música. ¡No puedo ni salir a tomar unas copas con mis amigas sin oír *Brown Eyed Girl*, joder! La ponen en la radio cuando voy en el coche rumbo al gimnasio y también en el autobús, ¡el mismo autobús que tiene una enorme y reluciente foto tuya en el lateral! ¡Joder, Joel, tu cara está en el lateral de los autobuses de Londres!

—Tienes que admitir que eso mola bastante.

Ella titubeó por un momento antes de decir:

—Yo también me planteé contactar contigo. ¿Mantienes aún tu promesa de…? Ya sabes… —Cerró un puño y procedió a meter y sacar un dedo, imitando la penetración.

Él sonrió y la miró a los ojos.

—Eso es un secreto que tendrás que descubrir…

Ana se ruborizó de pies a cabeza.

—Sigo las noticias que salen sobre ti, entro en las páginas que crean tus seguidores. Me encanta estar al día de tus actividades. Pero ¡no en plan de fan acosadora! —se apresuró a añadir—, ¡lo hago porque me parece interesante! ¡No soy una acosadora ni mucho menos! ¡De verdad que no! —Madre mía, ¿por qué era incapaz de cerrar la boca y quedarse calladita?

Él se echó a reír.

—Pues es una pena, ¡me encanta la idea de que tú me acoses!

—Supongo que tendrás cientos de fans acosadoras —comentó.

En ese momento se encontraron frente a las brillantes luces del jardín ornamental. Había menos gente en los paseos, y se oía el sonido ahogado de una retumbante y animada música procedente del jardín secreto.

—Parece ser que la fiesta se está animando ahora que la vieja estrella del *country* ha dejado el escenario —comentó Joel.

Le gustaba mucho que fuera tan modesto. La ponía cachonda, y eso era algo que no quería que pasara. No, ni hablar.

—Dime una cosa: cuando eres famoso de verdad, ¿es como en la película *Casi famosos*? ¿Ha intentado ligar contigo Kate Hudson? ¡Madre mía!, ¿¡la conoces en persona!?

—Sí, me la presentaron y es encantadora, pero no es mi tipo. No es lo bastante estirada. Me gustan… Espera, háblame de ti, ¿has ido dejando un rastro de exparejas con el corazón roto que no superaron el listón? ¿No has tenido hijos, ningún divorcio a tus espaldas? ¿Has estado viviendo ese sueño de la clase media que tanto anhelabas?

En sus palabras había un atisbo de amargura que la dejó atónita por un momento. Se preguntó si realmente sería posible que hubiera estado pensando en ella durante todos esos años, si aquello podría resultar ser algo más que una fantasía.

—Pues no, la verdad es que no. Por increíble que parezca, todavía sigo con el mismo trabajo, pero es que me encanta. Me llevó algo de tiempo estabilizar del todo mi vida. Como tú bien sabes, soy muy selectiva. Pasé buena parte de mi vida creyendo que habría algo mejor a la vuelta de la esquina, que terminaría por encontrar al padre de mis hijos en algún punto del camino.

—Bueno, puede que aún lo haya —dijo él, insinuante.

—¿El qué?, ¿algo mejor a la vuelta de la esquina? ¡No! ¡Ya es demasiado tarde para eso!

No había sido su intención soltar aquello con tanta brusquedad. Empezaba a sentir unas ligeras náuseas y le entró pánico por un momento al pensar que podrían ser náuseas de embarazada, se mareó un poco y se sujetó a su brazo.

—No me encuentro muy… —Le daba vueltas la cabeza.

Joel la rodeó con un brazo y la condujo hasta un banco.

—Iré a buscarte un poco de agua, ¿estarás bien aquí sola?

Se fue a toda prisa al verla asentir, y regresó poco después con una botella de agua con gas y un vaso con hielo.

—Gracias —dijo ella, sonriente—. De verdad que pensaba que no volvería a verte en toda mi vida. Pero estás fantástico, está claro que la fama te sienta bien. Menudos músculos… —Su propia mano parecía muy pequeña posada sobre su bíceps, notó la dureza de aquel brazo musculoso bajo el suave algodón.

—Tengo que mantener contentas a las damas, mi discográfica

siempre está insistiendo en que debo ir al gimnasio y mantenerme en forma. Es algo que forma parte de mi sello personal y la verdad es que es lo que peor llevo, ¡ya sabes que lo del *fitness* no es lo mío! Pero tú estás igualita, ¡sigues teniendo uno de los traseros más bonitos y respingones que he visto en mi vida! —Le apartó un mechón de pelo de la cara y se lo puso detrás de la oreja—. Te he echado de menos, Ana. Te lo digo de verdad. A menudo he pensado que eras el amor que se me escapó de entre los dedos.

—En ese caso, ¿por qué no intentaste encontrarme? —Las palabras salieron de su boca como por voluntad propia.

—Porque me dejaste claro que no querías que lo hiciera, que tan solo fui un poco de diversión para ti. Jamás podría convertirme en el hombre de ciudad que tú creías que querías, no era más que el rudo vaquero con el que te gustaba pasar el rato. Yo tan solo era parte de tu historia pasada, nadie quiere que le rompan el corazón dos veces.

—Bueno, a lo mejor estaba equivocada. Era joven, me daba demasiado miedo intentar romper el molde. Todos cometemos errores —contestó ella con voz queda, plenamente consciente de lo que se avecinaba. No podía hacer nada para impedirlo.

Él se acercó más, le quitó el vaso de la mano y, tras dejarlo sobre el empedrado del suelo, empezó a besarla. La besó muy lentamente, redescubriéndola con delicadeza, enmarcando su rostro entre las manos. Ana soltó una exclamación ahogada, el mero contacto de su lengua en los labios bastó para estremecerla de pies a cabeza. Le deseaba, anhelaba sus caricias, así que respondió a sus besos. Exploró su boca, le atrajo aún más contra su cuerpo llena de deseo, necesitaba sentirle cerca.

Sintió la caricia de sus fuertes manos en los senos, deslizándose por sus pezones; soltó un gemido cuando él fue bajando por su cuello dejando un rastro de besos mientras le decía lo preciosa que era y cuánto había soñado siempre con ese día, con volver a encontrarla. Todos los recuerdos de lo que habían compartido años atrás volvían a su mente como un torrente imparable…

Se apartó de él.

—Joel, hay algo que tengo que decirte, estoy intentando tener un hijo…

Él la miró con una sonrisa en sus profundos ojos oscuros.

—Yo también, pero supongo que sabes cómo funciona eso, ¿no? Tendremos que usar algo más que la lengua.

Ella le dio una palmadita en el pecho y le dijo, con voz estrangulada por la emoción y un nudo en la garganta:

—¡No, estoy hablando en serio! Estoy intentando...

Pero él sofocó sus palabras al adueñarse de nuevo de su boca, su sabor y su fuerza le nublaron la mente y se olvidó del mundo que la rodeaba.

Antes de darse cuenta habían echado a correr, acalorados y frenéticos de deseo, hacia las sombras de la casa. Entraron por unas puertas dobles acristaladas y fueron a dar a una biblioteca con dos butacas de época y una lámpara de lectura junto a la ventana. Vio los dos murales que había en las paredes y reconoció el estilo de un conocido pintor de la zona, uno era una pieza que jamás había visto de un paisaje con piscina. Debajo de uno de ellos, en una zona en penumbra, había un diván. Joel cerró la puerta con llave, y ella saboreó el contacto de sus manos mientras él le bajaba la cremallera del vestido y lo dejaba caer a sus pies. Se arrodilló y, en un único y fluido movimiento, le bajó las bragas y se las quitó. Ella sonrió al notar lo mucho que había cambiado, era la mar de diestro. Iban a tener que hablar de eso, estaba claro que no era virgen ni mucho menos.

Mientras su lengua la acariciaba con suavidad y ahínco, ella se echó hacia atrás en el diván y le puso la mano en la cabeza para apretarlo aún más contra sí. Se desabrochó frenético el cinturón y se bajó los pantalones sin dejar de saborearla (a ella le pareció encomiable que estuviera realizando varias tareas a la vez), no apartó la lengua de su clítoris en ningún momento a pesar de las prisas. Rex podía aprender un montón de él, pensó, antes de que la crueldad y el egoísmo de la traición que estaba cometiendo la impactaran de lleno.

Gimió y sacudió la cabeza.

—Estás empapada... —susurró él antes de meterle los dedos.

Ella soltó otro gemido de placer teñido de culpa, sabía que no iba a aguantar mucho tiempo. Su cuerpo recordaba las caricias de Joel y palpitaba anhelante, deseoso de más.

—No sabes cuánto deseo follarte, Ana, es un deseo que duele, años de anhelo por ti y de espera —murmuró él mientras le besaba el vientre, los senos, el cuello.

El deseo apremiante de Ana iba acrecentándose a la par que el suyo, abrió aún más las piernas al sentir que la penetración era inminente.

—¡Tómame! —exclamó, jadeante—, ¡por favor! ¡Te necesito, por favor! —Estaba suplicando, no podía evitarlo.

Bajó la mano y lo guio hacia el interior de su cuerpo con destreza, sintió cómo se cerraba alrededor de su miembro tal y como había imaginado mil veces tantos años atrás, y también a lo largo de todos los años posteriores. Tuvo la impresión de que su pene se hinchaba aún más en su interior, estaba tan caliente y duro... Entrelazó las piernas a la espalda de Joel e intentó acercarlo aún más, él estaba presionando contra el cuello del útero, la sensación era casi más de lo que podía soportar. El tiempo se detuvo por un momento y todo se volvió negro, ¿se había desmayado? Pero entonces se le despejó la mente y Joel estaba penetrándola rítmicamente, su hirsuta barba incipiente le acariciaba el cuello, su olor a madera y piedra le inundaba los sentidos, y recordó con amargura las frenéticas embestidas de Rex, sus manos blandas, su olor lechoso. La embargó una oleada de resentimiento que superó arqueándose con más fuerza contra Joel y mordiéndole los duros músculos del hombro. Dio la impresión de que el dolor sirvió para excitarlo aún más, porque volvió a palpitar de nuevo en su interior. Él bajó la cabeza para chuparle los pezones mientras follaban más y más fuerte.

Ambos tenían la respiración entrecortada, el placer de Ana iba acrecentándose cada vez más y sabía que se dirigía al orgasmo más intenso que había tenido en toda la vida.

—¡Voy a correrme, Joel! ¡Sí, córrete conmigo...! ¡Por favor!

Se arqueó con fuerza contra él, quería que se hundiera más profundamente en su interior... En ese momento sus cuerpos se sacudieron y se corrieron juntos mientras se besaban, mientras se abrazaban sin querer soltarse jamás y el uno hundía el rostro contra el otro. Él la apretó con fuerza contra sí, el sudor de ambos los mantenía pegados el uno al otro mientras yacían allí, perdidos en un mar de pasión y de deseo.

Él la miró con una sonrisa de satisfacción mientras iba saliendo de su interior.

—Bueno, eso ha hecho que mereciera la pena la espera, ¿no?

Ella soltó una risita coqueta.

—Umm... Yo diría que sí, y puede que el hecho de que hayas practicado un poco haya resultado ser positivo. —Se inclinó hacia él y lo besó de nuevo.

Al ir recobrando el uso de sus sentidos tomó conciencia de que estaban en una biblioteca durante una fiesta de cumpleaños y que, por muy placentero que hubiera sido aquel interludio, no quería que la pillaran *in flagrante delicto*. Esa sensación de culpa hizo que se acordara de Rex, que debía de estar durmiendo en casa soñando con ser padre del feto que cada vez estaba más convencida estaba gestándose en su interior. Se apartó de Joel y se puso el vestido con renuencia; fue incapaz de encontrar su ropa interior, pero estaba tan saciada y somnolienta que no le dio importancia al asunto.

Él la atrajo de nuevo contra su cuerpo y la besó.

—Si no quieres que esto siga y siga vas a tener que pararme los pies, porque eres realmente irresistible.

—¡Tan romántico como siempre! Todo esto es... —Se interrumpió y le miró a los ojos mientras le acariciaba el rostro—. Bueno, la verdad es que es difícil de asimilar. De repente tengo aquí, justo delante de mí, todo cuanto he deseado en la vida, y ni siquiera sé cómo me siento. Creo que abrumada y excitada, y me parece que necesito asearme un poco. —Lo miró con una sonrisa coqueta y le dio un beso en los labios—. Nos vemos fuera, en el banco de antes. Solo voy a tardar cinco minutos y no quiero volver y encontrarte rodeado de admiradoras, ¿de acuerdo?

Le acarició la cabeza con amorosa ternura y se echó a reír sorprendida al ver el miedo que se reflejó en sus ojos.

—No pienso volver a perderte, Ana —afirmó él antes de agarrarle la mano—. Nunca más.

Ella sintió que le daba un vuelco el estómago al mirar aquellos ojos intensos, la recorrió una profunda oleada de confianza y anhelo que nunca antes había sentido. Deseó haber tenido tiempo de ser totalmente sincera con él en lo relativo a Rex... ¡Oh, Dios! ¡El pobre de Rex!, ¿qué iba a hacer respecto a él? Quería confesárselo todo a Joel..., lo del bebé, lo de su propia indecisión, pero en ese momento no confiaba en sí misma. Estaba embriagada por lo que acababan de compartir y no se sentía dueña de sí misma, no confiaba en sí misma, se sentía descontrolada y eso la incomodaba.

—No vas a perderme —le aseguró antes de dar media vuelta con el corazón palpitándole acelerado. No sabía si lo que acababa de decir era cierto o no.

24

Dixie

¡Bum!

Estaban aún en el jardín secreto cuando los primeros fuegos artificiales se alzaron por encima de la gran casa para celebrar la medianoche del cumpleaños de Freddie. Los invitados cantaron una versión a capella del *Cumpleaños feliz* encabezados por una soprano del Met, y el DJ (uno de los viejos compañeros de universidad de Freddie) puso entonces con cierta ironía un *remix* de la canción *Survivor* de Destiny's Child. Muchos de los invitados se pusieron a cantar el tema, reinaba un ambiente divertido y muy animado.

—¡Freddie! ¡Eres un verdadero milagro! Esto es… ¡No sé cómo describirlo! Qué impredecible eres, ¡nunca dejas de sorprenderme!

Dixie le rodeaba el cuello con los brazos como si de una bufanda se tratara, estaba un poquito borracha y en pleno subidón, pero es que ¡se sentía genial! Él estaba mirando a unos y a otros con una gran sonrisa en el rostro y, mientras tanto, sus largos dedos se metieron por la pequeña abertura que su vestido tenía en la espalda y la apretó aún más contra su cuerpo.

—¿Quieres tu regalo? —le preguntó ella.

—¿Qué regalo? —contestó él mientras acercaba la nariz a su cuello e inhalaba profundamente.

—Bueno, será el segundo. Hay regalos que son cosas materiales, baratijas, recuerdos comprados en algún sitio, y hay otros que son experiencias. Yo quiero darte algo que no hayas recibido jamás, algo inolvidable. —Se frotó contra él embriagada de deseo, inmersa en el momento.

Estaba disfrutando como nunca, era la mejor noche de su vida. Se consideraba una persona que había llevado una vida bastante alocada, había probado el mundo de las drogas y había estado con algunos tipos que eran pura escoria, pero lo que estaba viviendo esa noche estaba a otro nivel (o eso le parecía al menos a su mente, estimulada por el deseo y el champán). El *château* era fantástico, parecía sacado del set de rodaje de una película. ¡La velada estaba siendo perfecta! El cielo estaba despejado y no hacía nada de frío y la gente era muy divertida. Estar con Freddie era maravilloso, era un hombre divertido y atento y jamás se comportaba de forma asfixiante ni empalagosa. Estaba divirtiéndose de lo lindo y tenía la impresión de que lo mismo podría decirse de Ana, quien se había esfumado y estaba bastante claro lo que debía de estar haciendo en ese momento. ¡Menuda diablilla!

—¿Qué pasa con Rex?, ¿no se supone que él también es amigo tuyo? —le había preguntado Freddie.

—Es una cuestión de jerarquía, mi prioridad es Ana. Y, si resulta que la relación que tienen no es lo bastante fuerte como para aguantar ni un solo encuentro con Joel, lo único que habremos hecho es ahorrarles a los dos una vida entera de sufrimiento.

Él no parecía estar nada convencido.

—Pero estáis interfiriendo, es bastante manipulador por vuestra parte. Les habéis preparado una encerrona, ¡pobre Ana!

—¿Por qué te preocupas tanto por ella?, ¿te hace un poco de tilín?

—No digas tonterías. Las relaciones siempre son complejas, la gente tiene que tomar decisiones difíciles. ¿Qué pasa si Ana y Rex están pasando por un mero bache que superarían si vosotras no interfirierais?

Ella le había besado y le había dicho lo adorable que era esa decencia suya. Él se había dado la vuelta.

Por suerte, Stella estaba en plena forma. Igualita que en los viejos tiempos, la Stella de finales de los noventa había bebido tanto que no sabía diferenciar el derecho del revés. Estaba espectacular, podría decirse que era una mezcla de Marianne Faithfull y Stevie Nicks. En ese momento estaba bailando (con un pelín de entusiasmo de más, quizás) con Xavier, quien seguía apostando por el lino pero en esa ocasión había optado por un atuendo de noche en tonos negros y azules. El sujetador rosa fosforito brillaba a través de la camiseta de color carne. En los años venideros iban a escribirse artículos en revistas de moda sobre esos destellos, unos destellos que estaban justo al límite del desastre y que suponían uno de esos triunfos que marcan toda una era porque capturaban a la perfección la actitud de su amiga. Dicha amiga estaba sacudiendo la cabeza arriba y abajo al ritmo de Bon Jovi y, aunque no alcanzaba a oírla por encima del sonido de los altavoces (menos mal), sus miradas se encontraron y articuló las palabras «¡Dejas al amor en mal lugar, Dixie!» antes de seguir tocando su imaginaria guitarra.

—Ven, vamos con Stella —le dijo a Freddie—. Quiero ver tu guitarra imaginaria. —Se alzó un poco para mordisquearle la oreja.

—¡Vamos allá!

Se acercaron a Stella, que se hincó de rodillas y gritó:

—¡Freddie Fan-Dango!, ¿quieres darle al mambo? —Sacó su prodigiosamente larga lengua e imitó una especie de inapropiado *cunnilingus*.

Freddie se echó a reír y la ayudó a ponerse en pie.

—Dix ya me advirtió que podría ser mala idea tener barra libre.

—¡Esto no es más que el comienzo! —le aseguró Stella con algún que otro hipido.

—Ven, tienes que hidratarte un poco —dijo él.

—¡Champán! ¡Gran idea! Oye, Freddie, ¡me caes bien! Casi todos los tipos con los que sale Dixie son unos capullos de tercera, pero tú no estás mal. Tú eres de primera. —Soltó un hipido—. Pues eso, que no eres un capullo—. Le hicieron tanta gracia sus propias palabras que se partió de risa.

—¿Siempre es así? —le preguntó Freddie a Dixie, sonriente.

Decidieron regresar al salón de baile de la casa, y Dixie parpadeó ante el impacto de las brillantes luces al entrar. Sintió una punzada de temor al ver que Stella se alejaba tambaleante con Xavier por la pista de baile de parqué.

Le dio una palmada en el trasero a Freddie cuando este puso rumbo a la zona del bar, donde todavía se alzaba una impresionante pirámide de copas *vintage* de champán que relucían y centelleaban bajo la luz de las enormes arañas de luces, y aprovechó para escabullirse a un alfombrado pasillo donde reinaba la calma. Al salir de los baños se encontró a Peter.

—Se te ve muy feliz. Muy bien. ¿Estás muy enamorada de ese muchacho?

Dixie se acercó un poco más a él, alargó la mano para tocar el cuello de seda de su esmoquin y, tras acariciar varias veces la tela para aplanarla, le dio unas palmaditas en el pecho.

—Es un buen hombre. He tardado mucho tiempo en encontrar a alguien que es excitante y que está disponible. Me siento feliz, jefe. Gracias.

Ladeó un poco la cabeza y alzó la mirada hacia él. Peter refunfuñó un poco, cambió el peso de un pie al otro, se reajustó la entrepierna. Bajó la mirada y eludió sus ojos, ¿acaso estaba ruborizándose?

—¿Confías de verdad en él?

—Todo lo que puedo llegar a confiar en alguien —contestó ella con una mirada cómplice.

Él asintió.

—Estoy feliz.

—Me alegro —dijo ella, aliviada—. Bueno, ¿regresamos a la fiesta?

Peter se dirigió a la zona del bar y ella se puso a buscar a Stella y a Ana, que parecían haberse esfumado. No sabía si preocuparse por la primera o, teniendo en cuenta que Joel tampoco estaba por ninguna parte, alegrarse por la segunda. Su mirada se encontró con la de Freddie, que le mandó un beso desde la barra del bar, y decidió concederse unos minutos de soledad al ver que tenía un pequeño sofá dorado de Starck justo detrás. Iba a cerrar los ojos y a disfrutar de la música, solo por un momento. Tal vez, después de todo, la sesión de *mindfulness* con Xavier hubiera servido para algo más que para alegrarse la vista. Se quitó los zapatos para que sus doloridos pies pudieran enfriarse y encogerse.

La arrancó de su ensoñación un bufido seguido de una fría mano que le sacudió el hombro.

—Hola, ¿Dixie? Te llamas Dixie, ¿verdad? Eres la amiguita de Fred, ¿no? ¡Hemos oído hablar tantísimo de ti que queríamos presentarnos!

Abrió los ojos y vio a dos mujeres que parecía que habían sido secadas y resecadas en un túnel de viento. Estaban intentando sonreír, pero daba la impresión de que la piel de alrededor de la sien y de debajo de los pómulos podría resquebrajarse de un momento a otro. Ambas tenían un rostro duro y terso que recordaba a la cerámica, iban enfundadas en unos vestidos que estaba claro que habían salido de las pasarelas de moda de esa temporada, e iban tan enjoyadas que el peso debía de ser una dura carga para sus cuerpecitos menudos. Soltó un bufido burlón al darse cuenta de que una de ellas llevaba puesta una tiara como las de Barbie. Estaba claro que el dinero no era problema para ellas, aunque sus gustos tuvieran más de ramera mantenida como trofeo que de mujer con clase.

Volvió a ponerse los zapatos y se levantó del sofá para poder mirarlas desde arriba. Se echó su lustrosa cabellera pelirroja hacia atrás por encima de un pálido hombro, esbozó una sonrisa cortés y dijo, intentando hacer acopio de todo el entusiasmo posible:

—Hola, ¡qué placer tan enoooorme conoceros! Supongo que sois viejas amigas de Freddie, ¿verdad? —Enfatizó con sutileza lo de «viejas» y ladeó la cabeza con toda la inocencia del mundo.

—Sí, y de su esposa —contestó la rubia—. Nuestros maridos estudiaron juntos, así que siempre formamos un grupito muy unido.

La descolocó que mencionara a la esposa y también las petulantes y provocadoras sonrisitas de ambas, pero se limitó a sonreír a su vez.

—Bueno, me alegra mucho conocer al fin a algunas de sus viejas amistades. Esta casa es una verdadera maravilla, ¿verdad? Me siento muy afortunada de estar aquí, de compartir este día especial con Freddie. ¿Cómo os llamáis?

—Soy Holly —dijo la rubia. Se señaló con un dedo, pero hizo una mueca al hincárselo en el esternón—. Mi marido es un CFO, director financiero.

—Y yo soy Barbara. —Era la Barbie de la tiara, así que el nombre le iba a la perfección—. Mi marido es un COO, director de operaciones.

—Claro. Bueno, como ya sabéis, yo soy Dixie, y soy LPADB.

—¿Qué puesto es ese?

—¡La Puta Ama Del Barrio! —contestó Dixie con una carcajada.

—No lo entiendo —dijo Holly.

Barbie movió los ojos.

—Ha sido una broma.

—¿Una broma?

—Sí.

—En fin, seas lo que seas, es taaaaan amable de tu parte estar ayudando a Freddie con esta pesada carga. Como sabrás, ha pasado una época muy dura. Todos lo hemos pasado mal. No puedo ni imaginar el conflicto interno que debe de estar sintiendo esta noche. ¡Ah!, ¡Daisy habría disfrutado tanto de esta velada! Habría estado resplandeciente, ¡habría brillado con luz propia!

—Qué mujer tan elegante.

—Sofisticada.

—Refinada.

—A decir verdad, me sorprende que esté preparado para embarcarse en una nueva relación estando ella todavía..., en fin, estando donde está. Pero a los hombres les gusta ir con una mujer del brazo al margen de los sentimientos, mi Matthew Junior jamás habría asistido a un evento social sin mí. Puede que sea un director financiero, pero somos un equipo.

—No me puedo ni imaginar lo duro que debe de ser perder a alguien —dijo Dixie—. El impacto emocional, ese trauma impredecible..., pero creo que él va adaptándose. El hecho de ser viudo no significa que su vida deba detenerse, me alegra poder estar dándole al menos algo de felicidad.

—Querida, ¿por qué dices que es viudo? ¿No te parece un poco prematuro? Daisy todavía está viva. Es cierto que no está bien, pero sigue con vida.

Las dos estaban muy sonrientes mientras la observaban y disfrutaban de su confusión. Aquellas palabras fueron como un sonoro bofetón, y la sacudida del golpe la recorrió como una oleada gélida. Empezó a entrarle pánico. Ellas vieron su debilidad, su vulnerabilidad, y estaban a punto de asestarle el golpe definitivo, sabían algo que ella ignoraba, algo que siempre se había temido: que todo lo relativo a Freddie era mentira. Claro, era lo que cabía esperar; al fin y al cabo, la gente como ella no merecía cosas buenas, por supuesto que todo aquello era demasiado bueno para ser verdad. Claro que sí. Alzó la mirada y vio a Freddie acercándose con un par de copas y una gran sonrisa en el rostro, y le dieron ganas de vomitar.

—Disculpadme un momento, tengo cosas que hacer —masculló entre dientes.

Se marchó sin más y dejó a Freddie allí plantado, siguiéndola desconcertado con la mirada; las dos gélidas zorras, por su parte, se acercaron a hablar con él de inmediato con actitud zalamera y sonrisitas de satisfacción.

Ella se dirigió a toda velocidad al dormitorio que se suponía que iba a compartir con él. Tenía que recoger sus cosas, tenía que largarse de allí, y cuanto antes. No podía respirar ni pensar con claridad, necesitaba algo de espacio, alcohol, drogas, lo que fuera, y necesitaba arrancarse del cuerpo aquel jodido vestido rojo tan ceñido y claustrofóbico.

¡A la mierda con Freddie!, ¡a la mierda con toda aquella farsa! Había sabido desde el principio que aquello era demasiado bueno para ser verdad. No era más que un cabrón mentiroso, como todos los demás. Igual que su inútil y ausente padre, y el resto de impresentables que tenían un cromosoma Y.

Logró llegar al dormitorio a través de un túnel de lágrimas, se quitó frenética el vestido, se puso unos vaqueros y una camiseta, recogió sus cosas y salió con un sonoro portazo. Echó a correr hacia la habitación que compartían Stella y Ana, y al llegar encontró a la primera tumbada en la cama medio inconsciente.

—¡Stella! —exclamó, frenética, mientras la sacudía. Notó que tenía la camiseta húmeda y pegajosa, rezó para que tan solo fueran restos de bebida. La vio intentar abrir los ojos, pero parece ser que estos eran reacios a obedecer.

—¿Qué? —Se sorbió los mocos, saltaba a la vista que había estado llorando. Agitó una mano como diciéndole que la dejara en paz, olía a sudor y a piña.

—¡Stella, no tengo tiempo para esto! ¡Nos largamos de aquí!

Su amiga sacudió la cabeza, sonrió como una bobalicona y acarició la colcha de satén.

—¡No, Stella, tienes que levantarte! ¿Dónde está Ana?

—Cantando con el cantante —gimió.

Sobre la mesita de noche había un jarrón con claveles. Dixie lo agarró y, sin andarse con miramientos, vació el agua y las flores sobre su adormilada amiga, que despertó de golpe y se puso a escupir agua y a despotricar.

—¡Eres una zorra egoísta, Dixie! ¡Estaba durmiendo!

—Exacto. Nos largamos de aquí. ¡Ahora mismo!

—¿A qué viene tanto drama!, ¿te han pillado metiéndote alguna pastilla?

—Freddie es un mentiroso de mierda. Me ha mentido, Stella. Ha estado haciéndolo todo este tiempo, ¡el muy cabrón!

—Pues claro que es un mentiroso, eso se da por hecho. Despierta, Dixie, ¡todos lo son! Hasta los perdedores como Jake encuentran la forma de joderte la vida. Te tengo un notición, amiga mía: los hombres mienten y te la juegan, ¿por qué te crees tan especial? Freddie es un hombre guapo y millonario, y a estas alturas de la vida no sé si encontrarás algo mejor. ¡No seas tan delicadita! Estás en los cuarenta y vas perdiendo brillo, ¡pon los pies en la tierra!

Dixie se echó hacia atrás como si la hubiera golpeado, aquello era demasiado. Stella se incorporó en la cama hasta sentarse y alzó la barbilla con actitud desafiante; tenía una mejilla marcada por los pliegues de la cama y el pelo revuelto, en sus ojos se reflejaba una tristeza que revelaba que su exabrupto no tenía nada que ver con la propia Dixie.

—Por Dios, Stella, ¿qué es lo que te pasa? ¿Crees que por haber conseguido un buen trabajo tienes derecho a portarte como una zorra borracha? ¡Céntrate! Pobre Jake, ¿qué habrá hecho para merecerte? —Se rio con crueldad, consciente de que debería cerrar la boca—. ¡No me extraña que se haya refugiado en el juego! El pobre merece ganar después de pasar años perdiendo. ¡Mírate! ¡Estás borracha y vestida con una camiseta transparente y un sujetador fosforito! Pues te tengo un notición, abuelita: ¡los noventa quedaron atrás hace mucho! Tu comportamiento no tiene gracia, ¡y te aseguro que no tiene nada de sexi!

—¡Repite eso si te atreves! —le gritó Stella—, ¡al menos no soy una ramera! Veinte años trabajando como asistente personal de Peter y supongo que nunca diste ningún extra, ¿no? ¡Yo por lo menos tengo una carrera profesional, y las pelotas bien puestas para saber cuidar de mí misma y solucionar mis problemas! ¿Qué es lo que has hecho tú? ¡Nada! Y ahora vas a salir huyendo ante el primer problemilla que aparece. ¡Qué patética!

Dixie estaba hecha una furia, una furia agudizada y avivada por el dolor que sentía. Estaba sollozando cuando se lanzó contra Stella.

—¡Peter es como un padre para mí! ¿¡Cómo te atreves!?

La agarró del pelo y, mientras estaba intentando tirarla de la cama, su amiga le dio un mordisco en la pierna que dolió a pesar de la tela de los vaqueros.

—¿¡Qué está pasando aquí!? ¿¡Qué hacéis!? —Era Ana, que había aparecido de improviso y estaba intentando separarlas—. ¡Parad! ¡Ya basta! ¿¡Qué es lo que pasa!?

—¡Ha empezado ella! —masculló Dixie.

—Dixie está saliendo por patas otra vez, más miedo al compromiso. Y no soy yo la que va paseándose por Long Island enfundada en un vestido de diseño, como si fuera una ricachona. ¡Despierta, cielo! Puede que todo sea mentira, pero esto es lo máximo a lo que una puede aspirar. Yo tengo un marido en el que no puedo confiar y dos hijos de los que preocuparme, ¡tu única preocupación eres tú misma! —Stella se abalanzó contra Dixie.

—¡Ya basta! —gritó Ana antes de admitir con voz trémula—: He hecho algo terrible, ¡os necesito! Por favor…

—¡Venga ya, Ana! ¡Déjate de tonterías! Vas a decirnos que te has tirado a tu ex, que se la has jugado al papá de tu retoño. Vale, muy bien —dijo Stella, con actitud burlona.

—¡Lo he hecho sin pensar! ¡Ha sucedido sin más!

—¡Tienes treinta y nueve años, Ana! —le espetó Dixie con sequedad—, ¡las cosas no pasan sin más! Por eso invité a Joel, has estado viviendo una mentira y alguien tenía que darte una buena sacudida y despertarte. Ahora vas a tener que apechugar. Te has librado de una situación que no te beneficiaba en nada, y ahora Rex puede seguir con su vida tranquilamente.

—Puede que esté embarazada, no puedo dejarlo todo sin más, ¡tengo responsabilidades! No puedo ser una zorra egoísta, ¿mi bebé tendrá que crecer sin un padre? No, no puedo, no he…

—¡Voy a arrancar esa coleta absurda de Lara Croft de esa cabeza de alcornoque que tienes! —se burló Stella, que tenía el rostro hinchado y enrojecido.

—¡No es una extensión!

—¡Ya lo sé!

—He echado a perder mi vida, ¿¡es que no os dais cuenta!? ¿Cómo voy a contarle a Rex lo que ha pasado? ¡Podría estar embarazada de él! ¿Será capaz de perdonarme algún día?

—Pues claro que sí, eres lo mejor a lo que puede aspirar alguien como él. Estaba claro que acabarías por meter la pata, una no puede elegir a su pareja mediante una hoja de cálculo. Puedes lograr que la cosa vaya funcionando por un tiempo, pero la biología termina por imponerse.

—Y la vanidad. Una estrella mundial de la música o un contable de cara aniñada, ¡qué predecible!

—¡Es director de cuentas!

—Lo que sea, tiene unas manos pequeñas y un pene flácido. Joel es un hombre como Dios manda.

—Y está forrado de dinero.

—Exacto, déjate llevar —le aconsejó Stella—. Es posible que esta sea la última oportunidad que se te presente antes de la menopausia. Y tú también deberías tener eso en cuenta, Dixie, antes de dejar a Freddie.

—¿Qué es lo que ha hecho él? —preguntó Ana.

Con tanto drama, a Dixie prácticamente se le había ido de la cabeza lo de Freddie, pero recordarlo de golpe fue abrumador. Fue como si el mundo perdiera todo su color de repente, tuvo que cerrar los ojos con fuerza para reprimir las ganas de gritar. Ana la tenía agarrada de la nuca, y ella tiró un poco en dirección contraria porque el dolor la ayudaba a sentirse segura.

—¿Qué es lo que ha hecho?

—Le habrá puesto los cuernos o algo así —afirmó Stella.

—Su mujer todavía está viva. Sigue estando casado. Todo es una gran mentira.

Notó que Ana aflojaba la mano por un momento y aprovechó la oportunidad. Tiró para liberarse sin prestar ninguna atención al dolor, y salió corriendo de la habitación sin importarle lo más mínimo hacia dónde se dirigía ni lo que fuera a suceder a partir de ese momento. Lo único que quería era huir, alejarse. Había acudido a sus amigas en busca de un refugio seguro, y en vez de eso se había encontrado con esa crueldad que solo recibes de tus personas más allegadas. Tenía que encontrar a Peter.

25

Stella

Stella llegó a casa totalmente agotada por el largo vuelo y cerró la puerta principal tras de sí con cuidado de no hacer ruido. No quería hablar con nadie. Jake había dejado encendida la luz del pasillo y, aunque por un lado se sintió agradecida por el gesto, por el otro se sintió agobiada por el hecho de ser tan predecible. Jake era capaz de encargarse de pequeños detalles como ese, así que ¿cómo era posible que hubiera puesto en peligro la seguridad económica familiar por culpa del juego? ¿Cómo había podido cometer semejante error? Bueno, al menos podía decir que su marido no le había sido infiel jamás. Recordó con cierto sentimiento de culpa la cara horrorizada de Dixie al intentar asimilar la traición de Freddie, y se preguntó por qué ella jamás había puesto en duda la fidelidad de Jake..., teniendo en cuenta que ella misma le había traicionado con Coco. Pero, por alguna extraña razón, no tenía la impresión de que lo de Coco fuera una infidelidad; supuso que eso se debía al hecho de que se trataba de otra mujer, y se sentía a salvo en ese sentido. Habían estado mandándose mensajes de texto durante todo el fin de semana y había disfrutado de ese intercambio, pero sus emociones pendían de un hilo y había empezado a ser un poco dependiente de su relación con la joven, lo que había hecho a su vez que se diera cuenta de que tenía que terminar dicha relación si quería mantener la cordura. Recordó que las resacas y la fatiga nos dan acceso a veces a verdades incómodas, unas verdades de las que solemos poder defendernos gracias al ímpetu del día a día. Sacudió la cabeza y se planteó por un segundo abrir una botella de

Pinot Grigio para suavizar un poco aquel duro aterrizaje, pero decidió no hacerlo: ya había tenido su interludio para evadirse de la realidad, y el sueño había terminado por convertirse en una pesadilla. ¡Dios!, ¡las cosas que había llegado a decirles a sus amigas! Pero pasó de la culpa a la indignación al recordar los crueles comentarios que le habían lanzado ellas, comentarios que la habían herido muy hondo. Las amigas son las peores enemigas, incluso una tan considerada como Ana. Habían decidido no dirigirse la palabra más allá de las cuestiones prácticas necesarias para lidiar con el viaje de regreso; de hecho, estaba segura de que, cuando les habían dicho en el mostrador de embarque que no iban a poder sentarse juntas, había oído a su amiga murmurar «perfecto» antes de verla alejarse con la tarjeta de embarque. Después solo había vuelto a verla desde atrás en el puesto de control de pasaportes, y no tenía ni idea de cómo habría regresado a Battersea.

Los recuerdos que tenía de aquella noche tenían algunas lagunas, estaba muy borracha y en esas circunstancias es normal no tener unos recuerdos demasiado específicos; aun así, un oscuro sentimiento de culpa ensombrecía como un nubarrón todo lo que recordaba sobre lo sucedido. Ana se había echado a llorar cuando Dixie había salido corriendo de la habitación, y ella se sentía amargamente avergonzada porque era incapaz de recordar lo que le había contado su amiga. Se había tirado a Joel, eso se daba por hecho. Pero estaba claro que, al poner en marcha aquella encerrona, tanto Dixie como ella misma habían subestimado el hecho de que Ana fuera capaz de llevar a cabo un acto de pasión sin reflexión alguna ni planificación. No había duda de que habían subestimado la confusión y los sentimientos encontrados que tendría al mantener relaciones sexuales con el ex, Joel, mientras existía la posibilidad de que estuviera embarazada del que iba a ser su siguiente ex, Rex. Qué absurdo sonaba todo. Si aquello fuera una novela romántica habría alguna solución clara y sencilla que resolvería los problemas de todo el mundo, llegaría la triunfal escena de una boda y todos vivirían felices para siempre. Pero aquello era la vida real, había personas que estaban sufriendo y que se encontraban en una situación para la que no parecía existir ningún final feliz posible. Suspiró al recordar que ella misma tenía que lidiar aún con Jake, y que debía encargarse de lo de su relación con Coco. Era como si su periodo de feliz experimentación previo al viaje a Nueva York perteneciera a otra vida; o quizás sería más acertado describirlo como un sueño o como el capítulo de final de temporada de una serie de televisión que hubiera visto meses atrás. Las preocupaciones que tenía en ese momento borraban todo lo anterior.

Abrió la nevera y se sintió aliviada al ver una botella abierta de Sauvignon Blanc. Una copita no le vendría nada mal, la cabeza le iba a mil por hora y tenía que desconectar. Dios, ¿¡qué le había dicho a Ana!? No quería ni pensar en ello. Saboreó el regusto ligeramente ácido del vino, llevaba una semana abierto pero al menos estaba frío. Volvió a abrir la nevera, en esa ocasión para buscar las salchichitas de cóctel de cuando Coco había ido a verla, antes del viaje. Se comió dos a la vez. Vale, igual podía darse un último caprichito. No se lo merecía, pero lo necesitaba. Había sido una amiga pésima. Sí, vale, en aquel momento estaba borracha, pero eso tan solo había sido un factor más; a decir verdad, envidiaba la vulnerabilidad de Ana, y también su delgadez y su belleza. Era una envidia que había sentido desde siempre, porque su amiga ejemplificaba todas las cualidades que ella no lograba tener; de hecho, esa obsesión de Ana por organizarlo todo al detalle y la frenética necesidad de controlarlo todo tan solo servían para recordarle a ella lo despreocupada que era en lo relativo a su propia vida. Se comió la última salchichita (a diferencia de Ana, que estaba delgada como un palo, ella no tenía ni el más mínimo autocontrol, no tenía más remedio que admitirlo una vez más) y, después de apurar el vaso de vino, golpeó la mesa con la frente dos veces para recordarse que estaba viva y cerró los ojos. Un momento después oyó pasos, y al alzar la mirada vio a Jake parado frente a ella.

—Pensé que estarías durmiendo —comentó con sequedad, presa de una súbita irritación.

—No podía conciliar el sueño, he estado esperando a que volvieras a casa. Quería que habláramos, ver cómo estabas.

Se sentó frente a ella y se sirvió un vaso de vino. Igual que en los viejos tiempos, pensó ella para sí, pero con la diferencia de que antes, cuando se sentaban y bebían botellas de vino con sabor a pis, no era para ahogar las penas, sino para divertirse y follar.

Se hizo un largo silencio. Jake apoyó los codos en la mesa y se pasó las manos por el pelo, tal y como solía hacer cuando estaba estresado.

Ella se levantó, agarró unos folletos que había dejado allí antes de poner rumbo a Nueva York y los empujó hacia él por encima de la mesa.

—¿Qué quieres decirme con esto?

—Que necesitas ayuda, Jake. No puedes vivir en esta casa si sigues así, actuando como si las consecuencias de tus actos no existieran. No quiero que los niños vean lo que está pasando. Tengo que concentrarme en ser su madre, no tengo tiempo de ser tu niñera.

—Pero he dejado de jugar, Stella, ¡de verdad que sí! No volverá a pasar. Venga, somos fuertes, somos un equipo, siempre lo hemos sido. Tú y yo, nena, ¡como ha sido siempre! Puedo solucionarlo todo, enderezar la situación. ¡De verdad que puedo arreglar las cosas! ¡Por favor, Stella! —Su voz estaba teñida de desesperación. Intentó tomarle la mano, pero ella apartó la suya.

—¡Me mentiste! Me mentiste día tras día, y pusiste en peligro todo lo que tenemos. ¡Arriesgaste el techo que cobija a tus propios hijos, joder! ¡Por poco lo perdemos todo por tu culpa! No puedo perdonar y olvidar así, sin más.

—¿Qué puedo hacer? Dime lo que quieres que haga para volver a ganarme tu confianza.

—Ya te lo he dicho. Estás enfermo, no me creo eso de que no volverás a hacerlo. Tienes una adicción, lee los folletos.

—¿De qué hablas? ¡Yo no soy como esa gente! Lo mío fue un tropiezo, lo tengo bajo control. Abonaré ese dinero.

—Las mentiras, tu comportamiento, te niegas a admitir que tienes un problema. Hasta que no soluciones esto, no existe un «nosotros». No podemos ser una familia.

—¿Me estás dejando?, ¿es eso lo que estás diciendo? ¿Ya no me amas?

—Yo no me voy a ninguna parte, eres tú el que se larga. Necesitas tiempo para pensar y para ponerte bien. La cuestión no es el amor, Jake. He dejado de creer en ti, hemos perdido el rumbo. Éramos jóvenes y libres, nos reíamos, éramos impulsivos, pero en algún punto del camino perdimos todo lo bueno y pasó a convertirse en resentimiento y obligación. Adoro a Tom y a Rory, pero ¿cuándo fue la última vez que pasamos un rato feliz en familia? ¡Te pasas el día entero trabajando! ¿Para qué? No eres el único que se aburrió, a mí también me pasó.

La diferencia está en que yo no me refugié en una adicción para que mis días fueran llevaderos.

Él parecía estar asimilando el mensaje, estaba jugueteando con nerviosismo con el vaso de vino y tenía el rostro enrojecido.

—No sabía que te sintieras así, lo siento. No me había parado a pensar, es que me sentí superado por todo. He estado esforzándome al máximo por conseguir que tuviéramos nuestra vida soñada, pero nunca he dejado de amarte. El juego ha sido una distracción, un pequeño desahogo para olvidarme de todo lo demás, y una vez que empecé a ganar quise obtener más y más. La cosa empezó a descontrolarse.

—¿Por qué no me dijiste nada? —le espetó ella, con los ojos llenos de lágrimas, antes de servirse otro vaso de vino.

La verdad es que se sentía desleal y en conflicto consigo misma. Sabía que debería contarle lo de Coco, pero ¿para qué complicar las cosas? Su matrimonio ya estaba bajo mucha presión y, aunque él estaba visiblemente afectado, ella estaba furiosa. ¡No podía decirle de repente que había tenido sexo con una mujer! ¿De qué serviría eso? Tenía que mantener su posición.

Pero, a pesar de la decisión que acababa de tomar, no pudo evitar decirle con sequedad:

—Yo también he cometido errores, Jake. No soy ninguna santa, ya lo sé, y es posible que pasar algo de tiempo separados, tiempo para que los dos podamos pensar, sea positivo en más de un sentido.

Él la observó con ojos penetrantes, y ella le sostuvo la mirada mientras rezaba para que no le diera por hacerle a su vez algunas preguntas.

—Quiero que te ingreses en ese sitio. Mañana. Les llamé, tienen una plaza. Tienes que hacerlo, Jake. En caso contrario, no tenemos futuro.

—De acuerdo. ¿Qué vamos a decirles a los niños?

—Que te vas de viaje a Edimburgo, por ejemplo.

—Vaya, lo tienes todo bien pensado.

—En principio, pasarás dos semanas ingresado. Puedes quedarte más tiempo, pero dos semanas es el mínimo requerido. Tienes que comprometerte en serio.

—¿Qué vas a hacer tú? ¿Cómo vas a arreglártelas sola?

Stella no pudo evitar soltar un bufido burlón.

—Llevo haciéndolo desde hace no sé cuánto tiempo.

Decidió no contarle lo del trabajo, quería guardarse esa noticia por el momento. Era su logro personal, su secreto, algo que había logrado por sí misma. No quería que él lo empañara.

Jake asintió con la cabeza gacha antes de decir:

—Prométeme que conseguirás algo de ayuda, siento lo de la niñera.

—¿A qué te refieres? —preguntó ella con suspicacia.

—A cuando te presioné para que la despidieras. Me entró el pánico, las deudas iban acumulándose. —Suspiró profundamente—. Dios. Lo he estropeado todo, ¿verdad?

—No lo has hecho tú solo, yo también tengo parte de culpa.

Él se inclinó hacia ella y la abrazó. Stella se quedó paralizada en un primer momento, pero entonces se dio cuenta de que quería volver a sentirse segura. La fuerza de Jake, su cuerpo, su olor... seguían resultándole tan familiares como los suyos propios por muy alterada y enfadada que estuviera. No quería que él se marchara con mal sabor de boca. De modo que se relajó entre sus brazos y, por un momento, al apoyar la cabeza en su hombro, recordó lo que había sentido en aquellos tiempos en que estaban realmente enamorados.

—Ana, hoy no vas a ir a trabajar. Llama y diles que te encuentras mal. Voy a pasar a recogerte en diez minutos, iremos a buscar a Dixie y solucionaremos todo esto. No puedo dejar que la cosa siga así.

—Hola, Stella. Para que lo sepas, resulta que anoche intenté llamaros y ninguna de las dos contestasteis. Pero sí, por supuesto, puedes llevarte el mérito de ser la que arregle esto si así lo quieres.

—Oye, eso no es relevante en este momento. Ya basta de machacarnos las unas a las otras. Hay que encontrar a Dixie, y me parece que las dos sospechamos dónde puede estar.

—Dios, está bien. Pero no creas que voy a olvidar las cosas que me dijiste, este estrés y esta ansiedad son perjudiciales para mi situación con lo del «posible bebé». Pero cualquier excusa para no estar cerca de Rex me parece perfecta.

—Vale, voy para allá. Prepárame un café para el camino, poooorfaaaa.

—Nos vemos en The Elm, en la esquina.

—Vale, mejor así.

Tras una concatenación relativamente indolora de semáforos y embotellamientos, Ana entró en el coche con rapidez y le dio un vaso donde había escrito *Arpía*. Stella esbozó una sonrisa, pero su amiga la ignoró por completo y comentó:

—¿Sabemos a ciencia cierta que está allí, o son puras suposiciones?

—Tiene el teléfono apagado, pero no se me ocurre ningún otro lugar al que iría a refugiarse de algún problema. En condiciones normales esperaría encontrármela en la habitación de invitados de mi casa, tirada inconsciente en la cama con una botella vacía, pero te aseguro que allí no está.

Ana permaneció callada unos segundos, y al final suspiró antes de contestar.

—No voy a olvidar lo que pasó en Nueva York, eso que quede claro. Pero no hace falta hablar una y otra vez del tema, ¿no? A ver, se dijeron ciertas cosas…, quizás sería mejor que lo dejáramos ahí.

Stella la miró de soslayo.

—Sí, estoy de acuerdo. La vida es complicada, os quiero a las dos más que a nada, no sabría qué hacer sin vosotras. ¿Digamos que somos amigas que se adoran y se detestan?

Ana se echó a reír y le dio un empujoncito juguetón.

—¡Está bien! Unas disculpas detalladas y específicas solo servirían para reabrir viejas heridas.

—Yo creo que nos conocemos las unas a las otras mejor que a nosotras mismas, y eso puede ser peligroso. Soltar verdades sin pensar puede herir los sentimientos ajenos.

Se centró en conducir mientras se incorporaba a la M4 en el denso tráfico.

—¿Qué me dices de tu chico *country*? Quiero detalles —dijo al cabo de unos minutos—. Venga, cuéntame. ¿Tamaño?, ¿técnica? —La miró y vio que se había puesto roja como un tomate—. ¡Vaya! ¿Tan bien estuvo?

—Ni te lo imaginas, Stella… No sé con quién habrá estado entrenándose, pero, quienquiera que sea, le ha enseñado más de un par de cosas. Se me mojan las bragas solo con acordarme, es tan...

—¿Romántico?

—¡Largo! —farfulló atropelladamente—, y duro. ¡Taaaaan duro! Sabes eso que se dice sobre un pene palpitante, ¿no? Pues este pulsaba, ¡pulsaba como la luz de un faro! Pero ya está, la cosa quedó ahí, se ha terminado. Podría estar embarazada de Rex y tengo que centrarme en eso. Bueno, ahora hay que pensar en Dixie, ¿cuál es el plan? No hace falta que te diga que el hecho de que la mujer de Freddie esté viva es como una especie de porno de terror emocional para ella. Me preocupa mucho que pueda cometer alguna estupidez..., ya sabes, teniendo en cuenta su historial.

Ambas guardaron silencio durante unos segundos.

—Espero que haya vuelto a casa de su tía abuela Pearl. Llevaba un tiempo sin tomar nada, estaba disfrutando de una nueva vida. Si no está allí, la verdad es que no tengo ni idea de dónde buscarla. Cada vez que no sabe a dónde ir, termina por refugiarse allí. Es donde se siente segura, y cree que nadie podrá encontrarla. Excepto nosotras, claro.

Stella puso la radio para que ambas se distrajeran de la ominosa dirección que había tomado la conversación, y poco después su móvil empezó a sonar a todo volumen por los altavoces. Al ver que era Freddie, llamándola por enésima vez desde que Ana y ella habían aterrizado la noche anterior, exclamó exasperada:

—¡Mierda! Voy a tener que bloquearle, ¡no deja de llamar!

—Quizás deberíamos contestar, debe de estar desesperado por encontrar a Dixie. Podríamos decirle a dónde vamos...

—¿Y traicionar por completo la confianza de Dixie? ¡Nos mataría! —La miró ceñuda al ver que presionaba el botón para contestar—. ¿¡Qué cojones estás haciendo!?

—Hola, Freddie, soy Ana. Estoy con Stella.

—¡Gracias a Dios que contestas! ¡No entiendo lo que está pasando! ¿Dónde está Dixie? Tengo que encontrarla, tengo que hablar con ella, ¡por favor!

—¡Eh, Freddie, cálmate! No lo sabemos todavía, nosotras también la estamos buscando —le dijo Ana mientras Stella negaba frenética con la cabeza para indicarle que se callara.

—¡No le digas nada! —siseó.
—¿No sabéis dónde está? ¡Pensaba que estaba con vosotras!
—Ya la conoces. Este golpe la habrá afectado en lo más hondo, Freddie. Le mentiste en lo que respecta a tu mujer, así que está convencida de que todo lo que creía que era verdad no era más que una mentira. Se permitió a sí misma enamorarse de ti, y tú la traicionaste.
—Pero ¡tengo que explicárselo todo! ¡Por favor, yo la amo! ¡Nunca le mentí!
—¡No nos vengas con chorradas, Freddie! —le espetó Stella, que estaba mucho más cabreada que Ana y molesta con esta por ser tan amable con él—. Le dijiste que tu mujer está muerta, pero resulta que está viva. A mí me parece que la cosa está muy clara, ¿qué queda por hablar?
—Está viva, pero a duras penas. Está en coma, lleva dieciocho meses así. Y no es mi mujer, dejó de serlo hace un tiempo. Los tribunales nos concedieron el divorcio debido a las circunstancias. Conocer a Dixie me ha dado el valor necesario para quitarme la alianza de casado y mirar hacia delante. Es complicado. No quería meterla en todo esto y me dio la impresión de que ella no quería enterarse de los detalles, así que opté por obviarlos. Ahora me doy cuenta de que estuvo mal por mi parte. Tendría que haber sido más claro, pero… es que me enamoré perdidamente de ella, ¡no quería ahuyentarla!
Ana y Stella permanecieron en silencio unos segundos. La verdad es que daba la impresión de que estaba siendo sincero, pero la segunda no estaba dispuesta a ponérselo tan fácil.
—Vale, pero la cuestión es que le mentiste.
—¡No fue de forma deliberada! Yo solo quiero encontrarla, explicárselo todo. ¡Por favor, dejadme hacerlo! ¡La amo!, ¡la amo de verdad!
—Te avisaremos si la encontramos, Freddie —le dijo Ana—. Y siento mucho lo de tu mujer, qué situación tan terrible.
Stella le hizo una mueca a su amiga. Al fin y al cabo, él seguía siendo el enemigo, así que no tenía tan claro que debieran tratarlo con tanta amabilidad. De modo que se apresuró a añadir:
—Solo te avisaremos si ella quiere que te digamos dónde está, Freddie. Se trata de su vida, ella decide. —Colgó sin más. Quería dejarle claro quién tenía las riendas de la situación.

—Dios, qué horror —comentó Ana mientras se recogía su castaña cabellera, un poco húmeda todavía, en una lustrosa coleta—. Imagina tener a tu mujer conectada a unas máquinas que la mantienen con vida, ¡pobre hombre! ¿Cómo puedes seguir con tu vida en esas circunstancias? ¡Imagínate que se tratara de Jake!

La mera idea le dolió tanto que Stella pensó que quizás no estuviera todo perdido en su matrimonio. Tal vez todavía hubiera esperanza para ellos.

—Mira, ni siquiera sabemos si es verdad —le advirtió a su amiga—. ¿Podemos confiar realmente en él?

—Venga ya, Stella, ¡dale una oportunidad al pobre hombre! A mí me cae bien. Sinceramente, yo creo que es cierto que estaba intentando hacer lo que pensó que sería mejor para Dixie. Quizás vaya siendo hora de que empecemos a ser más consideradas con los demás, a confiar en la gente...

—Claro, porque lo de tu triángulo amoroso es todo un ejemplo de eso, ¿no?

Las dos se echaron a reír. Ana se cubrió la boca y admitió su culpa.

—Perdona, es verdad. Es mucho más fácil vivir la vida de los demás que la propia.

—¡Qué gran verdad!

La tía Pearl vivía en una casita de piedra situada en los Cotswolds y que estaba rodeada en todas direcciones por unas idílicas vistas de la campiña. Cuando llegaron por fin, salió a recibirlas apresurada incluso antes de que hubieran abierto las puertas del coche.

—¡Hola, Pearl! ¡Qué alegría volver a verte! —exclamó Stella al bajar del coche, preocupada por el lenguaje corporal de la mujer. Se la veía nerviosa—. Te acuerdas de nosotras, ¿verdad? Stella y Ana.

—¡Claro que sí!, ¿cómo iba a olvidaros? Tardé semanas en ordenar la casa después de la última vez que os quedasteis a pasar unos días aquí. ¿Cuándo fue?, ¿en Año Nuevo? ¡Por Dios, jamás he visto semejante caos! Vaya, Stella, ¡por fin tienes algo de chicha! Pero tú vas a tener que comer un buen trozo de tarta, Ana. Estás hecha un saco de huesos, ¡no puede ser!

Stella hizo una mueca. Aparte de tener un corazón enorme, Pearl era una de esas personas a las que les encanta alimentar a los demás; en su opinión, todas las comidas servían para dar ánimo y reconfortar, y todos aquellos que no estuvieran entraditos en carnes padecían alguna afección.

—Hemos venido a ver a Dixie —le explicó Stella con cierta cautela, al darse cuenta de que la mujer tenía los ojos húmedos—. ¿Podemos entrar?

—No está aquí.

En opinión de Stella, la respuesta había sido un poco precipitada; antes de que pudiera articular palabra, Ana exclamó llorosa:

—¡Oh, no! ¡No sabemos dónde más buscarla!

—Vaya. En fin, aquí no está —insistió Pearl.

Ana y Stella se miraron, cada vez más preocupadas.

—Entonces, no tienes ni idea de dónde puede estar —murmuró esta última. Si todas las buenas opciones se evaporaban, solo quedaban otras menos halagüeñas—. No contesta el teléfono.

—Vaya. Bueno, no os preocupéis. Seguro que vuelve, ya la conocéis. Es un espíritu libre. ¿Queréis un poco de té con la tarta?

Al verla alejarse rumbo a la vieja puerta de madera, Stella y Ana intercambiaron una mirada; al cabo de unos segundos, la primera se encogió de hombros y anunció:

—Vamos, un poco de tarta nunca viene mal.

—No tienes remedio —contestó Ana.

—A lo mejor averiguamos algo, le enviaré otro mensaje de texto.

La cocina tenía el techo bajo y de las vigas de madera colgaban cazos, sartenes y plantas. Todo estaba cubierto por una pátina de polvo. En el centro de una vieja y deslucida mesa descansaba la tarta de frutas más enorme que Stella había visto en su vida.

—¿Has sabido algo de ella?

—¿De quién, querida?

—De Dixie.

—Claro que sí, no me cabe duda de que volverá pronto. ¡Qué sufridora eres! ¿Quién quiere tarta? ¿Ana?

—¡Un trocito pequeño!

—Sí, ya sé. Un trocito. Aquí tienes.

—¡Es un trozo enorme, Pearl!

—Venga, querida, tienes que alimentarte. ¡No dejes que Stella se la coma toda!

—Pearl, ¿cuándo contactó contigo Dixie? —le preguntó Stella, que empezaba a irritarse un poco.

—Hay tarta de sobra, querida. Tranquilízate, por favor. Dixie salió a correr hace un rato. Me dijo que no le dijera a nadie que estaba aquí, pero, tratándose de vosotras, seguro que no hay problema. ¡Ay, espero que podáis animarla a la pobre! No ha dejado de llorar desde que llegó, es la primera vez que la veo tan desolada. Y no está comiendo en condiciones. Se niega a contarme lo que le pasa, así que espero que vosotras podáis ayudarla a solucionar lo que sea.

Stella y Ana se miraron aliviadas.

No tuvieron que esperar demasiado. Al oír que la puerta principal daba un sonoro portazo (el coche seguía estando a plena vista), Stella pensó para sus adentros «Mierda, allá vamos».

Dixie irrumpió en la cocina segundos después, manchada de barro, con las mejillas encendidas de un rubor que rivalizaba con su vívido cabello pelirrojo, y las fulminó con la mirada.

—¿Qué cojones queréis?

—Ese vocabulario, querida. Tenemos invitadas —le dijo Pearl antes de cortar otro gran pedazo de tarta.

Dixie se sirvió un vaso de agua en el fregadero, se lo bebió con rapidez y se secó la boca con su enlodado brazo.

—Yo también me alegro de verte, Dixie —la saludó Stella. El hecho de que su amiga estuviera furiosa indicaba que estaba lidiando con la situación.

—Ah, ¿volvéis a ser amiguitas vosotras dos? ¿Se te ha pasado la borrachera, Stella? ¡Felicidades! ¡Menuda actuación la que diste!

—Sí, lamento lo que pasó —farfulló Stella—. Es posible que la cosa se me fuera un pelín de las manos, pero, por lo que recuerdo, fue una fiesta fantástica…, es decir, que me lo pasé muy bien… hasta que…, en fin. Sí. Es verdad que podría haberme portado mejor. Podría haber sido mejor amiga.

Miró a Dixie para ver su reacción, pero lo único que vio en su semblante fue desprecio.

—Se dijeron ciertas cosas que… Mira, no fui plenamente consciente de lo que te estaba pasando.

Dixie exhaló lenta y ominosamente antes de contestar.

—Sí, es verdad que se dijeron ciertas cosas. Eso está claro. La verdad termina por salir a la luz, supongo que es bueno saber la opinión tan mala que tenemos las unas de las otras. Nada de secretos ni de lealtad; ninguna para todas, cada una para sí misma. Así que decidme, ¿a qué habéis venido? Tengo el móvil apagado, ¿no está claro el mensaje? ¿No os parece un poco grosero por vuestra parte que os presentéis aquí sin más?

Ana se levantó de la silla antes de contestar.

—Venga, Dixie, estás hablando con nosotras. Stella y yo hemos podido perdonar y olvidar, y esperamos que tú puedas hacer lo mismo. Tenemos mayores preocupaciones que unas cuantas palabras mal dichas. Tenemos que hablar de lo de Freddie y su casi difunta exmujer; Stella tiene que decidir si va a dejar a su marido; y debemos decidir entre las tres a quién voy a elegir como padre de mi hijo. ¡Venga, Dixie! ¿No ves la vida tan entretenida que tenemos? ¡A ti te encantan estas movidas! Por eso somos amigas, más allá de fiestas y ratos entretenidos y tartas. —Estaba salpicándolo todo de migas al hablar; sorprendentemente, se había comido la primera enorme porción y ya iba por la segunda—. Una amistad es algo más que diversión y juegos. También se trata de estar ahí para apoyarse durante las rupturas y las traiciones, durante las relaciones con novios horribles, cuando alguna elige trágicamente mal su vestimenta para alguna ocasión o tiene un mal día, cuando se planea fatal un embarazo. —El segundo pedazo de tarta desapareció mientras seguía masticando a dos carrillos—. ¡Necesito que las dos me ayudéis a ponerle orden a mi vida! Sin vosotras, puede que siga comiendo sin parar hasta que explote.

—¡Bien dicho, querida! —aplaudió Pearl antes de darle una tercera porción de tarta.

—Tienes razón, está claro que alguien va a tener que salvarte de ti misma —afirmó Dixie. Saltaba a la vista que su enfado iba desinflándose. Le quitó a Ana la mitad de la porción de tarta y se la ofreció sonriente a Stella—. ¡Ten, gordita, come! Esto se ha convertido oficialmente en un ejercicio para fomentar el espíritu de equipo, hay que comerse la tarta entera.

Mientras Pearl revoloteaba de acá para allá, atiborrándolas a tarta y té, las tres iniciaron el proceso de poner en orden sus respectivas vidas.

—Bueno, ¿qué os ha dicho Freddie? —preguntó Dixie una vez que estuvieron sentadas alrededor de la chimenea de la sala de estar, que Pearl acababa de encenderles—. ¿Voy a necesitar una copa?

—Yo sí —afirmó Stella—. Además, está demostrado que es más fácil entender a los hombres estando borracha.

—Eso rebaja nuestra capacidad intelectual a su mismo nivel de estupidez bovina.

—Es la única forma en la que puedo lidiar con ellos —comentó Pearl, que acababa de unirse a ellas con una botella de prosecco.

—Bueno, decidme —insistió Dixie antes de tomar una de las copas.

—Te ama de verdad —afirmó Ana—. Parece ser que…

—Por favor, Ana, ve directa a los hechos.

—Él solo estaba intentando protegerte, la ex…

—Daisy.

—La exmujer está en coma. Irreversible. Está en muerte cerebral, Dixie. ¿Por qué no hablaste con él?

—¿Por qué me mintió?

—¿Lo hizo?

—Me hizo creer algo que no era cierto.

—¿Has estado alguna vez en su situación? ¿Cómo actuarías tú?

—Yo concuerdo contigo, Dix. Es un mentiroso. A las buenas, es débil y su integridad deja mucho que desear; a las malas, ha revelado su verdadera forma de ser. Si miente sobre algo así, ¿cuántas mentiras más intentará colarte?

—Stella, no metas tus propios problemas en todo esto. Mira, Dixie, para mí sería muy fácil condenar a Freddie y está claro que podría haber hecho de forma distinta ciertas cosas, pero ¿quiénes somos nosotras para juzgar sus decisiones? Es un hombre que ama profundamente, ¿verdad? Te hizo sentir amada, ¿no?

Dixie permaneció callada, así que Ana prosiguió.

—De hecho, pensándolo bien, yo creo que se comportó con una falta de egoísmo sorprendente. Me parece que realmente es una persona increíble, tal y como tú pensabas. Lo que pasa es que se vio atrapado en una situación muy complicada.

—Le mintió, Ana. Si la amara de verdad, habría sido sincero. Todas sabemos que la verdad siempre termina por imponerse.

—No, Stella, piensa en tu propia vida. Tú no eres sincera siempre, ¿verdad?

—Oye… —Stella se calló al ver la mirada que le lanzó su amiga, había algo en la expresión de su rostro que la alarmó.

—Habla con él, Dixie —insistió Ana—. Sois tan felices el uno con el otro… Date la oportunidad de hablar con él y, si después sigues pensando que no quieres volver a verle, pues adelante. Pero que no tengas que lamentarte después de no haberle llamado; al fin y al cabo, las cosas que no hacemos son las que después lamentamos más. No quiero que eso te pase a ti, todas vimos lo feliz que te hacía ese hombre.

—¡Vaya, Ana, estás hecha toda una filósofa! —exclamó Dixie, sonriente—. ¿Será que el falo de Joel inyectó en ti algo de claridad mental?

Stella suspiró antes de admitir:

—Ella tiene razón, Dixie. El hombre merece ser escuchado. Las prisas son malas consejeras. Si después de hablar con él sigues creyendo que es un cabrón mentiroso, pues no habrás perdido nada. Solo deberías tomar una decisión importante como esta cuando estés al tanto de todas las circunstancias. Es muy fácil actuar llevada por los prejuicios, ¿verdad?

—Hazle caso a Stella —insistió Ana.

—Vale, me ha quedado claro, tengo que hablar con Freddie. Pero es que estoy muy cabreada, todo parecía demasiado bueno para ser verdad y de repente se confirmó que así era. Supongo que esperaba llevarme una decepción de un momento a otro. Las cosas nunca son así de maravillosas, así es la vida. Pero, si ha mentido sobre eso, me pregunto qué otras mentiras me habrá dicho. ¿Habrá más secretos? ¡A lo mejor resulta que no le conozco en absoluto!

—Mira, yo te aconsejo que escuches sus explicaciones y que después te guíes por lo que te diga tu instinto. No te rindas tan fácilmente. ¡Si rompes con él, Ana y yo tendremos que buscar otra fuente de diversión!

Stella apuró su copa de champán y pensó para sus adentros que iba a tener que pedirle a Jake que se encargara de buscar a alguien que cuidara de los niños. No sabía si podía confiar en él, pero no iba a tener más remedio que hacerlo porque estaba claro que aquella conversación con las chicas iba para largo.

Ana se volvió hacia ella en ese momento.

—Te toca a ti, Stella. ¿No crees que ya es hora de que le confieses la verdad a Dixie?

—No tengo nada que añadir —contestó, consciente de que estaba poniéndose roja como un tomate—. Las dos sabéis lo que ha pasado con Jake, lo del juego y las mentiras. Decenas de miles de libras tiradas a la basura, el muy...

—Ah, no te acuerdas, ¿verdad?

—¿De qué? —alcanzó a preguntar, con la garganta constreñida.

—«¡Oh, Coco! ¡Oh, Dios mío, Coco! ¡Sí, por favor, sí! ¡Coco!». ¡Venga, desembucha!

Su primer impulso fue negarlo, pero al final no lo hizo.

—¿Cuándo dije eso? —murmuró, frenética.

—En Nueva York, cuando estaba acostándote y estabas tan borracha que apenas te tenías en pie.

—¿Qué Coco?, ¿¡la niñera!? —exclamó Dixie, con una carcajada—. ¡Stella ha estado comiendo conejo! ¡Chúpate esa! ¡No, espera, lo retiro, nada de chupar!

Stella cada vez se sentía más avergonzada, estaba un poco mareada y se sentía empequeñecida y débil, como una niñita a la que acababan de pillar birlando magdalenas recién hechas. Miró a sus amigas, vio sus rostros burlones pero, al mismo tiempo, tan llenos de cariño y comprensión, y se armó de valor.

—Pues sí. Sí, he estado manteniendo una aventura con Coco. Es una chica increíble. No sé por qué no os lo había contado antes.

—¡Pensaste que nos pondríamos celosas! —afirmó Dixie entre risas—. Por favor, Stella, ¡no seas tan engreída! Sabes que te quiero, pero tu reseca vagina no está en mi lista de deseos.

—Y que lo digas, esa chica puede tenerte para ella solita del cuello para abajo —dijo Ana en tono de broma.

Las dos se estaban partiendo de risa.

—¿Quién es Coco? —preguntó Pearl mientras volvía a llenar las copas.

—Una latina de veinticinco años con pinta de supermodelo que conocí en el parque.

—Qué bien, querida. ¿Habla inglés?

—A la perfección, Pearl. ¡Tiene una habilidad insuperable con las lenguas!

Las cuatro se echaron a reír.

—¡Vaya, vaya! Oye, ¿cuándo vamos a conocerla?

—Ni lo sueñes, Ana.

—No te la voy a robar, ¡te lo prometo! Me basta y me sobra con lo que tengo encima en este momento.

—Tengo que echarle un vistazo rápido —dijo Dixie—. Me temo que un trío está descartado... ¡Ooooh, conejita Coco, ven a darle a la lengua!

Stella tendría que haber sabido de antemano que aquellas dos zorras absurdas iban a bromear con el tema, pero se sentía tan increíblemente feliz y aliviada por el hecho de estar compartiendo unas risas de nuevo con ellas que valía la pena aguantar sus gracias.

—¿Piensas dejar a Jake por la niñera? ¡Estás hecha toda una feminista!

Dixie estaba meándose de risa y Ana no se quedaba a la zaga, pero aquel comentario sirvió para recordarle lo real y compleja que era la situación en la que se encontraba. Jake era el padre de Tom y de Rory; para ella, su familia era la base de su vida. No podía dejarlos, sería como querer desprenderse de su tibia y su peroné.

—Perdona, igual nos hemos pasado —le dijo Ana.

Stella contestó sin filtro alguno ni temor.

—Soy consciente de que Coco es un síntoma de mi propia infelicidad, pasa lo mismo con Jake y el juego. Supongo que he tenido suerte, he podido vivir una experiencia increíble... Coco es una jodida maravilla. Pero también soy consciente de que he traicionado a Jake. Los dos contribuimos a que las cosas fueran de mal en peor, él no fue el único culpable. Pero en este momento no creo que nos ayude en nada que le cuente lo que ha pasado con Coco, es un asunto demasiado complicado y por ahora tiene que centrarse en ponerse mejor. ¡No quiero que se distraiga con fantasías lésbicas!

Las tres se echaron a reír, y Dixie afirmó con voz suave:

—Jake necesita ayuda, los dos necesitáis apoyo. Vas a tener que poner punto final a lo que tienes con Coco, por muy dulce que sea ese conejito.

Sonaba la mar de fácil, y Stella se dio cuenta de que el peso que había estado cargando desde vete a saber cuándo se había aligerado en dos terceras partes ahora que Dixie y Ana estaban ahí para ayudarla.

Contempló el fuego de la chimenea en silencio y, mientras las lágrimas que le bajaban por las mejillas iban secándose, sus amigas esperaron respetuosamente. Al final se sintió con las fuerzas necesarias para hablar.

—Gracias. Jake está en buenas manos y me encargaré de lo de Coco, os lo prometo. Bueno, Ana, ¿qué nos dices de lo tuyo?

En esa ocasión fue su amiga quien posó la mirada en las llamas y dijo con los ojos llenos de lágrimas:

—Mi instinto me dice una cosa, mi cabeza otra. Quiero a Rex, pero me parece que eso no quiere decir que esté enamorada de él. Siento que son dos cosas distintas. Pero Joel es… Si renunciara a todo por él, ¿me arrepentiría después y desearía haber tomado el camino más trillado junto a Rex? Al fin y al cabo, no es más que una fantasía, ¿verdad? No se convierte en una realidad por el mero hecho de que yo lo quiera así. La situación ya sería bastante complicada de por sí incluso sin lo del embarazo.

—¿Sabes a ciencia cierta que estás embarazada?

—No, es demasiado pronto para hacerme una prueba, todavía no han pasado ni seis semanas. Pero, con la suerte que tengo, lo más probable es que sí que lo esté ahora que no tengo nada claro lo que quiero o dejo de querer. ¡Imaginaos si resulta que sí que estoy embarazada!, ¡hasta podría ser de Joel! Al fin y al cabo, no soy yo quien tiene el problema de fertilidad, ¡podría estar embarazada de una estrella de la música!

—Recuerda lo que acabas de decirme tú misma, Ana —le dijo Dixie—. Las cosas que no hacemos son las que después lamentamos, y aprendemos a vivir con las que hemos hecho. Apuesto a que Stella no está aquí sentada, lamentándose de haberle enseñado el coño a una supermodelo.

—Tienes razón, no lo lamento en absoluto —admitió la aludida con una risita—. Pero tienes que plantearte qué es lo que quieres hacer realmente, Ana. Tienes que pensar a largo plazo. La maternidad te cambia la vida por completo, el hecho de tener un hijo con alguien no te garantiza el futuro. No bases tu decisión en Joel ni en Rex, céntrate en tu posible maternidad. ¿Con quién quieres criar a un hijo? ¿Con Rex?, ¿quieres estar con él? Si no es así, déjale. Es posible que las cosas te funcionen entonces con Joel, pero también es posible que no sea así; en cualquier caso, te habrás dado a ti misma varias opciones.

—A ver, sinceramente, yo preferiría mil veces tirarme a Joel que a Rex —afirmó Dixie con una sonrisita—. Lo digo en serio. No es por ser cruel, es una cuestión de selección natural. La ley de la jungla.

Ana se echó a reír.

—¡Cuánto me ayudan tus consejos! Pero la verdad es que concuerdo contigo. Lo malo es que sé que voy a romperle el corazón a Rex haga lo que haga. Y si resulta que estoy embarazada de él… Me parece increíble estar diciendo esto, pero estoy dispuesta a ser madre soltera si así tengo la posibilidad de poder tener una hipotética relación con Joel. ¡Me cuesta creerlo! No lo entiendo, ¡Yo no soy así!

Fue Stella quien contestó.

—No, la cuestión es que vas a concederte a ti misma tanto libertad como la oportunidad de decidir, y eso es lo que te mereces. Es posible que estés a punto de ser madre, tienes derecho a que sea de acuerdo con tus propias reglas.

—Ya, es muy fácil decirlo, llevarlo a la práctica es muy distinto. Me siento fatal cuando pienso en toda esta situación.

En ese momento sonó un móvil, y Stella se disponía a cortar otro trozo de tarta cuando se dio cuenta de que era el suyo. Se lo sacó del bolsillo y vio que tenía un mensaje de Coco: *¿Has vuelto ya? Quiero verte, te he echado de menos…*

Sintiéndose fortalecida por la promesa que acababa de hacerles a las chicas, decidió responder de inmediato. No podían seguir así, y sus amigas seguirían con las bromitas por siempre jamás.

Lo siento, Coco, eres increíble y considerada y maravillosa, has sido una fuente de sonrisas para mí, pero en este momento tengo que centrarme en mi familia y en mi carrera profesional. Buena suerte con todo. Sx

Al darle al botón de enviar se sintió triste por perder algo que había sido muy divertido, pero sabía que estaba haciendo lo correcto. Coco era maravillosa, pero tendría que ser otra persona quien la tuviera a su lado. Sonrió para sus adentros al pensar en que era muy *millennial* por su parte dejar a alguien mediante un mensaje de texto. Lo único que quería ahora era volver a Londres y llegar a casa tras haber hecho borrón y cuenta nueva, dispuesta a iniciar una nueva etapa. Recibió como respuesta un sencillo mensaje que consistía en tres *emojis*: un corazón, una carita llorosa y un conejito. Esbozó una sonrisa. El *emoji* del conejo le pareció muy apropiado.

26

Dixie

Dixie estaba acurrucada en el sofá con la chimenea encendida y bloc de dibujo en ristre, entreteniéndose en dibujar a las arpías del bótox. Aquellas mujeres habían destrozado sus sueños con crueldad, se habían valido de una editada versión de la realidad para hacer que su mundo entero se viniera abajo. Resultaba difícil aceptar lo frágil que era, la facilidad con la que podían manipularla, ya que se enorgullecía de su fuerza de carácter y de su capacidad de valerse por sí misma. Había dejado muy atrás a la jovencita que se había casado a los veintiún años y, aun así, dos mujeres que no eran especialmente maquiavélicas ni estaban motivadas por nada en concreto, dos mujeres que no la conocían de nada, habían logrado encontrar su punto vulnerable y aprovecharlo para torturarla. Qué vergüenza. No entendía por qué no podía ser tan dura y fuerte como la zorra de Stella, que era capaz de tirarse a una niñera sin perder la ecuanimidad ni dudar de sí misma. ¿Qué haría de forma distinta si pudiera volver atrás en el tiempo? En primer lugar, presionar a Freddie para que le contara la realidad de la situación al completo; si él hubiera sido sincero, ella no habría quedado totalmente expuesta. Cabrón. ¿Cuál de los dos tenía la culpa de la incómoda situación que había vivido en la fiesta? Bueno, el supuesto malentendido había surgido debido a que él había omitido contarle toda la verdad, se daba por hecho que un hombre tan inteligente como él sabía lo que hacía. Tendría que haber sido totalmente sincero, ¿por qué habría de dudar ella de su palabra? Tenía claro que habría sido capaz de afrontar la realidad si Freddie se lo hubiera contado, si tan solo hubiera tenido la confianza suficiente para saber que ella le creería. Les había prometido a sus amigas que hablaría con él, pero empezaba a pensar que quizás no fuera buena idea hacerlo. Freddie había demostrado estar dispuesto a ser sincero a medias cuando así le convenía. Le faltaban agallas e integridad, ¿ese era el tipo de hombre con el que quería compartir su vida? No, probablemente no. Soltó un suspiro, lanzó a un lado el bloc de dibujo y apuró el vaso de *gin-tonic*. Se estaba haciendo tarde, Pearl no tardaría en volver del bingo.

«Se merece una oportunidad para poder contar su versión de los hechos». Ummm... Sabía perfectamente bien que Stella tenía intención de hablar con él y que podía recibir una llamada en cualquier momento, así que tenía que decidir si iba a responder. No sería la primera vez que él intentaba llamarla, por supuesto; ni la segunda ni la tercera. Sabía que no podía seguir huyendo, la vida siempre se las ingenia para alcanzarte. Siempre existen consecuencias, eso era algo que ella sabía mejor que nadie; al fin y al cabo, había pasado la vida entera huyendo, y mira lo que había conseguido con eso. Se preparó otro trago y se quedó allí, oyendo el chisporroteo de las llamas en la chimenea.

Tuvo la sensación de que apenas habían pasado unos minutos cuando la despertaron unos golpes. Miró a su alrededor confundida y vio que todavía estaba en el sofá, estaba tapada con una manta y unas brasas rojizas ardían en la chimenea. Los golpes procedían de la puerta. Tenía frío y notaba la boca seca, se encontraba fatal; le dolía la cabeza y había estado babeando mientras dormía, el brazo del sofá estaba húmedo. Y estaba sudando. Mierda, ¿estaría enferma? Alguien volvió a aporrear la puerta, iba a tener que ir a ver quién era. Pearl era capaz de dormir durante el apocalipsis sin despertarse después de pasar una velada en el bingo, seguro que era alguna de esas amistades *hippies* suyas que venía a verla para que la ayudara a resolver alguna crisis amorosa. De modo que, bien envuelta en la manta para intentar que su aterido cuerpo entrara en calor, se levantó y se dirigió hacia la puerta refunfuñando.

Abrió y allí estaba él, sus ojos azules estaban enrojecidos pero se atisbaba en ellos un brillo de esperanza. Se quedó mirándolo en silencio, como pasmada. Tenía el traje arrugado, llevaba una bolsa de viaje al hombro, un taxi estaba alejándose por el camino.

—¿Puedo entrar?

¿Qué se suponía que debía contestar? Le cabreaba que él le hubiera arrebatado la opción de mandarlo de vuelta por donde había venido. No podía dejarle allí, plantado en la puerta, ¿no? ¿O sí? Pero se le veía tan triste, y le había echado tanto de menos... Se apartó a un lado y le dejó pasar sin decir palabra.

Lo condujo a la cocina y puso la tetera al fuego en la cocina Aga, disfrutando al ver lo incómodo que se le veía. Él apartó con cuidado unos platos sucios, las bolsas de la compra y varios libros de cocina para hacer sitio y dejar su bolsa de viaje, y entonces echó un vistazo alrededor. Para poder moverse por allí tenía que ir rodeando y esquivando los cazos y las sartenes que colgaban de las vigas.

—He...

—Me has despertado. Perdona si no llevo puesta una tiara ni me dedico a revolotear solícita a tu alrededor.

—No quise avisarte de que venía por si me decías que no lo hiciera.

—Si pensabas que iba a decirte que no, ¿por qué has venido? Qué mala opinión debes de tener de mí para pensar que aparecer a medianoche como si de una trágica comedia romántica se tratara va a compensar el hecho de haber estado mintiendo de forma deliberada y evadiendo la realidad durante meses. Tu exmujer está viva y tú decides ocultármelo, pedazo de cabrón machista y condescendiente. ¿¡Cómo te atreves!? —Se cruzó de brazos y se apoyó en la cocina Aga.

—Tienes razón. Lo siento —contestó él antes de sentarse.

Dixie notó con cierta satisfacción que parecía estar realmente atormentado.

—¿Qué es lo que sientes?, ¿que yo descubriera la verdad? —La furia iba adueñándose de ella de nuevo.

—Todo. Lo lamento mucho todo —susurró él—. Estaba intentando hacer lo correcto, y lo hice todo mal.

—No te conozco, Freddie. Todo lo que creía saber sobre ti (tu fuerza, tu decencia, tu bondad...) es mentira. ¿De verdad creíste que mentirme era lo correcto?

—Soy todas esas cosas, Dixie, te lo prometo. Sí, es cierto que te induje a creer que...

—¡O admites tus propias cagadas o te largas de aquí, Freddie!

—Está bien. —La miró a los ojos—. Sí, fue una mentira absurda, pero la intención no fue engañarte ni mucho menos. No sabía hasta qué punto querrías conocer toda la verdad, no sabía cómo hablar sobre ella. No hubo nadie más hasta que apareciste tú, estoy aprendiendo. Bueno, lo estaba haciendo. Te amo más que a nada en este mundo, no soportaría perderte. No quería que te afectara el pasado. Daisy está muerta, eso es algo definitivo e irremediable. Nunca existió la posibilidad de que regresara.

—Pues eso no es lo que piensan tus supuestas amigas, Freddie. Las que opinan que no estás preparado para tener una relación, que yo no soy nada más que un sostén emocional que te ayuda a lidiar con la situación. Me dio la impresión de que creían que ella podría despertar, que podría salvarse. ¿En qué posición me dejaría eso a mí? ¡Eres un cabrón egoísta! —Empezaba a encenderse de nuevo.

—No pude salvarla. Me destruyó no ser capaz de curar a la persona a la que amaba, pero ya me he despedido de ella. Al final desconectarán el soporte vital y podremos enterrarla.

—Pero ¿cómo podrías amarme a mí si sigues enamorado de ella? ¡No estoy dispuesta a ser plato de segunda mesa para nadie, Freddie!

—Amo lo que teníamos, pero no estoy enamorado de ella. Lo estoy de ti. Amo todas y cada una de las partes de ti. Tu genio, tu talento, tus sueños. Me muero por ti… Por favor.

—Espera, no estoy lista para perdonar y olvidar. Me humillaron en tu fiesta. Había un gran secreto, y yo era la única que no sabía nada al respecto. Y la culpa de eso la tuviste tú. Tomaste una decisión, tenías tus prioridades y protegerme no era una de ellas. Me has herido en lo más hondo y no sé si seré capaz de retomar lo que teníamos. He pasado la vida entera aprendiendo a confiar, conozco de primera mano lo que es la pérdida y puedo arreglármelas sola. Cuando por fin me abro a alguien, esto es lo que recibo como agradecimiento. —Se puso furiosa al darse cuenta de que estaba llorando y se tapó el rostro con el pelo.

Él se acercó y la abrazó con fuerza, y ella empezó a flaquear mientras le oía susurrar ininteligibles palabras de consuelo contra su pelo; al cabo de un largo momento, él le apartó el pelo de la cara y la instó a alzar la barbilla para que lo mirara a los ojos.

—Mírame, Dixie. Eres todo cuanto quiero y más, mucho más. —Empezó a acariciarle la mejilla antes de ir bajando la mano.

Ella no le detuvo al sentir que la posaba sobre su pecho, fue incapaz de hacerlo. El contacto era tal y como lo recordaba, el placer era indescriptible.

—Te amo, Dixie Dressler —le susurró al oído.

A ella se le escapó una pequeña exclamación ahogada al sentir que le mordisqueaba el lóbulo de la oreja. Empezó a besarla poco a poco, inexorablemente. ¿Quería detenerle? Desearía querer hacerlo, pero no era así.

—No dejes que esto eche a perder lo que tenemos —añadió él antes de morderle el labio.

Ella había olvidado su aroma, como el granito en un bosque. Sintió cómo iba ablandándose, cómo empezaba a corresponderle; supo que iba a ceder, que iba a perdonar, y se sintió bien por ello. Sintió que estaba aprendiendo, que estaba progresando. Se dio cuenta de que quizás fuera amor, de que a lo mejor podían lograr que aquello funcionara a pesar de que no fuera perfecto (o, quizás, debido a que no lo era).

Justo cuando su cuerpo empezaba a arder por él, cuando empezaba a capitular ante el deseo y a responder a sus caricias, él se apartó y se fue al otro extremo de la cocina.

Se puso furiosa, hasta la última fibra de su cuerpo se puso alerta.

—¿Y ahora qué pasa? —le espetó—, ¿más jueguecitos? ¿Más sorpresas? Primero me ablandas y ¿ahora qué?, ¿¡vas a decirme que tienes tres hijos con tres mujeres distintas aparte de una exmujer medio muerta!? —Le odiaba y estaba furiosa consigo misma por perder el control.

Él le dio la espalda y se inclinó hacia delante para buscar algo en su bolsa de viaje. ¡Genial!, ¡debían de ser fotos de su otra familia! ¡No tendría que haber escuchado sus explicaciones! Pero hasta ahí habían llegado, ¡estaba harta!

Tímidamente, con una media sonrisa en los labios, Freddie hincó una rodilla en el suelo.

—Dixie Dressler, voy a pedirte que te cases conmigo. —Su sonrisa fue ensanchándose—. Así que ¿me concederás el honor de acceder a ser mi esposa? Si ya has terminado con tu acostumbrada rutina de «ahora me enciendo de furia, ahora te dejo helado con mi gélida indiferencia».

Dixie se quedó boquiabierta y él esperó en silencio, mirándola con ojos brillantes y con una sonrisa contagiosa. Ella alargó entonces la mano hacia la esmeralda más grande que había visto en su vida, que estaba rodeada de mil pequeños diamantes. Sí, no había duda de que era más grande que la de Kate.

—¿Cómo has conseguido algo así tan rápido? —lo preguntó con cierta suspicacia.

—¿En serio?, ¿tu respuesta es esa?

—Dime —insistió ella.

—Bueno, iba a proponértelo aquella noche en Long Island, pero te esfumaste antes de que tuviera oportunidad de hacerlo…

Ella se puso roja como un tomate. Se dio cuenta de que no estaba vestida para la ocasión. Un viejo pijama de franela, desgastado y deshilachado por el paso de los años; una vieja manta a cuadros carcomida por las polillas; llevaba días sin pintarse las uñas, las tenía astilladas y rotas tras mucho batallar. Estaba claro que si le hicieran una foto le haría falta algo de Photoshop, pero cada cosa a su debido tiempo.

—¡Sí, me casaré contigo, cabroncete! Pero eso no quiere decir que te haya perdonado, ¡todavía quiero un montón de respuestas! Pero ¡sí! ¡Sí! ¡Sí! ¡Dios, sí!

Corrió a sus brazos con tanto ímpetu que le derribó y le hizo caer de espaldas al suelo, le besó arrebatada y con los ojos llenos de lágrimas.

—¡No me puedo creer que realmente vaya a ser tu mujer! —exclamó.

—Prometo mantenerte a salvo por siempre jamás, Dixie. Esto no es más que el principio de nuestra historia —le dijo él con lágrimas en los ojos, mientras sus dedos se deslizaban a tientas bajo su pijama y comprobaba lo húmeda y caliente que estaba.

Ella estaba esperándole, más que preparada.

27

Ana

—No sé, puede que el amarillo me ayude en algo —se dijo Ana en voz baja, antes de sacar una falda color mostaza y una blusa en un amarillo margarita de la barra del armario reservada a los lunes.

—¡Ana, date prisa! ¡Tenemos que irnos ya! Estoy seguro de que al doctor Skinner le dará igual la ropa que lleves puesta, mientras llegues puntual y con la rajita limpia.

«Rajita». Ana hizo una mueca, no sabía si Rex era cada vez más molesto o si ella estaba volviéndose más irritable. Cuanto más atento y animado estaba él, más irritante le parecía.

—¡Estás fabulosa, querida! Espero que nuestro bebé herede tu belleza —dijo él antes de darle un paternal beso en la frente.

—Y tu cerebro —contestó ella, por decir algo.

Al partir de los Cotswolds rumbo a casa lo había hecho sintiendo que había obtenido una nueva fuerza personal, se sentía fuerte e independiente. La conversación con las chicas había servido para que tomara la determinación de hacer lo correcto: iba a terminar su relación con Rex, al margen de que estuviera o no embarazada; iba a vivir para sí misma, confiaría en sí misma y en que todo saldría bien. No era de esa clase de mujeres que le son infieles a un hombre y después le mienten; no era una mujer capaz de estar intentando quedar embarazada de un hombre mientras se acuesta con otro. Aquello era un nuevo comienzo y estaba emocionada.

Pero la vida tiene la habilidad de echar al traste la claridad ética y las certezas que una tiene. Permitió que Rex la ayudara a bajar la escalera hasta la calle, donde esperaba ya el taxi. En ese momento lo mejor era pensar lo menos posible. Estaba lloviendo en Londres, y daba la impresión de que el verano había dado paso al invierno sin ninguna pausa otoñal. La cita con el médico llevaba seis semanas marcada en el calendario, desde el día en que habían implantado el óvulo, justo antes de que se acostara con Joel. Todavía no eran ni las ocho de la mañana y, con las nubes bajas y la lluvia persistente, aún estaba oscuro. Se acurrucó contra Rex en un intento de ocultarse. No habría sabido decir si le aterraba saber el resultado de la ecografía que iban a hacerle esa mañana; además, ¿acaso supondría alguna diferencia? La situación escapaba a su control.

Cuando Stella la había dejado en casa aquella noche había subido por la escalera con el paso decidido de una mujer fuerte e independiente, impulsada por el subidón causado tanto por el azúcar como por la solidaridad de su hermandad de amigas. Iba a contárselo todo a Rex y entonces seguiría adelante con su vida adoptando una especie de estoica aceptación de lo que pudiera depararle el futuro, una aceptación teñida de la esperanza desesperadamente romántica de que Joel y ella terminaran por encontrar la forma de unir sus respectivas vidas. Rex no estaba en casa aún por algo relacionado con el trabajo, así que había centrado su atención en organizar su ropa. Cada seis meses realizaba una revisión de armario y se deshacía de todas las prendas que no se hubiera puesto en los últimos seis meses. Examinaba cada pieza de ropa, cada par de zapatos, todas sus prendas íntimas y sus accesorios y, si no se lo había puesto, la tienda de caridad recibía una nueva donación. De modo que, tarareando en voz baja, se puso tan feliz y campante a ordenarlo todo por color y edad, reorganizando su armario como si de la tabla periódica de una experta del mundo de la moda se tratara. Las columnas e hileras de colores y estampados graduados le resultaban realmente hermosas, le transmitían serenidad y le levantaban el ánimo. Sus ojos se desviaban cada dos por tres hacia el vestido blanco y negro que se había quitado cuando Joel y ella… Lo sacó del montón donde lo había colocado y lo olió, convencida de que podría captar su masculino aroma en la seda a pesar de que la prenda ya había pasado por la tintorería. Se acostó a la hora habitual, nada fuera de lo común, pero ilusionada de cara al futuro, sabiendo que al día siguiente terminaría aquella incertidumbre y podría vivir sin secretos ni miedo.

No se despertó cuando Rex llegó a casa, él tenía esa clase de detalles tan considerados. Se desvestía en el cuarto de baño, entraba con sigilo y se metía en la cama sin crear la más mínima vibración para no molestarla.

Pero había despertado de repente en medio de la noche con la cabeza apoyada en el regazo de Rex, que estaba acariciándole el pelo con suavidad. Había estado llorando sin parar estando dormida.

—¿Qué pasa, cielo? —le preguntó él con semblante pálido y tenso.

Se le veía asustado, pero eso no era nada comparado con la culpa y la angustia que ella tenía dentro. Sabía el porqué de su llanto. No se reconocía a sí misma, ¿qué clase de mujer se hace una inseminación artificial, y entonces viaja al otro extremo del mundo y se acuesta con su ex? ¿Qué clase de persona era? Estaba claro: alguien que no merece tener un hijo. No se merecía a Rex, un hombre que era su salvador y que no merecía a su vez que le hicieran aquello. Debería contárselo todo, pero le dio miedo que él decidiera marcharse. Si la dejaba, ella se quedaría sin nada, y ¿entonces qué? ¿Y si Joel tampoco la quería? Estaba totalmente atenazada por el pánico. Debería contárselo; no podía hacerlo. No era una mujer tan fuerte como creía.

Había pasado las semanas siguientes como inmersa en una espesa neblina. Había seguido con la vida cotidiana, se vestía e iba a trabajar y después volvía a casa y alababa la comida que le preparaba Rex; lloraba por las noches, y lloraba en el cuarto de baño; veía *reality shows* en la tele y admiraba la energía y el compromiso, la positividad y la esperanza de tanta y tanta gente. Quería contarle lo de Joel a Rex, de verdad que sí, pero no soportaba la idea de hacerle daño y no podía hablar del tema. Ni siquiera les devolvía las llamadas a Stella y a Dixie, como no fuera para mostrar su entusiasmo por el compromiso de esta última. Se alegraba mucho por su amiga, y se preguntaba si ella llegaría a ser igual de feliz alguna vez. Si bien es cierto que los sueños de algunas personas se cumplen, ella se encontraba en un estado de parálisis hasta que supiera si estaba embarazada o no. Esperaba que el hecho de saberlo la ayudara a tomar la decisión correcta, aunque sabía que no era correcto guiarse por eso.

Rex le sostuvo la mano mientras esperaba tumbada en la mesa de exploración de la consulta, no se sentía muy cómoda que digamos con la idea de una posible infección y había insistido en que él se lavara bien las manos antes de tocarla; ella, por su parte, procuró no rozar siquiera las sujeciones metálicas de la mesa de exploración. Tenía que pasar por aquella revisión, pero no quería una infección encima de todo lo demás.

El doctor Skinner estaba esperando y les estrechó la mano al saludarles. Aquello la sorprendió, teniendo en cuenta los carteles que indicaban con claridad el riesgo de infección que existía.

—¡Hola!, ¡bienvenidos! Este es un día importante para cualquier pareja. La inseminación artificial es una senda difícil, lo sé, pero esperemos que hoy nos lleve felizmente al destino deseado. Es lo que todos queremos, ¿verdad? Bueno, ¿todo correcto? ¿Los dos se han portado bien?

Ana le miró con suspicacia, ¿estaría enterado de algo? ¿Lo había adivinado solo con mirarla? A lo mejor lo había sabido por el enrojecimiento que tenía en el blanco de los ojos o por la temperatura de la palma de su mano, ¿por eso había querido estrechársela?

—¿Me permite? —añadió él antes de empezar a levantarle la bata para dejar al descubierto su vientre.

La verdad es que había ganado un par de kilitos, pero seguro que era porque había estado comiendo más que de costumbre para calmar la ansiedad.

Rex tenía las mejillas encendidas de rubor, y la palma de su mano estaba húmeda y ligeramente fría. Estaba aterrado, tal vez más incluso que ella. La miró y le dio un pequeño apretón en la mano.

—Allá vamos.

Ella notó el gel en el vientre, la sonda empezó a deslizarse en fríos círculos por su piel.

El doctor Skinner procedió metódicamente, exploró el abdomen y al final detuvo la sonda sobre un punto situado a la derecha. Se inclinó para ver más de cerca la imagen que aparecía en el ecógrafo y se reajustó las gafas al final de la nariz, a la que poco le faltaba para tocar la pantalla.

—Ummm… Sí, bien. Eso es. Un momento, solo quiero… —Revisó sus notas—. ¿Cuándo fue la inseminación? Sí. Ajá. Un momento...

—No hay ningún problema, ¿verdad? —preguntó Rex, cuya mano se había quedado inmóvil alrededor de la de Ana.

Ella intentó girar un poco la cabeza para poder ver la pantalla, pero solo vio una imagen borrosa.

—No, ninguno —contestó el doctor—. Un momento, solo quiero comprobar un detalle. —Tomó sus notas y salió de la sala.

—¡Dios mío!, ¡seguro que son gemelos! —Rex tragó saliva—. ¡O trillizos! Trillizos. Eso sería... fabuloso. Sí, de verdad que sí.

Estaba muy pálido, daba la impresión de que estaba a punto de vomitar. Ella también tenía náuseas, se preguntó si ambos estarían sucumbiendo al ataque de invisibles patógenos transportados por el aire.

El doctor Skinner regresó poco después, ceñudo, y se sentó de nuevo. Ana supo lo que se avecinaba, supo que él se había dado cuenta de que se había acostado con otro hombre. La mano de Rex, fría como el hielo, iba apretando cada vez más la suya.

—Bueno, tengo buenas noticias. Está embarazada, pero el embarazo se encuentra en un estadio muy muy temprano.

Ana se quedó paralizada.

Rex exhaló de forma tan súbita que el aire salió en un silbido, tenía los ojos abiertos como platos.

—He detectado algunas anomalías en la ecografía. Lo que he visto no es lo que esperaba exactamente, pero la presencia de un saco gestacional es un hecho. Teniendo en cuenta que tan solo está embarazada de unas cuatro o cinco semanas, es poco probable que sea resultado de la inseminación artificial, pero en caso de serlo estaría muy por detrás de los parámetros habituales y sería muy inusual. No hay dos gestaciones idénticas, existen numerosas explicaciones posibles. Estrés, la dieta, diferencias concretas de una persona a otra. Es probable que la inseminación no tuviera éxito, y que un óvulo fuera fertilizado de forma natural.

Ana apenas podía respirar, sintió que las paredes de la sala se le venían encima y pensó que iba a desmayarse. Rex y ella no habían mantenido relaciones sexuales desde la implantación del óvulo, así que era imposible que fuera suyo. Tenía que ser de Joel. Pero daba la impresión de que él no se había dado cuenta de nada, porque estaba parloteando con nerviosismo y lleno de entusiasmo.

—Entonces, ¿no son gemelos? ¿No son trillizos?

—No. —El doctor Skinner sonrió y negó con la cabeza—. No, hay un único embrión. Iniciaremos un tratamiento con vitaminas y realizaremos un seguimiento estricto, tendrá que venir a hacerse revisiones con regularidad. Pero felicidades, el óvulo se ha adherido de momento, aunque todavía queda un largo camino por recorrer.

Rex exhaló de nuevo, estaba claramente aliviado; Ana, por su parte, se sentía aturdida, conmocionada e incrédula, y más allá de todo eso se alzaba un muro de temor.

Rex se puso de pie, se inclinó hacia ella y la abrazó. Olía a café, era un olor como a café pasado que exacerbó aún más las náuseas que la atenazaban. La miró con ojos vidriosos, enmarcó su rostro entre las manos y la besó. Tenía los labios secos.

—Voy a ser padre... ¡Vamos a ser padres! ¿Es niño o niña?

—Me temo que aún es muy pronto para saberlo. Creo que es algo que quizás quieran hablar entre ustedes antes de la siguiente ecografía, todavía faltan unos tres meses más o menos. Quiero verla cada dos semanas hasta que podamos concretar el patrón de crecimiento del embrión, no creo que tardemos mucho en hacernos una mejor idea de lo que está pasando. No hay motivo alguno para preocuparse, usted está sana y no se aprecia nada concreto que explique las anomalías.

Pero existía una explicación concreta. Ana sabía lo que había pasado, lo sabía perfectamente bien. Atrajo a Rex contra su cuerpo aún más para evitar mirarle a los ojos. ¿Cómo iba a decírselo a Joel?, ¿se lo iba a decir? ¿Qué iba a decirle? Y estaba claro que tenía que sincerarse con Rex, no podía dejar que siguiera pensando que aquel bebé era suyo. Se sentía incluso peor sabiendo que a él ni siquiera se le pasaría por la cabeza que ella hubiera podido serle infiel, ¡seguro que pensaba que la implantación había sido un milagro de la ciencia!

—¡Gracias a Dios que no hay ningún problema! —exclamó él.

Esa noche, en casa, estaba pendiente de ella como si fuera una inválida. Era dulce y también sofocante. Le preparó sopa de pollo (bueno, la recalentó) y se la sirvió con una tostada ligeramente carbonizada. Ella estaba más irritable que de costumbre debido al sentimiento de culpa, y le contestaba con sequedad cada vez que él le dirigía la palabra.

—¿Qué te gustaría que fuera? Yo era muy feo de niño, tenía las piernas y los brazos largos y delgaduchos, y parecía un muñeco de trapo. Tú eras preciosa, tu padre me enseñó unas fotos tuyas donde estabas con uno de esos sombreros sudamericanos *hippies* con orejeras. Eras adorable.

—Estaba gorda.

—Los bebés no están gordos, están regordetes. Y eso quiere decir que están sanos. Los delgaduchos no le gustan a nadie, parecen alienígenas.

Se reclinó junto a ella (extremadamente cerca), y agarró el mando a distancia de la tele.

—¿Qué quieres ver?

En la BBC1 estaban dando una serie policíaca donde una embarazada Olivia Colman iba de acá para allá intentando resolver un crimen; en la BBC2 había un documental sobre la edición del genoma, y en ITV una serie sobre médicos y hospitales; en Channel Four estaban dando una de las películas de *La guerra de las galaxias*, y en ese preciso momento Darth Vader estaba diciendo lo de «¡Yo soy tu padre!».

Ella cerró los ojos con fuerza, se preguntó si el dios de la tele estaría atormentándola.

—Ana, cielo, ¿estás bien?

Ella negó con la cabeza.

—Cansada, eso es todo. Voy a darme un baño y me acuesto.

Él se levantó del sillón como un resorte.

—¡Ya te preparo yo la bañera!

—¡No! —lo dijo demasiado airada. Al ver que volvía a sentarse alicaído, añadió con un poco más de calma—: No. No estoy hecha de porcelana, puedo arreglármelas. Es que estoy intentando asimilar…

Se le veía tan dolido que se sintió culpable y se inclinó a darle un beso.

—Buenas noches, dulce Rex. Lo siento. Lo siento mucho.

Al llegar a la puerta se detuvo y se volvió a mirarlo; al verle contemplando a Darth Vader con semblante pálido y cara de terror, supo que debía intentar ser más considerada y amable.

Mientras la bañera se llenaba se miró al espejo con atención. ¿Empezaba a salirle barriguita?, ¿le habían crecido los pechos?, ¿se sentía distinta en algo? Posó las manos en su vientre y se sintió mejor, respiró hondo antes de agarrar su móvil y revisar las llamadas perdidas. Quería hablar con Stella y con Dixie para ponerlas al tanto de la situación, pero eran tantas las cosas que estaban pasando que no sabría ni qué decirles. Suspiró de nuevo y dejó a un lado el teléfono.

Mientras yacía allí, ocultándose en la cálida privacidad de la bañera, abrió las compuertas y dejó fluir el torrente de emociones. El agua estaba muy caliente y se estaba asando, pero se dio cuenta de que la última vez que se había sentido así de reconfortada y a salvo había sido estando en brazos de Joel. Cerró los ojos mientras el sudor le bajaba por el rostro.

—¿Va todo bien, cariño? ¿Te traigo algo?

Estaba tan inmersa en sus ensoñaciones que le costó hablar en un primer momento y tosió un poco para aclararse la garganta.

—Estoy bien.

—He oído un chapoteo.

—Es que… me estoy lavando. Enseguida salgo. —Vio que el picaporte se movía y se dio cuenta de que había olvidado echar el cerrojo. Él entró en el cuarto de baño.

—Estás muy enrojecida, iré a buscarte un poco de agua.

—Rex, de verdad, no es… Gracias.

No podía culparle por ser atento y cariñoso, tenía que recomponerse y aclarar sus ideas. El sexo y el amor no eran lo mismo, pero el amor que le tenía a Rex no era el adecuado y la pasión que sentía por Joel ya estaba muy cercana al amor, tan solo necesitaban tener la oportunidad de estar juntos. Eso era algo que ella tenía claro, siempre lo había sabido, pero también era consciente de que era un riesgo y, por regla general, nunca había sido una persona dada a correr riesgos. Pero ahora tenía en su vientre un bebé al que debía proteger a toda costa, y sabría arreglárselas para salir adelante aunque tuviera que hacerlo como madre soltera. Estaba todo especificado en la hoja de cálculo… Bueno, todo menos lo del bebé. No había ninguna columna para un hijo engendrado durante una aventura de una noche. La cuestión era en qué podía confiar dadas las circunstancias, en qué podía apoyarse. Dieciocho horas antes era una mujer que tenía una relación carente de amor con un hombre amable y considerado, un hombre al que no dejaba por falta de valor. Pero ¿qué era en ese momento, dieciocho horas después?

Rex regresó con un vaso de agua fría, se lo acercó a los labios y le apartó el pelo húmedo de la frente. Tenía el rostro brillante por el vapor.

—Vamos a tener un hijo, Ana.

Ella asintió y bajó la mirada.

—No te quedes mucho tiempo en la bañera.

—Vale. —Cerró los ojos, dejó que más imágenes de Joel le inundaran la mente, y entonces salió de la bañera con cuidado y se fue a la cama.

Apenas habían pasado unos minutos cuando Rex entró en el dormitorio. Ella estaba tumbada de cara a la pared con los ojos llenos de lágrimas, sabía que no podía seguir así. Él era un buen hombre que no se merecía aquello. Tenía que contárselo, tenía que hablar de una vez.

—No lo entiendo —admitió él mientras le acariciaba el pelo con ternura—. Se suponía que este iba a ser el día más emocionante de nuestra vida. Es lo que queríamos, Ana, ¡tener un hijo! Pero resulta que estás triste.

A ella se le escapó otro sollozo.

—Todo va a salir bien, ya lo verás… Debes de estar impactada por la noticia, eso es todo. Leí que las hormonas pueden hacer que te sientas feliz y triste a la vez. Solo quiero que sepas que estoy aquí, a tu lado, para lo que necesites.

—¡Ya basta, Rex! ¡Ya basta, por favor! —exclamó ella entre sollozos, con lágrimas cayéndole por las mejillas—. ¡No es por las hormonas! Y sí, se suponía que iba a ser el día más feliz de nuestra vida, pero no lo es. ¡Es un jodido desastre!

—No te entiendo, ¿qué quieres decir? ¿Tienes dudas sobre lo del embarazo? Seguro que esa es una reacción totalmente normal, al fin y al cabo…

—No, no tengo dudas. Quiero tener este hijo, por supuesto que sí. Es que… Es que… —Le tomó las manos—. Lo siento, ¡lo siento de verdad! Jamás fue mi intención que sucediera algo así, ¡has sido increíble conmigo!

Él se apartó, la miró confundido y dolido.

—No lo entiendo, Ana. ¿Qué quieres decir?, ¿¡de qué estás hablando!?

—Me acosté con Joel. En Nueva York.

—¿Con quién?

—Joel, mi ex.

—Ah, en Nueva York. Ah. Vale. —Su actitud cambió por completo, su voz se endureció—. Sí, eso explica muchas cosas. Un tipo al estilo de Justin Bieber.

—Bueno, la verdad es que él es más bien tipo *country* y *western*.

Él soltó un bufido burlón, bajó la mirada hacia las manos de ella y guardó silencio durante un largo momento antes de decir al fin:

—Y me lo estás contando ahora, ¿después de lo de hoy? Has dejado que me... Estás embarazada de nuestro hijo, ¿verdad? —lo dijo suplicante.

—Lo siento, Rex.

—Podría ser mío, lo ha dicho el médico...

Ella negó con la cabeza y alargó la mano en un gesto lleno de culpabilidad, pero él estaba fuera de su alcance.

—Lo siento, Rex, lo siento de verdad, pero...

—Vale, muy bien. Mierda. ¡Que te den, Ana! ¿Cómo has podido hacerme algo así? ¡No puedo creer que esté oyendo esto! Creía que eras distinta, que nos amábamos. Pero está claro que eso no significa nada para ti.

Su semblante se endureció y adoptó una expresión llena de determinación, una expresión con tanta rabia y vergüenza reprimidas que Ana fue incapaz de sostenerle la mirada y bajó los ojos mientras él se ponía en pie y salía del dormitorio. Poco después oyó que la puerta principal se cerraba de un portazo y, una vez que se disiparon las reverberaciones, el dormitorio se convirtió en el lugar más silencioso e impregnado de soledad que hubiera soportado jamás.

Ana estaba sentada en su despacho, hojeando distraída el último catálogo de subasta. Se suponía que tendría que estar revisando la galerada antes de que la mandaran a imprenta, pero su mente no estaba en el trabajo. Estaba esperando a que fuera una hora decente en Nueva York para poder llamar a Joel, y no podía dejar de darle vueltas a lo que iba a decirle. No esperaba que él mantuviera su promesa y quisiera estar con ella, tenía claro que lo había dicho llevado por la pasión del momento. Aunque él había estado mandándole un montón de mensajes de texto y de ramos de flores, además de pequeños mensajes de voz cantados, ella no había querido dejarse llevar por algo que sin duda no podía ir más allá de una fantasía, pero Rex ya no estaba en su vida. No sabía a dónde habría ido, pero la cuestión es que estaba sola. Se sentía muy culpable por lo ocurrido con él, pero era un hombre fuerte, tenía una sólida carrera profesional, y esperaba que con el tiempo llegara a darse cuenta de que ella le había hecho un favor. Se merecía estar con alguien que le amara de verdad y por las razones correctas, y ese alguien no era ella. Las chicas tenían razón: no podía seguir con él solo porque estuviera allí y fuera a ser un buen padre. No le amaba como era debido y, al margen de que al final terminara o no junto a Joel, sabía que no habría podido seguir junto a Rex. La relación que tenían se había convertido en un mero hábito, y romper terminaría siendo la decisión acertada para ambos. Además, ¿¡cómo iba a seguir con alguien que decía «rajita»!? Joel tan solo había sido el catalizador de la ruptura. Bueno, eso era al menos lo que se decía a sí misma, esperaba estar en lo cierto.

La una de la tarde llegó por fin y le saltó la alarma del móvil. Eran las siete de la mañana en Nueva York y esa era una hora razonable para llamar a alguien, ¿no? A pesar de que había estado pendiente de cómo iban pasando los segundos, la alarma la había tomado por sorpresa. Agarró el móvil, salió con paso decidido deliberadamente y pasó junto a Jan como si estuviera en medio de una llamada importante. Estaba lloviznando y notó que se le empezaba a humedecer la ropa, pero en ese momento no había nada que pudiera bajarle el ánimo. Llevaba preparándose para hacer aquella llamada desde el mismo momento en que la puerta se había cerrado de un portazo tras Rex.

Pulsó el botón de llamada al sentarse en un banco de la plaza que había delante del edificio. Estaba intentando actuar como si nada, y rezó para que no pasara un autobús con la imagen de Joel en el lateral en ese preciso momento.

El teléfono sonó. Y sonó. Y siguió sonando. Y entonces saltó el contestador automático.

Aquello la pilló desprevenida y le entró el pánico. ¡A lo mejor estaba en la cama con otra mujer!, ¡a lo mejor estaba ignorando su llamada! En sus fantasías, él siempre contestaba y le susurraba algo sexi. Titubeó por un momento y al final decidió exagerar su sexi acento británico.

—¡Hooolaaa...! —Se dio cuenta de que sonaba bastante siniestra, así que cambió el tono por algo más suelto—. ¡Eh! ¿Qué tal? Pues nada, que he pensado en llamarte para, pues ya sabes, para ver qué tal te va. Vale, en fin, estoy bastante mojada, así que voy a colgar. ¡Ay, Dios! No, no es que esté mojada en ese sentido... Bueno, igual un poco, pero es que está lloviendo y por eso me estoy mojando. Vale, pues eso, adiós.

Colgó y se quedó mirando fijamente el teléfono mientras se preguntaba qué diantres acababa de hacer. Era una mujer que estaba a punto de cumplir los cuarenta, y se había trabado como una adolescente a la que habían pillado robando en una tienda. ¿¡A qué había venido eso de que estaba mojada!?

Estuvo dando un par de vueltas por la plaza con nerviosismo mientras intentaba convencerse de que no pasaba nada, de que no era para tanto. ¡Tal vez a Joel le resultara gracioso! En cualquier caso, seguro que estaba con otra y ni siquiera llegaba a oír el mensaje. Halló cierto consuelo agridulce en esa posibilidad y fue a comprarse algo de comer.

Estaba a punto de pedir un sándwich extragrande de jamón y queso (solo porque a lo mejor era eso lo que quería el bebé, claro) cuando empezó a sonarle el teléfono. Al ver que era Joel le entró el pánico, su sándwich quedó relegado al olvido y salió corriendo de la cafetería.

—¡Hola, ricura! ¿Aún estás mojada? —le dijo él, con voz teatralmente seductora antes de echarse a reír.

Ella soltó una risita coqueta, estaba un poco sudorosa y se sentía como en las nubes.

—Te he echado de menos, Ana. Pensaba que me estabas rehuyendo, que habías vuelto a Londres para borrarte de la memoria lo que había pasado.

—Bueno, apuesto a que eso no te importa demasiado, Joel. Estoy segura de que tan solo fui un pasatiempo para ti. Seguro que siempre tienes a un montón de chicas dispuestas a disfrutar de tus encantos.

—Sí, puede que haya habido unas cuantas, pero no puedo seguir con esos excesos para siempre. Sería agotador.

Estaba bromeando; bueno, eso esperaba ella al menos.

—Vale, si estás demasiado ocupado para tu vieja amiga Ana, supongo que será mejor que cuelgue.

—Recuerda que has sido tú la que me ha llamado. ¿Para qué?, ¿acaso quieres verme de nuevo?

—Eh… Pues sí. Tengo que contarte algo, hay algo que tienes que saber…

—¿Estás soltera ya?

—¿Que si…? Sí. Le conté a Rex lo que pasó entre nosotros y, en fin, ya podrás imaginarte lo que pasó.

—¿Le confesaste lo que sientes por mí?

—La verdad es que no tengo claros mis sentimientos respecto a nada, Joel. Ya no tenemos veinte años, no es como cuando tan solo era cuestión de si quería follar contigo o no. Tengo asuntos que debo resolver.

—No hace falta que te vengas a vivir conmigo de inmediato, pero ¿sabes dónde estoy?, en Baja California. ¡México, nena! Vente, podemos buscar alguna isla desierta…

—Estoy hablando en serio, Joel. Aunque me encantaría lo de la isla… No, la cuestión es que… resulta que… se ha confirmado que…

—¿Que quieres viajar alrededor del mundo conmigo?

—No. Mira, es que…

—Si quieres probar la vaquera inversa la próxima vez, solo tienes que decirlo…

—¡Joel! Estoy embarazada.

Se hizo un profundo silencio.

—¿Joel…? ¿Estás ahí?

—¿Que estás qué?

Y entonces… nada. Se había cortado la llamada.

No sabía lo que había pasado, no sabía si él había colgado o si la llamada realmente se había cortado sin más. ¿Qué se suponía que debía hacer ella? ¿Le llamaba?, ¿no hacía nada? Optó por la primera opción, pero saltó el contestador automático.

¡Menudo cabrón! No tendría que haberle dicho nada. En cuanto había oído lo del embarazo, había recurrido al viejo truco de la llamada cortada. Venga ya, ¿creía acaso que ella era una jovencita de quince años? ¡Era una mujer adulta! ¡No podía tratarla así! Sintió los sollozos que pugnaban por emerger, ¿qué se suponía que debía hacer ahora? ¡Ja! ¡Pues claro que había echado a correr en cuanto se había enterado de que estaba embarazada! ¡Menuda rata! Durante la conversación con Stella y Dixie, ella ya sabía que esa posibilidad existía. Pero pensar que tienes la opción de ser madre soltera es muy distinto a tener que enfrentarte de buenas a primeras a esa realidad, a ese nuevo futuro que tienes justo delante. Respiró hondo, fue caminando pausadamente en círculos mientras la recorría una oleada tras otra de pánico. Iba a ser madre soltera, sin el apoyo de una pareja y con un trabajo a tiempo completo... Se recordó a sí misma que eso no era ningún problema, porque era una mujer fuerte e independiente que era capaz de valerse por sí sola. Eso sí, su padre iba a matarla. Estaba cabreada consigo misma, había depositado demasiada fe en Joel y estaba claro que distaba mucho de ser un caballero de brillante armadura. No, en realidad era una estrella del *country* que se las tiraba a todas y que no tenía ni pizca de amor ni de lealtad.

Había empezado a llover más fuerte y la lluvia sirvió para ocultar sus lágrimas. Estaba empapándose, pero le daba igual. Su vida entera estaba desmoronándose. Durante la conversación con las chicas, todo había parecido muy claro: dejar a Rex y convertirse en la novia de Joel, dar a luz al bebé, vivir felices para siempre; y, si la cosa no funcionaba, pues se convertiría en una mujer independiente, una de esas madres solteras de revista a las que no les hace falta un hombre y que pueden tenerlo todo en la vida. No le había parecido complicado, pero, al igual que Dixie, había descubierto que los sueños no suelen ser más que eso: sueños. Era increíble que ninguna de las tres se hubiera dado cuenta a esas alturas de que los finales felices solo se dan en las comedias románticas.

No soportaba la idea de regresar al despacho. Le habría encantado compartir una rosquilla y una charla con Jan (seguro que ella sabría qué hacer, siempre lo sabía), pero no se sentía capaz de ver a nadie en ese momento. Ninguna de las chicas la había llamado, estaba realmente sola. Tenía el móvil y el monedero, así que se limitó a parar un taxi y se fue a casa. Decidió que necesitaba estar sola, recostarse en el sofá con una taza de té. Tenía que intentar comprender dónde se había torcido tanto todo. Deseó no haber ido a la fiesta de cumpleaños de Freddie, ojalá se hubiera limitado a dejarse guiar por la hoja de cálculo. Echaba de menos a Rex.

28

Stella

Estaba parada en su puesto de trabajo de *¡Bazofia!*, con los pies enfundados en su mejor par de zapatos con taconazo de vértigo, contemplando perpleja la pelota de Pilates que había reemplazado a su silla. Había tomado por costumbre ir a trabajar con zapatillas de deporte (se había dicho a sí misma que así caminaría más, comería más... ¡No, menos!), pero hay días en que una necesita un pequeño subidón. Cuando le había pedido al jefe de personal, Charlie, que volviera a ponerle la silla, este se había echado a reír y le había dicho algo así como «¡Vive un poco, aprende un montón!». Le gustaba la idea de mejorar su equilibrio gracias a la pelota, pero no tenía ni idea de dónde tenía eso del *core*; de hecho, ni siquiera estaba segura de tener uno. Bajó la mirada hacia los zapatos, le daba un miedo horrible caerse; al fin y al cabo, eso no serviría para «potenciar su creatividad» ni para «renovar su nueva visión», ¿no? Qué va, lo único que conseguiría sería destrozarse el coxis o fracturarse la tibia. Se estremeció y miró alrededor, no le habría sorprendido ver que tenía una cámara apuntando hacia ella, a la espera. Aunque no se reirían de ella, por supuesto, ya que eran demasiado *millennials* para eso. No, sería más probable que la enviaran a algún cursillo acelerado de tres horas de superación personal para aprender a sentarse bien en una pelota.

Optó por permanecer de pie tras su escritorio y, con la espalda arqueada a modo de joroba y las pantorrillas y los tendones de la corva estirados al máximo, se puso a revisar su correo electrónico. Organizó por remitente todos los mensajes que estaban sin leer, y entonces procedió a borrar todo lo que no le sonara. Pero hubo un remitente que le llamó la atención: Eliza Dinero, tenía tres mensajes suyos y en el asunto ponía *Confidencial: oportunidad*. Estaba casi segura de que era la primera vez que veía ese nombre, pero, con la suerte que tenía, seguro que resultaba ser alguna becaria a la que había contratado en el pasado, alguien a quien había tratado fatal y que ahora había decidido demandarla por alguna ridiculez. La verdad es que tenía cierta fama en los viejos tiempos (y quién no, cuando trabajas dieciocho horas al día y las resacas solo te las quitas al mediodía con una comida que suele consistir en una botella de Pinot Grigio y una bolsa de Monster Munch). Pero hacía unos diez minutos escasos que Eliza le había mandado el último mensaje, y en él ponía lo siguiente:

Contacta conmigo. Soy amiga de Renée y Stef, a las que conociste recientemente. Te prometo que tengo algo interesante que ofrecerte cara a cara.

La buscó en Google y descubrió que, al parecer, trabajaba para una empresa de capital privado con una serie de intereses editoriales que, si bien eran bastante cuestionables, debían de resultar rentables sin duda alguna. Renée y Stef eran aquella impresionante pareja llena de empuje que tenían el blog de viaje para lesbianas… *Dos chicas de copas*, o algo así. Decidió que no tenía nada que perder, así que respondió con un breve mensaje y prosiguió con su jornada de trabajo. Poco después, toda su atención estaba puesta en las sesiones para recabar ideas de cara a un artículo sobre «cómo salvar el mundo del exceso de carnívoros». Era un tema que le generaba dudas. Sí, quería un planeta sostenible; no, no estaba lista para renunciar a la carne. Ya había renunciado a las pajitas de plástico, ¡los sacrificios de uno en uno, por favor! Por suerte, habían llegado a la conclusión de que no se trataba de una cuestión binaria y en casa iba consumiendo menos carne a base de tener un día pescetariano a la semana y otro vegetariano. A los niños les estaba costando adaptarse, solo comían pollo y cosas que ellos creían que eran pollo. Ah, y chocolate.

Al salir del trabajo disfrutó oyendo el taconeo de sus zapatos mientras recorría la zona de recreo y pasaba por delante del nuevo recepcionista, un tipo alto y delgado que llevaba el pelo recogido en un moño alto y le gritó:

—¡Buenas noches, Sybil! ¡Cada día es un nuevo comienzo!

Ella hizo una mueca.

—¡Buenas noches, chaval! ¡Hay que relajarse! —le dijo adiós con la mano y él puso cara de miedo.

En ese preciso momento empezó a sonarle el móvil y, creyendo que se trataba de Ana para ponerla al día (la tenía muy preocupada), se lo sacó del bolsillo y contestó sin pensar.

—¿Stella? Hola, soy Eliza Dinero. Hemos estado en contacto por correo electrónico.

—Ah, ¡hola! Estoy saliendo del trabajo ahora mismo. —Se dio cuenta de que lo había dicho en un tono de voz bastante seco.

—Todavía no te estoy siguiendo, pero puede que empiece a hacerlo si no consigo lo que quiero. ¿Tienes cinco minutos para que hablemos?

Se sintió intrigada, pero también un poco renuente; al fin y al cabo, tenía dos hijos en casa, y a la nueva niñera (una abuela muy responsable, pero sin el más mínimo sentido del humor) no le haría ninguna gracia que llegara más tarde de las 18:30, la hora acordada.

—De acuerdo —contestó al fin.

—Supe de ti a través de Renée y Stef, de *Dos chicas de viaje*. ¿Las conoces?

—Sí.

—Tengo una propuesta para ti —añadió Eliza—. No es nada malo, ¡no te preocupes! Soy la directora ejecutiva de un pequeño grupo inversor que está buscando nuevos mercados. Vamos a lanzar una revista social digital sobre hábitos de vida y desarrollo personal dirigida a mujeres urbanas pertenecientes tanto a la generación X como a la Y, mujeres con buenos ingresos y con grandes ambiciones no solo profesionales, también vitales y en lo que respecta al ocio y el tiempo libre. Las mujeres que lo quieren todo y lo merecen todo. No hemos podido encontrar a la persona adecuada a pesar de haber entrevistado a una gran cantidad de candidatos, Renée y Stef colaborarán con nosotros aportando contenido y no dejaban de insistir en que tenía que conocerte. Tienes un pie en ambos campos, por así decirlo. Has tenido una carrera profesional y una familia, y ahora estás de vuelta en el mundo laboral con la mente abierta. Teniendo en cuenta tu experiencia y esa actitud más intrépida que tienes ante la vida, podrías encajar de maravilla en nuestro equipo.

Stella se preguntó de dónde habría salido todo aquello. A Renée y a Stef no las conocía y no tenía ni idea de lo que sabían o dejaban de saber sobre ella, ¿qué les habría contado Coco? Y hablando de Coco, pensar en ella contribuyó a aumentar aún más su confusión. Desde la «ruptura» tras su regreso de Nueva York, había guardado las distancias con ella deliberadamente, lo que, sumado además a la seria conversación que había tenido con Jake, hacía que se sintiera reacia a relacionarse de nuevo con ella y con su círculo social. Ya había traicionado bastante a Jake, se avergonzaba solo con pensar en cómo le había engañado.

—Me siento halagada. —Permaneció en silencio unos segundos antes de añadir—: Sabes que no soy una feminista militante ¿verdad? No soy una figura de culto que vaya a liderar una revolución lesbiana.

Eliza se echó a reír.

—¡Claro que no! Tu sexualidad es irrelevante para nosotros, te queremos por tu cerebro. Podría ser la oportunidad de tu vida: un buen respaldo, un gran equipo y una excitante propuesta nueva en la que podrás poner tu propia impronta.

A Stella le costaba asimilarlo, la verdad es que sonaba de maravilla. Sí, su trabajo en *¡Bazofia!* era divertido, un trampolín, un curso acelerado sobre el mundo digital, pero estaba claro que aquella no era su gente.

—Vale, ¿quedamos para hablar?

—¿Te va bien mañana, a la hora de comer? A la una, en el restaurante Slice of Life. Junto a Old Street.

—Perfecto —contestó ella con paso brioso.

Apenas acababa de colgar cuando empezó a sonarle el teléfono de nuevo. Era Ana.

—¿¡Se puede saber dónde has estado!? ¡Me tienes frenética de la preocupación!

—Sí, bueno, es que las cosas no salieron según lo planeado —le dijo su amiga, con tono sombrío—. Rex se ha ido y estoy embarazada de Joel, es como un culebrón.

—Bueno, eso no suena tan mal —contestó, de forma un tanto tentativa. Estaba boquiabierta y se moría por hacer más preguntas, pero sabía que lo que Ana necesitaba en ese momento era que la escuchara—. Es mejor tener un hijo con el hombre al que amas que con el que has dejado de amar, ¿por qué te noto tan triste?

—¡Porque fue horrible, Stella! Mi comportamiento ha sido horrible. He roto el corazón de Rex en mil pedazos, le traicioné y ahora me he quedado sola.

—¿Y Joel?

—¡Ja! ¡Qué tonta soy!, ¡qué ingenua! Le llamé y él me colgó justo después de decirle que estoy embarazada. No sé qué esperaba de él, la verdad. No quiso saber nada.

—¿Estás segura?, ¿segura del todo? Me parece muy raro en él, estaba entusiasmado porque iba a volver a verte. Aunque supongo que la fama puede afectar a la gente.

—No sé cómo pude creer que querría estar conmigo. Puede conseguir a quien quiera, ¿por qué habría de querer a una vieja y aburrida inglesa como yo? No fui más que un rato de diversión, una conquista más.

—A lo mejor es que necesita un poco de tiempo —le dijo Stella—. Quizás te llame cuando haya tenido oportunidad de procesarlo, no…

—Volví a llamarle y me saltó el contestador, está rehuyéndome. Tendría que haber sido más sensata, lo más probable es que no sea más que otro hijo ilegítimo más para su colección. Voy a tener que hacer esto yo sola.

—¡No digas eso! ¡Jamás estarás sola! —El sufrimiento de su amiga le rompía el corazón—. Las cosas siempre parecen más oscuras antes del amanecer.

—Pues ya no pueden ir a peor. Confié en ese hombre, renuncié por él a la vida que tenía, pero lo único que quería él era otra conquista más para su palmarés y ahora tengo que vivir con las consecuencias. Mi bebé no tendrá padre.

—Ana, no sé cómo manejar esto viéndote así. En condiciones normales te sugeriría que tomaras unos tragos, pero no es una idea aconsejable dadas las circunstancias. ¿Te has planteado todas las opciones?

—No te entiendo.

—Bueno, ya sabes, no tienes por qué…

—¡Cumpliré los cuarenta en enero, Stella! ¡Voy a tener este hijo sí o sí!

—Vale, está bien. En ese caso, ¡te ordeno que vengas a mi casa para que pueda prepararte un plato enorme de pasta y dejar que te lamentes y llores durante toda la noche!

Su amiga permaneció en silencio, y ella no supo qué más podía hacer para ayudarla.

—Gracias, Stella —contestó al fin—, te quiero y te agradezco el ofrecimiento, pero en este momento necesito estar sola. Siento que la cabeza me va a estallar de tanto pensar y pensar. No le cuentes a Dixie lo que está pasando, por favor, no quiero que se preocupe. ¡No quiero que sepa que una de las damas de honor de su próxima boda es una trágica madre soltera que tiene el corazón roto!

Después de colgar, Stella se preguntó por qué tenía que ser tan dura la vida. Era una verdadera montaña rusa, cabía preguntarse si divertirse tenía que tener siempre unas consecuencias tan nefastas. Echaba de menos aquellos días en que la única preocupación que tenían las tres era la cantidad de tequilas que podrían tomarse antes de caerse de culo del taburete del bar. Y precisamente por eso había sido tan liberador el viaje a Nueva York (al principio al menos, mientras había sido como en los viejos tiempos), pero después la realidad había terminado por alcanzarlas a las tres.

Cuando llegó al restaurante Slice of Life, Stella echó un vistazo alrededor para ver si podía reconocer a Eliza. A juzgar por lo que había visto cuando la había buscado en Google, esperaba encontrársela vestida de lo más elegante (a lo Alexis Colby, pero con mejor peinado). Estaba recorriendo el local con la mirada cuando oyó que una voz familiar la llamaba, y al darse la vuelta vio a Coco.

—¡Hola, Stella! ¡Aquí!

Ella la saludó con la mano mientras deseaba que se la tragara la tierra, ¡no entendía nada! No iba a poder centrarse en la conversación con Eliza estando Coco allí, echándose hacia atrás su lustroso cabello y riendo cual vibrador humano. Sintió vergüenza de repente por cómo iba vestida, había querido dar la imagen de «editora seria» en un arranque de vanidad, pero, viendo el cuerpo de Coco y sus piernas enfundadas en unas medias de licra, se sentía como una salchicha embutida en un pellejo demasiado pequeño y apenas podía respirar. Aquella situación le recordó su primer trabajo, un empleo no remunerado en una empresa de relaciones públicas en el que había tenido que disfrazarse de salchicha en la celebración del lanzamiento de la «Gran Salchicha Británica». Al final había terminado saliendo en las noticias vespertinas, su padre todavía disfrutaba de lo lindo relatando la anécdota cada vez que se le presentaba la ocasión.

—¡Hola, Coco! —la saludó, al acercarse a ella con cierto nerviosismo—. ¡Qué sorpresa tan agradable! No puedo pararme a charlar, he quedado con alguien para tratar un tema de trabajo.

—Sí, ya lo sé —contestó la joven con una sonrisa de complicidad.

—Ah, vale, genial. No sé por qué, pero empiezo a sospechar que esto puede ser una especie de extraña encerrona.

—¡Tú siempre tan suspicaz, Stella! —exclamó con tono coqueto, antes de tomarla del brazo e instarla a que se sentara.

Tenía la mano cálida y seca, sin rastro de sudor, y Stella no se sintió cómoda con las sensaciones que evocó en su interior aquel pequeño contacto.

—Acabo de empezar a trabajar para Eliza —le explicó Coco—. Hice caso a tus consejos y llevo un blog sobre alimentación. Es una empresa fantástica, Renée y Stef también se han unido al equipo y están desarrollando la sección de viajes. ¡Imagínate lo que nos vamos a divertir!

Stella se movió con incomodidad en la silla. Todo aquello parecía muy conveniente, demasiado. ¿En qué se estaba metiendo?

—¡Perdón por el retraso! —Era Eliza, que al final resultó no tener ningún parecido con un personaje de *Dinastía*. Ojos sonrientes, apretón de manos firme, cincuenta y tantos años, sobrio traje pantalón—. Había muchísimo tráfico y he tenido una mañana infernal. Stella, es un placer conocerte. Coco, qué bien que ya hayas llegado. Le dije que podría ser buena idea que viniera también para contarte más cosas sobre la empresa, Stella. En fin, no suelo hacer esto, pero ¿os importa si me pido un Bloody Mary? Menudo día llevo.

A Stella le cayó bien de inmediato. Aquello podría resultar ser más divertido de lo que esperaba, aunque la presencia de Coco le preocupaba porque no sabía si la joven quería algo más de ella; al fin y al cabo, ya le había dejado claro que lo suyo se había terminado, así que ¿por qué quería trabajar con ella? Además, no tenía nada claro si sería capaz de trabajar con la joven. ¿Podrían ser meras amigas si trabajaban juntas? Todo aquello tenía pinta de ser muy pero que muy peligroso.

—Vosotras ya os conocéis, así que ¡brindemos por las casualidades de la vida! —añadió Eliza.

Stella no entendió a qué se refería con aquello, cabía esperar que no tuviera ninguna connotación sexual; en cualquier caso, optó por seguirle la corriente.

—Sí —contestó, con una sonrisa—, nos conocimos en el parque con los niños y fue como un bálsamo que nos salvó de la monotonía de los columpios. Nos abrimos la una a la otra, todo fue muy fluido. —¡Santo Dios!, ¿¡qué diantres estaba diciendo!?—. Los niños son un amor, pero resulta pesado pasar horas y horas viéndoles columpiarse. —Fingió no ver la sonrisita de Coco.

—Sí, qué me vas a contar —contestó Eliza—. Yo tengo dos que no tardarán mucho en marcharse de casa, pero me acuerdo de los años de parques y más parques. —Esbozó una sonrisa y añadió, en tono de broma—: ¡Qué hartura de columpios!

Procedió entonces a preguntarle a Stella acerca de su familia, y esta optó por no mencionar lo que estaba pasando con Jake a pesar de notar que Coco estaba observándola con atención.

—En fin, me encantaría saber un poco más sobre vuestro proyecto —dijo al final, en un intento de encauzar la conversación hacia el terreno laboral.

—Queremos un club, basado en subscripciones y virtual, estructurado a partir de expertos y dirigido específicamente a mujeres que brillan con luz propia, mujeres capaces de ser líderes de opinión en el trabajo y en el día a día. La época de los *influencers* ha quedado atrás, ya no tienen nada más que ofrecer; muchos de ellos ni siquiera tienen experiencia real en sus respectivos campos. Queremos unir a gente que tenga experiencia real y conocimientos prácticos, y el primer paso consiste en encontrar al equipo adecuado. Reunir a la mejor dotación de capital humano femenino y ponerlo a disposición del público. Para dar apoyo y fortaleza, informar e inspirar. Un espacio donde las mujeres puedan desenvolverse con libertad y sin correr peligro alguno; una red de información y recursos.

—¡Vaya! Me gusta, ¡suena muy bien! —La halagaba que una mujer así la hubiera elegido, tenía mariposas en el estómago.

—Contamos con una fuerte inversión de capital privado procedente de una serie de socios que creen en este proyecto y están comprometidos con él, tanto económica como moralmente —añadió Eliza—. Entre ellos hay un buen número de mujeres muy influyentes. No puedo revelarte sus nombres por el momento, pero, para que te hagas una idea, te diré que quizás verías a algunas de ellas en eventos deportivos y culturales de primera categoría, como Coachella o Wimbledon.

—Pero ¿por qué yo? —le preguntó Stella—. Al fin y al cabo, no me conoces. Todo lo que me estás contando suena increíble y me encantaría formar parte de un proyecto así, pero no puede decirse que tenga experiencia en este ámbito. A ver, no he estado nunca en Glastonbury, y mi mayor logro en los deportes es que se me caiga al suelo un pastelito de crema y agacharme a recogerlo en menos de tres segundos.

Eliza se echó a reír.

—Tienes un buen historial de trabajo, Stella, no creas que no me he informado como es debido. Y sí, las recomendaciones personales son importantes, pero no me baso en eso. Te sorprendería saber lo respetada que sigues siendo dentro del sector. Además, he estado siguiendo lo que estás haciendo para *¡Bazofia!* y, aunque llevas poco tiempo allí, tu trabajo es brillante. Creo con sinceridad que puedes desempeñar este trabajo; de no ser así, no estarías aquí sentada.

Stella se ruborizó, y Eliza añadió:

—Estoy diciéndote la pura verdad. Nuestro proyecto se basa en el empoderamiento de la mujer. Sabemos lo difícil que es regresar al mundo laboral después de tener hijos, es un gran desafío para las mujeres y yo insistí en que la candidata ideal tenía que haber pasado por esa situación. Es una cuestión crucial para todas las mujeres, y tú eres un gran ejemplo: fuerte, competente, con capacidad de adaptación.

Es más que obvio que *¡Bazofia!* no encaja contigo lo más mínimo y, aun así, aceptaste ese desafío. Y justamente esa es la actitud que queremos. No permites que te definan las expectativas de los demás.

Stella no tenía demasiado claro que aquello fuera un cumplido, y volvió a sentirse incómoda por cómo iba vestida. Optó por permanecer callada.

—Mira, no espero que tomes la decisión ahora mismo. Te he mandado la propuesta por correo electrónico, échale un vistazo. Si tienes cualquier duda, llámame. A la hora que sea. —Eliza le entregó su tarjeta y guardó el portátil.

Procedieron entonces a disfrutar de la comida (eligieron platos con una aportación calórica respetable, por supuesto). Una vez que terminaron, cuando Eliza se disponía a marcharse, Stella le dijo sonriente:

—Muchas gracias por todo, pensaré en ello y, si tengo alguna duda, me pondré en contacto contigo. ¡Gracias por hacerme sentir tan bien conmigo misma! Mira, ¡hasta me estoy planteando pedir un pequeño postre para celebrarlo!

Eliza se marchó tras las despedidas de rigor. En un principio, Stella tenía intención de marcharse al mismo tiempo que ella, pero había visto la carta de postres y había sido incapaz de irse sin probar el pudin de tofe bañado en caramelo salado. De modo que iba a tener que quedarse y hablar con Coco.

—Gracias, Coco. Por todo el apoyo que me has dado en esto. Eliza es genial, y es una gran oportunidad.

La joven la miró con una enorme sonrisa y ojos brillantes.

—¡Eres una mujer increíble, Stella! Lo que pasa es que a veces necesitas que te lo recuerden, eso es todo. Te mereces esta oportunidad.

—Lo que te dije en el mensaje sigue en pie. Lo que pasó no puede repetirse, de aquí en adelante solo podemos ser amigas. —Al ver que se limitaba a asentir, insistió—: Tienes claro que se ha terminado, ¿verdad? Me prometes que comprendes lo que te estoy diciendo. Comprendes que, acepte o no este trabajo, tengo que intentar que mi matrimonio funcione.

Su pudin llegó en ese momento.

Coco asintió con gravedad.

—Sí. Pero con una condición.

Stella no quería negociar nada al respecto. Alzó su cuchara y se limitó a esperar.

—Que me dejes probar tu pastelito —añadió la joven.

La miró con una sonrisa tan persuasiva que Stella no pudo contener una carcajada.

—¡Vale!, ¡pero esta es la última vez!

Las dos se echaron a reír y se abalanzaron sobre el pudin como lobas salvajes.

Poco después ambas estaban con las pupilas dilatadas y los labios cubiertos de meloso caramelo, mirándose sonrientes.

—Gracias, Coco.

—Gracias a ti, Stella. Nos vemos en el trabajo.

—Todavía no he...

—Sí, sí que lo has hecho. —Coco le lanzó un beso con la mano antes de salir del restaurante, atrayendo a su paso las miradas de todos los hombres y las mujeres presentes.

29

Stella

Unas semanas después, a principios de diciembre, Stella despertó la mañana de la boda y oyó un ruido sordo que la hizo sonreír: estaba nevando, Dixie iba a tener su boda blanca. Aquel segundo matrimonio iba a ser la antítesis del primero: a diferencia de Carlton (un impresentable egoísta y libidinoso), Freddie estaba demostrando ser un adulto íntegro y una pareja cariñosa y detallista. La primera boda había sido un desmadre veraniego plagado de clichés ingleses: adorables damas de honor, actores de segunda fila y arrogantes gestores de activos; un Rolls-Royce antiguo y una pequeña iglesia parroquial que necesitaba con urgencia un tejado nuevo; una plétora de audaces sombreros y tocados, en su mayoría ofensivos, que estarían mejor decorando una pajarera que «adornando» la cabeza de alguien; y un *catering* masivo casi incomestible que todos intentaban alabar mientras jugueteaban taciturnos con lo que tenían en el plato sin apenas probarlo. La segunda boda, sin embargo, era una sofisticada celebración navideña: el lugar elegido no era una iglesia, sino un salón del elegante Claridge's donde no faltaba ni el más mínimo detalle; el oficiante no iba a ser un sacerdote con la mano extendida para recibir donativos, sino un amigo de Freddie. Ojalá que nadie llevara sombrero, que a nadie le diera por intentar fascinar encasquetándose adornos de esos que parecían antenas de insectos o plumas. Su primera tarea del día fue ir a ver qué tal estaba Ana.

* * *

Las tres se habían visto en una única ocasión para planear la boda. Habían quedado en el bar Dandelyan del hotel Mondrian, en la zona del South Bank. Dixie había insistido en pedir cócteles sin alcohol: Ana estaba embarazada y ella estaba reduciendo el consumo de carbohidratos para estar follable al máximo en la noche de bodas.

La boda se había organizado a toda velocidad después de que Freddie lograra convencer a Rupert (el gerente general del Claridge's, que era un viejo conocido suyo) de que les hiciera un hueco para poder celebrarla allí antes de Navidad. Tenía una cantidad de contactos influyentes que jamás dejaba de sorprender a Dixie. Los dos estaban desesperados por casarse, irse a Nueva York y pasar el resto de su vida juntos. La filosofía de Freddie era que hay que vivir el día a día, lo que se debía sin duda a la enfermedad de Daisy. No se podía negar el impacto que eso había tenido en él.

Al llegar al bar, Stella se las encontró llorando de risa. Les había dicho que no es que fuera lesbiana, que en realidad podría decirse que era bisexual o, como mínimo, *bicuriosa*, y aún seguían dándole la lata al respecto. Ana tenía lagrimones bajándole por las mejillas mientras intentaba expresar la decepción tan grande que sentía por no poder ser testigo de su despertar sexual. Era genial verla reír, sobre todo cuando les contó que Rex parecía haberse recuperado en cuestión de días de que le fueran infiel y estaba planeando tomarse un año sabático en el trabajo para cumplir su sueño (sueño que, por cierto, Ana afirmaba que le había robado a ella) de dar la vuelta al mundo viajando en primera clase y en sentido contrario a las agujas del reloj. Ana parecía sentirse aliviada en ese sentido, pero sus ojos se llenaron de tristeza cuando les contó que no había tenido noticias de Joel. Todavía no había pasado ni una semana, pero ella esperaba que la llamara de inmediato, que mandara unas flores, ver algún gesto por su parte que indicara que se acordaba de que ella existía; al fin y al cabo, le había dicho que estaba embarazada de él, ¿no? No era más que un capullo, eso estaba claro: le daba igual que tardara un día o una semana en contactar con ella, ¡tendría que haberlo hecho de inmediato! Ana era así, estaba lidiando con la situación a su manera, y Stella tenía la impresión de que su amiga iba a salir fortalecida de todo aquello. A Dixie, por otro lado, le sentaba de maravilla estar prometida en matrimonio… o tal vez fuera cosa del falso bronceado; en fin, fuera cual fuese la causa, la cuestión es que todo el drama que había tanto en su vida como en la de Ana contrastaba con la estabilidad y la autoridad recién halladas de Dixie. Por otra parte, Dixie y Stella se debatieron entre el horror y la compasión mientras Ana les explicaba que estaba decidida a vivir según sus propias decisiones y a ser la mejor madre imaginable para su retoño. Lágrimas de valentía reemplazaron a las de risa mientras se sinceraba con ellas. Se hizo un incómodo silencio y, cuando Dixie le preguntó en tono de broma a quién le gustaría llevar de acompañante a la boda, Ana se limitó a encogerse de hombros antes de afirmar que, dado que era una mujer fuerte e independiente, no necesitaba acompañante alguno.

Brindaron por la amistad y por el futuro, un futuro que quién sabe lo que le deparaba a cada una de ellas. Los aprietos y dilemas de cada una, pensó Stella, revelaban la rapidez con la que aquellas cosas de las que dependemos nos pueden ser arrebatadas y reemplazadas por nuevas catástrofes y oportunidades.

«La vida sigue», pensó Stella para sus adentros, antes de abrir las cortinas para contemplar la nieve cayendo en silencio sobre las oscuras calles. Agarró el móvil y le envió un mensaje a Ana: *¿Tienes crampones para tus taconazos? Con mil cosas por hacer, pero aquí estoy si me necesitas. Sx.*

Necesitaba un par de horas para prepararse. Había perdido la cuenta de la cantidad de veces que había cambiado de opinión en los últimos días sobre lo que iba a ponerse, por primera en veinte años estaba vistiéndose para asistir a una boda sin tener a un hombre a su lado. Jake todavía estaba en rehabilitación, así que no tenía a nadie que la llevara a cuestas a la cama cuando estuviera demasiado borracha para tenerse en pie; nadie con quien reírse de las vestimentas desastrosas, de las parejas inapropiadas, de las celebridades que se habían pasado de tragos. Tan solo esperaba que el conserje del Claridge's supiera al menos lo que era la postura de recuperación y la ayudara a llegar a la habitación que Freddie había tenido la amabilidad de reservarle.

Cambió de nuevo de opinión en el último momento: hacía frío

y seguramente terminaba muy borracha, así que triunfaría sin duda con el mono verde de terciopelo de Diane von Furstenberg que había comprado en Net-à-Porter (se había gastado varios cientos de libras, lo último que le quedaba en la única tarjeta de crédito que aún funcionaba). Combinaba bien con el cabello de Dixie y, por otro lado, conseguía contener (por los pelos) sus entusiastas pechos; además, en el caso de que sufriera una caída u otro accidente imprevisto, la prenda protegería su modestia vaginal, y también abrigaba bastante. No se ofendería si la gente les hablaba a sus pechos en vez de a la cara durante todo el día. Una vez que estuvo enfundada en el mono (el terciopelo verde esmeralda parecía estar pegado con pegamento a su cuerpo, no quería ni pensar en lo que pasaría cuando tuviera que hacer pis), lo combinó con unos sexis zapatos rojos de tacón y un pintalabios de Mark Jacobs, rojo también. Se sintió lista para una velada de coqueteos y fabulosa diversión.

Dixie estaba alojada a la vuelta de la esquina, en una de las inversiones inmobiliarias de Peter situada en Mayfair; Freddie, por su parte, ya estaba instalado en la *suite* nupcial del Claridge's. Cuando llegó encontró a su amiga sentada serenamente en la esquina, tomándose una taza de té mientras la peinaban y la maquillaban. Tenía un aspecto extrañamente virginal; se la veía con una actitud muy distinta a la habitual, muy calmada y tranquila. A través de la ventana, el bajo sol de diciembre irradiaba un brillo anaranjado que le suavizaba las pecas y le iluminaba el cabello, y Stella sintió el súbito escozor de las lágrimas en los ojos al darse cuenta de que iba a ser la novia más bella y serena que había visto en toda su vida. Por un breve y triste segundo le vino a la mente un recuerdo de su propia boda; en aquel entonces estaba llena de esperanza y amor y expectación, estaba convencida de que nada podría interponerse jamás entre Jake y ella. Se apresuró a quitarse de la cabeza esos pensamientos: ese día estaba dedicado por entero a Dixie, no tenían cabida en él ni sus propias preocupaciones ni los dramas y las lamentaciones de Ana.

Poco después estaban abrazándose y besándose y parloteando, presas de un ataque relativamente moderado de la histeria típica del día de la boda. Sí, tal vez hubieran cambiado y crecido y madurado, pero todavía había ocasiones en las que no eran más que dos íntimas amigas que se querían y se peleaban y hacían las paces y volvían a quererse. Fue como si Ana supiese lo que se estaba perdiendo, porque llegó en ese momento. Estaba más radiante que nunca, tenía el pelo lustroso y los ojos brillantes; a pesar del estrés, la verdad es que el embarazo le sentaba de maravilla.

—¡Madre mía, Ana! ¡Estás preciosa, pareces una novia! —bromeó Dixie—. ¿Qué tal lo llevas? ¿Seguro que no quieres que te empareje con alguien?

—Estoy bien. He dejado de vomitar. Ya no me dan ganas de matar a todo el que se me pone por delante. Quién sabe, ¡puede que las seis semanas próximas sean más armoniosas que las anteriores! ¡Incluso encontré un vestido de diseño con el que me siento sexi!

Stella se dio cuenta de que había ignorado la pregunta de Dixie sobre lo de emparejarla. Pero en ese momento no podían tener una conversación en profundidad, habría que esperar. En fin, esperaba de corazón que fuera realmente cierto que su amiga estaba bien.

Ana llevaba puesto un precioso vestido ajustado de Missoni con un brillo metálico. La prenda la favorecía en todos los aspectos, el destellante dinamismo le daba fluidez a la tela y, si no sabías que estaba en los primeros estadios de un embarazo, era imposible darse cuenta. Era la primera vez que estaba tan sofisticada y elegante, ¡hasta se había puesto unos Louboutin dorados de tiras! Ella nunca se ponía ropa de diseño y en ese caso no había comprado una sola pieza, sino dos. Stella soltó un silbido de admiración.

—¡No veas, chica! ¡Menudo *look*! ¡Estás espectacular!

Una vez que Dixie estuvo peinada y maquillada, las dos echaron una mano con los últimos detalles. Freddie había mandado unos pendientes de diamantes de dieciocho quilates de Boodles para aportar el toque rutilante final. Como ya había hecho lo de «algo viejo, algo nuevo, algo prestado» en su fallido matrimonio anterior y le había quedado claro que era una superstición que no servía para nada, Dixie había optado por algo nupcial (su vestido de novia), algo nuevo (Ana), algo viejo y con mala leche (Stella) y algo rutilante (Boodles). Paradas frente al enorme espejo que abarcaba de pared a pared, las tres alzaron sus respectivas copas y brindaron por su amistad... y por la novia, claro.

El vestido de Dixie era una pieza espectacular creada por una diseñadora poco conocida, y reflejaba su personalidad a la perfección: tenía un escote de vértigo que prácticamente le llegaba al ombligo y que estaba revestido con un ligero tul; estaba cubierto de cuentas de cristal; los finos tirantes realzaban sus preciosos y delicados hombros y su curvilínea figura, y era ceñido hasta el suelo. Y, para acabar de rematar, se colocó encima una increíble capa transparente cubierta de cuentas de cristal y brillantes estrellas.

—¡Pareces una angélica hada navideña, pedazo de zorra! —bromeó Stella, con una carcajada.

—¡Gracias, cabrona! —Dixie le dio un fuerte abrazo—. Puedes hacer todas las bromas que quieras porque las dos sabemos que hoy no estaría aquí de no ser por tu amor y admiración.

Ana se unió al abrazo, y al cabo de un largo momento Dixie se apartó y exclamó:

—¡No quiero joderme el maquillaje! ¡Atrás, locas de remate!

—Ahora que soy *bicuriosa*, estaba pensando que en esta boda podría añadirle a la mezcla un poco de fetichismo por personas más entraditas en años —bromeó Stella—, ¡la fluidez en lo que respecta a la edad es la nueva *bicuriosidad*! Quién sabe, igual le echo un vistazo al padre de Freddie para ver qué tal calza. Ya sabes, como voy a estar solita en la fiesta y tal…

—¡Nada de agresiones sexuales! —le advirtió Dixie antes de volverse hacia el espejo para ajustarse la capa alrededor del cuello.

Estaba claro que la fina prenda no iba a abrigarla lo más mínimo y eso era algo que preocupaba a Stella, pero serviría al menos para protegerle los hombros de la nieve y como cola para el vestido cuando estuviera dando el «Sí, quiero». Su lustroso cabello pelirrojo le caía a la espalda, sujeto con un brillante pasador. Estaba cautivadora, parecía una reina de hielo y fuego.

—¡Madre mía del amor hermoso! ¡Dixie Dressler! ¡Estás increíble, joder! Freddie es el hombre más afortunado del mundo. Como no se quede boquiabierto al verte llegar por ese pasillo, me llevaré una decepción con él.

—¡Tengo ganas de vomitar! —chilló Dixie, radiante de felicidad—. ¡Estoy vestida de novia!, ¡me voy a casar! ¡Otra vez! Solo hay que esperar a que llegue una última persona muy especial.

Stella y Ana se miraron, y la una pudo leer los pensamientos de la otra: esperaban que Peter no fuera esa persona, ya que tenía tendencia a querer controlarlo todo. Stella estuvo a punto de decir algo al respecto, pero el sentido común le dictó que era Dixie la que se casaba y que, al fin y al cabo, Peter había sido el hombre más importante de su vida durante muchos años.

Poco después sonó el timbre y, cuando se abrió la puerta, alguien asomó la cabeza un poco tentativamente.

—¡Qué alivio, es aquí! —dijo Pearl—. ¡He traído algo para picar! —Abrió una caja rosa de pastelitos y, sin esperar, se hizo con uno y les ofreció el resto con orgullo—. Las bodas pueden ser agotadoras, una se arriesga a perder un montón de calorías. ¡Venga, comed!

30

Stella

Freddie se había empeñado en que la llegada de la novia al Claridge's fuera espectacular y, tras debatir el tema (se habían planteado desde el tradicional Bentley al Rolls antiguo), se habían decidido por una llegada con un toque regio: un carruaje abierto. Quizás no fuera la elección más sensata tratándose de una boda que se celebraba en diciembre y en Londres, pero tuvieron suerte y la nevada había vaciado las calles. Los copos de nieve formaban montoncitos anaranjados bajo las farolas, y el rítmico golpeteo de los cascos de los caballos quedaba ligeramente amortiguado mientras recorrían las calles. Emplearon con sumo cuidado delicados paraguas para resguardarse, cálidas mantitas de piel de oveja para cubrirse las piernas y otras más grandes para los hombros, y llegaron al Claridge's a las 16:06. Se había congregado un grupito de curiosos, pero el hotel había colocado unos cordones rojos a modo de barreras para permitirles llegar sin problemas a la entrada.

Un lacayo fue ayudándolas a bajar una a una, y Dixie fue la última en hacerlo: apartó a un lado la mantita y les concedió unos segundos a los fotógrafos que habían estado esperando. Se rio bajo el destello de los *flashes*, encantada con ser el centro de atención. Stella estaba viéndola bajar con la ayuda del lacayo y pisar con cautela el adoquinado suelo (que estaba recién barrido) cuando oyó a su espalda una insistente voz con acento americano.

—¡Sí, usted! ¡Insisto en que nos deje pasar! Somos amigas del señor Frederick Eastman, estamos con ellos… No, no formamos parte del cortejo nupcial, somos invitadas, pero sin duda…

—¡Si no nos deja pasar, vamos a perdernos la…!

—Pero ¿¡cómo que eso es problema nuestro!?

Stella se volvió y no se molestó en ocultar su sonrisita burlona cuando sus ojos se encontraron con los de las arpías del bótox. Las había olvidado por completo. Su sonrisa se ensanchó aún más.

Tomó del brazo a Ana y a Pearl y siguió a Dixie, que acababa de iniciar su regia marcha rumbo al hotel. Cada pocos pasos volvía a mirar sonriente a las Bótox, y disfrutó a más no poder al ver que cada vez estaban más indignadas. Justo antes de que se cerrara la puerta tras ella se dio la vuelta y, asegurándose de que la vieran bien, las señaló con el dedo y le dijo en voz bien alta al portero:

—¿Ve a aquellas dos mujeres tan horribles de unos sesenta años? Sí, aquellas, las que parecen un par de salamis. Déjelas entrar, por favor. Hoy tenemos amor para dar y compartir.

En ese preciso momento, Ana creyó ver un rostro conocido, pero se dijo que debían de ser imaginaciones suyas y que Joel estaba al otro lado del mundo; además, estaba perfectamente bien así, sola. En las últimas semanas había descubierto una fuerza interior que no sabía que tenía y estaba decidida a salir adelante por sí misma. No necesitaba apoyarse en ningún hombre… aunque Joel fuera el tipo más sexi y espectacular que había tenido el placer de follarse en toda su vida.

—Perdona que haya tardado tanto en llegar —le susurró una voz al oído.

Se quedó paralizada y se le desbocó el corazón, sintió que se mareaba. Estaba convencida de que su mente le estaba jugando una mala pasada, igual era cosa de los cambios hormonales… Se dio la vuelta y vio a Joel allí parado, justo delante, exudando sexo y guitarra en mano. Iba vestido de chaqué y llevaba un sombrero de vaquero echado a la espalda. La tomó de la mano y añadió:

—Cualquier cosa que te diga ahora te parecerá una mentira, pero te pido que me creas. No quería herirte por nada del mundo, pero he estado de gira y…

—No puedo tener esta conversación ahora, Joel —contestó ella mientras intentaba controlar su respiración.

—Por favor, Ana, tienes que escucharme, por favor, solo te pido que me escuches.

Ella sintió cómo se le llenaban los ojos de lágrimas, el corazón le martilleaba en el pecho.

—Tengo que caminar rumbo al altar con mi mejor amiga, y tú vas a hacerme llorar. Suéltame, por favor.

—Ana, es que... te amo. Mírate, tan increíblemente preciosa, tan radiante. —Le tomó de nuevo la mano—. Perdí mi teléfono, todos los números, quería llamarte, de verdad que sí. Y entonces le pedí a mi representante que me ayudara a contactar contigo a través de Freddie, conseguimos el número de teléfono de Dixie y ella dijo que necesitaba un cantante para la boda... Y, en fin, pues aquí estoy. Y estoy aquí para quedarme si así lo quieres.

Ella escudriñó sus ojos en busca de la verdad, y entonces se volvió y echó a andar tras Dixie, Stella y Pearl sin decir palabra. No sabía qué pensar.

Fue un alivio entrar en la zona de recepción, que estaba calentita y bien iluminada. Unos asistentes facilitados por el hotel las ayudaron a prepararse para la ceremonia.

Las condujeron a una habitación anexa al Drawing Room, el gran salón donde iba a celebrarse la ceremonia, para los ajustes finales, y alguien se encargó de ir a avisar al maestro de ceremonias de que ya estaban casi listas. Las cuatro se tomaron un momento para serenarse.

—¿Nadie te va a conducir hasta el novio? —preguntó Ana girando un poco la cabeza para mirar a Pearl.

—Claro que no —contestó Dixie—. Vosotras vais a acompañarme, pero me parece que una mujer de cuarenta años que se casa por segunda vez no necesita que nadie la conduzca, y la idea de que alguien me entregue... Estamos en 2019. Te quiero, Ana, pero, dejando a un lado esta decisión obvia que has tomado en cuanto a lo del embarazo, ¡qué tradicional eres!

—¿Tampoco hay pajes ni damitas de honor?

—Puede que os tenga reservadas un par de sorpresitas, chicas. Hoy no estaría aquí sin vosotras, así que me he tomado ciertas libertades. Digamos que he contactado con varias personas para asegurarme de que este no sea solo mi día. Quiero que sea nuestro día, y que todas las personas a las que amamos y que nos aman estén aquí para compartirlo.

—No me digas —murmuró Ana, con voz casi inaudible.

No quería discutir con su amiga para no echar a perder el día, pero le habría gustado estar un poco más preparada para semejante sorpresa. Alguien podría haberle dicho al menos que Joel había llamado, ¡todo el mundo sabía que era una obsesa del control!

—¿Estás bien, Dixie? —preguntó Stella, sin saber a qué atenerse.

—Tú confía en mí. Esta es mi forma de daros las gracias —contestó su amiga, sonriente.

Aquellas palabras no sirvieron para calmar a Stella ni mucho menos y empezó a entrarle el pánico.

—¿¡Qué has hecho!?

Fue Ana quien contestó.

—No te preocupes, Stella. Me parece que Dixie se ha embarcado en una misión para salvar el mundo. Vamos a dejar que se salga con la suya por un día. Pero solo hoy.

—Bueno, ¿vamos allá? ¡Todo quedará revelado! Síganme, señoritas... ¡Una vez más a la brecha, queridas amigas! ¡Una vez más! —Dixie abrió la puerta y salió al pasillo.

La primera sorpresa que se llevó Stella fue ver a Tom y a Rory, que parecían un par de aristócratas del siglo XVIII con amplios pañuelos anudados al cuello y casaca. Sus rostros, bien limpios y sonrosados y resplandecientes, resultaban prácticamente irreconocibles, y estaban de pie flanqueando a un sonriente Jake. En un principio se sintió sorprendida y un poco molesta, pero se le veía tan feliz y agradecido de estar allí... Además, los niños estaban felices al ver que su papi estaba con ellos.

Dixie se volvió y le susurró:

—Lo siento, Stells, pero tenían que estar aquí. Incluido Jake. Ha prometido marcharse cuando termine la ceremonia, si eso es lo que tú quieres.

La sinceridad que se reflejaba en su voz y la ternura que había en sus ojos obligaron a Stella a ceder y relajarse.

—Tienes razón —admitió, a pesar de no tener nada claro si era aconsejable que Jake hubiera salido del centro de rehabilitación. Se suponía que iba a permanecer allí dos semanas más para completar su recuperación.

Pero, a pesar de sus dudas, el hecho de verle hizo que sintiera un alivio inesperado; al fin y al cabo, eran una familia, y ver las vicisitudes por las que estaba pasando Ana le había servido para darse cuenta de lo valioso que era tener a tu lado un compañero al que amabas y en quien podías confiar.

Las puertas del gran salón se abrieron ante ellas. Se habían colocado asientos para unas cuarenta o cincuenta personas a ambos lados del pasillo, y las ventanas que había al fondo de todo estaban enmarcadas por amplios cortinajes dorados. Los farolillos con parpadeantes velas distribuidos por todo el salón acentuaban aún más ese ambiente evocador del siglo XVIII. Las luces se atenuaron y una guitarra eléctrica inició los primeros acordes de una delicada melodía. Jake les indicó a Tom y a Rory que sujetaran la cola de la capa de Dixie y les dijo con una sonrisa de aliento:

—Como os enseñé. Sí, buena suerte. Eso es, ¡muy bien!

Dixie inició la marcha seguida por Stella y Ana. Pearl iba tras ellas y los niños caminaban detrás sujetando la cola mientras Jake permanecía a un lado, susurrándoles palabras de aliento para que no se detuvieran. Stella estaba convencida de que él debía de haberles sobornado con algo, y sintió una ligera punzada de pánico por un instante ante la posibilidad de que hubieran heredado su afición al juego. Mientras avanzaban por el pasillo, le dio un pequeño codazo a Ana y susurró:

—¡Mira!

Joel estaba sentado en la tarima en el lado del novio, con una Fender Stratocaster en blanco y negro en la rodilla y un pequeño amplificador Marshall a sus pies. Sus ojos brillaron chispeantes cuando se encontraron con los de Ana, y buscó en su mirada el perdón y la confirmación que anhelaba con tanta desesperación.

—¿Sabías que estaba aquí? —le preguntó Stella a su amiga.

Ana asintió con la cabeza mientras luchaba por contener las lágrimas.

—¡Me enteré hace cinco minutos! ¡Ay, Dixie, nunca dejes de ser una zorra astuta!

Las dos se echaron a reír, y entonces rompieron a llorar, y a continuación se rieron de nuevo hasta que la novia se giró para lanzarles una mirada ceñuda.

Freddie estaba esperando de pie, vestido con un chaqué clásico combinado con un chaleco rojo que solo podía interpretarse como un homenaje a Dixie. Junto a él estaba el oficiante, un hombre rubio con sotana blanca y alzacuello, además de unas gafas con montura dorada que parecían sostenerse a duras penas al final de su torcida nariz. La mirada que intercambiaron Dixie y Freddie cuando este la tomó de la mano reflejaba tantas cosas… Era todo cuanto Stella habría podido desear para su amiga. Ella, por su parte, era muy consciente de la presencia de Jake justo detrás, y se esforzó por apartar de su mente todo lo que cabía lamentar de aquellos últimos meses. Acercó un poco más a Rory y a Tom cuando se les indicó que había que ponerse en pie y cantar *Oh, What a Beautiful Morning* y, mientras ella misma entonaba la canción, su mirada se encontró con la de Dixie por un momento y las dos recordaron cuando tenían que asistir a los oficios de la escuela y puestas en pie, hombro con hombro, sustituían la letra del cántico con «*rhubarb rhubarb*» (al parecer, el movimiento de labios que requería la palabra encajaba bien y servía para ocultar el acto de adolescente rebeldía que suponía negarse a cantar con los demás). Stella procedió a entonar el «*rhubarb rhubarb*» con semblante serio y vio que, al igual que ella, Dixie estaba intentando contener una risita.

El amigo de Freddie completó la ceremonia con aplomo y con una pomposidad que nada tenía que envidiar a la de ninguna iglesia parroquial. Y entonces, tal y como ocurre en todas las bodas, llegó ese momento en que el oficiante dijo, bajando la nariz y mirando a los presentes por encima de las gafas de lectura:

—Si alguien tiene algo que decir, que hable ahora o calle para siempre.

Se oyó un teatral carraspeo seguido de un runrún de movimiento mientras la gente se giraba y estiraba el cuello para ver de dónde procedía el sonido. Stella vio que se trataba de Peter, estaba sentado cerca de la pared en la fila que tenía justo detrás y no le había visto al entrar. Se había cubierto la boca con la mano, y carraspeó de nuevo antes de alzar la cabeza como si se dispusiera a decir algo. Ella se volvió a mirar a Dixie, y vio que estaba frunciendo el ceño con teatralidad. Peter esbozó una sonrisa de disculpa y soltó una pequeña carcajada;

Freddie, por su parte, parecía totalmente ajeno a aquella interacción y se limitaba a mirar pacientemente a Dixie.

—¿Alguien tiene algo que decir? —insistió el oficiante. Su mirada recorrió a los invitados y se posó finalmente en Peter, que había bajado los ojos—. Bien. Parece ser que vamos a tener un final feliz, amigos.

Mientras Freddie y Dixie recorrían el pasillo tras darse el «Sí, quiero», Stella miró a Jake sin saber muy bien qué hacer. Habían sido muchas las bodas en las que habían estado sentados juntos, con las manos tocándose mientras los novios recitaban sus votos, unidos por un vínculo invisible de amor y confianza. Pero eso había quedado atrás, las cosas habían cambiado. En esa ocasión, sus miradas se encontraron y ella buscó en sus ojos algo, alguna señal. Por un momento la dejó impactada lo guapo que estaba, pero se sintió aliviada al notar que una manita sudorosa se aferraba a la suya. No necesitaba más confusión.

Joel se acercó a toda prisa a ellas en cuanto tuvo oportunidad de escapar.

—Ana, por favor, ¿podría hablar contigo antes de la fiesta? Solo será un momento.

—De acuerdo. —Le temblaban las manos mientras él la conducía hacia un asiento vacío de la primera fila. En cuanto se detuvieron allí, fue incapaz de morderse la lengua y le espetó indignada—: Así que perdiste el teléfono, ¿no? ¿Acaso tienes doce años? ¡Sabes dónde trabajo! ¡No puede ser tan difícil localizarme! Por el amor de Dios, Joel, ¡no me tomes por idiota!

—Pues la verdad es que no es tan fácil como tú crees localizarte, pequeña fierecilla salvaje. Y sí, sé dónde trabajas, pero cuando llamé a tu despacho una señora llamada Jan me dijo que te habías tomado unos días libres y que no podía darme tu número de teléfono. ¡Así que entonces tuve que circunnavegar tu círculo más cercano para llegar hasta ti!

—¡Esa Jan…! —Ana soltó una risita. Era un alivio que Joel la hubiera mencionado, ya que eso le daba credibilidad a su versión de los hechos—. Pero sigo pensando que eres un capullo. Ponte en mi lugar. Te digo que estoy embarazada después de una aventura de una noche, después de años sin vernos, y la llamada se corta. ¿Qué se supone que debo pensar?, ¿qué pensarías tú? ¡Y entonces desapareces sin más!

—Debes tener fe, Ana, en que lo que está escrito terminará por cumplirse. Tú y yo siempre estuvimos predestinados a estar juntos, nuestros mundos han colisionado de nuevo de la forma más maravillosa que uno pueda imaginar... y, por si fuera poco, ¡me dices que vamos a tener un hijo! Jamás habríamos podido imaginar siquiera algo así cuando estábamos desnudos en aquel *jacuzzi*.

—¡Vaya! ¡Qué poético y emotivo te has vuelto, Joel! Supongo que todo se reduce a la letra de una canción para ti.

—¿Pues claro! Toda estrella necesita una musa, nena...

—Estoy hablando en serio, Joel. Han pasado muchos años, apenas nos conocemos. No podemos retomar las cosas sin más desde donde las dejamos y añadir un bebé a la situación, esto es la vida real, es...

—Shhh... Ana, por favor, relájate, te prometo que todo va a salir bien. Mírame. Juntos podemos con todo.

Se inclinó para besarla, y ella supo en ese instante que sería inútil intentar siquiera luchar contra aquello. Iba a lanzarse de cabeza, y que pasara lo que tuviera que pasar. Ah, pero ¡iba a tener una larga conversación con Jan!

Mientras los invitados iban pasando al comedor, Stella agarró la primera copa de champán que encontró y fue en busca de un rincón tranquilo donde poder recomponerse. No sabía si pedirle a Jake que se fuera o limitarse a ver qué tal transcurría la velada, se sentía dividida. Le había gustado la idea de estar sola en la fiesta, y con Jake allí se sentía agobiada; pero, por otra parte, era consciente de que le echaba de menos, de que extrañaba su reconfortante presencia. Desde allí alcanzaba a verle: estaba al otro extremo de la sala, agachado en cuclillas mientras hablaba con Tom y con Rory. Soltó un suspiro mientras contemplaba el esplendor que la rodeaba: las preciosas flores blancas que ribeteaban las mesas, tan sencillas y elegantes; el toque especial que daba la verde hiedra enredada alrededor de las columnas. Al otro extremo de la sala, entre un grupo de rostros desconocidos, vio a Ana y a Joel charlando con complicidad entre risas, abrazados e irradiando felicidad.

—¿Qué debería hacer un hombre al ver a su bella esposa parada bajo el muérdago? —le dijo Jake, que acababa de acercarse.

Le posó la mano en la base de la espalda y se colocó junto a ella... lo suficientemente cerca, pero sin excederse.

—Creo que no debería hacer nada. Esta «esposa» se ha parado por casualidad bajo el muérdago mientras intenta decidir si le apetece siquiera que el mentiroso de su marido se quede en la fiesta, teniendo en cuenta además que la que se casa es amiga de ella, no de él.

Jake bajó la mano.

—Perdona. Le advertí a Dixie que era arriesgado que yo asistiera a la boda, pero a ella le hacía mucha ilusión que los niños vinieran y la verdad es que me habría entristecido perderme el gran día. Lo siento, Stella. Me iré si eso es lo que quieres, no he venido a pelear.

—¡No, espera! No tengo claro lo que siento, si quiero que estés aquí o no, ni siquiera sé si quiero hablar contigo, pero tus hijos necesitan a su padre y, por ahora, lo único que importa es que soluciones tus problemas. No puedo pensar más allá de eso. Cuando estés mejor, tendremos que hablar de muchísimas cosas.

Era consciente de que estaba de brazos cruzados y de que tenía la copa vacía. Se sentía cruel, pero tenía que protegerse. Aprovechó para hacerse con otra copa al ver pasar a un camarero.

—Tranquila, lo entiendo. Soy un capullo y la cagué, nuestra vida se fue al garete por mi culpa. Me merezco lo que me pasa. Pero quiero enmendar mi error, y tú y yo tenemos que encontrar la forma de seguir adelante por ellos. —Indicó con la cabeza a Tom y a Rory, que estaban rondando la mesa donde gorgoteaba la fuente de chocolate.

—Sí, es verdad que la cagaste, pero yo también lo hice. Todos cometemos errores, somos humanos, pero hoy no es día para pensar en nosotros. Hoy es día de centrarse en Dixie, en la mujer que por fin ha encontrado un buen hombre que la merece. Y eso sí que es algo que podemos celebrar. ¿Te apuntas? —Alzó su copa en un brindis.

Jake la miró con una sonrisa en la mirada.

—Me encantaría, pero no puedo beber alcohol por lo de la rehabilitación. Soy un adicto, Stella, por ahora tengo que mantenerme apartado de todo ese tipo de cosas. Debo ir paso a paso, día a día.

Sus ojos se encontraron y ella le sostuvo la mirada.

—Día a día. Sí. Eso es. Justamente eso.

31

Stella

Stella fue la primera en oírlo... ese ritmo familiar, el sonido que tan solo podía significar una cosa: el rey y la reina del *country* se disponían a hacer que aquella fiesta alcanzara el siguiente nivel. Perdió por completo el hilo de la conversación que estaba manteniendo con un consultor administrativo calvo del Medio Oeste y, sin mediar palabra, se echó al gaznate el champán que le quedaba en la copa y se largó en dirección a la música. Sabía que sus amigas harían lo mismo y, cual suricata con un claro objetivo en mente, se abrió paso entre el gentío rumbo a las puertas dobles, dando saltitos para intentar ver sus cabezas dirigiéndose hacia la música. La altura de Dixie resultó ser una ventaja y alcanzó a verla, moviéndose con entusiasmo al ritmo de Kenny y Dolly.

Tenían que llegar a la pista de baile a tiempo para el solo de Dolly. Notó que dos manos le sujetaban la cintura desde atrás y supo por el sonido de la alegre risa que Ana ya se había puesto en posición. Aquella canción era el himno de las tres durante la preadolescencia, cuando se «emborrachaban» a base de refrescos de cola y daban saltos en su cama mientras cantaban usando peines, botes de laca y de pintauñas a modo de micrófono, embriagadas de juventud, hormonas y romance.

Se abrieron paso entre risas, empujando en su afán por ponerse en posición.

—¡Abran paso! —gritó Stella—, ¡abran paso a la embarazada!

Irrumpieron en estampida en la pista de baile, ebrias de felicidad colectiva y (exceptuando a Ana, por motivos obvios) bastante borrachas. Dixie fue la última en llegar, y se llevó el ramo de novia a los labios justo cuando Dolly inició su solo.

Intentó tirar de Freddie con la mano libre para incluirlo en el círculo de amor, pero la alegre sonrisa de él fue reemplazada con rapidez por una mirada de terror y retrocedió entre risas. Stella notó el peso de la mirada de Jake y se preguntó por un fugaz momento si se sentía molesto al verla siendo el centro de atención, pero entonces se dio cuenta de que la miraba porque la amaba, tan sencillo como eso. Y fue entonces cuando las tres iniciaron la actuación.

Dixie, que había olvidado sin duda lo caro y delicado que era el vestido de novia que llevaba puesto, se hincó de rodillas y, usando el ramo a modo de guitarra, tocó para los invitados que estaban congregándose en un amplio círculo alrededor de las tres. Algunos empezaron a aplaudir, otros las jaleaban.

Stella intentó zafarse de una mano que la tomó del brazo, pero entonces vio que se trataba de Jake, que las animó a subir a la tarima y les ofreció el micrófono de verdad.

Ella lo aceptó y le dio dos golpecitos para comprobar que estuviera encendido. Se oyó un chasquido electrostático.

—¡Probando! ¡Probando!

Las tres se congregaron alrededor del micrófono y se pusieron a cantar el estribillo.

Stella sabía que estaba borracha, pero, por otra parte, también tenía claro que estaba cantando genial y que estaba despampanante. Las acercó aún más y soltó una carcajada, ¡menudo grupito formaban! Ana, embarazada de su estrella de la música; ella, *bicuriosa* y con las tetas apoyadas en Dixie. La estampa que formaban las tres era idéntica a las que habían plasmado en miles de Polaroids en la adolescencia; la ardiente belleza de Dixie, cuyos rizos brillaban como el fuego bajo los tonos rojos y rosados de los focos giratorios. Stella se sentía honrada de formar parte de aquel grupo. Vio el rostro sonriente de Jake, y saludó con la mano cuando él alzó a los dos niños para que pudieran ver mejor.

Dixie estaba riendo con ella. Sintió una efímera punzada de culpa (el sentimiento se esfumó sin darle apenas tiempo de asimilarlo) al darse cuenta de que, en cierto sentido, aquellas chicas eran su verdadera familia. Jake, Rory y Tom jamás llegarían a comprender tan bien como ellas quién era, cómo se sentía en muchas ocasiones. Aquellos pensamientos se vieron eclipsados por el jolgorio compartido del estribillo.

Juntas eran fuertes, eran un equipo, y todo lo que había ocurrido en los últimos meses había servido cuando menos para demostrarles que juntas eran más fuertes y que nada ni nadie —ni el tiempo ni las vicisitudes ni un océano— podría fracturar la unión de su amistad.

Cantaron a pleno pulmón en el micrófono, a ninguna de las tres se le había olvidado ni uno solo de los movimientos de su coreografía. Tres niñas de doce años que habían sido transportadas temporalmente a sus respectivos cuerpos de cuarenta años. Incluso Ana, a menudo tan estirada, estaba sacudiendo la pelvis como si su vida dependiera de ello; por cierto, Stella vio por el rabillo del ojo que Joel también parecía estar bastante entusiasmado con los movimientos de Ana, a juzgar por el brillo que tenía en la mirada mientras la veía bailar.

Las tres estaban chillando como adolescentes, ajenas al gentío que se había congregado alrededor jaleándolas y riendo mientras ellas se entregaban por completo a aquella actuación. Y, cuando el último estribillo estaba llegando ya a su fin, Joel se acercó a Ana cantándole y tocando la guitarra.

Ella se inclinó desde la tarima para darle un beso, y entonces se apartó con una sonrisa coqueta y le guiñó el ojo antes de volverse hacia las chicas.

—¡Las amigas primero! —lanzó el puño hacia arriba y por poco le da a uno de los farolillos.

Cuando la canción terminó con el acompañamiento del público, Dixie se hizo con el micrófono y dijo, poniendo voz de hombre y muy metida en su papel:

—¡Muchas gracias! ¡Soy Vince Vega, y estaré aquí toda la noche! —Sostuvo el ramo de novia por la base, lo alzó y siguió hablando con aquella teatral voz profunda—: Una de las damas presentes será la afortunada que reciba este ramo y, tan cierto como que dos más dos son cuatro, esa afortunada dama va a conseguirse un buen mozo. ¡A ver! ¿¡Quién quiere conseguirse un hombre nuevo!? —gritó—. Ahora voy a darme la vuelta, así que ¡estén atentas, señoritas! ¡Este podría ser su momento de gloria! Eh, vosotras dos, bajad con las demás. ¡Sí, Stella, tú también!

—¡Esta vez no, Dixie! ¡Me parece que yo ya tengo a mi hombre! —miró hacia Jake, que estaba tan guapo y fuerte, y supo en ese preciso momento que estaban hechos el uno para el otro. Se habían perdido un poco por el camino, eso era todo.

—¡Madre mía! Stella, vieja zorra, ¡menuda cursi estás hecha!

Dixie se había puesto de espaldas a la sala y estaba preparándose para lanzar el ramo. Pearl y Ana estaban al frente del grupo de mujeres, dando saltitos como si estuvieran en 1999. Stella lanzó otra mirada hacia Jake, que estaba mirándola con una sonrisa de oreja a oreja, y entonces vio horrorizada que Tom y Rory habían estado explorando sin duda la fuente de chocolate: los manchurrones que tenían en sus respectivas camisas así lo atestiguaban. Rory se había remangado las mangas y estaba manchado de marrón hasta los codos; en cuanto a Tom, estaba claro que había optado por un enfoque más estratégico: todo apuntaba a que había metido la barbilla en la base de la fuente para poder chupar, porque tenía la parte inferior de la cara embadurnada de chocolate. Al ver que ella se echaba a reír y señalaba con el dedo, Jake se volvió a mirar y, al ver el estado en el que estaban los niños, se apresuró a tomarlos en brazos horrorizado. Se volvió de nuevo hacia ella, y articuló con los labios un silencioso «¡Lo siento!» antes de llevárselos a toda prisa para adecentarlos.

—¡A ver! ¡Que todo el mundo se prepare! —indicó Dixie antes de lanzar una sonrisa traviesa por encima del hombro—. ¡Tú no, Freddie!

Él se apartó a un lado con teatralidad.

—¡Tres! ¡Dos! ¡Uno! ¡Allá va!

El ramo salió volando bien alto y a gran velocidad, voló por encima de la araña de luces de valor incalculable y de los sombreros y los tocados encasquetados en las cabezas allí congregadas, pasó entre algunos de los farolillos y terminó por precipitarse hacia Joel, quien, con la concentración de un músico profesional, estaba inclinado hacia delante mirando hacia abajo mientras guardaba su Fender en la funda. Se quedó inmóvil cuando el ramo de rosas anaranjadas, rojas y amarillas golpeó contra la parte delantera de su Stetson y fue a parar al interior de la funda de la guitarra.

Los invitados que estaban bajo la trayectoria del ramo se habían apartado a ambos lados y se había creado un pasillo despejado entre Dixie (y Ana, que estaba junto a ella, avergonzada pero entusiasmada, con una mano posada en el vientre y con las mejillas teñidas de un rubor más rojo que las raíces de Dixie) y Joel, que alzó las flores con renuencia y miró alrededor sin saber qué hacer.

—¡No ha sido a propósito!, ¡no es para mí! —exclamó, suplicante—. Ha volado hacia mí, no me ha dado tiempo a reaccionar…

Se puso en pie sosteniendo el ramo como si temiera que pudiera detonar de un momento a otro, y se dirigió hacia las chicas por el pasillo formado por el resto de los invitados. Estaba a medio camino cuando se detuvo, bajó la mirada hacia el ramo… y entonces alzó la mirada hacia Ana y se lo lanzó con suavidad.

—Eso es, estoy seguro de que tenía que ir a parar justo ahí. Todo arreglado, las cosas como deben ser.

Ella atrapó el ramo y lo apretó contra su cuello mientras se ponía más roja aún.

Él la contempló mientras ella permanecía allí, nerviosa y radiante de felicidad, esperó a que amainaran los aplausos y los gritos de entusiasmo del resto de los invitados, y entonces se quitó el sombrero y se lo llevó al pecho.

—Bueno, ¿estás lista para que vayamos en busca de una isla? Te prometo que no lo lamentarás.

Agradecimientos

Debo darles las gracias a varias personas sin las que esta novela no se habría convertido en una realidad.

A la maravillosa Lisa Milton, de HQ, que creyó en mí desde el mismo momento en que nos conocimos. Gracias por guiarme durante este proceso.

A mi increíble amiga Alice, quien es además una agente excepcional a la que se le da muy bien ayudarme a seguir siendo yo misma.

A mi editora, Charlotte: la he horrorizado en multitud de ocasiones, pero siempre me ha impulsado a mejorar.

A mi marido, Gav, por animarme a ir en pos de mis sueños, por creer en mí y por impulsarme a escribir mejores escenas de sexo.

A mi madre, por aconsejarme siempre a decir que sí aunque no esté segura de si seré capaz de hacer algo.

A mi buena amiga Sam, que tanto me ha orientado con sus excelentes consejos.

Y, por supuesto, a todas mis hermanas y amigas, ¡vosotras sabéis quiénes sois! Sin todas y cada una de las alocadas relaciones que hemos tenido, este libro no habría existido.

Me gustaría aclarar, para todas aquellas personas que me conocen, que no he estudiado a fondo cada detalle de este libro.

CPSIA information can be obtained
at www.ICGtesting.com
Printed in the USA
BVHW041314111222
653964BV00010B/54